JN089155

小谷真理

性差(ジェンダー)事変

平成のポップ・カルチャーとフェミニズム

Feminist Defense Initiative

Gender Panic and Popular Culture in the Heisei Era

青土社

ジェンダー
性差事変

平成のポップカルチャーとフェミニズム

目次

FDI

Feminist Defense Initiative:
Gender Panic and Popular Culture in the Heisei Era

3．テクノロジーと世界の変貌

4. メタアイドルの時代

5. ディストピアの現在形

性差事変（ジェンダー）

平成のポップカルチャーとフェミニズム

FDI

Feminist Defense Initiative:
Gender Panic and Popular Culture in the Heisei Era

プロローグ

プロローグ

本書に収録されている論考は、一九九〇年代から二〇二一年現在に及ぶ期間にまでに書かれた。わたし自身は、一九八八年暮れ、つまり平成前夜に、早川書房から刊行されたアン・マキャフリイ作『竜の歌い手』の文庫解説が物書きとしてのスタート地点だったので、そもそも私のキャリア全般と平成時代はほぼ被っている。本書は、そんなわけで、平成というバックグラウンドを抜きにして語れない。

なぜこんなことを記しているのかというと、今回、本書をまとめるにあたって、かつての論考を読み返していたところ——書いている時には意識にものぼらなかったことだが——たしかに、どの論考にも平成という時代背景が色濃く映し出されているように思われたからだ。ＳＦやファンタジーといった浮世離れしたフィールドを扱っているわりには、案外現実の社会状況を反映しているようで、自分でもドキリとした。

では、平成とはどういう時代だったか？

はるか未来に生まれる人が、この三十年間をまとめてみると、短い期間に想定外の事件が頻発した時代、と断言するかもしれない。

バブル経済崩壊、阪神淡路大震災、オウム真理教事件と世紀転換期に向けて気が滅入るようなダークな事件が続き、新世紀のゼロ年代に入ったら入ったで、米国で9・11同時多発テロ事件が勃発し、国際情勢の複雑化に直面。昭和に起動したシステム全般の綻び（ほころび）があらわになり、変革を迫られるようになった。

しかも、二〇一〇年代に入るやいなや、3・11東日本大震災と福島の原発事故が起こる。インターネットの発達は二十一世紀に入って加速し、電子メディアなしには成り立たない生活になり、世界は緊密に結ばれ、貨幣による一元的な価値観の浸透は、世界各地のローカル性を無効化し、細かな階級格差に位置付けるような世界観を徹底させた。その一方で、気候変動とプレート活発化で、自然災害の規模が増大した。

短い期間にコンパクトに詰め込まれたイベントがひしめき合う中で、大きな意識変化としては、フェミニズムやジェンダーといったコンセプトが投下され、咀嚼され、流布され、浸透し、それまで全く意識されなかった性差にまつわる様々なことが、可視化されるようになったことが挙げられるだろう。それに対して既得権保持者からの反発も強く、例えば、平成最初の十年間に導入されていた男女共同参画に対して、ゼロ年代には、フェミニズムやジェンダーフリー批判にかこつけたバックラッシュが苛烈を極めた。

今、わたしたちは、インターネットやソーシャル・ネットワーク・システム（SNS）が、生活全般に浸透している令和という時代に暮らしているが、ここは、#Me Too 運動（なんと！ あのハリウッドで性被害表面化運動が起きて全世界に広まっている！）やクルド女性防衛部隊（なんと！ 女性だけで構成される軍隊がある！）といった地球の裏側からの情報をストレスなく受け取ることができる。それまでのメディアでは一向にその存在すら見えなかった女性たちの生の情報が、日々毎秒ごとに配信されていて、既存の（古めかしい）女性観も、随分改変を迫られた。

そう。こと性差に関して、平成という時代は決定的に大きな変化に見舞われたのであり、そこにこそ、本書のタイトルを「性差事変」と名付けた所以がある。

ここで少し、平成が始まった一九八九年前後に遡り、わたしがフェミニズム批評とどのように出会ったのか、その当時のことを振り返ってみよう。

■

性差別や性差という概念が現代社会の視野に大きく映しだされるようになったきっかけは、米国の場合、一九六〇年代後半に始まったフェミニズム第二波、いわゆる女性解放運動の頃であろう。

第二波は、よく知られているように、世界規模のムーブメントで（もちろん、日本にも届いた）、フェミニズム運動が拡大し、フェミニズム理論が矢継ぎ早に生み出され、アカデミズムの分野では、女性学（ウイメンズ・スタディーズ）が招来された。

七〇年代の後半には性差（ジェンダー）という言葉が使用されるようになり、生物学的性別（セックス）との概念の差異が考察されるようになった。続く八〇年代には、運動の拡大とともに、人種・階級・セクシュアリティなどの諸要素と、性差がどのように連関するのかを分析する流れへと広がっていく。

フェミニズム内部の差異の探求を通して、八〇年代を通して、差別の構造解析が進み、例えば、イヴ・コゾフスキー・セジウィック『男同士の絆』（原著一九八五年）、エレイン・ショーワルター『新フェミニズム批評』（原著一九八五年）、ダナ・ハラウェイ「サイボーグ宣言」（初出一九八五年）などなどを皮切りに陸続と名著が刊行された。一九八八年には、テキサス大学出版局から〈ジェンダーズ〉誌のような批評専門誌までが創刊されるに至る。

セックス（生物学的性別）とジェンダー（社会的性差）の関係性を解き明かしたジュディス・バトラー『ジェンダートラブル』（原著一九九〇年）やクィア批評のバイブルになったセジウィック『クローゼットの認識論』（原著一九九〇年）が登場するやいなや、大きな話題になった。

当時はこの華々しい成果が紡ぎ出されていくのとは裏腹に、米国ではレーガン政権のもと、アンチフェミニズム（バックラッシュ）、及びエイズ流行による同性愛者差別も激しい時代だった。それに対する反撃も活発に展開され、九〇年代に入ると同性愛者を中心にしたクィア批評が形成され、同時に、バックラッシュに対するフェミニズム運動の活発化がフェミニズム第三波の流れを形作っていく。

そんなアメリカのフェミニズム批評のダイナミックな流れは、八〇年代前半の頃にはわたしのようなノンポリの女性ＳＦファンには届いてもいなかった。私事になるが、勤めていた会社を退職しＳＦ＆ファンタジーの世界で物書きとして独立したのは一九八九年の六月。平成は、その年初め、松が明け昭和天皇の崩御した翌日から始まっていた。同じ年には、東西ドイツが合併する、いわゆるベルリンの壁崩壊が起こっている。

このころの日本のフェミニズム事情はどうだったのか。

実はまさにこの昭和末期、仕事に追われて他のことを考える余裕など全くなかったわたしの元に、ようやくフェミニズムという言葉に関係する事件の報道が届く。それが「アグネス論争」である。

一九八七年二月フジテレビの「なるほど・ザ・ワールド」で、歌手でエッセイストで、大学でも教鞭をとるアグネス・チャンが職場に子供連れで来ていた、ということが取り上げられた。それが微笑ましいとか珍しいとか話題になるにしたがって、エッセイストの中野翠、作家の林真理子、両氏らが、痛烈な批判を繰り広げた。いってみれば、職場に子連れで来るなんて「甘えている」という批判である。芸能人であるアグネス・チャンが、大学のような知の殿堂で講演し、知的労働者より遥かに高い講演料をもらっている（らしい）、ということも、その批判に拍車をかけていた。知的であったり、大人の場であったりする職場を混乱させるな、つまり平たくいうと、「わきまえろ」という批判である。

それに対して社会学者・上野千鶴子氏が切り返した。上野氏は、仕事と子育てを両立させる女性としてアグネス・チャンを位置付け、そういう女性は「横紙破り」でしか自らの窮状を打開することはできないのでは？と反論したのである。

この出来事を、わたし自身は、朝日新聞に掲載された上野氏の文章で知った。当時のわたしの職場は医療系で、仕事は免許を取得しなければならない専門職であったため、その頃には割と一般的でもあった結婚退職、つまり寿退職というのはまずありえない選択ではあった。が、妊娠・出産した同僚が子育てと仕事をどうやって両立させていくかで苦労しているのを間近で見ていたため、これが極めて頭の痛い問題であることはすぐ想像がつく。職場に乳飲み子をつれてこられるのなら、それはすごく助かるだろうけど、多分許されない。アグネス・チャンは芸能人で特別だから恵まれているんだな、というのが当時の素朴な感想だ。ところが、反論は、それだけでは済まなかった。女性学者や文人の意見や女性の投書が次から次へと掲載され、様々な発言が新聞を賑わしたのである。

今と違ってSNSがない時代である。女性の生の声を目の当たりにして驚いてしまった。

朝日新聞だけではなく、論争は他雑誌も含めて拡大し、多くの文人が参戦したため、しばらくしてピンクの冊子にまとめられた。「アグネス論争」を楽しむ会編で、タイトルは『アグネス論争を読む』（JICC出版局、一九八八年）。記事が網羅され、再録されていたので、じっくり読んで、世の中、面白いことになったな、と思ったものだ。

林真理子氏のセンセーショナルなタイトル「いーかげんにしてよアグネス」もコピーライターとして名を馳せた作家らしく強く印象に残った。大人の世界の魅力を死守しようとするスタイリッシュな中野翠氏の主張もよく理解できた。男社会の職場で女が対等に働くには、「男のふりをしなければならない」。つまり男性社会の価値観に合わせなければならないことは身にしみていたからだ。真面目な人であればあるほど、男化するか、男性社会の価値観に迎合するかが普通だった。

そんなわけで、子供を迷惑な存在であるとする大人の世界の理屈や、子育てを女がするのは当然である、とする無言の風潮、職場に赤ちゃんを連れてくるのは非常識という昭和の世相に対して、社会学者の上野氏が、そんな「正論」で女たちが失ってきたものは何？と切り返しているのは、目から鱗だった。

そういえば、明治生まれの祖母の実家は農家だったので、子供をカゴに入れて畑に出るのは当たり前だったろうな、などと考えた。わたしの好きな異世界ファンタジーでいうなら、女戦士や女魔法使いが、子供を背負って異世界を冒険するような感じ。でも、当時そんなファンタジーも、あまりなかった気がする。ヒーローやヒロインは大抵独身で、冒険先で伴侶を見つけるのだ。

上野千鶴子氏の指摘は、価値観を女の身体に合わせたっていいじゃないの、といなすかのようにし、男社会の価値観でガチガチになった職場を、時代に合わせて変えたらいいんじゃないの、という提案をしているようで、痛快だった。そして、女性が社会で仕事をする、という状況を多角的に捉えた論争なんて、そういえば、それまで見たことはなかったなと思った。

当時アグネス論争の話をすると「結局どっちが勝ったんですか？」とよく聞かれた。これは、論争という争いごとだから勝敗があるんでしょ、という意味合いの問いかけなのだが、事情は少々違う。

実はアグネス論争の最も面白い部分は、世の中には、女性の学者というものの存在を広く知らしめた点にある。彼女たちは女性目線で様々なことを研究し女性目線でその成果を発言する。それまではあまり存在が知られていなかった知的生命体なのだ。そして、次から次へと様々な意見を発言する女性識者が、バラエティに富んでいて、本当に目新しく、なるほどねえ、とさまざまなことを教えられたものだ。

さて、令和の現在、『アグネス論争』を振り返ってみると、随分世の中の感覚は変わったなと気がつく。働く女性は増加し、保育園付きの職場というものが存在するようになり、男性も育休が取れる企業も出てきた。イクメンという言葉が登場し、女性の社会参加ならぬ、男性の育児参加が不自然なことども思われなくなっている。それどころか奨励されているのだ。平成前夜から見れば、令和は近未来SFの世界というほかない。全面的に解決はされてはいないものの、少なくとも職場に赤ちゃんを連れてくる、という風景は（ケースバイケースではあるものの）絶無ではなくなった。異世界ファンタジーですら、子連れの戦士や魔法使いは普通に登場する。

この三十年の間には、明らかに、相当な地殻変動が起きたのである。

■

本書には、そのような平成の時代に私が論じてきたものを集めた。個々の論考は、バラバラに発表されたものだが、振り返ってみると、大きく五つのトピックにまとめられる。少女、クィア批評、テクノロジーによる世界の変容、アイドル、ディストピアである。そこで、本書では、この五つのトピックごとに論考を集約した。もちろん、興味のあるトピック次第で、どこから読んでもらっても構わない。が、読了すると、これらのトピックがバラバラの話題ではなく、相互にゆるやかに連関していることがわかるはずだ。そこに、昭和と令和の間の地殻変動が見えてくる。

以下各章ごとに、解題してみよう。

第一章は、「少女」というコンセプトについてのエッセイがまとめられている。

欧米と日本のポップカルチュアで女性にまつわる状況を俯瞰すると、明らかなのは、日本では「女性」というより、「少女」というコンセプトが圧倒的である、ということ。

女性SF批評家マーリーン・S・バーが『男たちの知らない女』（原著一九九三年、邦訳勁草書房）の中で、欧米の女性文化には、「少女」のコンセプトがあまり見られず、それはあらかじめ埋葬されているかのようだ、と指摘している。

少女とは、もともと十歳以下の女性の幼形をさす言葉であったが、日本では、それが十代まで拡張されるばかりか、さらには、十代で過ごした学校に生涯意識を支配されているかのように、かなりの年配になっても「〇〇女子」という言い方が使われる。しかも、肉体的に「少女」でなくても、心に少女を飼っている人は老若男女を問わず存在する。日本は少女の帝国なのだ。それはなぜだろう？

そんな問いを抱きつつ、このセクションには、魅力的な少女幻想を生涯探求した十九世紀ヴィクトリア朝のファンタジスト、ルイス・キャロルの「アリス幻想」分析を皮切りに、宮崎駿のアニメ『ハウルの動く城』や、ルイス・キャロル描く「アリス」がもし自ら語ったらさもありなん、と生前指摘された作家・矢川澄子というメタ少女について、少女を絶滅危惧種と見る痛烈なタイトルをつけながら究極の少女の持つ可能性を探求した萩原規子の長編SF『RDG』、アニメ『少女革命ウテナ』における戦う少女表象にまつわる二つの流れ、それに、アメリカのSF作家ジェイムズ・ティプトリー・ジュニアにおける少女像をそれぞれ考察した論考を収録した。ティプトリーは、少女性を隠し持っていたおじさんというキャラクターの筆名を持っていた特異な女性作家である。彼女のことを論じるときにはパッシング＝「なりすますこと」という問題を抜きにはできないと考えたのが執筆動機である。

第二章は、九〇年代に目覚しい発達を遂げたクィア批評と、それらが明視させるポリセクシュアリティの可能性を取り上げている。

ジェンダー（性差）とセクシュアリティ（性現象）は、性的なカテゴリーとして一緒に語られることが多いが、両者は、次元を異にする概念である。性差は、その社会特有の社会的に構築された性的な役割を指すが、セクシュアリティは性の欲望がどこに向かっているかを指すからだ。性差が男性性／女性性といった性の差異を示すなら、セクシュアリティは、性的な対象をどこに求めるかで異性愛／同性愛／両性愛、さらにモノや人間ではないモノへの欲望について示している。

従ってセクシュアリティの範囲は実際には多岐にわたっていると考えられる。それはヒトの性的欲望が単一のセクシュアリティに収束するものではない可能性を示す。精神分析の概念では多形倒錯と呼ばれることもある。そして、セクシュアリティについて探求することとは、近代以降の欧米型社会においては、ジェンダーによるセクシュアリティの領有化を明確にすることに他ならない。近代以降のジェンダーは、セクシュアリティを異性愛を唯一とする社会システムで統括し、他の可能性を封じ込めてしまった。

セクシュアリティが先天的なものであるか、後天的なものであるかは、例えば同性愛に関する科学的な研究をはじめ、いまだに議論が続いているから、それが生物学的差異を前提とする人種問題と同じように扱われるべきなのかどうかは、まだ未知数だ。その一方で、一九九〇年代には、同性愛研究よりその視野から文学を捉えなおすクィア批評が探求されるようになり、異性愛システムに縛られないセクシュアリティの形が文学の中で可視化され分析されるようになった。セクシュアリティ探求がいかにこの深く複雑な沃野を旅することにほかならないかが、明らかになっていった。

さて、日本における女性のセクシュアリティ研究で大きく関心を引き寄せるジャンルといえば、少女漫画である。中でも、性愛について考える上でボーイズラブは重要なジャンルといえる。七〇年代より少女漫画で散見されるようになった少年愛ものは、女性ファン共同体の同人誌で、既存のアニメや漫画、テレビドラマの男性キャラクター二人を取り出しつつその性的ロマンスを描く「やおい」という現象へ発展し、八〇年代を通じてそのファンカルチュアは同人誌世界で拡大した。少年愛専門誌〈June〉なども定期刊行され、やがて九〇年代には、商業ベースに乗り、ボーイズラブ（略してBL）と呼ばれるジャンルにまで成長する。

作家も読者もほぼ女性であり、書かれている主題は、男性（という表象で描かれる）同士の性愛のロマンス・フィクションである。ボーイズラブは現実的な異性愛世界から逸脱しているように見える。その前身となった「やおいカルチュア」自身が、既存の作品に実作者らが意図しない同性愛的な要素を見つけだしては採取し、これを二次創作として育成する、というプロセスをとっていて、それは、既存の異性愛的な基準でのみ評価されてきた作品世界を同性愛的な視点から読み直すクィア批評と構造的に接近する。

こうした社会背景を念頭に、ボーイズラブとクィア批評の切り結ぶセクシュアリティについて考察したのが「腐女子同士の絆」である。

続いて、七〇年に『闇の左手』という、今日のボーイズラブのプロトタイプとも言えるジェンダーSF長編を書いたアメリカのSF作家の巨匠、アーシュラ・K・ル＝グウィンの人と作品を紹介している。『闇の左手』がどのように今日の「やおいカルチュア」やクィア批評性と関係があるのかは、すでに拙著『女性状無意識』で詳細に論じた。が、その作品を早くに描いた彼女の人生と作品を振り返ることは、フェミニズム批評やクィア批評的なアプローチを構築していく上で、極めて重要であることを付言する。

また、この章では少女漫画的な世界同様、日本人女性にとってのロマンス・フィクションの世界を考える上で外せない少女歌劇・宝塚についてのエッセイを収録している。宝塚のジェンダーとセクシュアリティの構造とは、どのようなものなのだろう？　それを探究するのに、宝塚歌劇にインスパイアされたという映画監督・大島渚の映画の物語学について振り返りつつ、日本におけるクィア批評の可能性を探った。

第三章では、テクノロジーの変容が、ＳＦにおいてどのような新しい物語を可能にしたかがＳＦ独自のガジェットと共に、探求されている。

ＡＩに関して、例えばロボットが人のような意識を持つかどうかといった話は、ＳＦ的なラブロマンスとして、かなり古くから書かれてきた。一見ナンセンスで非現実的とも思えるその物語学は、実は、現代においてもいまだ根強い人気を誇っている。なぜ、そのテーマがそれほど人を引き付けるのだろう。調べてみると、そのような機械が可能か、というリアリスティックな問いの前に、ＡＩが人の孤独や欲望を映し出す鏡のような役割を果たしているということに気付かされる。この視点から、ＡＩとレズビアン文化との関係性を「彼女のロボット」のなかで考察した。

奇妙な発明といえば、もちろんＳＦの十八番である。その担い手が、マッドサイエンティストという特異な存在であるのはいうまでもない。現実世界の常識を逸脱するマッドサイエンティストとオタクの関係を考察したのが「出産と発明」である。

またＡＶ機器などの高度な発達がＳＦの物語をどのように変質させたのか、という主題に取り組んだのが「わが時の娘たちよ」だ。ＡＶ機器によって、映画やドラマなどの作品世界を簡単に行きつ戻りつできるようになるにつれて、時間を扱ったＳＦにも変化が生じたことを指摘しておきたい。こうしたテクノロジーの発達による認識の変化が、時間感覚だけではなく、多次元世界の認識論にも影響を与えたのではないかと思い当たったのは、類まれなる物語作家・上橋菜穂子〈守り人シリーズ〉を読んだからである。文化人類学者として、民族的に異次元世界のようなところと現代社会を行きつ戻りつしている作者による異世界構築は、それ自体が異次元をめぐる認識論的変革を表現しているように見えたからである。

そして、テクノロジーの集積ということでは、家畜というサイボーグの存在も忘れることができない。サイボーグの起源は、宇宙旅行という過酷な体験を克服するために試行身体改造濫（ネズミ）だというが、それは人間世界で飼われている家畜という存在への考察へと我々を誘う。イギリスの作家ユージーン・バーンは、家畜の中でもサイボーグ化された豚を主人公に、家畜の身体論のもたらす大混乱を抱腹絶倒のストーリーとして描き出した。ここではバーンのＳＦ短編「サイボーグ豚のシリル」を読みながら、今日最も人工的な生命体とは、サイボーグ的な技術の粋を凝らした家畜に他ならないこと、その家畜の身体論が私たちの文明にどのような思考を迫るのかを考えた。

サイボーグ豚ならぬ『ジュラシック・パーク』の人工恐竜などを題材にハードSFを描き続けたマイケル・クライトンは、様々な科学技術が暴走するSFの書き手として絶大な人気を誇るベストセラー作家である。彼のSFの中心的な関心は、もちろんSFならではのファンタスティックな科学技術の影響力だが、もう一つ大きな主題といえば、科学者像を探究したことに他ならない。ここでは彼のデビュー作となったパンデミックSFの傑作『アンドロメダ病原体』をジェンダー論の点から分析した。

第四章の話題は「アイドル」である。わたしの青春時代は昭和のプロフェッショナルな銀幕スターではなく、ファンによってその成長が見守られるアイドルの時代だった。大衆文化の中で多くの大衆の心を捉えて離さないアイドル。アイドルが重要なのは、高度メディア社会のなかで絶大なるイコンであるからだ。したがって、すでに数多くのアイドル論が先行して試みられている。わたしが読んだものの中で最も先鋭的なアイドル論は、草野原々の中編SF「最後にして最初のアイドル」にとどめをさす。草野の小説ではアイドルの持つ怪物性が一つの主題となっている点が面白く、その構造と共鳴するC・L・ムーア「シャンブロウ」を例に、十九世紀のファム・ファタールについて考察したものが「シャンブロウ、ヘア解禁」である。シャンブロウは、ギリシャ神話に登場するメデューサの未来版（子孫？）なので、このタイトルをみたSF読者は、皆腹を抱えて笑ったものだった。冷静に考えると、これほど危ないイメージもありえない。そんな危機を内包するのがアイドルなのだろう。

このほか、現代の仮想アイドルとして『2001年宇宙の旅』のHAL 9000とヴォーカロイド・初音ミクの比較検討、それに八〇年代のアメリカのMTVで絶大な人気を誇ったマドンナ、マイケル・

ジャクソン、プリンスにもスポットを当て論じた。本来なら、普通に彼らをアイドル論として語るべきなのだろうが、書いているうちに、アイドルを批評するアイドルについて考えるハメに陥った。章題がメタアイドルとなった所以である。

メタアイドル。アイドルは他者によって構築・育成されるものであるが、「メタ」がつくのは、アイドルを超えるアイドル、つまり、アイドル自身が自らを語ることにほかならない。昭和の時代なら、小泉今日子のようなアイデンティティの確立した女性アイドルによる文言を思い浮かべるかもしれない。かつてのアイドルスターが、中高年となり若さと美しさを失ったり、クィア性をどこまでも探求したり、そして、音楽的な妥協を許さないまま亡くなったり、アイドルのその後の生涯は、考え深いものがある。

第五部は、ディストピア論でまとめた。周知のように、アメリカでトランプ大統領が就任した頃から、ディストピアSFがブームになった。具体的には、ジョージ・オーウェル『一九八四年』がベストセラーになり、その後、八〇年代半ばに書かれたカナダの女性作家マーガレット・アトウッド『侍女の物語』が、テレビドラマ化された。その頃、日本でのディストピアSFというと、貴志祐介『新世界より』があまりにも衝撃的であった。この作品を皮切りに、最終章は今日のディストピアSFについて考察している。

二十一世紀のディストピアの特徴は、トランプ政権時に顕著だった「ポストトゥルース」という現象かもしれない。決してまかり通ることなどあるまいと思われるような、清冽な倫理を蹂躙する勢いの無法がまかり通ってしまい、多くの反対を制圧する形で行使された。その特徴は、インターネット・メディアの浸透によって、報道被害がより深刻かつ拡大したことであろう。それはろくな裏付けもなく無根拠な捏造がいくらでもまかり通るという報道被害の現代版で、真実や正しい報道はあっという間にまかれてしまう、という特徴がある。自らの主張を通すためなら、嘘も厭わない。稀代の大統領は、それまでの論戦のスタイルを大きく変化させた。そこで明確になってきたのは、テクスチュアル・ハラスメント（文章上の性的嫌がらせ）の問題系だ。私自身も世紀転換期には、捏造された嘘によって名誉毀損され、それが言論の範疇を超えていたため、裁判に訴え出て決着をつけることになってしまった。マジな論争にならない、いわゆる誹謗中傷と名誉毀損の蔓延は、一昔前なら「相手にすることはない」と軽くみられる現象だった。しかしそれらは莫大な情報量によって、質に転化する。嘘が真実としてまかり通ってしまうような事態に、どう対応したら良いのか。

それを考えるために、笙野頼子が起こした論争を振り返る。また、そうした言論における性差別的な状況について、ジョアナ・ラスやフェミニスト批評家は、（ひどい男の）批評を（フェミニストが）批評するメタ批評の可能性として、フェミニズム批評という形で方法論を先鋭化してきた。フェミニズム批評は、あるいは文学は、一体なんの役に立つのか、といわれ続けてきたが、今はそれが必要とされる時代に入ったのである。

こうした現代の暗黒について考える上で、今や、女性ならではのディストピアSFのトピックは有効だ。それは、フェミニスト・ディストピアSFと呼ばれる一群のフィクションである。ディストピアの時代になぜディストピアSFが必要とされるのか。SFは史上最大の宇宙の危機という暗黒の時代を描いても、どこかにそれを打破する何かがあるに違いない、と物語を展開する楽天的なジャンルである。平和な時代には「なにを好き好んで」と眉を顰められるような悪趣味であり、単なる多幸症のような呆れた指向性と断罪されることもあるが、それが必要とされる時代には、暗黒への耐性を発揮して、創造性へのバネにする。そして、その象徴的な伏線が認められたのが、まさに平成という特異な時代だったことを、わたしは確信しているのである。

1

「少女」の行方

キャロル狩り――鏡を通ってアリスがそこに見たものは

末裔たちの二十一世紀

オタク・ルーツの求道者でなくとも、ヴィクトリア朝のサブカル創造者たちが現代日本のオタク文化との共通項を多く持っている点については、異論はないだろう。ジャーナリスティックな極論をとるなら、ルイス・キャロルやジョン・ラスキンはロリ（ータ）文化の先祖、ジョージ・マクドナルドは異世界ファンタジーの元祖、ウィリアム・モリスは同人誌や模型趣味、コスプレ文化のルーツ、その妻はレイヤーさん……などなどあげつらっていると、ここ百五十年くらいの時の流れもお国柄の違いも、簡単に飛び越えられそうな気がする。

いや、細かく見るとそれは違うでしょと突っ込まれそうだが、ディテールの詳細には拘らないおおらかな向きには、きっとルイス・キャロルがかわいいファンタジーを書いた数学者である以上に、緻密な科学技術を駆使する「カメコ」＝カメラ小僧、すなわちアマチュア写真家である点が、ロリ文化の先祖たる重要証拠に見えるだろう。

ためしにヘルムット・ガーンズハイムの『写真家ルイス・キャロル』をひもとくと、キャロルが当時のセレブだけではなく、お気に入りの少女の写真を撮りまくったりする様子が如実にわかる。しかし対象以上に印象的なのは、アマチュア写真家キャロルの涙ぐましい奮闘ぶりかもしれない。他ならぬ「ユリイカ」一九九二年四月号のルイス・キャロル特集に収録されたキャロル自身の手になる「写真家の優雅な一日」を一瞥してみればよい。かの作品では、義理写真を撮らなければならない語り手が、最初気乗りがしなかったくせに、撮影許可のおりた少女を同席させることになるやいなや、がぜん張り切っていく様子が、ユーモラスに綴られている。

ただし、気軽に写メしたり動画撮ったりする二十一世紀とちがって、十九世紀のカメラ技術は実に不安定なシロモノで、装備も大掛かりであるばかりか、手順もプリントも複雑怪奇。克明に記された「失敗の連続」のメモを読んでいるだけでハラハラドキドキ、こっちの動悸がとまらなくなるほどだ。そんな艱難辛苦を乗り越えてもしつこく挑むなんて、本当に写真が好きなんだなーと微笑ましくなる。またそれを克明にメモっているところなんて、二十一世紀のオタク気質に通じるのではないかしら?

ところで、文化程度も相当高く学者的な用意周到さと執念深さを内に秘めたルイス・キャロルが、写真家として活躍するすこし前に、自身のペンネーム「ルイス・キャロル」を創造していることが面白い。この写真家は、なにかモノを創造するに際して、まず「ルイス・キャロル」というペンネームを創造したのだから。その方法もすごい。

本名をラテン語に変換し、また英語にもどすといった手続きで、チャールズ・ラトヴィッジ・ドジスンはルイス・キャロルになっている。一種の錬金術的手法による作者というホムンクルス製造である。このペンネームが、自分自身のアイデンティティのなかに存在しながら通常の手段ではけして見る事ができない彼自身の隠された属性を暴露することになったのだから、それはフランケンシュタイン博士以上に、皮肉な出来事かもしれない。

というのも、ペンネームが作り上げた『不思議の国のアリス』が、本人も周囲も想像する以上の広範囲の読者を獲得してしまったからだ。近代以降のメディア社会において、作者は微妙な存在である。読者は提供された作品でエンターテインされていればいいわけだけれど、メディアが高度化すればするほど、エンターテインメントの幅は作品以上に広がって、作者自体も作品の範疇に引き込まれる。作者名もまた物語化され、伝説の一部になるのだ。かくして目立ちたがりやだけど、恥ずかしがりやでもあったキャロル自身のコントロールを超えて、今やルイス・キャロルは児童文学作家であるだけではなく、幼女性愛嗜好のカメコのごとくステレオタイプ化されてしまった。夥しい少女の写真がそれを物語っているではないか、なんて言われてしまう。では、そんなふうに本質を見抜かれたように言及されるキャロルの手になるアリス二部作は、果たしてわかりやすい話だったろうか？

中高年の今になっても、時々読み返す『不思議の国のアリス』と『鏡の国のアリス』は難物のひとつだ。駄洒落とレトリックがないまぜになったアリスは、いかようにも深読み可能で、たいした文学的・哲学的冒険の賜物に見える。同時に、未だに、というか益々広範囲に大衆的な人気があるのも確かで、（特に）極東の島国の（特に）女の子たちにはひっぱりだことなっている。原宿で見かけるアリス然としたコスプレ女子や他ならぬオックスフォードはクライストチャーチの門の前にあるアリスのお店で遭遇した壮絶な数の日本女子のお買い物姿はいつだって衝撃的だ。易しさと難解さが同居するこの著作を、二十一世紀の今いったいどう読んだらいいのだろう？

無論、短絡的にいうならば、物語の流れはイマイチよくわからないものの、ハチャメチャな場面の連続や、ステレオタイプ化された動物や怪物や登場人物は、キャラ商品の先駆的な要素に満ちあふれている。とすれば時代気分のアイテムとしてはまずは絶好で、論理展開を追跡するのが苦手な向きにも、とっつきやすい。お話以上に鮮烈なジョン・テニエルの挿絵の魅力もあって、ヴィジュアル偏重の読者にはアピールしやすい。

だが、このわかりやすそうでわかりにくいアリス作品を考えるのに、ヴィジュアル時代という特権性をふりかざし、アマチュア写真家としてのキャロルという背景はどう関連性があるのかを考えてみるのも一興だ。

というのも、九〇年代以降、ポップカルチュア分析が激増し、ヴィジュアル文化の分析スキルがあがってくると、アリスと連動するゴスロリ文化と、少女文化を執拗に撮影したキャロルの写真が分析の俎上にあげられるようになったからだ。キャロルには数多くの少女の写真を撮り、少なからぬ写真は童話等を題材にしたコスプレであったこと、それだけではなく少女のヌード写真も存在していたという事実がある。コスプレ少女とカメラ小僧。日本のオタク文化と共振するその組み合わせには、一体どういう物語が隠れているのだろう。

少女が見る

キャロルの写真をつらつらと眺めた後で、アリスの二冊を読み直すと、写真にまつわる話題がけっこう内包されていることに気づく。たとえば、『不思議の国のアリス』で、地下世界に行ったアリスの身体が、伸びたり縮んだりする場面。この部分について、フェミニストであるわたしは、富島美子『女がうつる』に収録されていた「拒食の国のアリス」の卓抜な分析に熱狂したくちなので、ヴィクトリア時代の少女の身体性をキャロルが戯画化しながら批評的に書いていたのかもしれないとまずは同意する。美子先生とはこの話題なら、ワインがなくても一晩中もりあがることができそうだ。

しかし、たとえば、コロジオン湿版写真術を駆使して子どものポートレートを撮ろうとしたヴィクトリア時代のおじさん写真家の奮闘ぶりを知った後だと、部屋や建物といった枠におさまりきらない身体サイズが気になってくる。

くだんの写真術では、撮影直前にガラス板に薬品を均等に「流し込みその湿版がかわかないうちに、ちょろちょろ動き回る子どもを一分半ほどすわらせて撮る」といったことをやったようだが、これはかなり難しい操作であろう。事実キャロルの日記を調べたガーンズハイムは、キャロルが子どもの全身像が一枚の写真板にうまくおさまらず「足とか手とかが省略されている」失敗作について言及している。写真版におさまりきれない少女の身体!?　まるで大きくなりすぎたアリスではないか。

このように、アリス二作の背後には、写真家キャロルのリアリティが見え隠れしている。ガーンズハイムの写真論は『アリス』の見方を変えてしまう好著であるが、さらにすばらしい写真批評は一九九五年に出たキャロル・メーヴァー『撮られる快感』*Pleasures Taken* だろう。ヴィクトリア時代のジュリア・マーガレット・キャメロンら写真家の作品を取り上げているのだが、キャロルの写真の分析がある。

メーヴァーは、ヴィクトリア時代に、小さい子どもたちへの偏愛が流行していたことをまず前提としていて、キャロルの撮った数少ない現存するヌード写真の「エヴェリン・ハッチのポートレート」を丁寧に分析している。十九世紀、写真が一般に流布するにつれ、女性の裸体や死者の身体等、普段社会から公的には隠蔽されてはいるものの、プライベートでは大事な事物を撮る機会が増加する。キャロルの場合、膨大な数の少女の裸体写真を撮っていたことが知られている。もっともキャロルの死後ほとんどが破棄されているので詳細は不明だが、その中の四枚は現存する。エヴェリン・ハッチのポートレートはそのなかの一枚だ。

ハッチの写真は自然な姿で撮られたものではなく、大胆なポーズをつけさせられている。明らかに画家アングルの描いた「トルコ風呂」の中の女性像に似ていることから、メーヴァーは「小さなオダリスク」として演出されていたのではないかと指摘する。オリエンタライズされているばかりではない。彼女の目が小動物のように光っていることから、ある種の獣性をも意図されているようだと分析する。

十九世紀の女性のイメージが男性の目の中でどのように構築されていったのか、という話題は、フェミニズム系表象分析の真骨頂であるが、メーヴァーは、キャロルが撮影した少女のセクシュアリティが動物化され東洋化されたものとして演出されていることを明らかにした。しかも、メーヴァーの分析の中で衝撃的なのは、ハッチの目線がはっきりと撮影者に向けられていることを指摘したことだろう。メーヴァーは、撮影者に真正面に向けられた目線に、明らかにモデルと撮影者との性的な関係性を読み込む。もちろん、具体的な肉体関係があったかは明らかではない。ただ、おそらくは精神的であったにせよ、撮影者とモデルとの間でセクシュアルな繋がり——関係性——があったのではないか、と慎重に記している。

通常、撮影者は撮るもの、モデルは撮られるものであり、両者には見る／見られるものという権力関係があるというのは、フェミニスト批評での前提である。撮影は狩り(ハンティング)に例えられ、その視覚的権力関係を前提にすると、権力者は見る方に立つわけだから、撮影者の多くを男性が占めていることもよく理解される。

メーヴァーの分析が卓越しているのは、キャロルの少女写真では、しばしばモデルの目線が撮影者に向けられ、単なる対象以上の関係に見える、と指摘している点だ。比較対象としてあげられているキャメロンの作品では、モデルの目線はたいてい撮影者にはむかっていかない。モデルはあくまで対象として撮影者にその姿を撮られ、絵画的な風情を帯び、撮影者は第三者的な、客観性を重視しながら作品をコントロールする。メーヴァーは、キャメロンが明らかに芸術志向をめざすいっぽう、キャロルは芸術的スタイルよりも、自分自身の興味に忠実だったのではないか、と考察する。キャロルの場合、撮影された少女たちのうち、明らかに撮影者たるキャロルを凝視するモデルが多いからだ。つまりキャロルがモデルを見るのみならず、少女がキャロルを見るのだ。その目線の強いこと……。まさに目力というべきか。

そして、メーヴァーの指摘を反芻しながら、キャロルの写真を見直すと、気がつく。なかでも強い目力で最も印象に残るのが、他ならぬアリス・プレザンス・リデルではないかと。キャロルはアリスの写真を数多く撮っているが、アリスはごく小さなときから、強い目線でキャロルを凝視しているのである。まるでアリスのほうが自ら支配者であることを知っているかのように。

レンズのこちら側

「アリス」のイメージは、ジョン・テニエルの挿絵がダントツで、次にしかつめらしいテニエルのモチーフを愛想の良い少女に転換したディズニーのアニメのキャラが思い浮かぶ。テニエルにアリスの絵のイメージの注文をしたのはキャロル自身であり、実在の少女に語られたお話をもとに書きおこされたとするエピソードが伝えられているから、実際のアリスはテニエルの挿絵のような少女と考えがちだ。しかし、キャロルが撮影した実在のアリスは、まったく異なっている。

テニエルのアリスが、渦巻く金髪なのに実在のアリスは直毛黒髪のおかっぱ。エラの張ったはっきりした顔立ちの少女である。ロックバンド・クィーンのボーカリストだったフレディ・マーキュリーの若い時にどことなく面差しが似ていて、フレディ同様愛想のない口元が印象的だ。そんなアリスの愛想のなさぶりはその後もエンエンと続き、二十歳で撮影された最後の写真まで変わる事がなかった。所謂「ハイ、チーズ」といったチェシャ猫笑いとは無縁である。明るく清らかでニコニコしている天使のような笑顔ではなく、口元をへの字にまげてこちらをじろっと睨む、あまり楽しそうではない娘に見える。

アリスの愛想のなさは独自のことだったのだろうか。そうでもなさそうだ。

キャロルの撮った多くの著名人と少女たちもまた大部分がへらへらした表情ではなく、みな生真面目な表情で撮られている。写真を撮ることは、今日のように気軽なものではなく、貴重な機会であり、かなり骨の折れる仕事だということが、モデルの表情からなんとなく窺える。それでも数々のモデルたちの中で、アリスの目線の強さはぬきんでている。実はキャメロンもアリスを撮っているが、キャロルが撮るように撮ってはいない。肖像画のように撮っていて目力はさほど発揮されていないのである。

とすると、キャロルにとってアリスは特別な存在だったのではないかと思われてくる。アリスをレンズ越しに凝視する撮影者キャロルを、アリスは容赦なく凝視する。そこにアリスという特別な少女の存在感を感ぜずにはいられない。まるで、この美少女は、幼い時から撮影者が自分に弱いということを知っていたかのようだ。

キャロルとアリスが実際どのような関係であったのかは資料が一切破棄されているために実証されてはいない。しかしキャロルがアリスにプロポーズしたという話は伝わっているし、なによりも、アリスが結婚する事になった一八八〇年、キャロルはあんなに好きだった写真をきっぱり辞めてしまった。つまり、キャロルにとっての写真という技術そのものがなんらかのかたちでアリスという被写体と無縁ではなかったようだ。

面白いのが、被写体としてのアリスを念頭に『アリス』二冊を読み直してみると、『鏡の国のアリス』が一種の写真論に読めてくることだ。

英文学者・高橋康也も「不思議な鏡の王国の興亡」の中で指摘しているように、『不思議の国』に比べて、『鏡の国』は、喪われてしまったアリスへの思慕の念がただよう著作である。アリスが成長するにつれ、リデル家はキャロルを警戒し始め、その関係性は険悪になった。だから、不思議の国の闊達さにくらべて、七年後に書かれた鏡の国は、アリスへの片思いに憑かれているように見える。『鏡の国のアリス』の刊行当時のアリスは、二十歳。キャロルは、四十歳。『不思議の国のアリス』のヒットを受けて、少なからずのプレッシャーのなかで刊行されたものとされ、前作以上に技巧が際立つ作品だ。

鏡の中の世界は、チェス盤のゲーム世界であり、なにものかが指すチェスゲームのなかで、アリスはチェスのコマのような動き方をする。だれがこのゲームを指しているのか。神か作者か。いや、だれであろうと、その操作のうちに作品世界が展開し、アリスはただの歩兵から、一定の段階を経て女王様になる。

『不思議の国』では案内役だった兎が、猫のキティになり、前作のトランプのモティーフが、チェスに替わったそれだけならいざ知らず、鏡のなかに入り込んだアリスは、鏡のモティーフに遭遇する。

鏡に映した鏡文字。鏡に映したように対照的な双子。全てが逆になってしまう鏡の不思議が数々の現象となって現れる、まさに天の邪鬼の世界。

なぜ冒険の行き先が、不思議の国＝地下世界から、鏡の国になったのか。地下迷宮はたしかにヴィクトリア時代のダークサイドへ降りて行くのにうってつけのモティーフであったろう。地上世界でもなく天上界でもなく、地下の世界は十九世紀にとって新たに開拓された貴重な資源であったろうからトンネル技術の革新は石炭や倉庫、地下都市等の夢をもたらし、開発は労働問題として都市にまつわる新たな悪夢のダークサイドを浮上させたはずだ。オックスフォードの知識人ならそうした社会事情に通じてはいただろう。

では、鏡とは?

『鏡の国のアリス』という表題に慣れすぎた日本人のわたしたちにはピンと来ないが、原題は「*Through the Looking Glass and what Alice Found there*」で、直訳すると「鏡を通ってアリスがそこで見たもの」となる。Looking Glass は、たしかに覗き込むガラスという意味合いでは鏡を指すが、それは前述したようにレンズに捉えられた写真である可能性は否定できない。同時に、この作品がアリスへの特別な思いを秘めた、所謂片恋を語っているものである、とするならば、当時英国で流行していた鏡をめぐる片恋のファンタジーを思いださせずにはいられない。

つまり、キャロルが、ジョージ・マクドナルドやラファエロ前派といったファンタジストらとつきあっていた作家であることを思い起こせば、アルフレッド・テニスンの詩「シャロットの妖姫」に気がつくだろう。

アルフレッド・テニスンと(天使のような)息子の写真も撮っているキャロルは、おそらく「シャロットの妖姫」のことは熟知していたはずである。かの詩は、アーサー王伝説を題材にしたものである。こんなエピソードだ。シャロットの姫は古塔にひきこもり、鏡に映る出来事を織物に織り込んでいたが、あるとき比類なき美貌の騎士ランスロットが鏡に写り、あまりの魅力に我を忘れて外にでてしまう。すると鏡にひびが入り、その呪いによって姫は死に、姫の遺骸をのせた小舟がキャメロット宮廷に流れ着き、ランスロットは、初めて目にする美姫の死を慨嘆する。テニスンの詩は、徹底的な片恋の悲劇である。何が哀しくて、愛すべき美女と死後巡り会わねばならないのか。

ところが、アリスへの憧憬を歌った詩で始まる『鏡の国』では、アリスは小舟に乗りながらも特に死ぬ事もなく、騎士は美形でもなんでもなくて落馬ばかりしているおじいさんなのだ。なにより鏡の世界はすべてがあべこべであり、その逆さまの世界は目的地に行こうとすると、逆にたどり着けない体たらく。それが論理構造にも影響を及ぼしている。原因があって結果があるという近代科学には不可欠の因果律も逆転するばかりか、結果から原因が大量捏造される顚末なのである。

アリスは、シャロットの姫とは逆に鏡の中の世界へ足を踏み入れてみたら、美貌の騎士にも出会わず、小舟のなかの亡骸になることもなく、最後には女王様になるのだ。

ヴィクトリア時代といえば、女性を家庭の天使にまつりあげ、家に閉じ込め、そこから逸脱する事こそ死や不吉な運命につながっていく、といったような女性観が強固に形作られた時代であった。ところが、そうした現実観とはまったく逆の運命が「鏡の国」に書かれている。ヴィクトリア時代の女の現実から逃れるには、アリスが恋とは無縁の少女で居続けること、これにつきる。少女のままであれば、「シャロットの姫」の呪いを回避できるのではなかろうか。

アリスを撮影し続けてきたキャロルにとって、それはまるでいつまでもアリスがレンズの向こう側の少女で在り続けてくれればと考えていたかのような展開だ。

今日写真とは現場を写し取る、という意味においては、かぎりなくリアリティに近いメディアとして活用されている。わたしたちは、美味しい料理を見てはそれをスマホで取り、Twitter にアップロードし、遠くの友人たちとも現場を共有する。そこでは写真はリアリティの代名詞として理解されている。

しかしヴィクトリアン・キャロルにとっては、写真はかならずしもリアリティを示すものではなく、愛の対象というファンタジーそのものであった。キャロルの愛するイノセントな少女アリスは、大人になると社会的な地位や評価を査定する分別を身につけ、ヴィクトリア時代の淑女にふさわしい場所へと去って行く。アリスはもはや古い写真の中か、もしくは似て非なる無数の少女の片鱗にしか相見える事のない存在へと変わってしまったのである。

★

アリスは特別か？

ルイス・キャロルのよき読み手であり卓越した少女漫画家の萩尾望都は、七〇年代に発表した吸血鬼のロマンス「ポーの一族」のなかでキャロルのモティーフから引用している。ハンプティ・ダンプティ。リデルという名前の少女のふたつである。

前者は「食べちゃったお菓子」と同じようにとりかえしのつかないことの例えとして持ち出されている。主人公エドガーの妹である少女メリーベルが死んだあと登場する詩片だ。メリーベルは少女時代に吸血鬼になり、時間がそこで止まってしまったので、永久に大人の女性の姿になる事はなく、少女のまま記憶されることになった。

いっぽう、人間の少女リデルは、一時期、吸血鬼の少年たちエドガーとアランに育てられるが、のちにリデルが少年たちの年齢を追い越す時がやってきたとき、人間の世界へと返される。そして、あたかも晩年のアリス・リデルがキャロルについて語ったかのように、老いてから乞われるままに吸血鬼たちとの思い出話を語る。時が容赦なく流れて行く現実世界にあって、ファンタジーの世界の時間は静止しており、それは昔の写真のように変わることがない。

少女と写真が相性抜群とすれば、少女こそが最も時間の持つ非情さをつきつけてくるからであろう。経年変化は少女というコンセプトの永遠の敵であり、それを最も痛切に示すのが、少女をいつまでも少女のままで止めていられる写真である。そして、キャロルの場合、「少女」という幻想製造が、特別な少女への執着を契機としている点に注目したい。

キャロルにとってアリスは特別な少女だったのではないか。キャロルは少女の目力に捕獲された写真家だったのだろう。もちろん、男性社会において女性の欲望や快楽はそれがどのように能動的なものであっても男性性論理によって無効化されがんじがらめにされるものである。幼い女の子が能動的に大人の男性に性的にふるまうという言説それ自体が、男性によって都合のよい女性搾取の物言いにされがちである。にもかかわらず、キャロルが撮ったアリスの強い目線はふたりの関係性が、当時のヴィクトリア時代の男女の権力関係におさまらないなにかを含んでいた気がしてならない。キャサリン・ロブスンは、『不思議の国の男たち』*Men in Wonderland* のなかで、ヴィクトリア時代の紳士たちのなかでも、キャロルをはじめジョン・ラスキンや、ド・クインシー、ワーズワースらが、家庭内できわめて少女的な時代を過ごしつつも、やがて学校などで社会化され男らしさを確立するとともに、少女時代を喪失し、やがて文学作品等で喪われた少女時代を回復しようとしたのではないか、と指摘した。もちろん、男性が回復したい幼年時代が性差化され、それが少女性という名前で呼ばれ、それがアリスという特定のモデルとの邂逅をきっかけに外在化されたという可能性は否定できない。できないどころかそれが正鵠を射ているとさえ言えるだろう。

にも関わらず、アリスの強い凝視は別の可能性を夢見させる。少女の自立的なセクシュアリティの可能性である。それが時を超え現代にいたってなお益々繁栄をとげる少女帝国の駆動力へと通じていると夢見たいのである。

参考文献

ヘルムット・ガーンズハイム『写真家ルイス・キャロル』(原著一九四九年) 人見憲司・金澤淳子訳、青弓社、一九九八年。
ルイス・キャロル「写真家の優雅な一日」高橋康也・高橋迪訳、「ユリイカ」一九九二年四月号、四六―五二ページ。
Carol Mavor. *Pleasures Taken: Performances of Sexuality and Loss in Victorian Photographs*.Durhamnand London: Duke UP,1955) .
Catherine Robson. *Men in Wonderland: The Lost Girlhood of the Victorian Gentleman*. Princeton and Oxford:Princecon UP,2001.
高橋康也『ノンセンス大全』晶文社、一九七七年。
Roger Taylor & Edward Wakeling, Lewis Carroll Photographer: The Princeton University Library Arbums, Princeton: Princeton University Press, and Princeton University Livrary, 2002.
高島美子『女がうつる――ヒステリー仕掛けの文学論』勁草書房、一九九三年。

魔法使いは誰だ!?——宮崎駿とダイアナ・ウィン・ジョーンズ

老婆という呪い

英国のファンタジー作家ダイアナ・ウィン・ジョーンズの原作『魔法使いハウルと火の悪魔』（西村醇子訳、徳間書店）は、あくまでも従来のファンタジー路線への批評的精神を貫く女性ファンタジーである。さて、どこでそんな批評態度がわかるのか。

こたえはかんたん。のっけからソフィーの自己評価が公開されるからである。彼女は三人姉妹の長女。帽子屋の娘だ。そんな彼女が自己裁定するのに、なんと童話、というかファンタジー作品を参考にしているという、ファンタジーにあるまじき、リアルで身につまされる読書歴が明かされる。

シンデレラ、つまり灰かぶり姫だったら、プリンセスへの出世の道は、「貧しいきこりの娘」で、上に「意地悪な姉がふたり」、「サイテーな継母がひとり」という必須条件があるのだと、ソフィーは嘆く。ソフィーはこの条件を満たしておらず、だから最初からそのような出世の道は閉ざされている、と彼女自身は、キビシイ現実を重く受け止めていたのである。

おとぎ話はおとぎ話。現実からかけはなれた、あれはただの例えだよ。現代を生きるわれわれなら、そう考えるかも知れない。が、負け犬が遠吠えする二十一世紀初頭の今日でさえ、どうもまだシンデレラ・ストーリーは有効であるらしい。現実世界でさえそうした妄想に冒されている人々が絶滅していないのだから、妄想全開の現実逃避世界であるファンタジー小説では、とうぜんヒロインはそうした妄想に取り憑かれている、と言わんばかりだ。ただし、ペシミスティックなヒロインに、こういうことをのっけから堂々と言わせてしまう作者が、シンデレラ・ストーリーに関して、かなり冷笑的な態度をとる人物であるという風情は町に伝わってくる。

『魔法使いハウルと火の悪魔』は、そんなわけで、若い身空でありながら、カエルの王子様よろしくたいへんな老婆に変えられてしまった乙女が、どうやって魔法を解かれ、自分自身を確立し、その過程で自分なりのヒーローと結婚したのかを語った物語とまとめられるかもしれない。ふつうに考えれば、王子様が囚われの乙女を助けるめでたいハナシになりそうだ。

だが、一筋縄ではいかないファンタジー作家ジョーンズのことである。右の冷笑が示すとおり、囚われていたのはヒーローの方で、乙女が実はそれを助けるというお話が当てはめられている。どちらかというと、「若きタム・リン」という伝説を彷彿とさせる展開だ。くだんのお話は、妖精女王に囚われ、浮気なプレイボーイとなって若い娘を次々毒牙にかけるタム・リンに、若き王女ジャネットが身をささげ、子をなし、救いの手をさしのべ、魔法を解き、妖精世界から騎士を奪還する、というもの。これは、ジョーンズの『九年目の魔法』という作品にもモチーフとして使われているから、彼女のお気に入りの主題なのだろう。『ハウル』の場合、乙女はただ魔法を解かれるのではなく、そのプロセスが、囚われのヒーローを助けるプロットと重ね合わされているのだ。それでは、アニメ版『ハウルの動く城』はどうなのだろうか。

ファンタジー作品やおとぎ話になれた人ならば、『ハウルの動く城』は、ファンタジーのロジックが、通常のものとかけはなれて作られていることに、まず当惑させられるかもしれない。

魔法や呪いをかけられたら、それを解くことにも一定の法則を必要とする。ソフィーは、ハウルをつけねらう荒地の魔女に呪いをかけられて、老婆になってしまうのだが、そんなソフィーに出会った火の悪魔カルシファーは、「とても古くて強力な呪いだ」と答え、ハウルとの契約から自分を解放してくれたら、呪いをとく手伝いをしようと申し出る。

一観客としては、ソフィーの魔法がいつ、どんな劇的なかたちで解かれるのかが、ひとつの見所となるはずだった。ところが、アニメ版では、それははっきりしない。ソフィーがもとの姿をとりもどすのは、眠っているときと、ハウル自身の記憶の風景へ赴いたとき。つまり後者などは、ソフィーがハウルに心をよせたとき、とつぜん乙女の顔をとりもどすかのように描かれる。とすると、ソフィーの呪いは、ハウルとのロマンス（＝愛）によって解かれたとでも言うのだろうか。

サイボーグ城の住人たち

アニメ版に於ける魔法論理の混乱は、その一方で、登場人物たちに科せられた因果律の混乱と、実は連動している。それをいちばんヴィジュアル的に表象しているのが、「ハウルの動く城」である。

アニメ版では、まずなんといっても怪異な城に観客の耳目はひきよせられる。城は霧のなかからあらわれ、あらゆるガラクタを寄せ集めたかのようにいびつで、鉄くずの集合体のような怪異な様相をしめし、そのくせ巨大な生き物にも見えるのだ。その様子は、フランケンシュタインの怪物じみていて、しかしながら、メアリ・シェリーの怪物のように物悲しい雰囲気はなく、にぎやかでばかげている。ここには、ジャンクアートの魅力がほとばしるようにみなぎっている。

規格品ではなくて、寄せ集め部品から成る城。複数の次元にまたがって存在する結節点。エイリアンとの契約からなる動力部。城の構造は、ポストモダン表象のもっとも洗練された形と言えるだろう。そして、このデザインこそ、宮崎アニメの真骨頂なのだろう。ハイテク時代の表象革命サイバーパンクのウイルスが、おとぎの世界にとりついて、スチームパンクふうにしゃれのめす、といったセンスについては、もはや語り尽くされた観があるけれど、宮崎アニメのテクノロジーの、生き物めいたぬくもりは、それを強力にアピールし、いつでも新鮮に見える。サイバーパンク・ムーブメントの影響があるというのではなく、別の経路をたどって同じ構造にたどりついた得難い個性と感じさせる。

無惨な姿に変貌してしまったソフィーのまえに、この奇怪な城はあらわれるのだが、ソフィーとしてはもう少々の異変に心がさわぐどころではなかったろう。受け入れ先としてはうってつけとみるや、すべりこみ、城のなかに居心地のよい炉端を発見し、そこに座り込んで、もうぜんと城を再構築しはじめる。城は、ハウル自身と結びつけられている。ソフィーと城との関わりかたは、だからこそソフィーとハウルのそれに重なりあう。ソフィーは城（＝ハウル）の内側を掃除し、解体し、解釈し、次々に解き明かされる意味を整列させる。解体に解体をかさねた先に現れるのは、城の根幹部（動力機関のナゾ）である。城のエピソードでもっとも胸を打たれるのは、獰猛な異形の城がバラバラにぶちこわれ、ほんの小さな部品のひとかたまりになってしまうところだろう。最小単位となった城は乗り物となって、ソフィーを城の一番の根幹にあたる「ひとつの契約」の場所に案内する。ソフィーは、それを作り替え、因果関係をただしてしまう。ソフィーとは、その意味では、魔法の技術論にかかわるソフィア（叡智）そのもののすがたである。

ソフィーの能力は、城にのみ発揮されるわけではない。まるでソフィーの能力を慕うかのように、ソフィーのまわりには、沼地の魔法使い、カブ、マルクル、ヒンらが集まってくる。彼らは、外面と内面とが魔法によって食い違ってしまっている。カルシファーもそうだ。彼らは因果関係のもつれをときほぐし、あるべき位置へと再構築し、関係性を修復／再構築してもらうことを期待しているかのように集まり、その結果疑似家族のようになってしまう。ソフィーは、彼らひとりひとりに科せられた因果関係を組み替える。それは、ひとつの魔法の規律から、別の魔法の論理への組み替えとは言えまいか。

だが、そうすると、このお話の中では、ハウルでもサリマンでも荒野の魔女でもなく、ソフィーこそが一番強力な魔法使い、あるいは魔女のように見えてしまうのだ。

ジェンダーという魔法

原作を読み直してみると、ソフィーにかけられた呪いは、実は最初から奇妙なものだった。ソフィーに出会ったカルシファーが呪いを見抜いて、次のように告げるからだ。

「強い呪いだね」とうとう、悪魔は口をひらきました。「荒地の魔女の呪いみたいだけど」「そのとおり」と、ソフィー。「だけど、複雑な呪いだよ」悪魔はパチパチと言いました。「二重の呪いだね」（四七頁）

普通に考えれば、荒地の魔女を倒せば、魔法は解けそうだ。あるいは、魔女をひっとらえるとか、魔女より数段上位の存在に頼むとか、方法はいろいろとありそうだ。そして実際、原作では魔女を倒したあと、ソフィーの姿はもとにもどるのだ。

だが、二重の呪いとは、なんなのだろう……？

それについては、原作でも明確ではない。この呪いの論理を考えていくのに、字面を追うだけではおぼつかない。もっとも『魔法使いハウルと火の悪魔』のなかでは、しばしば、直接的な表現を回避して、おかしみを誘っている場所がいくらでもある。たとえばハウルの姉一家が住むウェールズは、描写を読む限り、現代のウェールズだと読者には判る仕組みになっている。同じように、明確に書いていないけれども、もうひとつとても大きな約束事が登場している。それは、ソフィーが不思議な力を持つ、ある種の魔法使いだということだ。

考えてみれば、おばあさんのように地味な暮らしをしていたソフィーは、身体を心象にあわせたかのように老婆に変わってしまう。あたかも年をとることこそ悪であるといわんばかりの展開なので、確かに一般的にはそれこそ「呪い」に見えるだろう。

だが、それは社会的な価値観の賜物であって、老婆には老婆のよさがあるのも事実。実際、娘のままではとうてい地味だとしかいいようのなかった、目立たずおとなしいソフィーは、老婆になるやいなや、突然別人かと思うほど行動的になる。しかも堂々として自信のある態度になる。若い娘のままだったら、ぜったいに素で近づかないであろう若く美しい男性魔法使いのもとに居着いて、奉公と称してちゃっかり彼と暮らす。なんという大胆不敵な行動なのであろうか。

思わず恥を知れ！　と言いたいところだが、あなたは九〇歳の老婆にむかって、そんな捨てぜりふが吐けるだろうか？　おそらく言えまい。若い娘がセクシーな男のもとに転がり込むのではなく、身よりのない老女が勤め先を得るのだ。そこになんの不思議があろうか？

こうなってみると、むしろソフィーにとって、「若い娘の身体」のほうが、彼女をしばりつける、なにかの呪いのように見えてくる。若い肉体が罪なのではなく、若い肉体を評価するその社会的基準のほうが、そもそもの呪いなのではあるまいか。くだんのシンデレラ・ストーリーのように。そう物語は訴えかけてくるのである。

フランケンシュタインが魔女だったら

原作では、興味深いエピソードが登場する。おばあさんになったソフィーは、とある若い士官から、本当に魔女だと思われてしまうのだ。そして魔法を使うふりをする。もちろん、これは本当の魔法ではないはずだが、一種のプラシーボ効果があらわれる。

魔法使いというものはおとぎ話では老人として描かれることが多いから、このエピソードはジョークに満ちたものとうつる。しかし、前述したように、ひょっとして若い娘というみかけのほうが、より強力な「呪い」だとするならば、ソフィーの本来の姿こそ、炉端に佇む老賢女（ヘカテー）なのではないかと疑われてくる。

さて、若い娘を九〇代の老婆に変えてしまった魔法について、ハウルの見解はこうだった。

「でもさ、あんた本気で思っていたわけ？　この商売をしているぼくに、そんなこともわからないって。強力な魔法を見たら、気づくに決まっているだろうが。あんたが気付かないうちに、何度か呪いを解こうとしてみたんだ。ところがどうやってもうまくいかない。ベンステモン先生のところへ連れていったのも、先生ならどうにかできると思ったからさ。でも、駄目だったみたいだ。そこでぼくとしては、あんたが好きで変装していると思うしかなかった」「あんた、自分の力も使っているんだよ。見た目をあれこれ変えたりして、あんたたちはなんて変わった一族だろう！」（二五八頁）

ハウルやソフィーの住む異世界では、魔法使いたちは魔法使いになるための特別訓練を受けた、いわば認定済みの身分である。ソフィーの妹のレティーは、フェアファックス夫人に弟子入りし、マイケルは、ハウルのもとで修行する。だが、ソフィーは、そうした教育は受けていないし、そもそもその方面の素質はないと思いこんでいた。しかし、ハウルも、それからフェアファックス夫人も、少なからず魔法に精通する人々は、ソフィーになにかしらの魔力があることを認めている。フェアファックス夫人にいたってはこんなふうに言う。

「あたくしはあなたの魔力が好きですわ」「物に命を吹き込む力ですね」(二六八頁)

とすると、老婆になった呪いの二重性の正体とは、こう考えられるのではないか。まず直接的なものとしては明らかに、邪悪な荒地の魔女がかけた呪い――「おばあさんのように地味な生活を送っているんだから、若い肉体は必要ないにちがいない」という悪意に満ちた老女の嫉妬を含んだ呪詛として。そして、もうひとつは、ソフィー自身が自分にかけた魔法――「おさえつけられ、抑圧された今の状況から脱したい」という気持ちからくる解放の呪文として。

なにより、荒地の魔女にかけられた呪いもハウルとカルシファーを結びつけた契約も、ソフィーの魔力でしか解決できないものだったではないか。問題は、ソフィーがもともと自分自身こそ強力な魔法使いだという気持ちを持ち合わせていないことだろう。彼女の魔力は切実に必要とされるときにだけ、こっそりと姿をあらわす、ごくささやかな現象である。だから、物語を読み終えたあとでも、彼女自身がとてつもない魔力を発揮していたとはなかなか気が付かないほどだ。

ソフィー自身の魔力に関する自己評価が低いのは、「長女だからうまくいくわけはないんだわ」といった気持ちに代表される強力な思いこみのせいではないか。信仰にちかいほど高められたこの自己評価の低さこそ、実はもっとも古くから存在する、女性はたいしたことができないという性差の「呪い」だったのではなかろうか。それは、性差のめくらましという魔法の力のおそろしさを、説明づけることになるだろう。

また、既存の制度にしばられない魔力を有するソフィーは、魔法の内実たる因果関係を解釈し、ひとつの魔法＝呪いから、別の因果関係＝魔法に組み替えてしまう。物に命を吹き込む、とは、かつてメアリ・シェリーが『フランケンシュタイン』で描いたように、身体のパーツをパッチワークして、別の生命を作り出すサイボーグ製造技術のことを思い出させる。

ジャンクアートの城の動力源たる火の悪魔を、契約システムから解き放つこと。人もモノもバラバラにして、勝手につなぎあわせた魔法サイボーグたちを、もういちど解体して、新しいパラダイムのもとでつなぎ直すこと。かくして、原作は、通常の性差観から解き放たれた一個のソフィア（叡智）が、サイボーグ技術にまつわる呪いを解体しようと果敢な冒険を繰り広げる物語に見える。

その原作を承けて、ソフィーの活躍を実に正確に描いた宮崎駿は、カルシファーをしばる魔法が、戦争や暴力性、怪物性と深く関わっていることをより明確に描き出している。ハウルの使う魔法はおおがかりな権力体系とむすびついた怪物性を秘めたものに見える。ソフィーの物語は、これを組み替えようとする魔女のお話なのではないか。

そう考えていくと、ソフィーにかけられた呪いがなぜ消えてしまったのか、いかにそれがロジカルにヴィジュアル化されていたのかが、理解されるだろう。このアニメ版は、原作への誠実な熟読によって成立している。そして、ファンタジーがことばによって直接的に説明されるばかりではないと主張する稀代のヴィジュアリストの矜持をうかがうことができる。

引用文献

John Clute & John Grant. *The Encyclopedia of Fantasy*. Exeter : Orbit , 1997.

キャサリン・ブリッグズ『妖精辞典』平野敬一・三宅忠明・井村君江・吉田新一訳、冨山房、一九九二年。

ダイアナ・ウィン・ジョーンズ『魔法使いハウルと火の悪魔』(原著一九八六年)、西村醇子訳、徳間書店、一九九七年。

ダイアナ・ウィン・ジョーンズ『九年目の魔法』(原著一九八五年)、浅羽莢子訳、創元推理文庫、一九九四年。

メアリ・シェリー『フランケンシュタイン』(原著 一八一八年) 森下弓子訳、創元推理文庫、一九八四年。

『ハウルの動く城』宮崎駿監督・脚本、スタジオジブリ制作、二〇〇四年。

架空少女の離魂――あるいは、「ふしぎの国」による矢川澄子とヴァリエーション

わたしは女の子

アメリカン・マギーというゲーム作家の作ったコンピュータ・ゲーム『悪夢の国のアリス』の話から始めよう。もとになっているのは、いうまでもなく十九世紀のファンタジー作家ルイス・キャロルの童話『不思議の国のアリス』と『鏡の国のアリス』と『スネーク狩り』。初版の挿絵画家ジョン・テニエルの作品をゲーム世界上に展開しているわけだが、アメリカン・マギーは、『ドゥーム』というアクション・ゲームで世を席捲したゲーム・デザイナーであるから、案の定、思いっきり魅力的なスプラッタ・ホラー風味のヴィジュアル世界が構築されている。その美しくも奇矯な映像と、おぞましいほどに病んだ世界像、そしてそれを三六〇度にわたる視点の切り替えで鑑賞可能にする確かな技術力、さらには不吉きわまる音楽構成で、ずば抜けたゲーム体験をもたらしてくれる。なぞなぞ（リドル）は、そう難しくはない。おそらく十歳以下でも大丈夫だろう。ただし、アクションはかなり高

等テクニックを要するので、なるべく指先は軽やかで器用なほうがいい。

物語は、アリスが「不思議の国」から帰ってきた直後から始まる。寝室でひとり休んでいたアリスは、飼い猫キティのために燭台が倒れ、階下の両親が焼死するという事故に見舞われた。このためアリスは精神に異常をきたして、アサイラムで十年ほど入院生活を送ることになる。さてベッドに横たわったまま、リストカットの傷跡も生々しいアリスは、ある晩、ぬいぐるみのうさぎがいきなり話しかけてきたため、仰天する。なんと、それは不思議の国からの助けを求めるメッセージだったのだ。不思議の国では「ハートの女王」のせいで、国全体が荒廃し、スプラッタ地獄と化しているという。なぜ、そんなことになってしまったのか？　こうなったら、なんとしても謎を解き明かして、不思議の国を元通りにしてほしい、というのだ。

こうしてアリスは、うさぎがきっかけで、もういちど不思議の国へ落っこちる。道中、アリスをなにかと導いてくれる役目は、拒食症のあまり歯がぼろぼろになったチェシャ猫が引き受ける。リストカットに使っていたナイフをトランプ兵や悪霊たちと闘う武器に変え、びっくり箱爆弾とおもちゃの手裏剣を駆使しながら、彼女は涙の池や奇妙な図書館、ロボット工場、チェス盤などを旅し、アリスを責めさいなむ帽子屋やサイボーグ・マシンとなったジャバヲック、トゥイードルダムやトゥイードルディーといったボスキャラと激しい闘争を繰り広げていく。ここに展開されているのは、精神科医の斎藤環氏にならうなら、まさに、ルイス・キャロルとアメリカン・マギー両氏による戦闘美少女アリスの虚無的冒険というべき物語なのだろう。

アリスは、さまざまな旅をしていったそのはてに、ついにラスボス（最後に登場するボス・キャラ）

であるハートの女王に相対する。そのラスボスの内部にはなんと病んだアリス自身が隠れていた。地母神のように巨大にして邪悪な女神の正体こそが、ラスボス、つまりアリス自身だったというわけなのである。かくして、アリスは、怪物化していた彼女自身を打倒し、不思議の国を清浄化したばかりではなく、現実世界における彼女自身も精神的危機を脱し、アサイラムを退院する。

このシナリオを女の子の他愛のない自己実現の物語であると糾弾するのは易しい。しかし、多大な時間と映像を消費するこの崇高なる無駄遣いを、単なるありふれたシナリオの追認と断定するには、細部につめこまれたディテールが、あまりに膨大すぎる。この内部にひそむ批評眼を無視することはできない。数々の場面設定は現代を洞察していて、明らかに制作者の眼の確かさとセンスを物語るのであるが、なんといっても秀逸なのは、このラストではないだろうか。『悪夢の国のアリス』の見所のひとつは、おそらく、アリスがハートの女王と合体して怪物化する、という展開にある。

ふりかえってみれば、今から十年ほど前に、アメリカの女性SF作家メリッサ・スコットが、サイバーパンク風味の長篇SF『トラブルと友だち』のなかで、兎穴ならぬ、電脳世界に落っこちたアリス（女性）とウサギ（女装した少年）との隠喩的闘争を描いていて印象的だったが、幻想的な世界観、それ自身の病んだ部分を抽出しようとする身振りにおいて――しかもその病んだ部分が女性性との関連性でひかれるときにおいて――「アリス」というテクストは、非常に興味深い側面を見せる。

なぜ、「アリス」に心惹かれるのか。それは、アリスをめぐるファンタジーが女性性に関する女性自身にも適用可能な、病んだテクストであるからにほかならない――わたしに最初にそう教えてくれたのは、矢川澄子の作品であった。かつて、学者批評家にして劇作家でもあった高橋康也は、一九七四年に「矢川澄子とことばの国のアリス」という興味深いエッセイを発表し、「もしアリスが、もしロリータが、ドジソン（キャロル）やナボコフ（ハンバート・ハンバート）の好奇な眼差しの対象であることを止めたなら……もし中年男の想像力が造った少女たちが、彼女たち自身の言葉をしゃべり出したなら……彼女たちはいったいどんなことを語るのだろう?」（『ノンセンス大全』三六三頁）という明晰な一文から切り出している。類稀なる言葉使い師であった劇作家・高橋を「喜ばしく打ちひしがれさせた」〝少女〟詩人矢川は、きわめて先見の明のある創造者だった。

矢川澄子は言語遊びや散文や評伝のなかに、たえまなくテクストとコンテクストのメビウス構造を発見していく詩人だった。彼女は、まず、アリスを現実の少女と幻想の中の女性性の狭間を浮遊する表象として再発見する。だからこそ、アリスを詠む詩には、深い洞察があったのではなかろうか。さらに矢川澄子の作品を読みなおしてみると、そこにはアリスとうさぎばかりか、『悪夢の国のアリス』の骨子とも言えるアリスと女王の不思議な共通性が、あらかじめ指摘されているのである。

母たちはさかえ

日本の誇る女性幻視家（ヴィジョナリー）である矢川澄子の仕事を集大成した作品集『矢川澄子作品集成』を開いてみよう。収められている短篇集『架空の庭』から、連作長篇『兎とよばれた女』、『失われた庭』、詩集『ことばの国のアリス』、『アリス閑吟抄』におよぶ著者の文学活動全般を俯瞰していると、一九五〇年代末から九〇年代までの日本幻想文学の潮流を映し出している点が目を引く。そのなかには、女性芸術家の創造力の源泉に「少女」という主題を想定している様子が見え隠れする。

もちろん、矢川のいう「少女」とは従来の男性的幻想の産物である愛玩されたり崇拝されたりする対象にはとどまることなく、そこから逸脱する「本格派の反少女」と言うべき批判力を内包している存在なのだ。その視点から日本の女性作家たちの詩想の沃野へ思索を拡げているように見える。従って、たとえばこの視点から紡ぎ出される「庭」に関する思索も、「家の庭」すなわち「家庭」という女性に結び付けられがちな場所としての意味合いを出発点にしつつ、哲学・童話・芸術・宇宙・神学へと飛翔するための起点として捉え直されるのである。

とりわけ、『兎とよばれた女』は、女性の描くファンタジー作品の白眉を成す。ルイス・キャロルの『不思議の国のアリス』の中に登場する少女の冒険物語をうさぎ＝少女の視点から問い直しているからだ。うさぎも少女も、ともに現実世界に流通している意味から引き離され、得体の知れない異生命と化していく過程が描かれている。小説内寓話として提出される「かぐや姫」の解釈も、だからこそ信じがたいほど新鮮である。矢川の解釈では、「かぐや」は、別世界の生き物（ここでは天上の住人）でありながら、故郷である別世界からも逸脱した存在だ。なんらかの罰として、現世に受肉した存在と説明されているからだ。しかし、彼女は現世にもなじめない。彼女はふたつの世界からはじき出されたエイリアンとみるべきだろう。

そして、矢川描く「かぐや」のエイリアン性は、「少女性」そのものの構造を吟味している。彼女の解釈では、「かぐや」に重ね合わされた「少女性」は、きわめて抽象化された「天上の美」でありながら、その実、肉体的現実に裏打ちされた存在でもある。

これがアイロニカルなプロットを導き出す。男性中心主義的制度のなかで醸成された「少女性」は、きわめて抽象的なコンセプトだ。それはさまざまな人々の妄想を吸収しながら自走し、ひとつのステレオタイプとして姿をあらわし、現実の肉体を嵌めこむ鋳型の作用を持ちはじめる。女性の肉体が少女という概念にあわないきわめて不自由な存在なのか、それとも、コンセプトそのものが抽象化されすぎ現実にまったく即していないのか、それはわからない。わからないまま、「かぐや」は、その矛盾の中に挟まってしまうのだ。

「かぐや」とは、少女性というコンセプトそのものを表象するかのように、不都合な肉体のなかに閉じこめられて窮屈そうに蠢いている存在だ。矢川描く竹取物語は、男性的想像力の産物として登場した「少女性」が、女性的現実に押しつけられた結果、あたかもコンセプトと肉体的現実との齟齬をきたしているかのように「少女性」の現実の状態をそのまま隠喩化して描いている。それは、男性中心主義の現実のなかで醸成された「少女」というコンセプトを押しつけられた女性の、受容と齟齬の二重性の物語というわけなのだろう。女性にとって「少女」という鋳型以外の現実が仮にないと想定されていたら、その状態をいかに有効に使いサバイバルしていくかという物語と、いかに苦しめられいかにそこから逃げ出すかという物語とが、複雑に絡み合いながら立ち上がる。いずれにしても、「かぐや」というエイリアンを苦しめ続けたものが、コンセプトとのズレを常に生じさせる「肉体的現実」であったのは疑いない。それも、大人の女としての肉体的現実なのだ。

この問題は、『失われた庭』のほうにも登場し、よりくわしく吟味されている。『失われた庭』は、少女時代の最後に制作した「ＬＯＳＴ・ＧＡＲＤＥＮ」なるオブジェを前に、今は中年にさしかかった女性画家Ｆ・Ｇが、自らの思想の流転に思いをめぐらす、私小説ふう観念小説である。表現と女性の関係性が瑞々しく描かれている。同作品においても、『兎とよばれた女』同様、女性の性的役割と女性の肉体性との間での、受容と齟齬の物語が生々しく取り上げられる。

女性画家F・Gは、「LOST・GARDEN」、つまり表題の「失われた庭」という意味の作品を少女時代に作り上げ、その後、その作品を受け取った男との間に、しばらくの同居時代があった。ふたりは、少年と少女のように暮らしていた、とF・Gは、回想する。F・Gは、「少女」のまま時を止めたかのように、彼と暮らしていたのだ。ここで持ち出された少女性には、『兎とよばれた女』と共有する女の現実的な肉体の問題が抱え込まれている。それは「母性」と絡み合って登場する。女性画家の昔の作品の受取手は、自らの母親に対する憎悪があり、妻のF・Gに対して生物学的母として生きることをゆるさないのであるが、その実、F・Gに自らの「母性」のコンセプトを押しつける。生物学的現実から「母性」を切り離し、「母性」という概念の抽象化に加担するよう、迫るのだ。少年とともに少女として生きることが、母の役割を演じることと表裏一体になっていたというのである。

矢川澄子は、「少女性」も「母性」も、女性を肉体的現実から逸脱させる概念である、という視点に立つ。にもかかわらず、なぜ、それらは逆に現実の肉体に影響力があったのだろうか。

興味深いことに、F・Gは、受取手とのあいだでは徹底的に受容の立場をとり、いっけん男たちにとって都合のよい「少女性」「母性」を全肯定していくのであるが、やがて、その状態は、矛盾に満ちたものとなる。男性の欲求に諾々と従うことは、とりもなおさず、命令者の矛盾を自ら体現してしまうことに他ならないからだ。

このF・Gと受取手の間の関係性は、ポーリーヌ・レアージュ描くところの『O嬢の物語』の主人公Oを髣髴とさせる。愛に憑かれた人は、あらゆる邪悪な方法で、恋人を試さずにはいられない。Oの恋人ルネがマゾヒズムの館ロワッシイへとOを誘ったのには、どのような理由があったのだろうか。恋人の要求を「それでも受け止めてくれる」ほどの深い愛を提供するOは、しばしばマゾヒズムの極致のように捉えられるが、もうひとつの解釈では、そうした究極的な受容性の代名詞として、「母性」の問題もひそんでいるのではないか。だが、人の許容力を越える受容性は、逸脱そのものをさし、逸脱の状態はやがて一匹の怪物として発現せざるをえない。恋人ステファン卿の自我すらも呑み込もうとするほどの被虐性の達人となったOは、だからこそ人の世界の常識を遥かに完全に逸脱してしまい、そのために周囲を畏怖に陥れる。そんなOは、ステファン卿さえも対応しきれないほどの受容性をしめし、最終的に死をのぞむようになり、ラストでステファン卿はそれをゆるすのだ。

いっぽう、『失われた庭』のF・Gは、Oのような怪物性をまとい始めたころ、オブジェの受取手と関係を絶つことになる。受取手は、命令者として絶対的な服従を要求しつつも、その「命令」の徹底が、受取手自身の許容量を遥かに凌駕するものであったことは想像外だったにちがいない。そんなF・Gはアリス・ジャーディンの指摘するガイネーシスの噴出とも言える一個の怪物性（芸術性）をすらかいま見せるようになるわけだが、このエピソードが重要なのは、ひとつの恋愛の破局が、通常の男女一組の恋愛噺の範疇に収まらず、F・Gの女性的創造力——女性芸術家——のありようを明らかにしているように見えるからである。

F・Gのオブジェは、架空の男性名によって作り上げられ、さらにそれを架空の批評家に評させるという、メタ批評性を包含する内容であった。これは、F・Gの創造物が従来のアートのスタイルの枠組みにおさまっていないことを示す。ひとつのスタイルでは完結しない内容なのだ。フェミニスト批評の言葉を借りるなら、男性中心主義的な制度の枠内で創作され完結する一個の作品ではなく、女性による批評的言説を同時に生み出さなければ完成しない作品をさす。男性の作り上げた芸術創造のスタイルを完全にギミックにして、その巧妙なパロディを造り、それを媒介にF・Gの創造性はかたちを表しはじめる。男たちの作り上げた方法論を搾取し、そのシミュレーション全体からそれらをつたうようにして、闇の奥底から這い出るように姿を現すイマジネーション。それは、制度そのものから浸潤する奇妙な感触を、鑑賞者に与え、そのため、なんとも忘れがたい余韻を残すのだった。

このF・Gの想像力のありようは、F・Gがオブジェの受取手を脅した、あの徹底的な被虐性により一個の怪物として認識されるような破壊力を秘めていたのではないだろうか。男性的な形式をシミュレートしながら、男性的価値観でつちかわれてきた制度を揺るがすような、危険な力にあふれたもの。「少女性」に内包された反少女性や、「母性」に内包された反母性が、O嬢の見せる怪物性と共有するなにものかを見せるように、ここには、女性自身による芸術の可能性を窺い知るためのヒントが隠されている。

ただし、複雑な駆け引きがあることもみのがせない。反少女性も反母性も、制度の内側に留まっているうちは、容易に蹂躙される運命にあるのだから。

男性が女性に向かって、「少女」や「母」ということばを使うときと、女性が同じことばを使うときと、かならずしも同じものをさしているわけではない。少女性というコンセプトを疑ってもみないのは男性であろう。一方、女性は、「少女」というコンセプトは、その陰に「反少女」の刃を隠し持っていると見抜く。反少女性とは、宮迫千鶴が『超少女へ』で指摘したように、たとえば、かつて二十四年組と呼ばれた少女マンガ家・萩尾望都・竹宮恵子らが現実の少女的感性を性差の曖昧な「少年」として描き出したものにちがいない。宮迫はそれを非少女と呼んでいる。少女マンガ家によるそうした知的男装は、周知の通り、少年の表象だからといって、そのまま男の子をさすことを意味しない。少女でもなければ少年でもない、きわめて曖昧なジェンダーを持つファンタスティックな存在なのだ。もともと「少女」という概念には、そうした反少女性がつねに内包されている、と見るのは女性のほうなのである。

もちろん、反少女性それ自体が、男性の愛玩・崇拝対象にならないかといえば、そういうわけではない。反少女が自分たちの価値観を脅かさない者であるということを確認した男なら、つまり反少女性がけして自分たちを脅かさないという自信のある知的謀略に富んだ男なら、その「反少女」の刃に心惹かれたふりをして、それを自らのライバルである他の男たちをうち倒すときの武器にすら利用しようとするだろう。

ひょっとすると、その刃は、ライバルだけではなく、反少女的なものを持った少女たち本人を蹂躪するためにも利用されるかもしれない。つまり、筐に封じ込め、整形されたはずの「少女」がいつの間にか、不気味なものに変身していても、それがまだ、常識的範疇の内側にあるときには、男は、その不気味さを、その災いの力を崇めるふりをしながら、有効活用できると考える。

そうした男と女の知的駆け引きを熟知する矢川澄子は、さまざまな駆け引きの中で、なぜ女の肉体性がどこかに置き忘れられているのか、と執拗に考え続ける。現実の肉体を持つ少女から想起されたはずの「少女性」は、純化され、概念化され、あたかもそのコンセプトそれ自体が、現実の身体をまとっているかのように考えられている。この仮想現実のメカニズムそのものが、曲者なのではないか。かくして、矢川澄子の作品には、肉体的現実性の諸問題が執拗に登場してくるようになったのではないだろうか。

石女だけが

肉を否定され、純化され、観念化されることのつらさと格闘した作家といえば、もうひとりのアリス、SF作家のジェイムズ・ティプトリー・ジュニアを忘れることが出来ない。アリス・シェルドンは、男性名でデビューし、男以上に男らしい作品を書きまくり、男たちを虜にしたが、やがて一九七七年、初老の婦人であることが暴露されてからというもの、十年の時を経た八七年に七十二歳で自殺している。自ら架空の男の作家として創造し続け、その架空の作家という物語を創造し続けた彼女の作品は、『失われた庭』におけるF・Gの表現をめぐる思索を彷彿とさせる。ティプトリーの作品もまた奇妙な二重性を備え、現実世界を隠喩化してSF世界に仕立て上げるメビウスの環状の運命を辿っており、現在では、彼女の経歴と彼女の作品世界が連動していることが深く研究されるようになったのである。

彼女の作品「接続された女」は、不朽の名作だが、その物語のなかにも、矢川澄子が指摘した「肉体性としての女性性の否定」という主題が隠されていることはみのがせない。「接続された女」の主人公P・バークは、醜く怪異な女性だが自殺を図ったあとに助け出され、ある企業に身体ごと買われて、美しいアイドル・ロボット、デルフィを操作することになる。今で言う遠隔操作の仕組みだが、企業の男性研究者たちが世の一般大衆のために作りだした美少女ロボットを、この怪異な女は機械に接続されたまま自らのすべてを駆使して運転する。そして美少女は、王子のような大富豪の令息と恋に落ちるのだ。

「接続された女」は、一種「少女」の構造を暴いた作品と言えるだろう。観念化された「少女」のステレオタイプが純化されるシステムそのものを描いているのだから。その際に、リアリズムの女という、現実的な、それこそ怪異な女像が象徴するような、肉体的な余計な部分は「隠されなければならない」のだ。もちろん、美少女をよりホンモノらしく見せるためには、ホンモノの女によって操作されていなければならないし、だからこそ、企業はそうした生身の女の作業を吸い上げ、それを隠蔽するのだ。もちろん、当の怪異な女も「美少女」に幻惑されている。女もまた「美少女」の観念化に心惹かれている自らの肉体を醜く忌わしいものと蔑んでいる。「美少女」という仮面があれば、自らを美しく表現できる。女の肉体からの搾取を根底に、「美少女」は光り輝く。

ティプトリーは、このように巧みに「美少女」という概念に接続された女を描く。「美少女」は王子に愛されるものの、当の肉体、リアルな実態である女の怪異な肉塊が姿を現すと同時に、恋は破局に終わる。概念化された美少女ならば愛されるが、そうでなければ崩壊するのだ。そして、「美少女」という媒介なしに、接続された女が自分自身を表現できるだろうか？　おそらくそれは、難しい。というよりも、不可能に近い。女性表現者の表現をめぐる皮肉な運命を、この物語に重ね合わせる読者も少なくないのではなかろうか。

ジェイムズ・ティプトリー・ジュニア、本名アリス・シェルドンもまた、女性作家ではなく、おそらくは「ただの作家」になりたくて、男の名前でデビューした表現者だった。

美しくほろびることができる

矢川作品を読んでいると、時折、奇妙に挿入される違和感に悩まされる。中途半端な感じがするのだ。たとえば、精緻な物語をすすめながら、時折勝手に「作者」や「読者」が登場してしまったりする。物語は、いったん物語としての自然な流れを中断され、読書中の「わたし」もまた、ちょっとしらける。この違和感が長い間、謎だった。ひょっとすると、それは、女性表現者が、男性表現者の方法論を熟知し、「これってこんなかんじ」といって、自らも筆をとりあげて書いてみたときの、なんとも言えぬ、奇妙な感覚を表したものだったのかもしれない。あらかじめ確立した男性的なスタイルを借り受けながら、その確立した世界の闇に潜んでいる自らの世界を探り当てようとする、あの苛立つほどに真剣な自分自身。それらに対する、照れや羞じらいを、苦々しい笑いにこめているかのような、そんな女性表現者の姿が思い起こされる。

違和感は、同時に、男たちの価値観の中で完成された世界のめざす地点とは、なにものにもさまたげられず堂々と自らの世界の完成を目指し主張できる立場の人々のみが存在をゆるされ、彼らの現実に即したスタイルのみがあることを、思い出させる。

違和感は、人を不安定にさせながらも、それが女性の現実に重なり合うことを悟らせる。

違和感は、たえず、周囲から求められ、我が身を与え続け、断片化されながら、やがては彼女自身の身体がゆたかな苗床になっていく、プロセスそのものを思い出させる。

矢川澄子の作品には、女のコンテクストがテクスト創造の方法論を選び取る、その生々しい現場を見るような迫力がある。こうしたスタイルを見るにつけ思い出される、幾多の女性表現者たちの系譜がある。尾崎翠、野溝七生子、森茉莉、アナイス・ニン、ゼルダ・フィッツジェラルド、カミーユ・クローデル、ヨーコ・オノ、倉橋由美子、ジェーン・ボウルズ、冥王まさ子、そして、矢川澄子……。

彼女たちのスタイルを一言で説明するのは難しいが、他の追従をゆるさぬ精妙な美しさを持ち、はげしい糾弾とスキャンダルにさらされた、という奇妙な共通現象は、見逃せない。「中途半端、男の真似、芸術の域には達していない、おままごと、ひとりでは何も出来ない」といった、ジョアナ・ラスの分別したテクスチュアル・ハラスメント集中砲火の展覧会は、いつでも開催できる状態にある。矢川澄子もテクハラの対象のひとりで、それは今も根深くくりかえされている。それは、貧しい紋切り型の罵倒文言に隠蔽され封じ込められてきた彼女の表現の国の豊かさを逆説的に証明しているようだ。テクハラが激しければ激しいほど、その下には、真の美が、真の怪物性が拡がっているからだ。それは、どう批評されるべきなのだろう?

女たちの人生も作品もすべて、既存の階層的価値観で価値づけようとする無意識との闘いを描いている、と考えてみる。彼女たちの作品は、目に見えぬものとの闘いの記録であったと。たとえば、あるところでは散文を選択し、あるところではバレエ、あるところでは詩と音楽になり、絵画になるというやり方は、矢川澄子の作品であったなら、『兎とよばれた女』の読者と作者との間の会話が、短篇「兎・プレテクストとしての…」へと続き、詩の「ふしぎの国」に接続されるような例になるだろう。詩や散文は有機的に繋がりながら、ゆるやかにネットワーク的な世界を形作る。『失われた庭』は、矢川澄子という女性をめぐる伝記的物語とメビウスの環のように繋がりながら、その一部は女性芸術家をめぐるテクスチュアル・ハラスメントの言説とその対抗言説との闘争を陰鬱に照らし出す。世界には残酷な物語しかなく、絶望以外はありえないことを、彼女は、よく知っていた。残酷さをつかのま緩和させ、それを忘却させるような、そんないくばくかの慰めだけが実は最大の武器になることを、あの美しくも音楽的に整列させられた詩行の中で変身をくりかえすアリスは、よく知っていたのではないだろうか。

軽く結ばれた輪の彼方の世界に、堕ちていくアリスを追いかける試み。そして、かつて高橋康也が予見した落ち行くアリス自身に語らせる方法論は、矢川澄子をして、闇の領域への一歩を踏みださせる。

参考文献

American *McGee's Alice*. Mac ver. Electronic Arts Inc., 2002.
宮迫千鶴『超少女へ』北栄社、一九八四年。
Julie Phillips. *James Tiptree, jr.: The Double Life of Alice B. Sheldon*. New York: St. Martins Press, 2006.
ポーリーヌ・レアージュ『O嬢の物語』(原著一九五四年)澁澤龍彦訳、河出書房。(矢川燈子が下訳)。
Joanna Russ. *How to Suppress Women's Writing*. Austin : Texas University Press, 1983. ジョアナ・ラス+小谷真理『テクスチュアル・ハラスメント』小谷真理訳、インスクリプト、二〇〇一年。
Melissa Scott. *Trouble and Her Friends*. New York : Tor Books, 1994.
高橋康也「矢川澄子とことばの国のアリス」、『ノンセンス大全』(晶文社、一九七七年)所収。
ジェイムズ・ティプトリー・ジュニア「接続された女」(一九七三年)、『愛はさだめ、さだめは死』

（原著一九七五年）浅倉久志訳、ハヤカワ文庫ＳＦ、一九八七年。
矢川澄子『兎とよばれた女』筑摩書房、一九八三年。
矢川燈子『失われた庭』青土社、一九九四年。
矢川燈子『矢川澄子作品集成』書肆山田、一九九八年。
『矢川澄子自作朗読ありうべきアリス』コレクタ、二〇〇二年三月三十日。

少女を放つ——荻原規子『RDG』を読む

絶滅種の書かれ方

荻原規子『RDGレッドデータガール』のタイトルを見て、RDGってなんの略だっけ？　と記憶をたどる。ファンタジー好きであれば、日本神話を巧妙に再構築した『空色勾玉』の、うっとりするような物語学は忘れようもない。あの荻原規子の作品である。ヤマトタケル伝説という日本の古代神話と、C・S・ルイスばりの……つまりは英国ふうのストーリーテリングを見事に融合させた文学的な香り高い〈勾玉三部作〉の作者が、謎めいたアルファベットにどんな秘密を託したのかと……。

RDは、レッド・データ・ブックという絶滅のおそれのある野生動物や植物の情報をまとめた本から取られている。ゆえにレッド・データ・ガールは、絶滅のおそれのある少女を指す。

絶滅種の少女。この設定は、フェミニスト的な見地から考えるとちょっと皮肉めいて響くだろう。ゴスロリからAKB48、果ては萌え系まで、少女文化はあいもかわらず全盛だからだ。日本が少女産出国である、というのは今や世界的ポップカルチュアのほぼ常識になっている。少女は男女を問わず愛玩の対象であり、女性のみならず人類だったらだれでも自ら進んで演じたい役割であり、日本のスキルは量的にも質的にもヴァリエーションにおいて国際水準を遥かに凌駕している。この状況を「少女」という女性的なるものによる爆発的な文化的征服ととるか、それとも「少女」を媒介にして女性支配に至ろうとする家父長制的抑圧と取るべきか、解釈においても安易な結論を引き出せないようになってしまった。そうした少女の二十一世紀的隆盛を背景に、タイトルは「絶滅種」を謳っている。

作者の思惑に好奇心をかき立てられながら一読すると、実際本書の主人公である泉水子は、たしかに今時見かけなくなったタイプの女の子として描かれていた。物語の最終部において、彼女は、絶滅種どころか世界遺産とまで認定されているくらいだから、これは極度に希少な存在である。

切った事のない長い髪を硬くきっちりと三つ編みにした、眼鏡っ子。超ド田舎に居住し、この電脳情報化社会にあっても、インターネットや携帯などの電子機器とまったく縁がない娘。性格は……といえば、奥ゆかしいを通り越して、イライラしてくるほどの奥手ぶり。彼女は食パンを齧りながら道を走って少年とぶつかったりする、小生意気な美少女でもないし、シンデレラでも萌え系でもない。「眼鏡っ子」「清純」「可憐」といった萌え属性を一応取り揃えていても、散文で描かれた泉水子は、元気印とは縁のない、そう、まさに夜行動物のようにひっそりとした、冴えなくて目立たない女の子なのである。

ここで、脳内少女カタログを捲って、泉水子のようなタイプって過去にいただろうか、と考えてみる。絶滅というからには、その昔には数多く存在していた歴史があったのかもしれない、と。

地味で冴えない少女ということでは、たとえば、少女マンガでは、『ガラスの城』や『エースをねらえ！』までさかのぼってみると、勉強もスポーツもできる美人の女王タイプより、マリサや岡ひろみといった特に取り柄のないタイプが主流を占めていた時代はあった。彼女たちはその平凡さに反して、おそらく願っていない幸運をつかむことにかけて一定の才能（？）に恵まれていた。人より並外れた部分を「持つ事」よりも、「持たない事」で清純な煌めきを持つ少女たちは、慎み深さを美徳としていた高度成長期昭和の産物だった。どこにでもいるごく普通の子という設定は読者との地続き感があり、ごく普通の庶民感覚を読者と共有しながらも、庶民の夢を実現させるべく、普通の庶民には到底なし得ないドラマティックなストーリーを生きていた（彼女たちの運のよさは、要するにロジカルな理由があったわけである）。

しかし、豊かな時代が到来すると、平凡な少女たちは、ケータイとインターネット、可愛い制服と洗練されたお洒落な現代カルチュアのなかで変貌を遂げる。もし仮に、昔ながらのオーソドックスな少女が、『NANA』以降の現代に転送されたなら、なるほどその娘は華やいだ今風の少女たちのなかでは、いささかズレてトロい子としてしか扱われることはないだろう。

『RDGレッドデータガール』は、そんなわけで、今では却って現実離れしたように見える超古風な娘が、実は絶大な一異能者にほかならない、という物語である。彼女は、見かけの地味さとは裏腹に、生まれながらに、女神の依代、つまり巫女的な体質を持ち、長じてそれが発現する未来が予測されており、それが故に、隔離されて育てられてきたのである。地味な外見と育ちは、彼女を悪しき運命から守るための「鎧」だったと喝破されるような設定で、実際泉水子のキャラクターは、奥手の女子高生と、そこに憑き物としてやってくる未来の泉水子である姫神との二面性を合わせ持つ。

普通以上に地味な娘と、普通以上に超越的で華麗な女王キャラ。泉水子は、憑き物による変身（メタモルフォーシス）あるいは二面性を持つ性格付けという点では、憑き物筋、ひいては狼男伝説の主題に近づく。絶滅種として指定されているのは、この特異な憑き物筋の超能力少女だったからなのか。それにしても、この少女を絶滅の危機に瀕しているレッドブック種とラベリングするのには、いったいどういう理由があるのだろうか？

日本の狼男伝説

それを考えるのに、SFやファンタジーのオールドファンならば、懐かしくも忘れられない名作を思い出すことが肝要かもしれない。日本における絶滅種と超能力をむすびつけた狼伝説の作品といえば、かつて平井和正〈ウルフガイ〉シリーズがよく知られていた。同シリーズは、一九六九年（昭和四四年）より開始され、一九七〇年代を通じてカルト的人気をほこり、一九八〇年代の半ばころまでには、人狼テーマとしては他に考えられない、というほどの不動の地位を築いたSF作品である。シリーズには、少年版とアダルト版の二系統があり、どちらの主人公の名前も犬神明という。彼は人狼であり、その出自は、山奥に隠された村であることが示唆されていた。母親である人狼と、人間である父の間に生まれた犬神明は、混血＝ハイブリッドであるがゆえに故郷を喪失し、都会で孤独に生きている、いわばはぐれ狼なのであった。

このように、狼男伝説ということでは、西洋産の狼男伝説を日本に適用したと言ってもよい同書は、実際には日本で古くから知られている狐憑きや犬神憑きなど「憑き物」伝説を応用し、伝奇的な物語学を示唆している点で、画期的な日本産ファンタジーであった。基本的には、少年版もアダルト版も、エロスとバイオレンスの色濃いアクションものの展開である。

さて、〈ウルフガイ〉のなかでもっとも魅力的だった部分は、狼として想定されていたのが、ニホンオオカミだったこと。そして、二十世紀初頭に絶滅したとするかの野生動物の姿に、当時の対抗文化的な解釈を施していたことである。

ストーリー開始の時点で、不良や暴力団によって荒れ果てた学校や都会で、傷つけられた弱き人々を、満月の夜に発現する超絶的な力で助けようとした犬神明は、シリーズ長期化にしたがって、新たな敵に相対するようになる。時代は、ベトナム戦争が激しく平和運動や帝国主義的資本主義の権化であるアメリカニズムへの反撥が強かったころである。近代化や戦後のGHQ政策が、日本の姿を変え、古風なライフスタイルや宗教観が消え去り、忘れられて行く。犬神明は自らの身体をかけてそうした欧米の帝国主義的な構造と、闘争するのだ。

特にCIAは、武器開発のために犬神明を追い、まるで野生動物を捕獲して標本にしたり解剖したりするかのように、彼を狩りたてた。彼の超能力は、古代から日本の山にひっそりと隠されてきたようなスピリットにあふれ、それは大和朝廷を中心として形成されてきた日本というナショナリズムではなく、国家らが抹消してきた民間伝承世界の象徴として描かれているようだった。

……と、今『RDG』を読了した頭では、犬神明自身が、RDBに登録されていても違和感のない存在のように思えたりする。事実『RDG』のなかにも、〈ウルフガイ〉に描かれていたような、異能力者を研究材料とみなすようなイデオロギーは描かれている。その意味では、泉水子は、犬神明の末裔と言えるかもしれない。

ただし、犬神明があくまで男性人格のヒーローの姿に主眼がおかれ、ヒーローの孤独な旅をバイオレンス・アクションとして描くことに邁進していたのとは異なって、『RDG』の場合は、異能者を、このうえもなく地味な「少女」というもうひとつの絶滅種と重ね合わせる事によって、性差論による異なったアプローチを試みているように見える。

多層構造の神話

熊野の山中で、掌中の珠として慈しまれていた泉水子は、修行中の山伏の少年・深行に出会う事によって、まるで別世界へと連れ出されるかのように、熊野の山奥から、日本の首都・東京の高校へと進学する。田舎から都会へ。小さくて安全なスフィアから、異能者たちの切磋琢磨する集団へ参入するのだ。

ここで興味深いのは、泉水子の通う不思議な高校「鳳城学園」の設定である。『RDG』最大の読みどころと言ってよい。外国人留学生も多い鳳城学園は、実は日本のみならず世界各地から異能力者(霊能力者)が集められている特殊な学校だった。しかも生徒会の会長には、もっとも強力な異能者が選ばれる。したがって、山伏や忍者、そして陰陽師といった各種異能力者たちが一堂に会し、スポーツでも勉強でもなく競い合う。そうした競争を経て、ようやく泉水子らは自らの力の正体のなんたるかを知るようになるのだ。

通常のヒーローものに慣れていると、当然弱くてとろい泉水子が、どういうふうに超絶的な活躍をするのかと期待してしまう。そして期待通り、どの事件でも泉水子は姫神の力を見せつける。でも、泉水子の力は、どうやらそれだけではないようなのだ。

他の異能力者たちも、学園の生徒としてふつうの学園生活を送り、学園祭や夏合宿といった年中行事の中で、「異能力とはそもそもなにか」を考えさせられるような不思議な事件に遭遇する。そして、自らの能力とそれをめぐる文脈を歴史的構造的に考察する。学園での奇妙なできごとは、それぞれ不気味な側面をもっていて泉水子らを脅かしもするが、〈アダルト・ウルフガイ〉ほど暴力的ではないし、厳格なまでに生真面目、ということもない。ライトノベルの気楽さもあって、あくまで遊戯的に各種超能力が考察されるのである。

考えてみれば、〈ウルフガイ〉では、犬神明の出自といい、蛇女や吸血鬼や虎女といった各異能力者たちの歴史的な背景といい、魅力的な要素が一杯にちりばめられているにもかかわらず、基本はアクションものであり、ストーリー自体は孤独な超能力者たちがどのように抑圧的な世界をサバイバルして、自分たちの居場所を確保して行くかに焦点があった。つまりヒーローの情念に満ちた闘争と孤独なメンタリティに重点が置かれていて、彼ら自身の存在の歴史的な意義等を探究するごとには禁欲的だった。

一方二十一世紀の『RDG』のほうは、鳳城学園の設定自体が、各異能力者たちの歴史的な背景や構造の差異を描きつつ、日本的宗教観を浮かび上がらせている。山伏の系統を持つ深行。兄弟の一人が幽霊である三つ子の宗田姉弟。陰陽師を継承する高柳、そして歌舞伎という伝統芸能のなかにある幻想性をまとった村上先輩。これらの人々の活躍と葛藤は、日本の歴史の中には、実に多種多様な超自然的技術が存在するのだな、と実感させる。同時にこれらの存在が実際にはどういうものだったのか、どう継承されているのか、われわれは実は知っているようでいて、詳細をよく知らないことに気づくのだ。

このさまざまな異能者がうごめく集団の中で、泉水子は最終的に最重要な地位に就く。もっとも地味でとろい娘が、最も力を持っていたという経緯は、シンデレラ的サクセス・スーリーに見えるけれども、先に述べたように、姫神の力だけではなく、存在そのものが周囲に影響を与えてしまったり、あるいは深いところまで掘らなければ到達できない天然資源のようなものとして描かれる。目に見えるような絶対的な闘争力にとどまらないのだ。

しかも、トップを勝ち取るためにどちらかひとつを選ぶといった、ありがちな二者択一的な力ではなく、異なった要素を繋げて共存させ、網の目のようにネットワークを広げて行く、そうした一風変わった力が泉水子の正体である。前者が泉水子をライバル視する高柳の方法論だとするならば、あくまで後者を選ぶのが泉水子だ。これは、男性原理と女性原理の相違と言えるかしれないが、高柳が白い犬に変身させせられるくだりを読んで、その昔だったら、これが犬神明みたいなヒーロー然とした格好いい存在だったのかもしれない、と思わずにはいられなかった。時代が変わったのかなという気がしたものである。

泉水子に憑依する姫神もまた、ヒーロー然とした超絶的な存在だが、姫神自身は泉水子の母親の身体を住処とし、泉水子＝姫神というヒーローにはならない。

こうした泉水子の存在が、陰陽師や山伏、シャーマニズム、さらに海外のキリスト教神秘主義等を繋いで一種共存の原理を、鳳城学園に成立させるのである。こうした鳳城学園の異能者たちの共存の光景に、日本の多神教的な構造が反復されているところが、興味深い。

要するに、『RDG』はラノベ的なボーイ・ミーツ・ガールの軽いロマンスと超能力者の冒険もののように見えながら、実は日本の宗教観とその構造を、学園の中に具現化している。それも単に共存させるのではなく、陰陽師なら陰陽師、山伏なら山伏の幻想的なスキルをその言説空間ごと描き出し、個々の世界観が層をなして幾重にも重なり合っているような、いわば多層構造として描き出したのである。

日本神話を再構築する、とは?

ジャンル・ファンタジーには、各国の神話・伝説世界をリサーチして、それに一定の現代的な解釈を施し物語として再構築していく手法がある。それは、リアリズム的な手法とは異なって、わたしたちがふだん目に見えている世界に生きているというより、現実自体がさまざまな歴史的な文脈の多層構造にささえられた意識世界にほかならないことを体験させる。そこでは、一見単純化されステレオタイプ化されて、普段常識のかたすみにしか見えなくなっている神話・伝承の世界こそ、長い時間のなかで蓄積された巨大な情報体であることを悟らせるプロセスにほかならない。

『RDG』第六巻のなかに、その顕著な例がある。冬至にまつわるヨーロッパの神話世界を、泉水子らの友人、星野が解説するくだりである。クリスマスとはいったいなにか、という話題をきっかけに始まる光景は、非常にエキサイティングだ。

キリスト教の救世主が生まれた日について、星野はそれ以前の世界では冬至の祝祭日だったもので、それに上書きされたものだった、と指摘する。ほかにもサンタクロース発祥のことが紹介され、キリスト教のもっとも要と言っていいほどのクリスマスも、詳細に検証すればするほど、実は曖昧模糊とした人工的なお約束にすぎないことがわかってくる。

これは、キリスト教の伝説の下から、別の神話が次々掘り起こされるようなカルチュア・ショックをもたらす。泉水子は星野の話を聞いて感銘を受け、好奇心をかき立てられるが、読者も泉水子の気持ちに身を任せながら、クリスマスというひとつの現象が、いくつかの伝説の接合であり、各伝説がそれぞれの世界観や宗教観を背景とする別の価値体系のなかで形成されていたと認識するようになる。ひとつのキリスト教的祝祭日としか知らなかったクリスマスが、まるで地層のようによりあわさっていた複合的なイベントの表層だった、という認識に到達するのだ。

単純明快に自然化されてきた儀礼のうちに複数の伝説の接合を発見する体験は、貴重というほかない。それは複数の価値観の発見に繋がり、わたしたちの知る現実が、けして単純な物にとどまらず、複雑な歴史性をもっていることを知らしめる。そうした認識に開かれて行くことが、せちがらい現実から解き放ち、別の価値観を発見する契機をもたらすのは、まちがいない。この覚醒の衝撃力こそは、ファンタジーの魅力のひとつである。

かつて、力による支配関係を背景にしたヒーローの物語学は、ひとつの真実へ立ち至る絶対的な物語学への希求に貫かれていた。しかし『ＲＤＧ』が示唆するのは、接合や共存を可能にする異なった物語学なのだ。それを、現代ではついぞ見かけなくなった引っ込み思案の少女とともに、顕在化させている。

「こんな子が姫神なのかよ」と、冒頭で泉水子に出会ってがっかりした深行が、「こんな子」のもつ可能性に目覚め、やがてその認識を大きく変えることになった。それは、現代文明が覆い隠して見えなくしてしまったものに気づくプロセスでもあった。一見古風で見えない存在の代表格のような泉水子が、少女の原型という仮面の下に、驚くほど豊かな世界を内包していたという展開は、絶滅種や世界遺産と言ったわかりやすい保守性に回収されがちな伝統性内部に、世界観をがらりと変えてしまうほどの過激な革新性を隠しもっていることを示す。それを見抜いた作者の洞察力に、心からの感動をおぼえずにはいられない。

引用文献

荻原規子『RDG レッドデータガール はじめてのお使い』角川書店、二〇〇八年。

荻原規子『RDG レッドデータガール はじめてのお化粧』角川書店、二〇〇九年。

荻原規子『RDG レッドデータガール 夏休みの過ごしかた』角川書店、二〇一〇年。

荻原規子『RDG レッドデータガール 世界遺産の少女』角川書店、二〇一一年。

荻原規子『RDG レッドデータガール 学園の一番長い日』角川書店、二〇一一年。

荻原規子『RDG レッドデータガール 星降る夜に願うこと』角川書店、二〇一二年。

荻原規子『空色勾玉』(一九八八年)徳間書店、一九九六年。

荻原規子『白鳥異伝』(一九九一年)徳間書店、一九九六年。

荻原規子『薄紅天女』徳間書店、一九九六年。

平井和正『狼男だよ』ハヤカワ文庫SF、一九六九年。

平井和正『狼よ、故郷を見よ』ハヤカワ文庫SF、一九七三年。

平井和正『リオの狼男』ハヤカワ文庫SF、一九七三年。

平井和正『人狼地獄篇』ハヤカワ文庫SF、一九七四年。

平井和正『人狼戦線』祥伝社ノン・ノベル、一九七四年。

平井和正『狼は泣かず』祥伝社ノン・ノベル、一九七四年。

平井和正『人狼白書』祥伝社ノン・ノベル、一九七六年。

平井和正『人狼天使 第一部』祥伝社ノン・ノベル、一九七八年。

平井和正『人狼天使 第二部』祥伝社ノン・ノベル、一九七八年。

平井和正『人狼天使 第三部』祥伝社ノン・ノベル、一九八〇年。

平井和正『狼の紋章』ハヤカワ文庫SF、一九七一年。

平井和正『狼の怨歌』ハヤカワ文庫SF、一九七二年。

平井和正『狼のレクイエム第一部』祥伝社ノン・ノベル、一九七五年。

平井和正『狼のレクイエム 第二部』祥伝社ノン・ノベル、一九七五年。

矢沢あい『NANA』(二〇〇〇年~二〇〇九年)、全二一巻、りぼんマスコットコミックス。

山本鈴美香『エースをねらえ!』(一九七三年~一九七五年、一九七八年~一九八〇年)、全十八巻、
マーガレットコミックス。

わたなべまさこ『ガラスの城』(一九六九年~一九七〇年)、全八巻、マーガレットコックス。

超少女の変容――『少女革命ウテナ』についてのノート

A．TVアニメ『少女革命ウテナ』とは

『少女革命ウテナ』は、一九九七年の四月から九月までテレビ東京系で三十九話放映されたＴＶアニメーションだ。制作者は、この番組のために発足した男性四人・女性ひとりから構成される創作集団ビーパパスで、漫画版を少女マンガ家さいとうちほが、アニメ版監督を幾原邦彦が担当した。

主人公は、十四才の少女ウテナ。彼女は幼いころ両親をなくし、悲しみにくれていたところ、それをなぐさめてくれた「王子様」が忘れられず、彼を捜して私立鳳学園に転校してきた。

お姫様が王子様を捜しに行くこの物語には当然、一種のシンデレラ・ストーリーの展開が予想されるところなのだが、主人公のウテナは制服着用の校則を無視し、学ランに短パン姿で登校。つまり男装の少女として登場する。この掟破りの姿に、教員たちはこぞって忠告するのだが、彼女は断固として異装を貫く。

なぜ、ウテナは、男装したのだろうか？

彼女は、王子に憧れ彼を捜し求めていて、まさにその王子を忘れないために自ら王子様の姿をしているのである。

舞台となっている鳳学園は、昼日中こそおぼっちゃま・おじょうちゃまの集う超裕福なエスカレーター式私立学園であるものの、その頂点には超エリート集団の生徒会メンバーがいて、彼らだけが「世界の果て」と呼ばれている力を獲得するための「デュエリスト」の資格を持ち、互いに決闘する資格をもつという。

ピラミッド型の階級制のような学園に異文化探求者が現れたという構図である。だが、この異端者は、服装だけではなく学園の秩序とも言える掟をまず侵犯し、なんとデュエリストとしての資格を獲得してしまうばかりか、次々決闘者に勝ってしまう。

要するに学園での彼女は異端者で逸脱者で、この異端の少女が外部の他者、つまり転校生としてやってきて、摩訶不思議な学園の謎を解き明かしていくという展開になる。

B．『少女革命ウテナ』における戦いの意味――セクシュアリティの顕在化

そもそも、学園の謎とはなにか？

『少女革命ウテナ』に描かれる戦いは、儀礼化された映像で登場する。選ばれたデュエリストたちのみが入れる決闘広場は、学園の日常性（物語性）からいったん切り離されて、上昇気運のムードと劇場的な場面構成へとすすむ。

空からつりさげられたシャンデリアのような城、空以外なにも見えない野外劇場のような場所で、決闘のための装いをすませ、ウテナはデュエリストと戦う。

デュエリストたちがウテナに戦いを挑むのは、ウテナとの関係に問題があるからではなく、どの人物も恋の悩みを持ち、各人のかかえるロマンスを解決するために、世界を手に入れよう、つまり権力を手に入れようと考えるからである。

つまり、学園の謎のひとつは、登場人物たちのもつセクシュアリティである。異性愛的な、あるいは同性愛的な恋愛、あるいは三角関係といった各人のロマンスの悩みは、ウテナに負けることによってあきらめに変わる。

それでは、デュエリストたちに勝ち続けるウテナのセクシュアリティは、どうなっているのか?

学園のなかで最初にウテナが決闘することになるのは、生徒会のメンバー・西園寺莢一がウテナの友人篠原若葉からのラブレターを公開し辱めたということに怒りを覚えたからだった。「王子様」でいようとするウテナは、王子役そのままに、西園寺と決闘し勝利をおさめ、その証として西園寺から「薔薇の花嫁」を譲り受ける。「薔薇の花嫁」とは、決闘の勝利者に与えられる「モノ」であり、それは姫宮アンシーという名前の少女だった。

つまり王子役のウテナ(=萼の意味)に対して、花=お姫様という役回りで登場してくるのが姫宮アンシーなのだ。ピンクの学ランをきた男装の王子と、勝利者のだれにでも簡単に支配をゆだねてしまう従順なお姫様。これは、明らかに、通常の一夫一婦制かつ異性愛的な制度を前提として成立している「眠り姫」や「白雪姫」や「シンデレラ」にみられるヒーロー/ヒロイン関係のパロディである。

そしてこの偽王子と奴隷姫という奇妙なカップルのセクシュアリティのみが挫折することなく他のデュエリストたちを圧し、最後には、姫宮アンシーとその兄で学園の理事長との近親相姦が明るみに出る。

王子様になったお姫様、つまり男装のウテナの前に現れるのは、逸脱の愛につながれた兄と妹だったというわけだ。暁生に心魅かれながらも、王子としてアンシーを助けようとも願うウテナ。最終的にウテナは、アンシーを解放するために暁生と戦うものの、兄を愛しウテナに嫉妬するアンシーに裏切られ、刺されてしまう。

C. マンガやアニメに登場する戦う女性像

我が国のマンガやアニメーションの世界において、「戦う女性像」の表象はふたつの潮流がある。ひとつは、フェミニズム通過後の視点から再構築された少女像——「超少女」の系統であり、もうひとつは、「戦闘美少女」の系譜だ。

a. 超少女の出現と消滅

「超少女」は、写真家でフェミニスト批評家の宮迫千鶴によって作られたコンセプトである。彼女は、少女漫画家・萩尾望都の作品を分析するときに、このコンセプトを創造した。宮迫によれば、萩尾望都は、社会にとって都合のいい少女像を拒否し、いわゆる「女らしくはない」主体性にあふれた存在として、非少女としての「少年像」を構築した。そして、その探究を経たのち、もういちど「少女」

的な表象を再構築するにいたったという。

さて、宮迫は、萩尾望都が最終的に到達した「少女を超越する少女」の肖像を重んじ、この存在を「超少女」とよぶ。超少女は、たとえば映画『エイリアン』の主人公リプリーのように、欧米のフェミニスト的な構造と通底するところがある。

ただし、萩尾は超少女という概念成立のプロセスを『スター・レッド』という作品で描いたものの、以後超少女的なテーマを扱っていないし、この超少女像は少女漫画界でもさほど一般的にはならなかった。むしろ少女マンガでポピュラーなのは、超少女の前段階としての「非少女」という少年表象のほうである。これはなぜだろうか。

フェミニスト的な性格と少女性は共存しにくいモノなのだろうか。その問題を考える上で、見逃せないのが、超少女と似て非なる「戦闘美少女」像である。これもまた、女の子らしい身なりでふるまいながらも躍動的で主体性のある、つまり性格上に少年らしさを併せ持つような少女像であるからだ。

b. 戦闘美少女の系譜

アイドルとしての資質をそなえた「お転婆な女の子」という少女像——「戦闘美少女」。その性格については、精神分析医で評論家の斉藤環が、六〇年代ころから少年向けマンガやアニメーションの世界で描かれてきた系譜をあきらかにしたうえで、次のように説明している。

❶ たとえば欧米圏のタフなファイティング・ウーマンたちは、そのほとんどがファリック・マ

ザーとして理解できる。ところで、私はこうしたアマゾネスたちとの対比から、戦闘美少女たちを「ファリック・ガール」と呼ぶことにしている。

❷戦闘美少女＝ファリック・ガールとみたてると、それは個人的な外傷と動機による裏付けが乏しく、そのぶん空虚にみえる。

❸多くの作品において、戦闘美少女はあたかも巫女のような位置を占めている。

❹彼女たちの発揮する破壊的な力は、彼女たちの主体が操るものではなく、異世界間ではたらく一種の斥力のような作用を体現しているのではないか。

❺ファリック・マザーが「ペニスを持つ女性」なら、ヒステリーとしてのファリック・ガールは、「ペニスに同一化した少女」たちだ。

戦闘美少女は倒錯的である。通常の少女という意味合いなら戦わないモノだが、彼女たちは少年のように戦う。しかし、そこに女性解放的な動機や欲望が希薄である。少年たちの欲望にそって「視られる者」として造形されているため、むしろ「戦闘美少女」という自らの表象を通して少年たちの欲望を解放する鏡の役割を果たしているのではなかろうか。

D．『少女革命ウテナ』における戦闘美少女

超少女と戦闘美少女を見比べると、ウテナは、「戦闘美少女」としての性格を持っているように思われる。

「戦闘美少女」としてのウテナは、自らが視聴者である少年たちの欲望の対象でありながら、同時に少女マンガ世界で展開される少女たちのセクシュアリティ表現を見たいという（男性側からの）のぞき見の欲望にもこたえている。

男たちの欲望を解放するために投入されたメディアであるウテナは、このため「男装する少女」として他の少女たちとは異なる特権的な地位にあり、そのトランスジェンダー性は「女装した少年」に限りなくちかいとも言える。

もともとマンガ世界に於ける主題の性差構造は、戦いを主題とする少年漫画と、愛を主題とする少女マンガに分かれている。

『少女革命ウテナ』はこのふたつを組み合わせたアニメーションである。さまざまな恋愛の充満する女性的な世界に、ウテナを通して戦いという概念が組みこまれる。各人の悩み、つまり愛の悩みを、儀式化された決闘＝戦いによって解決するという展開だからだ。

エイリアンとして登場した男装の少女が明かすのは、宝塚世界のようだといわれた少女マンガにおけるセクシュアリティの構造である。

心理学者の渡辺恒夫らが指摘するように、マンガに於ける日本独自の性差と年代のマーケット区分は「かえって多様なかたちでの性別越境の冒険を可能にし、マンガそのものの発展の原動力になってきた」という。ここには、社会的な性的囲い込みが徹底されると逆説的に性別越境が生み出されるというジェンダーの脱構築現象がある。

少女マンガは、少女購買者向けにカテゴライズされ、読者も作者も女性であるが、その多くが男性編集者によってコントロールされている。とうぜん既存の性的役割に対する保守的な制度は強い。しかしその反面、逆に女性読者の欲望に忠実になろうとするあまり、多様な性的表象を繰り出し、女性にとって都合のよい（快い）表象と物語学が編み出されている。ただし、どれほど危険な性的表象が生み出されようと、「少女マンガ」とジェンダライズされ囲い込まれてさえいれば、男性社会を脅かすものにはならない。したがって不自然なほど過剰な女性性を持つ少女的な世界の内部には、女性を古典的な女性性の枠組みに押し込めようとする外的抑圧に対する抵抗ともいうべき表象が乱舞している。

ウテナは決闘することによって、宝塚や少女マンガや育んできた少女のためのロマンスの物語学やセクシュアリティをどんどん顕在化していく。そして最終的に、この世界、つまり少女マンガの核ともいえる構造に辿り着く。ウテナが発見するのは、鳳暁生と姫宮アンシー兄妹の近親相姦だ。このふたりの相関関係が物語世界の中心なのである。

E. 姫宮アンシーという超少女

ここでお姫様／奴隷として登場する姫宮アンシーというキャラクターについて着目してみよう。制作者のひとり榎戸洋司氏は、姫宮アンシーをさして「女の子を通じて、現実を知るときの記号」と説明する。少女漫画的な幻想を体現する物語世界で、唯一現実的なキャラクターであるアンシーは、最終的にはウテナによって兄との関係性や学園世界の権力関係から解放される。革命が起こる少女とはアンシーのことであり、革命を起こしたウテナは消滅する。これはなぜだろうか。

アンシーと兄・暁生との関係は、単に抑圧される女性と抑圧者の姿を描いているわけではない。父権的な兄に性的に蹂躙(じゅうりん)される妹。妹に肉体で支配されるようになる自堕落な兄。つまり学園世界のトップにたっているのは、確かに暁生だが、実際に蹂躙されているはずのアンシーは、抑圧図式の内実をすり替えようとしている。それこそは、まさに少女マンガや宝塚における「少女」という性差システムそのものを反復していることであろう。アンシーは、少女を中心とする世界観を体現する存在なのである。

戦闘美少女ウテナは、その少女というシステムの構造に直面する。最後の戦いにおいて暁生を圧倒するウテナは、最終的にアンシーに刺されて倒れてしまう。

「戦闘美少女」は女の子を解放するためにいるのではなかった。解放の意識をめざめさせるものだった。つまり、戦闘美少女としてのウテナは最終的にはアンシーという超少女をめざめさせてしまったのではないか。アンシーがウテナの戦闘美少女性を引き継いだと言うよりも、「戦闘美少女」によって、少女という構造が明らかになり、ここに超少女性が覚醒したと言うべきだと思う。

「戦闘美少女」は、しばしば九〇年代に入ってアニメ「セーラームーン」に見られるように男性・女性双方で楽しめるキャラクターと言われる。少年の欲望を代弁する戦闘美少女は、少女の欲望を代弁する超少女的な、つまり女性を解放する超少女を重ね合わすことができると考えられるからだ。

しかし、『少女革命ウテナ』は、「戦闘美少女」と「超少女」の違いを明確に考察している。戦闘美少女とは少女世界をのぞき見するエイリアンなのであり、少年たちの媒体である。しかし、戦闘美少女は、少女世界の根底にある父権制への従属とそれを覆す抵抗という、少女マンガ内部のあくなき日常が顕在化した瞬間、少女マンガ世界を成立させている動機や外傷を露呈させつつ、変貌をとげねばならない。女性の戦いの動機と外傷にふれた戦闘美少女は、従属と抵抗の構造を意識した瞬間から、「超少女」に変貌せざるを得ないからだ。

皮肉にも、これは少女アンシーも同様なのだ。彼女もまた、少女マンガ世界にいつづけることができない。少女アンシーは、「戦闘美少女」ウテナという性差の曖昧な構造によってさまざまなセクシュアリティとそれを淘汰する異性愛的な権力構造を知り、その結果「超少女」として覚醒する。その際、少女は戦闘美少女と対決しなければならなかった。真の覚醒は、いっけん同じような表象の下にまったく別個の意味が隠れていることを知ることなのだから。

『少女革命ウテナ』は超少女のめざめに、戦闘美少女というトランス・ジェンダーがどうかかわっているのかを描いている。と、同時に、超少女と少女という概念の共存がいかに難しい話題であるかをも示している。少女のなかにある抑圧と抵抗の形の同居が少女マンガや少女文化の構造を形作っており、それは少女性超克を自明のモノとする超少女性とは別物なのだ。この相違が、日本の少女文化という特殊な構造を解き明かす鍵になると考える。

引用文献

アライ=ユキヒロ「なぜ「少女」「革命」なのか――『少女ウテナ』論」、〈ポップカルチャー・クリティーク2：少女たちの戦歴〉一九九九年五月。
斎藤環『戦闘美少女の精神分析』太田出版、二〇〇〇年。

さいとうちほ『少女革命ウテナ』全5巻、チャオフラワーコミックス、一九九七年〜一九九八年。

『少女革命ウテナ』幾原邦彦監督、全39話、テレビ東京、一九九七年。

宮迫千鶴『超少女へ』北宋社、一九八四年。

狭間の視線
——メアリ・ヘイスティングス・ブラッドリー＆ジェイムズ・ティプトリー・ジュニア母娘に見る passing の政治学

地球人として通る

潜伏したエイリアンというのは、異星人とのファースト・コンタクト物語同様、ＳＦの世界では御馴染みのものだ。映画『メン・イン・ブラック』（一九九七）を例にとってみよう。その世界の設定では、すでに世界中でエイリアンが暮らしている。ただし通常の地球人はそのことを知らされていないため、エイリアンたちは地球の事物そっくりの偽装を義務付けられる。つまり彼等は地球の風景に溶け込んでいるのだ。ある日そこへ悪い宇宙人が逃げ込んで秩序を乱そうとする。そこで、黒服に身を包んだ捜査官が調査に乗り出す。

主人公は、この黒服としてスカウトされた男性（ウィル・スミスが演じている）。彼はまずマンハッタンの一部にひそかに隠された宇宙港へと案内される。そこは我々が通常空港や港の出入国管理事務所でよく目にするような移民や訪問客でごったがえしている。しかし手続きを待ってそこにならんでいるのは、地球人とは似ても似つかぬエイリアンの群れであった。

さて、わたしが本論で論じてみたいのは、やってきて宙港に居並ぶ珍妙な宇宙人たちの姿ではなく、むしろそのあと、入国（星）審査が終わって無事地球上に下り立ち町に出て、地球の事物に化けて暮らしているエイリアンたちの方である。この人間としてまかりとおっている"passing for Human"エイリアンたちの存在が興味深い[1]。

民間の、それも市民たちのなかに入りつつも、どこか奇妙な客人といった印象を残すエイリアンたちの姿。「人間」として通ってしまう異質な「誰か」。SFやファンタジーに登場し正体を隠しながら暮らすエイリアンたちは、その特質があくまで「非人類」であり、そのため正体が暴露されることは致命的であるとされることが多い。物語のなかでは、エイリアンたちの正体露見はひとつの現実感の崩壊を指し、しばしば当事者たちの破滅を意味する。それはヨーロッパからの移民たちが母国の文化をそのまま携えつつも自然にアメリカ人社会へ溶け込んでいく過程とはニュアンスが異なる。

この偽装したエイリアンたちの偽装の構造、地球人（すなわちアメリカ人）としての役割を演技するという構造を考えるのに、ひとつの大きなヒントになるのが、人種間結婚などの越境からかもしだされる"passing"である。

ワーナー・ソラーズは、『黒人でも白人でもなく、その両方――異人種間文学の主題探究』のなかで、"passing"に関して次のように言及している[2]。

"passing"は「白人として通ってしまうこと」という意味合いから出発している。異種族間の性的結合は、たとえばアメリカならば、黒人奴隷を所有していた白人がしばしば黒人女性との間に混血児をもうけたことなどを背景にもたらされた現象である。この混血児たちのなかで、表層上白人と見分けのつかない人々が出現した。『“Passing” とアイデンティティの虚構』の監修者エレイン・K・ギンズバーグは、その序文を十九世紀前半白い皮膚を持つ奴隷エドマンド・ケニーについての逸話から始めている[3]。法的には黒人奴隷、しかしどこからみても白人とまったく見分けがつかないケニーは、表面的には「白人の自由」を標榜しつつ、先祖に黒人の血が入っていることで「黒人（ここでは Negro と呼ばれている）」と規定されてしまう。ギンズバーグが指摘するように、“passing” の背景にあるのは、ふたつの異質な集団と、そのふたつの集団を規定する社会的なヒエラルキーという構造である。“passing for White” であるなら、白人農場主が黒人女性奴隷との間に権力づくで性的関係を結び混血児たちを生産し、さらにその混血児を社会的に評価するのに、「白人」を中心とした社会のヒエラルキーの価値観をそのまま適用するという背景がある。先祖にひとりでも黒人がいれば原則として「白人」の範疇に含まないとする白人中心の価値観、それが “passing” を動かすメカニズムであり、“passing” する人々は、こうした価値観を自明とする社会で白人を装い白人社会に入り込んでサバイバルしようとしたのである。したがって、そのプロセスにおいて、正体暴露はくだんのヒエラルキー社会においては確かに社会的地位の喪失であり、当事者に致命的な運命をもたらす。

ソラーズやギンズバーグは、「白人として通る」人々のことを主に説明する “passing” への解釈が、近年あらゆる人種間、そして性差間の越境にまで拡大できることを豊富な実例をあげて繊細に分析している。たとえば、「(passing とは) キリスト教徒で通るユダヤ教徒、ドイツ人でいるほうを選ぶポーランド移民、ユダヤ人のふりをするイタリア人、差別を回避するため出身地を秘密にする日本人非差別部落民、英国人として通るアングロ＝インディアン、カリブ海やラテン・アメリカから白人社会へと引っ越してきた混血と同じような境遇の南アフリカ共和国の白人／有色人の混血、それから日系アメリカ人として通る中国系アメリカ人の例のごとく、ずっと多くの他の事例へと参与できるような人々を示す。しかし、アメリカにおいては特に黒人側から白人側へ色の境界線を跨ぎ越すという意味合いで、つまりあたかも「白人として通る」を短く縮めたものとして、"passing" はもっとも頻繁に使用されている。(4)

passing 論拡大の背景にはジュディス・バトラーのパフォーマンス理論を始めとするジェンダー理論の発達やポスト・コロニアリズムの流れがあり、クレオールやサイボーグに関するさまざまな関心が絡み合う。つまり、"passing" は、今や、"hybrid", "cross dressing" など九〇年代以降の人種混淆と複雑な社会の政治意識の台頭のなかで、複雑化する主体性と文化を分析するのに非常に重要な示唆を含む。

そこで本論では、それらの研究成果をふまえたうえで、"passing" に関する解釈のなかでは、サイボーグとクレオールの身体論との関連に着目するジェニファー・ゴンザレスの論考を念頭に、アメリカSF作家ジェイムズ・ティプトリー・ジュニアの人と作品を振り返ってみたいと思う。(5) なによりも、この作家は、"passing" に関する作品を数多く生み出していると同時に、作家本人が "passing" の体験者であるからだ。

ジェイムズ・ティプトリー・ジュニアというSF作家は、一九六八年、彗星のようにデビューした。デビュー作「セールスマンの誕生」を「アナログ」誌六八年三月号に発表したあと矢継ぎ早に完成度の高い短編を書きまくり、またたく間にSF界の寵児となった。[6] 特に男性SFファンが魅了されたというのも、ティプトリーが登場した頃といえば、六〇年代後半からの世界革命闘争とカウンターカルチャーが勃興する中で猛烈にはじまった女性解放運動の影響で、長らく男性作家中心だったSF界に才能あふれる女性SF作家が続々と登場するという時期にあたっていたからである。「近頃デビューする作家は女ばかり」と古参の男性作家を嘆かせたなかで、たったひとりこのティプトリーだけが男性作家として強烈な支持を受けたのである。

アメリカSF界の名編集者ガードナー・ドゾワは、一九七七年に出版した小冊子『ジェイムズ・ティプトリー・ジュニアの作品』のなかで、プロもアマチュアもSF大会に来て互いに顔をよく見知っているというSFファンの独特の強固なコミュニティ意識の中で、彼、ジェイムズ・ティプトリー・ジュニアだけは謎の作家のままでいると感嘆している。[8] 事実、私書箱と銀行口座以外誰も、編集者ですら彼がどんな人物であるか知らなかった。

彼の人気の秘密はやくざな語り口を始めとするマッチョな作風にあった。たとえば、第二作「愛しのママよ、帰れ」の物語骨子には、多少稚拙ではあるが当時の女性解放運動に対する皮肉がこもっている。[9] ストーリーは次のようなものだ。地球にある日宇宙人たちがやってきた。かれらは地球人の女の姿はしているが、サイズがずっと大きな、つまり巨人族の女なのである。このため「母さん」と渾名されるようになったエイリアンたちは地球に滞在中傍若無人にふるまい、地球人男性に対する情け容赦のないレイプや襲撃事件を引き起こす。そこで一計を案じた地球人側は巨大ゴリラに宇宙服を着せ、巨人族の女たちのもとへ送り出す。地球に生息する巨大霊長類から問答無用の手荒な扱いを受けた「母さん」たちはあわてて宇宙へ逃げ帰る。傍若無人な巨人女であっても所詮女は女。乱爆者の上位の男が現れるとかなわないのだ。文体はユーモラスだが、「母さん」と渾名される女性型異星人へのあからさまな嘲笑は、一目瞭然である。

あるいは「そして目覚めると、わたしはこの肌寒い丘にいた」(「F&SF」誌七二年三月号)[10]。宇宙船の中継基地で一杯ひっかけた男が、同席した男から異種族間性交渉の不気味でエロティックな話を聞くというストーリーである。男同士の間で交わされる猥談。その狭間から散見されるエロティックで残酷、性的関係性に富む謎めいた雰囲気は、それに翻弄されかねない男たちの弱さをも語っていた。こんな作風のティプトリーは「男心を掘り下げてくれる男性作家」というのが、当時SF作家ロバート・シルヴァバーグやドゾワらの評価であった[11]。

ところが、七〇年代に入るとフェミニズム運動はいよいよ広がって、デビューしたばかりの若手女性SF作家の全盛となる。「ヘミングウェイばりの男っぽさ」とシルヴァバーグに評されたティプトリーは、「男たちの知らない女」(「F&SF」誌一九七三年十二月号)というフェミニズム風味の短編を書く[12]。これは男社会のなかで男の手を借りずにサバイバルしてきた女系家族(母と娘)が、地球人男性を捨てエイリアンとともに地球を去ってしまうという内容だ。ストーリーは普通のアメリカ人男性の視点から描かれているのだが、なんの未練もなく地球の男を捨て去る女たちの冷酷さは注目された。「男性作家なのに女心がこれほどわかるなんて」と複雑な褒め言葉が出る一方、女性SF作家たちの反応は「女性作家が書くべき内容をなぜか見透かしたように書く男」への不快感を表明するものであった。[13]

その頃、SF同人誌「カトルー」の編集長だったジェフリー・スミスは、アーシュラ・K・ル＝グウィン、ジョアナ・ラスら女性SF作家たちに呼びかけ、一九七四年十月九日から翌年の八月五日にかけて「SFにおける女性」という公開書面シンポジウムを行う。[14] 全七ヵ月一六八ページに及ぶ手紙を含むシンポジウムは、最初はジェフリー・スミスからの質問事項に女性たちが答えるという形式だった。ここにティプトリーが冷やかしとも真面目ともつかぬ面持ちで乱入し、女性参加者の怒りを買い「男性に参加する権利はない」とばかりに追い出されてしまう。問題はそのあとだ。このシンポジウムのあと、一年後にジェイムズ・ティプトリー・ジュニアは母親が死んだことを親友ジェフリー・スミスに手紙で書き送り、その内容がきっかけで新聞の死亡欄を調べたスミスが、ついにジェイムズ・ティプトリー・ジュニアの仮面を剝がす。本名アリス・シェルドン。当時六十二歳の女性であった。[15]

この事実にSF界は大きな衝撃を受けた。だれもがいささかの疑念をも抱かないほどにティプトリーは男性作家と思われていたからだ。一介の女性作家にあのように見事なまで「男性」が演じられるものなのだろうか。しかも、当時ティプトリーの友人で過激なフェミニズムSFを書きまくっていた新人の女性SF作家ラクーナ・シェルドンもまたティプトリーのもうひとつの仮面であることが、明らかにされたのである。[16] それまでティプトリーを褒めまくっていた男性作家たちは口をつぐみ、一方、書面シンポジウムに参加していた女性作家たちにも動揺が走った。何よりも「男性であるあなたにフェミニズムを語る資格はない」として追い出してしまっていたからだ。[17]

だがこのような周囲の思惑以上に衝撃が大きかったのは、本人であろう。正体暴露のあと、ティプトリーは暴露前の人格をとりもどせなくなってしまう。[18]

これが"Passing for Man"、つまり男として通っていたティプトリー自身の"passing"に関するペンネーム暴露事件の全貌である。

その後、一九八二年になって、チャールズ・プラットのインタビューから謎の作家ジェイムズ・ティプトリー・ジュニアの経歴が明らかになった。[19]

ジェイムズ・ティプトリー・ジュニアは一九一五年八月二十四日、アメリカ・イリノイ州シカゴに生まれた。父親は弁護士で旅行家のハーバート・エドワード・ブラッドリー、母親は作家で旅行家のメアリ・ウイルヘルミナ・ヘイスティングス・ブラッドリー。一九二〇年、すなわちアリスは五歳のころから二度にわたって父母に伴われてアメリカの高名な剝製師カール・エイクリーとともにアフリカを旅している。幼い頃から画才を認められていた彼女はサラ・ロレンス女子大を卒業後グラフィック・アーティストとして活躍。

一九三四年にはウイリアム・デイヴィーと結婚するも三八年に離婚。個展も開くほどの才能だったが第二次世界大戦が始まると一九四二年に志願してアメリカ陸軍に入隊。写真情報士官として働き一九四五年にはドイツ赴任中アメリカ空軍情報部のハンティントン・シェルドン大佐と出会って一ヵ月後に結婚。戦後は帰国して退役したものの、一九五二年ＣＩＡ発足にともなって写真情報部に勤務。しかし、次第に任務に嫌気がさし、五五年突然失踪した。しばらくしてから夫のもとにもどり、ＣＩＡを退職してジョージ・ワシントン大学で実験心理学を専攻し一九六七年に博士号を取得している。

研究者としては健康上の理由から挫折したが、一九六七年に書いたSF短編が四編とも売れてSF作家になった。

一九六八年にデビュー、矢継ぎ早にSF界の賞を総嘗めにしたものの、一九七七年の正体露見以後は作風も変化し、年齢もあって執筆量は減少した。そして、一九八七年五月十九日。アルツハイマー症で寝たきりになっていた夫の看病のかたわら、自分自身も心臓病と出血性潰瘍を患い、それに鬱病も加わって、当日の朝弁護士に自殺宣言したあと、数分後に夫を射殺し、その直後、自殺した。享年七十一。

華やかで壮絶な一生、そして人生への驚くべき決着が明らかにされるにつれ、ティプトリー作品の凄味をその波乱万丈の人生とからめて論じる傾向が濃厚になっていく。特に目を惹くのは、正体暴露直後こそ、男性読者たちから「あんなすごい作品をなぜ女性が書けたのか」という不信が表明されていたのに、経歴が明らかにされるにつれ「通常の男性よりもすごい体験をしているからこそ、書けたのだ」という解釈に変わっていった点である。

CIAで習い覚えたテクニックを駆使し、完全に「男性作家ジェイムズ・ティプトリー・ジュニア」を構築していたアリス・シェルドン。その文学的異装主義が男性作家たちを魅了したのは、誇張された男性性という懐古趣味的なステレオタイプを駆使していることによる。「愛しのママよ、帰れ」に見られる「母さん」への暴力は、ティプトリーが男性作家であれば、女性への単なる冷笑と見られるものであり、ティプトリーが女性であれば、冷笑を共有する男性への冷笑までをも含む。そしてティプトリーが「男を装う女」であるとするならば、女性というより母性への冷笑と、それを共有する男性への冷笑が混在している可能性がある。

ここには、単なるお遊びというより、もっと切実で鬼気迫る何かがある。それを探求するために、"passing"に関する視点をもう少しくわしく検討してみよう。

白人として通る

ティプトリーの小説、そして作家研究から考察する時、見逃してはならない要素がある。それは母親との関係性である。かつてわたしは一九七三年に書かれた「接続された女」を論じた際、同作品がティプトリーと彼女の母メアリ・ヘイスティングス・ブラッドリーの間のある母娘関係の相剋を反復していると述べた[20]。

ペンネームにからむティプトリーの事件が"passing"の典型であることを理解するのは難しくはないが、ここで注目してみたいのは、母親で作家のブラッドリーの方もまた"passing"に関わる興味深い著作を残しているという事実のほうである。ブラッドリーは、生涯に五冊のアフリカ旅行記のほか、三〇冊ほどの小説を出版していた。それもミステリ、サスペンス、アクション・アドベンチャー、歴史ロマン、ファンタジーなどで、ハリウッド映画ばりのロマンティックな通俗小説が少なくない。

一九五五年、アリス・シェルドンがＣＩＡから逃亡し失踪事件を引き起こしたちょうど同じ年に、ブラッドリーは生涯最後の長編小説を出版していた。タイトルはずばり I passed for White.『白人として通る』[21]。

ここで興味深いのは、作者名がリーバ・リーというペンネームになっていること。しかも、「メアリ・

ヘイスティングス・ブラッドリーに語ったリーバ・リー」と注釈がついているのだ。さらに次のような前書きがある。

「わたしはこの物語をできる限り忠実に、リーバ・リーがわたしに語ってくれたとおりに率直に語ろうと努めた」。いくつかの実名と作中『レイトン家』と呼ばれる家族がだれかわかってしまう可能性以外、本人を特定できる部分はないはずだ。もし読者がリーバのような境遇にある数千もの人々が日夜偽装しているなどという事実をこれまで聞いたことがなかったら、これは信じがたい物語のように思われるかもしれない。

彼らの生活の真実は今もけして表沙汰になることはない。リーバ・リーは、毎日がおもいがけないことの連続であったことを、その危険を、その恐怖を、その茶番めいた即興をすら見事に語りたおしてくれたのである。この物語を通して、以後、白人と黒人の両方がより正しく理解しあい、より深い絆を結ぶことを願う[22]」。

物語は次のような内容で、きわめてノンフィクションに近い私小説といった趣である。語り手のリーバ・リーは、シカゴの黒人の多い地区に生まれ育った。一家の住んでいたところには「シリア人、イタリア人、ユダヤ人」などの人種が多少なりとも混在してはいたが、そのなかで彼女は幼い頃から色が白くて「Lily Skin（ユリのような肌）」と呼ばれ、少年たちのからかいの対象になっていた。

ただし、幼少時の「色」に関する違和感は、外部で受けるより内部、つまり家庭のなかで醸成されることになる。リーバの家族の「色」は一定していないからだ。彼女は次のように家族を色別している。「パパはブラウン、ママはクリーム・イエロー、弟（チャーリー）はブラウン、妹（ホレース）はブラック、そして同じ家に住んでいる母方の祖母グレンはグレイ・ホワイト」。
なかでも、リーバの色の白さは親戚中の噂の種で、しばしば一家を訪れる口うるさいヴァージニア叔母さんは「なんだって白い子が我が家にはいりこんだのかねえ」と詮索する。ヴァージニアは黒人らしい黒人であり、体も大きくお金持ちの未亡人で堂々としていた。このように家庭内部での色の差から来る疎外感はリーバを悲しい気持ちにさせるのだが、そんな彼女に祖母グレンは次のような一家の歴史を打ち明ける。

グレンの祖父はヴァージニアに居住していた白人で、妻と息子を解放し土地を与えたというのである。一八五七年、父が三十三歳のときにグレンは生まれた。成人したグレンはヴァージニアからワシントンに移り医者と結婚。彼は黒人であったが黒人のみならず白人にも慕われていた。ふたりの間に生まれた女の子がリーバの母親である。

その後、リーバの母親がカレッジに入学したころ、彼女は学内で白人の青年と出会い熱烈な恋に落ち、リーバを身籠もってしまう。しかし、白人の両親が結婚に反対したため彼は故郷へと連れ戻され、ついに戻ってはこなかった。こうしてリーバの母親はカレッジをやめ、現在のリーバの父と結婚したというのである。

つまりリーバの先祖には黒人ばかりではなく白人もいたというわけだ。したがって、リーバは白人と黒人の間の混血であり、黒人の血が1／2のムラトー（Mulatto）よりもさらに白人の度合いが大きい。

リーバが小学校に行く年頃に一家が引っ越したため、彼女は白人も黒人もいる学校へ通うことになった。初日に学校へいったリーバは、ポーランドから来た移民の少女と知り合う。自分自身はけして白人と名乗ったわけではないが、この少女はリーバの姿かたちから白人の少女と見做し、家にも招待する。しかし、リーバが生粋の白人ではないことが翌日知れわたり、彼女はクラス中からつまはじきにされてしまう。

クラスには黒人の少女もおり、彼女はけして嫌われることなどないのに、なぜリーバだけが嫌われたのか。クラスメートにとって白／黒の区別がはっきりしていればそれでよかったのであるが、見かけが白人そのものなのに中身が黒人(つまり黒人の家庭の子供で混血)である彼女は、体そのものが「嘘つき」の称号なのであり、自ら進んでそれを釈明しない限り、つまはじきになるのだ。この事件はリーバを深く傷付ける。

もちろん知り合ったばかりの少女との友情は消え、リーバは卒業するまで「軽蔑の眼」で見られることになってしまった。クラスの村八分状態は、リーバが「つまりそういう子供である」と認知されてしまうと表面上は収まる。しかし、リーバの傷は癒えず、祖母グレンの話から「ひょっとするとわたしの本当の父親は白人のお金持ちかもしれない」と想像することで自らを慰めるようになり、ついには、学校の教師に「自分の父は黒人である現在の父ではなく、お金持ちの白人で、自分は実の父からつらくあたられている」とウソまでついてしまう。

家庭という私的空間での疎外、学校という公的空間での疎外。それはどちらの共同体にも居場所のない状態を指す。こんなリーバは高校を卒業すると、デパートに就職。お客相手の時には白人と見做され、家に帰れば黒人の家庭へ戻るという環境で暮らす。おりしも弟チャーリーは黒人人権運動にも目覚めていくが、リーバはいまひとつ彼の話には乗れない。

年頃のリーバは黒人の男ともつきあうが、これもうまく行かない。白／黒の狭間を彷徨う彼女はついに白人として生きようと決意し、シカゴからニューヨークへと出奔する。美しく成長したリーバは、リラ・ブロンウェルという白人的な名前を使い経歴を詐称し、事務員としてニューヨークで暮らし始める。白人の女友達ができ、男友達との淡い恋愛劇がすぎたちょうどそのころ、リック・レイトンと名乗る若くてハンサムな白人男性が現れた。つきあってみると、リックは身だしなみもよく家柄もよくやさしく、リーバは結婚してしまう。

こうしてリーバは憧れの白人の中上流階級の家庭婦人となる。両親のレイトン夫妻と表面上仲良くふるまい、メイドをふたりも雇うアメリカのリッチな若妻。しかし、その実結婚式にも家族を呼ばない嫁をいぶかしく思う姑たちのことを案じ、リーバはニューヨークの古書店を歩き、適当な古い家族写真を手に入れて、自分の家族の写真と偽ったり、何日かおきに遠方の親戚から手紙がくるよう細工したりと、涙ぐましい努力をはらわねばならなかった。

ある時、夫とクラブのダンスパーティへ出掛けたリーバは、黒人たちのカップルが幸せそうな姿で踊っているのを見て、家族を思い出し感慨にふけっていたところ、黒人男性から声をかけられた。なんと彼はシカゴ時代の知り合いで、今はバンドマンとしてそのクラブで働いているというのだ。なつかしさからしばし歓談がはずみ、席に戻って見ると夫は激怒していた。リックは彼が妻の知人であるとは露知らず、何も知らない妻に黒人の男がちょっかいを出したと思い込み、嫉妬をむきだしにする。通常他の（白人）男性といくら話し込んでも気にしないのに、なぜ「彼」と話をしたことにのみそんなに気にさわるのか？

リーバは、この時、夫リック・レイトンの心中に黒人に対する修正しえない偏見があることを知る。リックの不機嫌が消える頃、リーバは妊娠していることに気が付く。「もし、自分の子供の肌が黒かったら」と怯えるリーバ。しかし、レイトン家は一家をあげて喜び、家族中でリーバに気を使い、リックの母親はハワイにいる（ということになっている）リーバの祖母を呼んではどうかと提案したり、具合の悪いリーバの看病をしたりと、献身的につくす。一方のリーバは子供の死を願ったり、実家に帰って生むふりをして一人でニューヨークの病院で出産してはどうかと考えたり、出産に際して意識を失わないようにするためあえて麻酔を使わないよう医師に頼んだり、しだいに嘘に嘘を重ね混乱を深めていく。

そして、ある日容態の急変したリーバは病院にかつぎこまれ、子供を早産する。意識を失い、次に病室で一人めざめたとき、彼女は叫んでしまっていた。「わたしの赤ちゃんは、黒人だったの？」と。

黒人女性として通る

ブラッドリーの作品はたしかに〝passing〟の実態の切実さを伝えるものである。メロドラマ的な要素やサスペンスの要素をふんだんに盛り込んだ通俗小説の形態を採っているため、十八歳の何も知らないヒロインの体験する過酷な運命は論理的にも叙情的にもきわめてわかりやすい。それを傍証するかのように、各紙書評もけして悪いものではなかった。

シカゴ在住のブラッドリー夫人の物語であれば、まずは当然、傑作と予想されることだろう。つまり、本書は読者の期待をことごとく満たす。それどころか、ブラッドリー夫人は技巧を凝らし簡潔明快なかたちで、すばらしく興味深い物語を、たんなる聞き書き以上のものに仕上げたのである。

この物語は、他者が懸命に状況を打開しようと模索し、その解決は苦悩し成熟によってしか得られないことに共感するあらゆる読者へ衝撃を与えるだろう。シカゴの少女「リーバ・リー」の人生を素材に、ブラッドリーは重要なる社会的ドキュメントを完成したのである」。一九五五年十月二十三日付「シカゴ・サンデイ・トリビューン」[23]。

「これは、それ自体が社会批判の尺度を備えた苦闘の物語だが、社会学的というよりあくまで人間的興味を誘うドキュメントとして読まれるべきであろう」。一九五五年七月十五日付「カーカス」[24]。

「メアリ・ヘイスティングス・ブラッドリーはリーバの物語のなかで、シカゴの家族や、少女が名誉をかけて守ろうとした白人の郊外居住家族の正体を暴きかねない名前や環境を除き、何一つ手を加えていないと語っている。これは白人と黒人双方が、皮膚の色の境界にひそむ不条理で悩ましい溝に関し、いっそうの理解をうながそうと試みる物語であり、きわめて説得力に富み深い感動をもたらす」。一九五五年十一月二十七日付「ニューヨーク・ヘラルド・トリビューン」[25]。

passing小説が前提にするのは、はっきりとしたふたつの異質な文化があり、両者は明瞭なヒエラルキー(階級制)によって価値付けられており、その階級の低い方の出身が自らの出自を隠蔽しつつ高い方の文化的役割を演じていくという展開である。リーバは「白人の女性」とはこんな感じではないかというステレオタイプを懸命に演ずる。

正体露見は、本人が社会的に抹殺されることを意味するが、『白人として通る』のなかでは「子供」が暴露要因として取り上げられる。愛の結晶としての「赤ん坊」はリーバのような"passing"する女性たちにとって、自らの正体を暴露する破滅の象徴として登場してくる。物語のなかでは、赤ん坊は早産のため死んでしまうが、色の白い男の子だった。通常なら「男なの？　女なの？」と聞くべきところを、「黒い子なの？」と聞いてしまったリーバは、夫から疑惑の目を向けられることになる。とはいえ、当初リックは自分の妻がバンドマンと浮気をしたものと思い込んでしまっていた。それほどに、リーバ自身が「白人として通っている混血」とは思いもよらないのだ。

誤解は解いたものの、やがてリーバとリックとの関係性は修復できないほど冷えきったものに変わり果てる。日常生活をともにしながら、口も聞かず笑わない冷ややかな夫。リーバは偽の家族写真を入れておいた写真立てが壊れているのを発見する。写真の裏側には撮影した年代が記されており、それは前世紀のものだった。リーバは夫がすでに自分の正体に気付いていたのではないかと思い悩む。

こうしてリーバは絶え切れなくなって最後には実家へ戻り、レイトン家の名誉のために自分はリラ・ブランウェルとして離婚し、そのまま消滅すると語る。

母と娘はともに白人男性といったんは結ばれ子供をもうけるが、その関係性は破局を迎え、もとの「場所」におさまるということで、同じ運命を繰り返す。この物語は最終的にはムラトーの母と娘が、同じ境遇でなければわかりあえない運命を共有することによって、深い絆を結んで行くという物語でもある。

白人女性ブラッドリーが、黒人女性の名前を用いて書いたこの物語は、六〇年代に入り、映画化されたためより多くの人に知られることになった。ブラッドリーの作品は一言で言うと通俗的なメロドラマであり、その物語学はたしかに、一九二〇年代から三〇年代に至るハーレム・ルネッサンスの時代に黒人向けメロドラマとして隆盛を誇った"passing"小説の約束事を巧みに踏襲してはいるものの、先行する作品がもっぱら黒人読者を対象にした媒体に流通していたのとは異なり、むしろ五〇年代の黒人公民権運動と連動するかたちで、白人読者をも含むさらに広範な読者を想定して書かれたとおぼしい。[26] 人種間越境で白人男性との間に関係性を持つことになった母と娘は、白人／黒人間で翻弄される混血女性の運命を共有しつつも、最後にリーバは帰郷するのだから。

ギンズバーグは、"passing"が、新しい白人の主体性を構築する可能性があると述べている。[27] なるほど狭間で生きるリーバはどちらにも属さず、と同時にどちらにも居住することのできる個性である。リーバは最後に「どちらか好きなほうを選択できる」「そしてわたしは自分の家族を選んだ」と宣言する。しかし、彼女自身は自らの存在をカミングアウトすることはなかった。

ここで、注意しなくてはならないのが、ブラッドリーとリーバ・リーの関係である。リーバ・リーは自分の体験をブラッドリーに語り自ら筆をとることはなかった。『白人として通る』という著作に関してブラッドリーとリーバ・リーはいわば競作関係にある。

ブラッドリーのスタンスは、五〇年代の黒人公民権運動に肩入れし混血女性の窮状を訴えるためあえて黒人女性のペンネームを使った白人女性というものである。リーバ・リーの正体は不明だが、その名（Reba Lee）が限りなくブラッドリー（Bradley）のアナグラムに近いかたちで成立していることが偶然ではないとすれば、これはじつのところ「黒人として通る白人女性作家」の作品なのだ。それでは、なぜそんな複合的な手続きを踏まなくてはならなかったのか。

ブラッドリー夫人は、一九二〇年にカール・エイクリーとアフリカへ出掛け、ゴージャスな狩猟旅行に出掛けたシカゴの大富豪。その帝国主義的サファリの様子を見る限り、なぜ彼女がくだんの小説をくだんのスタイルで書くことになったのか、興味はつきない。[28]

ひとつの可能性として、アフリカ体験はその大名旅行的な内容であったにも関わらず、ブラッドリーの主体性をゆるがすなんらかの衝撃力を秘めていたのではないかと考えられること。もうひとつの可能性は、一九五五年に失踪した娘アリスの姿をリーバ・リーの姿に重ね合わせていたのではないかということである。

アリス・シェルドンとメアリ・ブラッドリー。片やとほうもない体験をSF小説に凝縮した作家であり、かたやハリウッド映画ばりの旅行を次々企画しその成果をかたはしから世に問うたサスペンス・ミステリ作家。この母娘の大衆作家は、互いの創作物に、互いの絡みあった運命を塗り込めていたのではないだろうか。

『白人として通る』のラスト・シーンでは、失踪していた娘リーバが母親のもとへ帰る。ブラッドリーはリーバの人生を再構築しながら、娘アリスの運命を物語のなかで再構築しようとしていたのではないか。軍人となり戦後もCIAに勤める男勝りのアリス。その男並のキャリアのアリスに、白人社会へと足を踏み入れて行くリーバ・リーの姿が、実のところ重ね合わされていたのではないだろうか。わたしがいちばん興味深く思うのは、そうした解釈を許すブラッドリー最後の作品が、その十二年後から始まるSF作家ジェイムズ・ティプトリー・ジュニアの〝passing〟を予見していたように思われることなのである。

人間として通る

ブラッドリーの描いた"passing"小説は基本的にはシンデレラに隠された秘密を暴くものと言える。その意味では、ティプトリーが一九七三年に発表した「接続された女」は、まさにブラッドリーが描いた混血児の運命を、そっくりそのままSF小説化した作品と言えるだろう。[29] 一九五五年、ブラッドリーが娘アリスの失踪事件の年に『白人として通る』を上梓したように、ティプトリー自身が一九七二年、長わずらいとなった母親のことを気にしつつ書き上げた作品が「接続された女」なのである。

「接続された女」は、ひとりの貧しい醜い女P・バーグが大企業に身体を買われ、美しい女性型サイボーグ・デルフィに接続されて、美しい身体を遠隔操作するという設定をもつ。この世界は広告のない未来社会で、いっさいの広告が禁止されているため、美しい女がさまざまな商品を身に付け、庶民はその女の姿を参考に商品を買い求めている。さながらテレビや映画や王室のスターやアイドルたちのつける商品を庶民が買い求めるような現象が、広告的機能のすべてを果たしているというわけである。

P・バーグは大成功を収める。表層がデルフィ、中身がP・バーグというサイボーグ的主体構築は、そっくり"passing"する人物の身体をそのまま隠喩化したものであろう。なぜなら、お金持ちの王子ポール・アイシャムとデルフィとのロマンスが、これを裏付けるかのような物語として登場してくるからである。彼らは電撃的に恋愛状態に入る。デルフィ／P・バーグというサイボーグは、ポールの父親の会社で構築されたものなのだが、ポールはデルフィがサイボーグであることにまったく気付いていない。デルフィという仮面、愛らしい女の子というステレオタイプを造り上げたのは、ポールの社会的地位を提示している権力と同じものである。

『白人として通る』のリック同様、ポールは潜在的にはデルフィのステレオタイプ的な美少女ぶりからはみだすある種の異質性に惹かれているのだが、彼はリック同様その本質が何であるのかわかっていない。恋情から駆け落ちしようとするポールだが、デルフィはもちろんためらう。サイボーグだからだ。

そこで、ポールは考える。「ひょっとすると彼女は脅されているのかもしれない」と。リラ・ブランウェルの夫リック・レイトンが、リラが産院で口走ったことからリラと黒人男性との間に不義密通があったと思い込んだのを思い出せばわかるように、ポールは、デルフィ自身の正体のことなど考えもせず、デルフィが会社組織に脅されているのだと思い込む。

そして、ついに破局がくる。ポールはデルフィを解放するために、P・バーグのいる場所へ行き、真実を目にしてしまうのだ。そう、デルフィがただの抜け殻であること、デルフィの本来の姿がサイボーグという「嘘つき」の身体だったということを。

機械に接続されたP・バーグが怪物女という以上に胎児のように描かれている点は注目に値する。この不吉な「子ども」のイメージに重ね合わせるようにして、暴露と破局が訪れるからだ。かくしてサイボーグ的主体は白日の下にさらされ、その接続は断ち切られ、P・バーグが死亡し、その後デルフィも死に至る。

翌年、別の娘がデルフィに接続されるがそれはP・バーグほどうまくはない。「P・バーグみたいな天才はめったに現れるもんじゃない」[30]

P・バーグは、おそらくはデルフィのような「美しい娘」を愛していたのだろう。ティプトリーが男性性のステレオタイプを演じつつこれを愛したように、P・バーグもまた女性性という幻想を演じつつ、これを愛する。あるいはリーバ・リーがリラ・ブランウェルを演じながらこれを愛したように、そしてブラッドリーがリーバ・リーを演じつつ、これを愛したように。各人は社会的なヒエラルキーによって保証されるイメージを着実に演じつつ、そのイメージに屈折した愛情を注ぎ込む。

彼らはいわば、ステレオタイプという構築物に愛情をそそぐのだ。これはステレオタイプによって保証されているシステムを補強する行為に他ならないのだけれど、この愛の行為こそ本当の正体を隠蔽しようと画策することであり、それは皮肉にもかえって"passing"を通じてヒエラルキーの狭間に様々な楔を打ち込むことになる。

ブラッドリーの書いた『白人として通る』は、アメリカの歴史的必然に基づく混血性と階級制に根差していた。周囲から「嘘つき」と呼称されるリーバの身体は、白人という表象を極上の構築物として演出するアメリカの身体像を示している。

いっぽう、ティプトリーの書いた「接続された女」で重要なのは、広告のない世界という設定である。従ってデルフィ/P・バーグを成り立たせているテクノロジーは、広告(advertisement)の代替物となっている。デルフィ/Pバーグのサイボーグ身体論はP・バーグという天然資源を企業内に取り込み、これを搾取することによって成り立つ。この個人の肉体と企業との搾取関係が商品の宣伝の媒体となっているのである。その意味では、「接続された女」はむしろ広告産業やメディア・テクノロジーそれ自体が“passing”の構造を採りかねないことを、そしてそれが高度資本主義社会アメリカの必然とする身体論を通して演出されていることを、如実に示す。

ブラッドリーが描く混血性とティプトリーの描くサイボーグ性。フィクションにしろノンフィクションにしろ、passing構造が露見する背景には、ヒエラルキーの大きなゆらぎが存在する。七〇年代フェミニズム運動を背景とするティプトリーのペンネーム暴露事件は大きなセンセーションを巻き起こしたが、それは、五〇年代黒人公民権運動を背景とするブラッドリー名義による黒人文学『白人として通る』と、そして七〇年代に、広告が無い未来を舞台にしたからこそ成り立つ広告構造を暴露したティプトリー名義による男性SF「接続された女」とを、性差と人種の文化史的深層において切り結ぶ。

いずれにせよ、そこで明らかにされるのはpassingに関わった主体の多重構造を明らかにしようとする必然性であり、それこそが以後の時代、すなわちカミングアウトの時代にいたる眺望を示すものであろう。今もって謎めいた作家ジェイムズ・ティプトリー・ジュニアの作品世界を探求するうえで、それはきわめて重要な意味を持つ。

注

（1）Jody Scott,Passing For Human（New York: Women's Press, 1977）.

（2）Werner Sollors, Niether Black nor White Yet Both:Thematic Explorations of Interracial Lterature（New York: Oxford University Press,1997), 246-284.

（3）Elaine K. Ginsberg, Passing and the Fictions of Identity（Durhamand London: Duke University Press,1996), 1-18.

（4）Sollors, 3.

（5）Jennifer Gonzalez, "Envisioning Cyborg Bodies: Notes from Current Research," in Chris Hables Gray(ed.), The Cyborg Handbook（New York:Routledge,1995), 267-279.

（6）James Tiptree Jr.,Ten Thousand Light-Years from Home（New York:Ace,1973）. ジェイムズ・ティプトリー・ジュニア『故郷から一〇〇〇〇光年』伊藤典夫訳（ハヤカワ文庫ＳＦ、一九九一年）、367-394.

（7）James Tiptree Jr.,Star Songs of Old Primate（New York:Ballantine,1978). @エイムズ・ティプトリー・ジュニア『老いたる霊長類の星への賛歌』（ハヤカワ文庫ＳＦ、一九八九年), 459-465. 鳥居定夫の解説「ジェイムズとアリスのゲーム」。

（8）Gardner Dozois, The Fiction of James Tiptree,Jr.（New York: AlgolPress, 1977）.

（9）ティプトリー、『故郷から一〇〇〇〇光年』、76-117.

（10）ティプトリー、『故郷から一〇〇〇〇光年』、11-28.

（11）James Tiptree Jr.,Warm Worlds and Otherwise（NewYork:Ballantine,1975）.『愛はさだめ、さだめは死』伊藤典夫・浅倉久志訳（ハヤカワ文庫ＳＦ、一九八七年）、7-20.Robert Silverberg,"Reflections,"Amazing,（March 1993）. ロバート・シルヴァバーグ「彼女に関するいいわけめいたこと」岡田靖史訳「ＳＦマガジン」, 12（1997), 52-55.

（12）ティプトリー、『愛はさだめ…』, 237-286. The Starry Rift（New York:Tor, 1986）. ジェイムズ・ティプトリー・ジュニア『たったひとつの冴えたやり方』浅倉久志訳（ハヤカワ文庫ＳＦ、一九八七年),

381-386.

（13）ティプトリー、『老いたる霊長類』、3-11,464.

（14）Jeffrey D. Smith & Jeanne Gomoll, eds.,Symposium: Womenin Science Fiction, Khatru No.3（First Printing, November 1975）, Second Printing, May 1993.

（15）Jeffrey D. Smith," The Short Happy Life of James Tiptree,Jr.",Khatru, No.7, Feb 1978; James Tiptree Jr.,"Every thing but the ignatureis Me",Khatr No.7, February, 1978, 12-17; Mark Siegel, "Love Was the Plan, the Plan Was...: A True Story About James Tiptree,Jr.,"Foundation, #44 .Winter 1988/1989,5-13.

（16）Ibid,

（17）Jeffrey D.Smith & Jeanne Gomoll,eds.,115.

（18）小谷真理「接続された出産」、『女性状無意識』（勁草書房、一九九四年）,40-67.

（19）Charles Platt,"James Tiptree, Jr.,"Dream Makers:the Uncommon Men & Women who Write Science Fiction,Volume ㊄（New York:Berkley Books,1983）. チャールズ・プラット「ジェイムズ・ティプトリー・ジュニア・インタビュー」浅倉久志訳「ＳＦマガジン」一九八七年十月号。

（20）ティプトリー、『愛はさだめ…』、153-220.

（21）Mary Hastings Bradley,I Passed for White（New York: Longmans,Green and Co.,1955）.

（22）Ibid.,fore Word.

（23）Chicago,October 23,195,3.

（24）Kirkus,July 15,1955.

（25）NY Herald Tribune Bk R, November 27,1955.

（26）Haze lV. Carby,Recon structing Womanhood:The Emergence of the Afro-American Woman Novelist（New York:Oxford Press,1987）, 163-175; Barbara Christion, Black Women Novelists: The Development of a Tradition,1892-1976（Westport: Greenwood Press,1980,48-53; Nella Larsen, Quicks and Passing introd. Deborah Mcdowell（NewBrunswick: Rutgers University Press,1986）.Nella Larsen, Passing, introd. Thadious M.Davis（New York: Penguin Books,1997）. Jane Gaines, “The Scar of Shame: Skin Color and Caste in Black Silent Melodorama,” in Marcia Landy ed., A Reader on Film & Television Melodrama（Detroit:Wayne State University Press, 1991）, 331-348.

（27）Ibid.,16.

（28）小谷真理「帝国の娘たち」「現代思想」11（1995）, 8-17. Donna. Haraway, Primate Visions: Gender, Race and Nature in the World of Modern Science,（New York: Routledge, 1989）.

（29）ティプトリー、『愛はさだめ…』、153-220.

（30）Ibid, 219.

2

クィア・リーディングとポリセクシュアル

腐女子同士の絆——C文学とやおい的な欲望、竹宮恵子『風と木の詩』を中心に

ファム・ファタールからオム・ファタールへ

この世にC問題が隠されているのでは、という末期的な疑惑に囚われ始めたのは、いつのころだったのか。ひょっとすると、竹宮恵子『風と木の詩』を読んだときから、その兆候は始まっていたにちがいない。

よく知られている通り、同作品には、魔性の美少年ともいうべきジルベールが登場する。彼は不義密通によって生を受け、父オーギュストの屈折したルサンチマンを吸収しながら、絶世の美少年に成長した。徹底して性的魅力にあふれていて、その破壊力は抜群だった。どんな男でもジルベールと関わると、ふだんはめでたく隠しおおせているオノレの欲望をさらけ出してしまう。ジルベールのコワイところは性的手管で相手をなしくずしにしてしまうことであり、かくして、ヒトの倫理観をたじろがせてしまうという理由ゆえに、ふしだらな子というレッテルをはられてしまうのであった。

だれとでも寝る娼婦のような少年を、作者はどう描いたのか。実のところ、少年の美しさは少女的な美しさを借りうけて表象されていた。そして、この「娼婦」とか「少女と見まごう」というところで、わたしの心はなにか騒ぐのである。稲垣足穂的な理屈だったら、少女的な魅力を払拭し、少年の魅力をその男根的象徴性をたてにとって説明付けたいところであろうが、残念ながらジルベールは、少女マンガの範疇から出現した生き物なのであって、あくまで少女的な美しさを漂わせていたと考えたい。

こんなわけで、ジルベールが十九世紀ヨーロッパを席巻した「ファム・ファタール」の文学的子孫かも、と考えるのも不自然ではないことであった。

「ファム・ファタール」とは、運命の女や魔性の女などと呼称される当時の女性の紋切型である。今日の政治・経済・宗教体制の基盤が作られた西欧社会において、当時、女性像は、「家庭の天使」と「魔性の女」のふたつに分極していた。近代家族の中の従順かつ献身的な良妻賢母が称揚されるいっぽう、男をダメにする魔性の女が、娼婦性をまとわりつかせながら、世を席巻した。

性的に奔放で男に取り憑き、その妖しい魅力で徹底的に男をなしくずしにする女性像。わたしにいわせれば、「魔性の女言説」とは、女に翻弄されたいという妄想を女に押しつけて、自分勝手にお熱をあげて自滅の道をたどりつつも、その罪を、女性のある定型に押しつけるという男社会のせこいやり口に他ならないのだが、そうした定型は、絵画・文学・オペラなどで美しく盛り上げられたこともあって、他ならぬ女性自身が型にはまった役割をすすんで演じる場面も多かった。

舞台を十九世紀後半のフランスに設定している『風と木の詩』のなかにも、ファム・ファタールを地でいくキャラクターが登場する。セルジュの母親パイヴァがそれだ。彼女の性格造形やそのシチュエーションは、『椿姫』や『カルメン』といった十九世紀オペラでもてはやされた女性像と重なるところが多い。ただし、『風と木の詩』は欧州の男性中心主義的解釈が根強い「ファム・ファタール」をそっくりそのまま受け入れてはいない。それどころか、そうした言説のアンチテーゼを批評的に凛々しく描いているふしがある。

ジプシーの出自でありながらパリの高級娼婦として花形的存在になったパイヴァは、老齢のジョルジュ・ルイ・ガルジュレ侯爵の囲いものであった。しかしながら、セルジュの父アトラン・バトゥール子爵と恋に落ち、ふたりは駆け落ちする。そして、愛はあるけどどん底の極貧生活に堕ち、息子セルジュがまだ幼少の頃、結核によってあいついでこの世を去る。

バトゥール夫妻のエピソードだけをとりあげれば、パイヴァの物語は、性的魅力によって貴族の御曹司をたぶらかしたジプシー女というまさに、文芸作品における世俗的な悪女としてのファム・ファタールになぞらえることができるだろう。が、そこは竹宮作品では、文芸作品における女性性へのネガティヴな解釈をさまざまにくつがえす伏線を張り巡らせている。女性にとってけしてやさしくはない時代をアクティヴに駆け抜け、それゆえに弾劾される女性像という説を立ち上げ、「美しく力強く奔放で、真の恋人に忠実」という、少女マンガならではの、ポジティヴなロマンス解釈をはめこんでいるからだ。

女性はどんな逆境に生きようと、(気まぐれではあるがそれなりに)愛妾を大事にしている主人を裏切ろうとも、そうしたふるまいには正統な理由がある。つまりロマンスのルールにおいて、真の愛に忠実であることが一番大事なのだ。と、これがロマンスを基調とする少女マンガの倫理コードであり、あくまで純愛に殉ずることこそ、誠実の証、少女の花道なのである。

それを地でいくパイヴァのような母親を持っていたからなのか、それともそういう母親に魅きつけられなにもかもなげうって彼女と駆け落ちした父アトランの息子だからか、セルジュはジルベールに惹きつけられ、父の運命を反復する。このへんは親の因果が子に報いる、宿命的な筋立てが展開していく。

セルジュを間にはさむことによって、ジルベールは、ファム・ファタール的な伝統を受け継いだ存在ということができるだろう。ところで、そのファム・ファタールが「少年」の姿をとったことによって、意外な側面が浮かびあがってきたのではないだろうか。

野阿梓によると、悪魔的な美少年像が少女マンガ界を席巻しはじめたのは、一九六九年のことで、彼は『if… もしも』という魔性の美少年を扱った映画が公開されたことに始まったと指摘している。世界革命闘争華やかなりしころ、フェミニズム第二派のムーブメントが大きく動きはじめるころ、そして戦後世代が成人を迎え、冷戦を支配する父権的な潮流に真っ向から対立する芸術運動がポップカルチュアのなかで動乱期を迎えていたころ。若者による対抗文化の時代の息吹を感じ取りながら、当時の女性マンガ家たちもまた、大きな変化を体現しつつあった。この時代に活躍し始める作家たちは、時代背景とあいまって、少女マンガ界という市場原理の強いポップ産業のなかに高度な思想を持ち込み、きわめて知的で女性的な内省に満ちた作品を世に送り出したのである。

成人男性ではない、少年の姿をした、きわめてファム・ファタール的な言説を背負っていた生命体の登場は、そのひとつの徴候と言える。そして、魔性の女(ファム・ファタール)ならぬ魔性の男(オム・

ファタール）は、本来のファム・ファタール性から逸脱する可能性を秘めていたのではないだろうか。

パイヴァとジルベール

セルジュの母親パイヴァが、通常のファム・ファタールの文脈におさまるのは、なによりも彼女が女性であるからだ。出奔してアスランとのあいだに一子を設ける彼女は、妊娠・出産という女性的生態学から逃れてはいない。アトランと駆け落ち後のパイヴァは力強く生きる母親としての顔つきになり、耽美的な色彩を喪失する。しかし、高級娼婦として、つまりモノとして男の所有物であるにもかかわらず、自立的に愛に身を投じるという、いわば男性社会の禁忌を犯した罪からは逃れられれず、お約束通り、天罰を受けるがごとき不幸に直面する。愛する夫は死に、息子とは別れ、自らも胸を病む。かくして愛に満ちた家族はバラバラになる。

いっぽうジルベールはどうだろうか。彼は女性的身体を有していない。が、そのためにかえってファム・ファタールの性的魔力の象徴性を極限まで高められた存在として描かれている。妊娠・出産体験をへて母親という社会的評価の定まった性差役割への変遷を受け入れることなく、性的快楽のみを体現する存在だからだ。ジルベールは、精神的には真実の愛に忠実でも、性的な身体がかならずしも理想の状況に置かれていないという乖離に翻弄されている。ジルベールが誇り高くあるのは、あくまで自立した性愛を手中におさめているからだが、そうした心のありように、身体はついていっていない。

ブラム・ダイクストラなど、ファム・ファタール分析で著名な批評家たちは、男性に悪い運命を持ち込むファム・ファタールとして、サロメやギネヴィア、シャロットの妖姫などをあげてその象徴性の分析をしているが、その際しばしば、フェミニスト精神分析批評的な言説として、ファム・ファタールを「(象徴としての)ペニスを持つ女」と見なすことが多かった。もちろん実際にペニスがある、ということではなく、象徴上のペニスを有する女、という意味である。

これは、男性的資質である知性を身につけた女、という意味で使われることもあるが、男性自身を性的魅力で堕落させることによって男性性を脅かす存在、つまりは男性性を攻撃する存在を意味することもあった。ファム・ファタールの性的魅力は、深淵と化したヴァギナの象徴性によって高められ、男を呑み込む深淵は、男を死(タナトス)へと導く、裏返されたペニスというわけなのである。

こうしたファム・ファタールのエロスは、今日でいう吸血鬼的な性質と重なり合う。耽美の極みともいうべき吸血鬼は、ファム・ファタールの流行と連動して十九世紀に発達した怪物像だが、その性的魅力は、ヒトの自然な生殖行為からはひきはなされ、別種の生態学を示すことによって、保証されていた。すなわち、「咬むこと」。つまり、ヒトのセックス行為からは逸脱し、血の交歓により増殖するという物語が提示され、社会的に隠蔽されている奔放なセクシュアリティの存在をうかがわせるものであった。かならずしも生殖につながらない性の快楽があること。これが同性愛やフェティシズムなどの多形倒錯性を示唆していたのである。それゆえ、こうした背景をうかがわせる吸血鬼やファム・ファタールが、「正常な妊娠・出産」を家庭のベースと定める当時の社会性に対して、過激な攻撃力を内包しているのは、自明であった。その怪物性こそ、正統なる男性性の競争者として位置づけられるのである。

本来ヒトの性の営みは複雑なものであり、異性愛社会の家族制の一パターンにおさまるものではなかろう。が、異性愛社会を含む近代社会の形成において、当時はその事実は隠蔽されたまま、多くの娼窟が黙認され、彼女たちの存在や社会的地位は徹底的に貶められていた。文学上のファム・ファタールたちは、そうした社会背景とは無縁ではない。怪物や魔女や妖精として、つまり（社会的）人間ならざる魔物として、美しく邪悪でそして、ヒトの心を虜にする魅力的な存在として、文芸の世界で崇められながら複雑な問題点をなげかけていたのだ。

さて、そうした魔物の眷属とも言えるジルベールのことであるが、文字通りペニスをもつ少年として性格造形されるという点で、生殖から切り離された性的快楽の体現者としては、ファム・ファタールの怪物性が極限までの高められた存在である。その点、吸血鬼と象徴性では類似している。ジルベールをおくことによって、男根的な中心性は、ファム・ファタール以上にゆるがされる。いったいここにはなにがあるのだろう？

ジルベールがおもしろいのは、少女漫画の洗練する少女とみまごう美貌というところである。たとえばジルベールそっくりの少女が登場するところがある。その少女とジルベールはまるで双子のように見えるため、ジルベールは少女であってもおかしくないと強く確信させられる。

とすると、かぎりなく「少女のようでありながら、しかしペニスをもつ」存在であるところに彼の妙味がある。少女的な仮面をつけることにより、女性身体の性的隷属状態を共有する側面が強調されるからだ。ジルベールをファム・ファタールの潮流と捉え、魔性の美少年ならぬ、「ペニスのある少女」と捉え直してみると、興味深いことに気づく。彼の性的魔力の正体は、少年の身体性とはうらはらに、女性的な面を強調されているからこそ可能なのではないか、と考えさせられるからだ。

そのせいなのだろうか。ジルベールは物語の最後のほうで、自分自身の生殖器官を男性的な性行為に使用する場面がでてくる。少女カミイユと肉体関係を結ぶのだ。ジルベールが異性愛男性としての行為におよぶのであるが、ホモソーシャリティを地でいくような行動の果てに、魔法の力を失ったかのように、あっという間に夭折する。あくまで大人の男性になる直前に散ってしまうという印象だ。男性的な器官をもちながら、生殖から切り離されている。このジルベールの身体性を考えるには、ペニス的を中心とする理論よりも、もうすこし別の想像力を必要とするのではないだろうか。

PとC

フランスのフェミニスト理論家のリュース・イリガライが「ひとつではない女の性」という論考を発表したことがあった。女性はセックスにおいて自己完結した存在で、それをオート・エロティシズムといい、むしろ一点に集中する男性とはセクシュアリティのありようが異なっているのではないかと主張し、そうした一点中心主義を内包する男性的論理体系（ファロサントリズム）を批判したのだ。男性的な権力体系を解体するために、女性は女性の身体をもっと見つめてオート・エロティシズムから考えましょう、というのがその論旨である。

イリガライ自身はストレートな表現はしていないが、そこに持ち出されているオート・エロティシズムのひとつとしてクリトリス（陰核）という象徴への再考を促すことはみのがせない。それは、胎児の生殖器発達段階ですでに出現していながら男性の生殖器官として発達することもないまま、生まれ落ちても生涯異性愛社会を生きる男子に対してあまりお役にたつこともない、不思議な存在だ。女子の妊娠・出産といった異性愛社会で高く評価されている一連のお仕事……の栄誉からはずれており、なんのためにあるのかよくわからないけれど、おそらくその機能から見ると、女子に性的快楽を与える以外あまり意味がないとされるものだ。それは、ひとことでいうと、「女性にのみ快楽を与える性的存在」を象徴している。同器官が切除されたり、歴史的にあるいは民族学的にネガティヴな扱いを受けてきた文化的理由を、そこに求める仮説も少なくない。女性蔑視が女性に自立的な快楽を与えない文化と連関している、というその証拠として、しばしば同器官が俎上に挙げられているからである。

稲垣足穂のひそみにならって、文学的な象徴を考える際での出発点として、性愛の器官について振り返ってみると、ひょっとすると、ジルベールが持っていたのは男性性の象徴たるペニスではなく、妄想化して肥大したクリトリスだったのではないかという想像にたどり着く。かりに、妄想化されたクリトリスという象徴について考えるなら、足穂にならって仮にCと呼びならわしてみよう。(足穂自体は、独逸語をベースにしているので「K」と呼んでいたが、わたしは欧米フェミニスト的な姿勢をもって、Cと呼ぶことにしたい。) わたしがそう言いたくなるのは、『少年愛の美学』のなかで、足穂が、セクシュアリティについてフロイトを参照しながら、F、A、Vといった器官から派生した感覚を吟味しているものの、Kに関してはむしろPに従属するものとしてまったく重要視していないからなのだ。これはフロイトや足穂が男性の肉体から派生した経験則で思索していることの限界と思うのだが、女性のセクシュアリティや、それを反映する文芸作品を考えるうえで、とくにやおいカルチュアのように基本的に「女性の快楽に奉仕すること」を基本として生み出されてきたカルチュアを分析していくためには、C感覚にまつわる文化的考察は無視できないのではないか。

では、C感覚とはどのようなものか。ジルベールの場合、どう解釈できるのだろうか。

まず、今までのべてきたように、ジルベールを、従来のファム・ファタール、つまりペニスのある女という男性化された女性と捉え返してみよう。彼は、ファム・ファタールの魔法の力によって周囲を翻弄し、そしてファム・ファタールが暴れるところをみたいけれども社会的秩序がおびやかされても困る、と言わんばかりの物語学によって早世の運命をたどる。彼の男性機能はあまり使用されることはない。彼のラディカル性はむしろ男を性的に受け入れることによって示される。

ジルベールの性格は、徹底的なまでに強情で誇り高く、己の快楽にのみ忠実であくまで意思をまげない。彼はオーギュに執着するあまり、その欠乏を埋めるために性的に放縦な行動をとる。そのふるまいにおいて、かれはきわめて自己中心的でわがままな存在だ。しかし、それ以外になにか問題があるわけではない。したがって、お金持ちで見目麗しく知的であるが、どこかに不道徳な歪みを有する、デカダンスのひとつの例と見るべきだろう。この点、たとえば、彼は閉じこめられた高貴なるものというにふさわしい、十九世紀のゴシック・ロマンスのヒーローを体現しているとも言える。彼をめぐるゴシック的な不安の物語学は、なにかしら緊縛からときはなたれたい、快いままでいたい、だれかからも心を侵犯されたくないと言う点でパラノイア的である。

とすると、ジルベールの身体論からは、男性的な快楽より、イリガライの示唆するオート・エロティシズムを体現する、女性の個人的な快楽探求物語学が浮かびあがってくるのではないだろうか。分散され、集約されないセクシュアリディィ。その中にいわばC感覚の物語が垣間見える。

女性的快楽を出発点にしながら、自己完結性の思想を強くもち、性的快楽を知っているが故に、一定の成熟が認められていて、そうした自立性故に、他者と対等の関係性を求めることができる。いわば性的快楽と、愛の信頼関係を矛盾なく両立させるのが、Cをめぐる物語学の象徴性なのではないか。従来のファム・ファタールがあくまでペニスを持つ女と揶揄され、P感覚を錯視させる存在だとするならば、ジルベールの物語学は、いっけん、Pの物語学を錯視させているようでいて、実は非常に女性的な、Cの物語学を浮かびあがらせていると言えるのではないだろうか。

そう考えると、Cをめぐる象徴性は、あくまで女性の自立的な快楽へ奉仕すること、個人的な快楽の世界を可能にすること、だからこそ抑圧のない鬱陶しくない世界への嗜好をのびのびと考えられること、そして、自分の快楽領域を侵犯されないことを鉄則とすること、ではないかと思う。それは、女性にとって、不快ではないものでなりたっている世界を創造・構築するための重要な武器なのだ。

「攻め」の力学

ところで、こうしたCをめぐる物語学において、Pを標榜する能動的性質を考える上でどうしてもはずせないのが、男性的性差——男根主義が介在しているとおぼしき「攻め」の構造であろう。ひょっとしたら、その男根主義的構造のなかに、C的物語学がひそんでいるのではないだろうか、と考えられるからだ。

多くのやおいでは、よく「攻め」と「受け」が問題にされる。とくにどっちが「受け」かという問題はけっこう重要だ。この「攻め」と「受け」は、単にペニスを挿入するほうが「攻め」、されるほうが「受け」という以上に、複雑な性差観が関わっていると考えられ、しばしば論争があった。

たとえば「攻め」とは、古典的な性差として男性性に準ずるものなのか、同性愛者で演じられることの多い「タチ」にきわめて近いモノなのだろうか？といった問題の立て方である。

二十一世紀に入って、海外での日本のアニメ文化の浸透の速さは、やおいの浸透をともなうものであり、世界SF大会でも日本のやおいをめぐるパネルが開催されるようになってきた。二〇〇四年、ボストンで開催された日本文化のパネルで、わたし自身もまた、やおいにおける「攻め」と「受け」をどう英訳するのか説明に困った場面に遭遇している。しかし、驚いたことに、そうした心配をよそに、海外のSFファンの間では、「攻め」「受け」は、翻訳不能の「萌え」同様、seme あるいは uke としてそのまま使用され、それが定着しつつある、という。彼らによれば、「攻め」と「受け」は、それ独自のセクシュアリティ概念であり、「男役」「女役」、あるいはSやMといった既存のコンセプトとは異なっている、と理解しているようだった。

この点では、わが国では、野火ノビタ『大人は判ってくれない』（二〇〇三年）や永久保陽子『やおい小説論』（二〇〇五年）や、あるいは拙論「父権制下の両性具有」（『女性状無意識』一九九四年、所収）など、すでにいくつかの分析が出ている。いずれも、「攻め」「受け」は、一見既存の性差観を写し取ったかのように固定されているようでありながら、その内面において、変転することが指摘されている。これは、ジョアナ・ラス、ラム&ヴァイスらによる、フェミニズム批評やジェンダー批評を使用したスラッシュ・フィクション論の分析も同様である。作中内の恋人たちの性差役割は、固定化せずむしろ状況に応じて変転し、性差役割を自在に変化させながら、きわめて対等な関係性（絆）を提示するということが明らかにされている。この変転の構造はレズビアン・セクシュアリティの性的役割研究の成果と連動するところであるが、それについてはまだ一考を要する。

それではオム・ファタールの「攻め」構造については、どうなっているのだろう。それを、オム・ファタール・ドラマとして秀逸だった『振り返れば奴がいる』を例に見てみよう。

『振り返れば奴がいる』は、一九九三年の一月から三月にかけて放映されたテレビドラマシリーズで、劇作家の三谷幸喜が初めてテレビドラマシリーズをてがけた画期的なドラマだった。とある大病院での権力闘争を扱っていて、天才的な外科医でありながら法外な報酬を要求するダーティな医師・司馬功太郎と、彼と対立する正義感の強い医師・石川玄の間の愛と相克を描いている。パロディ感覚ゆたかな三谷らしく、設定だけでも『白い巨塔』や『ブラック・ジャック』といった作品のパスティーシュにあふれた、仕掛けの多いドラマだった。

ドラマでは、傲慢な司馬、翻弄される石川といったカップリングが見所だったのだが、なんといっても司馬役の織田祐二のオム・ファタール的な演技が際立っていた。

もちろん、色気がまったく感じられない男臭いホモソーシャルドラマを、乙女の妄想で愛らしいロマンスにして蹂躙するのがやおいのひとつの醍醐味であるから、そのセンからいうと、『振り返れば奴がいる』は三谷の他のドラマ（『マンハッタン・ラブストーリー』や『新撰組』など）と同等、最初から男同士のただならぬ葛藤が主題となっていて、とくにやおい化の必要なく楽しめるものである。実際やおい的にはそれほど熱狂的に盛り上がったとは言い難い。とはいえ、同人誌では司馬と石川の間を扱った所謂『振り奴本』が出て、高度な画才による収穫に恵まれていた。

さて、本放送の司馬は、別段性的な魅力で同僚を籠絡していく、というようなプロットを演じていたわけではなかった。権力闘争にあけくれる病院で、司馬はいくらでも汚い手を使い、職場全体の金銭感覚を麻痺させ、医師の道徳理念を踏みにじっていく人物として造形されており、いわば男社会特有の贈収賄日常茶飯事の金まみれの世界が描かれていた。彼が病院を裏から牛耳っていくのは、司馬自身が、それこそブラック・ジャックなみに天才的な手腕を持っているからである。しかし、そうした司馬を演じる織田は、男性の同僚たちに対し、あたかも異性に対してセックスアピールするかのように美しく自信たっぷりにふるまい、ドラマは職場の事件を追うというより、ロマンスの現場であるかのように演出されていたのである。

そんな最悪の職場にアメリカからやってきた石川医師は、司馬のやり方に反発し、彼を職場から追い出そうと画策する。石川のふるまいは、司馬とは対照的にストイックで、あまりにも無防備に見えた。こんなわけで、ふたりの相克は、ファム・ファタールと純情な青年の間のかけあいにも見えてくるのである。つまり、司馬が邪悪な娼婦だとすると、石川は純情な青年といった役どころなのだ。そして、いくたびかの接近遭遇の過程をへて、司馬の過去が開かされ、正義を信じていた石川はしだいに司馬に引き寄せられていく。

そして、ついに石川が司馬の手におちるかも、という見込みがでてきたところで、石川は癌を宣告され、よりにもよって司馬の手によって手術をされる見通しとなる。司馬はストイックな石川の心を籠絡させるためにも、己のすべてをかけた難手術に挑む。

さて、このような展開であるから、当時、ファン創作のフィールドにおいてやおい本が頻出した。やおい本とは、ファンによる二次創作。女性ファンによる女性のための男性キャラクター恋愛二次創作でしばしば過激な性的内容を含んでいた。このドラマの場合は、司馬と石川のカップリングは当然としても、石川受けが多く、紙面も石川中心が多かった。

そして、明らかに読者の視点が、司馬の視点から――つまり攻めの視点から描かれていることに気づかされた。つまり、作者と読者の間には見えない糸で結ばれているかのように、司馬という全能感にあふれた「攻め」の視点が設定され、その「攻め」の視点のもとで、石川を鑑賞する内容となっているのだ。もちろん、読者としてはそうした司馬の「攻め」を内面化した「受け」の心理に入れ込みながら石川医師を眺めていたのだろうけど。

男性脚本家・三谷幸喜の作品をパロディ化してみせた女性同人作家たち。それは、なによりも、読者自身が、世間的に了解されているような「女性=受身」に拘泥せず、「攻め」の視点を持っていることを示していた。

司馬の演じるオム・ファタールの視点に重ね合わせる読者の視点。そのテレビ視聴者による同人作品では、テレビではけして描かれることがなかった、無垢でかわいらしい、甘えっぷりもすごい石川が描かれていた。ストイックで潔癖で色気のかけらもない、つまり司馬の性的ほのめかしに答えないテレビドラマの中の鈍感な姿ではなく、愛らしくかわいらしく、司馬のほのめかしに、性的なかわいらしさで対決する石川の姿である。そこでは石川の癌というプロットも登場せず、あくまで無意識に色気を振りまいている石川の姿が、無防備でかわいらしいものとして、鑑賞されるのである。かくしてそれを創造し消費する作者と読者の心に、司馬的なオム・ファタール性を内包している可能性が浮かびあがる。

まさに、テレビドラマの世界を改変する過程で、ロマンスにとっての不穏分子が極力排除され、あくまで読者の快楽にそってのみ構成されるやおいの物語学が花開く。それは、C的物語学の存在を窺わせるものなのである。

Cから始まる恋の物語

『指輪物語』の作者J・R・R・トールキンは、異世界ファンタジーに関する理論を自著『妖精物語について』（一九六四年）にまとめている。それによると、妖精物語（今で言う異世界ファンタジー）とは、不思議な存在である妖精を単に登場させることのみならず、その異質な生き物がどのような世界に住んでいるのかを考察・構築することにほかならないと言う。やおい、耽美、BL、少年愛を描く世界は、構造的には、この、トールキン教授が説明付ける妖精物語と同様ではなかろうか。つまり妖精が現れるとき、妖精が住まう異世界の姿も現れてくるはずなのだ。とすると、やおい的なキャラクターが登場するには、彼らの存在を保証する世界のルールがある、と考えるのは不自然ではないだろう。

やおい表象の特徴は、男性のキャラクターを中心に据えていること。だからゲイ表象と重なることも多く、過去においては同性愛表象との相違が論争になったこともあった。けれど両者を読み比べると、やおいとゲイ文学とは一致するものではない。それではどこが違うのかといえば、やおいが、とにかく女性の欲望にのみ忠実だ、という点につきる。女性が不快に思うところは徹底排除される世界が追求されるのだ。だから、正義や倫理の枠組みも、そのまま適応できない。男性性器的現実も時にはオミットされ、文化的な象徴性や約束事が、すべて、女性のお気にめすまま登場する世界なのである。とすると、やおい表象のなかに乱舞する「男性像」こそ、C感覚の物語学として、再吟味されることが必要ではないだろうか。そのとき、いっけん男性的な身体をとりながら、やることなすことのすべてが女性の快楽に誠実である、という奇妙な現象の謎が、解明されるはずである。

男性像表象を最も特徴付けている部分と言えば、男性の象徴たるペニスのことであるが、多くのやおいではその男性象徴は、現実の社会で流通する物語から引き離され、女性にとって快い物語にすり替えられている。とすれば、なにがどう変えられてしまったのかを見なくては始まらないだろう。われわれが、男根主義的物語学だと思っていたのが、実はCから始まる物語学へ通じているのではないかという発見に繋がるのだ。

さて、本稿のタイトルの腐女子であるが、腐女子はC感覚をもちうる存在であるのかもしれない。しかしながら、仮にそうだったとしても、ふんふんと脳内Cの話を読みながらも、それって腐女子のメンタリティに近いよね、などと言われようものなら、SF好きのどっかのフェミニストがまたなんかけったいなものを押しつけてきたよ、あたし、関係ないも~んと背を向ける、そういう女子こそ、腐女子にほかならないと考える。なぜなら腐女子同士の絆は、互いに侵犯しない前提があってこそ成立するものだからだ。性愛のテイストが明確に自己完結するが故に、互いに自立した対等な絆に夢を重ねられるのだ。Cはしまってこそ花、そうでなくてはまた男根主義的物語学に収奪される、ひそやかな存在にほかならない。

参考文献

ブラム・ダイクストラ『倒錯の偶像』富士川義之他訳、パピルス、一九九四年。

『振り返れば奴がいる』三谷幸喜脚本、全11話、フジテレビ、一九九三年。

Ellis Hanson. Decadence and Catholicism. Boston: Harvard University Press, 1998.

稲垣足穂『増補改訂 少年愛の美学』（一九六八年）角川文庫、一九七三年。

本論を執筆した二〇〇七年にはまだ石田美紀『密やかな教育——〈やおい・ボーイズラブ〉前史』（洛北出版、二〇〇八年）は、刊行されてなかった。が同書で石田は、竹宮惠子が稲垣足穂『少年愛の美学』を読み「少年愛」の概念にインスパイアされて少年愛ものを描くようになった経緯について、稲垣足穂『少年愛の美学』を分析しながら、詳細に論じている。その中で、足穂が少年愛について、「A感覚」の一言に尽きる体型である（八九頁）と指摘し、P感覚について「Pの価値は唖然とするほど低く見積もられている」九三頁と指摘しているのは啓発的だ。この章で私はPならぬC感覚に着目したが、女性にとってその存在感の大きさは、足穂視点におけるP感覚の欠如と連動していると考えられる。そしてA感覚の代わりにY感覚を想定してみるとより議論は深まるかもしれない。YはやおいⅠ穴をさし、VやAに代替する物として、両者の間にあると考えてみる——何が言いたいかというと、女性のセクシュアリティについての言説は乏しく、男たちが作り出した言語体系の間隙に見え隠れしているが故に、このように逸脱の過程を辿ったり、造語を必要としたり、と、そのような思考プロセスにならざるをえないのだ。

リュース・イリガライ『ひとつではない女の性』棚沢直子・小野ゆり子・中嶋公子訳、勁草書房、一九八七年。

J・R・R・トールキン『妖精物語について——ファンタジーの世界』猪熊葉子訳、評論社、二〇〇三年。

小谷真理『女性状無意識』勁草書房、一九九四年。特に第五章「父権制下の両性具有」及び第九章「テクノガイネーシス」。

松浦暢『宿命の女イギリス・ロマン派文学の底流（増補改訂版）』（一九八七年）アーツアンドクラフツ、二〇〇四年。

永久保陽子『やおい小説論――女性のためのエロス表現』専修大学出版局、二〇〇五年。

野阿梓「当世耽美小説釈義」〈図書新聞〉一九九三年三月二十日号（二一四二号）八頁。

野火ノビタ『大人は判ってくれない――野火ノビタ批評集成』日本評論社、二〇〇三年。

竹宮恵子『風と木の詩』（一九七六年〜一九八四年）全十七巻、フラワーコミックス。

山藍紫姫子『オム・ファタール――運命の男』ダリアノベルズ、二〇〇四年。

詩人の魂を秘めた幻視者――アーシュラ・K・ル＝グウィン小伝　付年表

二〇一八年一月二十二日。オレゴン州ポートランドの自宅で、アーシュラ・K・ル＝グウィンは、夫チャールズと子供や孫に見守られながら、この世を去った。享年八十八。

その二ヵ月後に送られてきた北米を代表する月刊SF情報誌「ローカス」では追悼特集が組まれている。カレン・ジョイ・ファウラーやロバート・シルヴァバーグ、アイリーン・ガンらジャンルSF作家の重鎮たちの心温まる追悼文の合間に、出版社のメモリアルが挟まっていた。

「才気あふれる作家、豪胆なフェミニスト、高潔な友人」、「親愛なる友人にして作家、本当に寂しい」。多作で駄作のない作家、毅然としたフェミニスト、そして高潔な友人という三拍子そろった作家。書いた作品の全てが傑作である、という奇跡のような偉業を持つ作家であるにもかかわらず、優しく気さくな友人である、ということが矛盾なく共存していた稀有な例だった。そして、倫理的で考え深いフェミニストであるということも、アーシュラの人気の秘密だった。

この作家の業績を振り返ると、おそらく作家活動の最初期に書かれた〈ゲド戦記〉と珠玉の性差SF『闇の左手』があまりにも有名で、それ以外の活動について言及されることが少ない。そこで、第一級の女性SF作家であったル＝グウィンの人と作品について、基本的なことを整理し直してみよう。

始まりの場所

アーシュラ・K・ル＝グウィンは、一九二九年十月二十一日、カリフォルニア州バークレーで生まれた。父親は、カリフォルニア大学バークレー校の人類学講座の創設者で、伝説的な文化人類学者アルフレッド・クローバー。母親は『イシー北米最後の野生インディアン』の著者である作家のセオドーラ・クローバー。クローバー夫婦は三男一女に恵まれ、末っ子がアーシュラである。

アルフレッドがカリフォルニア大学バークレー校の教授であったため、幼少時のアーシュラを含む一家は、大学のあるバークレーに住み、長い夏休みにはそこから北へ七〇キロほどの所にあるナパ・ヴァレーの別荘で過ごした。別荘はキシャミシュ（ヒンディー語で干葡萄の意。ナパはワイナリーで有名）と呼ばれる古い農場だった。クローバー夫妻はアメリカ原住民の研究で知られ、キシャミシュは、大学研究者や学生、それにインディアンのおじさんたちが訪れる場所だった。

優等生だったアーシュラはボストンのラドクリフ女子大に進学し、コロンビア大学で修士号を取得する。専攻はルネッサンス期のフランス文学とイタリア文学。その後、博士号取得のためフルブライト奨学金を受けてパリに学ぶ。この時、渡欧する船クィーン・メアリー号で出会ったチャールズ・ル＝グウィンとパリにて結婚。やがて三女に恵まれた。一家はチャールズの勤め先の大学のあるオレゴン州ポートランドに移り住み、それ以後アーシュラは約五十年にわたって、生涯のほとんどをポートランドで過ごす。このように、アーシュラの環境は、生涯にわたって学究的生活と隣り合わせのものであった。

さて、アーシュラの作家活動はどのようにして始まったのだろうか。フィクションだけではなくノンフィクション、翻訳までをこなす多作家として知られ、そのジャンル傾向も多方面にわたる作家のスタート地点はどのようなものだったのだろう？

一般に第一作目には、その作家の全てが詰まっている、というが、本人のインタビューを見ても、ごく幼い頃から創作に手を染めていて、どれを第一作とするべきなのか明確ではない。幼い頃の読書傾向は、作家である母セオドーラの影響で神話に親しみ、北欧神話がお気に入りとのことであるが、既存の神話を追いかけるうちに、創作神話『ペガーナの神々』で知られるアイルランドのロード・ダンセイニの作風に出会い、「神話も創作して良いのだ」と気づく。

SFとの邂逅は、多くのSF作家がそうであるように、書物を呑み込むように読破する十一歳の頃。SF雑誌「アスタウンディング」とのファースト・コンタクトを遂げて、SFに夢中になり短篇を一本書き上げて編集部に送るも、当時の名物編集長ジョン・W・キャンベルに、没を食らった。少女時代に書いていた他の作品の一部は、のちに幻想小説集『オルシニア国物語』に収録されることになる。

こんな風に微笑ましいエピソードにあふれた少女時代を経て、神話好きの優等生は大学に入ると、本格的な文学的活動を開始した。ただし専攻も含めて、初期の出発点が詩作であり、大学においても批評の研究をしていたということは注目すべきポイントであろう。

学業で身を立てることを諦め、結婚し子供に恵まれてからは忙しい日々が始まるが、物書きの夢は捨てなかった。五〇年代つまり二〇代のアーシュラは、リアリズム小説に手を染めていた。が、出版社を見つけられず、売れるのは、もっぱら詩。

優れた詩人は物事の本質を摑み取るのが得意である。鋭い洞察を、ほんの短い単語、数語で的確に表わすことができる。アーシュラは、物事のポイントを正確に洞察し、それを隠喩的に表現するのが非常に巧みであった。詩的才能に恵まれていたのは、間違いない。だが、二〇代ではまだ何も始まっていない。

知的な環境で育ち、才能に恵まれ、おそらく私生活では何不自由のないこの女性の最初にプロ作家としてのキャリアが始まるのは、リアリズム系純文学ではなく、SFの世界だった。

ようやく、短篇が売れる時が来た。一九六二年。タイムトラベルSF「四月は巴里」が、SF専門誌「ファンタスティック」に掲載された。以後「アメージング」「ファンタスティック」など有名SF雑誌にポツポツと短篇が掲載された後、その中の一つ「アンギャールの宝物」をベースに第一長篇『ロカノンの世界』が刊行された。時は一九六六年。

フォーマルハウト第二惑星に調査隊が降り立つ。幾多の惑星を繫ぐ「全世界連盟」から派遣されたのだが、惑星に潜む敵に襲撃され、ロカノン隊長以外は全滅。ロカノンは母星に知らせるべく、通信装置のある場所へ一人で赴かなければならなかった。彼の前に広がっているのは、神話的な異世界であり、彼は未知の世界を旅しながら、異世界と接触し、この惑星世界で過ごすうちに、心語と呼ばれる特殊技術を見出すことになる。

本書は、のちに〈ハイニッシュ・ユニヴァース〉シリーズと名付けられる、架空の未来史の最初の一冊となった。〈ハイニッシュ・ユニヴァース〉は、多くの未知の惑星群が登場し、外宇宙からやってきた人々と原住民らの文化接触を大きなテーマにしている。異星人同士の接触は、文化人類学を彷彿とさせる穏やかなものもあれば、露骨な植民地主義のもとに惑星を制圧する闘争的な歴史もある。基本的な設定では、原始ハインという惑星から全宇宙に進出したハイン人らが、様々な星に植民し、各惑星で文明を築いた後互いのコミュニケーションは失われる。それから気の遠くなるような年月が経ち、新たに宇宙へ進出した人類は先祖を同一としながらも違う文明を構築した子孫たちと、再度接触する。接触した人々は星間連合を作り上げ、そのネットワークは一度敵によって破壊されるも、長い年月の間に再び再統合が試みられる。

設定をなぞればわかるように、〈ハイニッシュ・ユニヴァース〉の大きなテーマは異文化接触とそこに巻き込まれた知的生命体らの物語である。そのような構図は、たとえば六六年からTV放映されていた〈スタートレック〉の設定を彷彿とさせるもので、SFとしては定型であったが、〈スタートレック〉が、白人男性のハンサムなカーク船長を筆頭に様々な惑星を旅しながらも、ナイスガイによるアメリカの帝国主義的攻略のスタンスを崩さないものであるとすると、ル＝グウィンの〈ハイニッシュ・ユニヴァース〉は、大航海時代の南北アメリカ大陸の歴史や、アメリカ原住民に関する知見、折からのベトナム戦争での現状といった文化的葛藤に対する批評的な視点を含んでいた。しかも、『ロカノンの世界』の場合、ロカノン隊長の目の前に現れるのは北欧神話のような神話的異世界の様相を纏っていた。過去の史実と、神話的幻想力とを混在させながら、異世界を構築していたのである。時は、世界革命闘争の時代である。当時の若い世代に特徴的な反権力的な政治的考察を内包しながら、以後七〇年代半ばまでのアーシュラは、まさに快進撃としか言いようのないほど、SFとファンタジーの傑作を世に送り出していくことになる。

最初の黄金期

アーシュラの作家としての行程はおおよそ四期に分かれる。その第一期は、SFとファンタジーの黄金期で、代表作となる児童文学のファンタジー〈ゲド戦記〉三部作と、性差SF『闇の左手』、ユートピアSF『所有せざる人々』が、この時期に書かれた。幻視的作家フィリップ・K・ディックの作風に触発されて描かれた『天のろくろ』もこの時期に属する。ジャンルSFとファンタジーの世界に活路を見出したアーシュラはまさに水をえた魚のように傑作を放つ。

この時期のアメリカ合衆国では世界革命闘争に引き続いて、女性解放運動（ウイメンズ・リベレーション）が勃興し猛烈な勢いで拡大していった。アーシュラがデビューした一九六五年は、フェミニズム第二波の揺籃期にあたり、性差別に反対するフェミニストであるアーシュラの作家的な営みはそのままアメリカン・フェミニズム理論と運動の歴史と重なっている。彼女は、作品やエッセイを通して、場面場面で貴重な意見を明確に表明するオピニオン・リーダーとして活躍する。

〈ハイニッシュ・ユニヴァース〉シリーズの設定を生かして、フェミニズムの問題点に迫ったのが、不朽の名作『闇の左手』である。惑星〈冬〉に地球人男性ゲンリー・アイが派遣され、通商を開こうとする。だがことは容易ではない。ゲセン人は両性具有人なのだ。黒人男性ゲンリーは、知的で穏やかで慎重な人物だが、政治から生理面に至るまで異なるゲセン人の様子に驚きと動揺を隠せない。

彼のような知的な人物であっても、性的な偏見に振り回されるのだ。しかし、同地で政変に巻き込まれ、現地高官と厳寒の地への逃避行を余儀なくされたゲンリーは、そのゲセン人エストラーベンと不思議な絆に結ばれる。読者の反響は熱狂的だった。ゲセンでは生物学的な性差から発展した社会的な性差により、二つの異なった国が描かれている。異性愛を基調とする封建的王国と、同性愛を基調とする全体主義国家である。政治と宗教が絡み合う中で、人と人とが深い愛で結ばれる、とはどういうことなのかが徹底的に思弁され、性について描いたSFとして高く評価され、女性作家として初めて年間ベストSFに与えられるヒューゴー賞とネビュラ賞を受賞した。

大人向きのSFとしてフェミニズム的なところから思弁された『闇の左手』とほとんど同時期に子供向きのファンタジーとして、アーシュラは〈ゲド戦記〉三部作を続けざまに刊行した。第一巻『影との戦い』、第二巻『こわれた腕環』、第三巻『さいはての島へ』。多島海アースシーという異世界を舞台に、魔法使いの才能を持った少年ゲドの幼少期から大賢人となった中年期までのエピソードを扱っている。物語はキリスト教的な神話世界ではなく、老荘思想やユング心理学の影響を受けている、と指摘される。全三巻を通して、ゲドは、影、性、死というコンセプトと取り組みながら、大魔法使いとして成長していくのである。東洋哲学や心理学の概念を含み、どことなくアメリカ原住民の世界観が透けて見える〈ゲド戦記〉は、当時の反権力的な革命の姿勢と共鳴し、トールキン『指輪物語』やC・S・ルイス『ナルニア国物語』と並ぶ異世界ファンタジーの傑作と評された。

詩人の魂を持つ作家は、現実世界を見事に隠喩化し、今そこで起こっている政治的な紛争の本質を、寓話的な物語として展開させる。本質が寓話となって語られることの意味は、複雑で絡み合った問題点を抽出することにあった。どんなに遠い星の、どんなに遠い未来の物語であっても、アーシュラの創造する物語は、現実の何かを思い起こさせ、人を考えさせる。冷戦構造を巧みに隠喩化したユートピアSF『所有せざる人々』の重厚な迫力、ベトナム戦争と北米のインディアン虐殺を重ね合わせるように描かれた『世界の合言葉は森』など、アーシュラが次々に放つ物語は、歴史上の紛争に思いを馳せ人の心の中にある止めようもない暴力への衝動について考えさせる。

性は必然か？

七〇年代初頭のアーシュラは、順風満帆であった。当時のSF界は、フェミニズムSFの時代と呼ばれるほど、女性SF作家の活躍で埋め尽くされ、アーシュラはオピニオン・リーダーとして一目置かれていた。SF作家同士の論争も活発に行われていた。

ここで、転機が訪れる。七〇年代半ばセミプロジン〈カトルー〉の編集長ジェフリー・スミスが呼びかけて書面シンポジウム「未来の女たち」が開催された。当時はSNSはなく、電話すら高価な通信手段だった。作家たちは手紙の回覧でシンポジウムを開くことにした。男性作家の描くステレオタイプな女性像は、たとえ舞台が未来であっても、古色蒼然とし全く代わり映えがしなかった。では、女性作家は何をどう描くべきだろう？　こんなトピックの下に、数名の名だたる女性作家・女性ファンと、黒人ゲイ作家のサミュエル・〝チップ〟・ディレイニーたちがシンポジウムに集結する。

ところが、その最中に無礼な介入が入った。ジェフリーの親友で新進気鋭の男性作家としてこれまた注目されていたジェイムズ・ティプトリー・ジュニアの登場である。女子供をおちょくるようなティプトリーの物言いに、真面目なアーシュラらは怒り、ティプトリーは追い出される。アーシュラらの言い分は明確だった。「男である貴方には、未来の女について語る資格はない」。

そのままシンポジウムは続くのだが、その翌年一九七六年の暮れに、ティプトリーの正体が判明する。なんとマッチョな男性作家とばかり思われていたこの覆面作家は、六十一歳の女性だったのである。文通の文面といい、作風といい、どこからみても男らしいかの人物が、実は女性だったなんて、ありえるのだろうか？　ティプトリーとアーシュラは以前から文通していたが、もちろんあくまでティプトリーが男性である、という前提だった。それがいきなり女性作家になったのだ。性が生物学的なものではなく、学習可能なものである、ということを、ティプトリーの正体露見事件は示していた。この当時、フェミニズム理論はまだ若く、生物学的性と社会的性は必ずしも一致するものではない、ということがまだ明確に理解されてはいなかった。

アーシュラは、シンポジウムのことがなければ、と後悔したことだろう。暴露後数ヵ月にわたる二人の書簡は現在公開されているので、読むことができる。捨て鉢で自嘲気味のティプトリーに対して、アーシュラは、驚くほど誠実な対応をしている。誰よりも聡明なフェミニズムの第一人者が、見抜けなかったとは！　アーシュラは自分自身の未熟さを、真正面に受け止める。それは、アーシュラのかつて書いた名作ファンタジーのシナリオそのものだった。自分自身の弱さから影を呼び出してしまった若き日のゲドが、自分自身の落ち度と真正面から取り組んだ、あの時のように。

むしろそのアーシュラの姿勢に、ティプトリーの方がたじろぐほどだった。二人の女性は、半年ほど長い手紙を幾度も取り交わす。

　この事件は作家にとっては単純なものではなかった。作家のジェンダーの問題は、作家のアイデンティティの問題に直結していたからだ。

　ティプトリーは、暴露前の人格が取り戻せなくなるという事態に陥る。あの自信満々で豪放磊落な男はいなくなってしまった。しかし、騙されていた方のアーシュラもけして平静ではなかった。愚かしさを受け入れると同時に、それまで信じていた世界の価値観が瓦解するという作家的な危機が訪れる。

　インタビューを調べると、事件当時執筆していた「アオサギの目」が突然書けなくなっている。「主人公の男が自殺すると言い張ったの。この作品には女性がひとり登場していたんだけれど、わたしには女性をどう書いていいのかわからなかった」。この事件が直接のきっかけであったのかどうかはわからないが、アーシュラは、突然、それまでのハードコア系のSFとファンタジーから離れて、純文学との境界領域とも言える伴流文学（スリップストリーム）へシフトし始めた。第二期の始まりである。東欧の架空の国「オルシニア」を舞台にした『オルシニア国物語』、『始まりの場所』がまとめられることになる。現実のどこかにある架空の国の話である。目立たない、それこそ埋もれてしまうような地味なエピソードが優しく捉えられる。市井の生活とは、ひょっとするとそんな風に埋没しがちでありながらも、人の生涯にとっては忘れ得ない物語に満ちているのではないだろうか。

　そして、もう一つの現実世界を描いた大著『オールウェイズ・カミングホーム』が姿を表す。舞台は、未来のカリフォルニア。文化人類学者パンドラが同地で埋もれた文明を発掘調査する、という設定で、不思議な原住民たちの素朴な文化が掘り起こされる。「人は皆、自分の心の考古学者」とアーシュラが言っているように、ヒトの心理や文化の最古層を丁寧に掘り起こしているかのように、超未来世界からそれまで埋没していた過去というもう一つの世界が発掘される。筋だて自体は、文字も文化も何もかもを破壊し尽くされたアメリカ原住民の世界を幻想の力も借りて再構築しようとしているかのような展開だ。しかし『オールウェイズ・カミングホーム』が実験的な作品であるのはそのスタイルにあった。まるで人類学者の手記をまとめたかのように、様々な記録の集積体のような本づくりであったからだ。絵やメモや細かなエピソード群や楽譜。それらを集積したいわばエンサイクロペディア風にして、現在でいえばハイパーテクスト風の体裁なのだ。どこから読んでも構わない。それ全体が一つの世界を形作っている。大きな物語はないが、全てを読みこむと喪われた世界が見えてくる。

読者は、自分たちが現実だと思い込んでいたものは何かを隠蔽して成り立っているのかもしれないという疑いの境地に立たされる。表の世界と隠されて見えない世界。その違いとはなんであろうか。

この現実世界に近いが、ちょっとずれたところにある見えない場所への関心は、その後もアーシュラのファンタジーではしばしば扱われることになる。二項対立的な世界が複雑な関係性を維持しながら混在し、にもかかわらず両者は交わらないまま共存している。まるで白人と黒人、男と女の世界のように。もう一つの世界に到達することは、理論的には決して難しいことではないはずだが、人はそこに到達することがなかなかできない。奇妙な辞書的体裁や不思議を見分ける魔法の目を持たない限り、見えてこないのだ。

帰還のとき

ティプトリー事件の本質が理解されるようになったのは、八〇年代に入ってフェミニズム理論が深められ、トランス・ジェンダーやセクシュアリティにまつわる性別越境の理論が立ち上がって後のことである。生物学的な性と社会的な性が違うこと、社会的性がジェンダーと呼ばれること、その理論が立ち上がること。それらは八〇年代末フェミニスト理論家ジュディス・バトラーらの登場まで待たねばならない。しかし変化は急に始まったのではなくフェミニズム理論は八〇年代を通して、ジェンダー理論とクィア理論の大まかな枠組みをゆっくりと形成しつつあった。アーシュラはその流れを追いかけ、貪るように知識を吸収していった。インタビューでは、フェミニスト文芸批評に出会い、ノートン版の女性作家アンソロジーを繰り返し読んでいた、と語っている。そんな折も折、一九八七年五月十九日。ティプトリー、ことアリス・シェルドンは衝撃的な自殺を遂げる。アルツハイマーの夫を介護しながら自身も心臓病を患い、鬱病が悪化していた。老老介護の果てに、アリスは夫婦心中を決意し、寝たきりの夫を射殺した後、自分自身をも撃ったのだった。

二年後、アーシュラは突然かつて完結していたと思われていた〈ゲド戦記〉に続篇があることを公表する。そして〈ゲド戦記〉の第四部『帰還』が発表された。読者を驚愕させたのは、続篇で描かれた男性魔法使いゲドの姿である。アースシーの大賢人は年を取り、かつての三部作では意気揚々としていたゲドの面影はなかった。彼は心身ともに弱った老人であり、代わりに物語を動かすのは、第二巻に登場していたかつての少女テナーであり、今や堂々たる初老の寡婦となったテナーは、虐待されボロボロになった少女テハヌとともに、世界の均衡が変化したアースシーを探究する。その展開では、かつての〈ゲド戦記〉は、男性的価値観からのパースペクティヴで書かれたものにすぎず、アースシーには、もう一つの世界観が隠蔽されていた、という展開なのだった。かつての三部作の中で修復された魔法の腕環によって、アースシーの世界の均衡は変化し、世界は隠されていたもう一つの顔を浮かび上がらせる。ゲドらの魔法は男性魔法使いたちのものであり、もっとも卑しめられ貶められた少女が今度は女性の魔法を呼びさます。

〈ゲド戦記〉と同時に〈ハイニッシュ・ユニヴァース〉シリーズにも新しい風が吹いていた。それまでの惑星の冒険物語ではフェミニズム的プロパガンダは巧妙に隠され、むしろ男性にとってわかりやすいものであった。が、新しいエピソードでは、そうした遠慮は取り払われていた。『許しをめぐる四つの法』*Four Ways to Forgiveness*（未訳、一九九五年）では、『闇の左手』の自己パロディが登場し、さらにポスト植民地主義的なエピソードも吟味されるようになった。

第三期ともいうべきハードコアSF世界への帰還にまつわる変化は、フェミニスト的な視点がはっきりしすぎている、ということから賛否両論となった。〈ゲド戦記〉を始めとする初期のアーシュラの作品が「露骨なフェミニズム」作品でないことに魅力を感じていたファンを困惑させたのだった。

こうしたアーシュラのフェミニズム回帰は「帰還」というよりそれまで作品の表に出していなかったフェミニズムに対するシンパシーを積極的に表明し始めたことを表していた。それは、過去の自作の読み直しと再検証、それから新たな物語の補完によって、自作に隠蔽されていたもう一つの顔を浮かび上がらせることに他ならなかった。かくして〈ゲド戦記〉はガラリと趣を変え、補完されることによって、隠蔽されていた顔を見せ始めた。

『闇の左手』もそうだった。同作品では決して描かれることのなかった性的な要素も取り上げられるようになった。「愛がケメルを迎えしとき」のように、ゲセン人の性生活を赤裸々に描き出し、六〇年代末には決して直接的に書かなかったセックスの問題をストレートに考察するようになったのである。

ウィスコン、フェミニズムSF大会

アーシュラの作風の変化は、困惑ばかりを引き寄せたわけではない。フェミニズム理論自体が未熟だった時代と異なり、九〇年代には理論的な成熟と同時に、新しい読者が生まれていた。その一つの大きな流れを作っていったのが、フェミニストのためのSF大会ウィスコンの存在である。これは七〇年代以来、例年五月末に、ウィスコンシン州の州都マディソンで開催されるフェミニストSF大会であり、アメリカの地方SF大会の代表格である。さて一九九一年、この大会の席上、女性作家カレン・ジョイ・ファウラーとパット・マーフィーが言い出しっぺになって、ジェイムズ・ティプトリー・ジュニア文学賞が設立された。同賞は年間ベスト性差SFに与えられる文学賞だが、多くの女性作家と女性ファンによって支えられ、ウィスコンはそのバックグラウンドとして、フェミニズムやジェンダーについて気楽に語れるトポスになったのだ。

アーシュラは一九九六年の第五回ティプトリー賞の時に回顧賞を『闇の左手』で受賞しているが、毎年新作も候補作の俎上にあげられるバリバリの現役作家でもあった。こうして、〈ハイニッシュ・ユニヴァース〉の新作「セグリの問題」も短篇部門を受賞する。男性と女性が文化的に分かれて暮らすセグリという惑星の調査記録という設定で、徹底的に抑圧される男性たちを描いている。その世界では、男性は十一歳になると親から引き離され、種馬か性的はけ口かどちらかの役割へと落とし込まれる。教育は受けられず徹底的に管理されているのだ。そこへ外宇宙からの調査員が入るも、女性こそ生存は許されるが男性隊員は抹殺される。原地人の手記と調査員の記録が物語のすべてである。男性への抑圧は、現実世界で女性が被っている性差別や性暴力を当てはめたものであるが、男女が逆転した世界の陰惨な恐ろしさと衝撃力は確かに印象的だ。通常ならば、男女逆転だけで紛糾しそうな展開だが、ジェンダーやセクシュアリティの細かな問題点を冷静に探究するウィスコンのフェミニストらにとって、その点は前提にすぎない。むしろその先に真の関心があるのだ。そして同作品は性の問題の複雑さを複雑なまま描き出した好作品と評価され、様々な議論の俎上にあげられ細かな問題点が掘り下げられた。例えば、同性婚をベースにした女性たちの社会での親子関係や、恋愛と結婚と性欲処理とを分離させた世界の問題点などである。

帰還したアーシュラの仕事はそのように目覚しいものであった。フェミニズム的な姿勢を前景化させていることだけではなく、セクシュアリティに関しても目を背けずかなりきっちり描いていることも、それまでとは全く異なっている。

古典世界を書き換える。

ウィスコンでの活動を得て、アーシュラはますます生き生きとした作家活動を広げていった。書く素材、書く技術、彼女独自の思想などすべてを取り揃え、もはや怖いものなど何もない、まさに円熟期〈第四期〉に到達していたのである。そこでしかありえない作品として、改めてファンタジー三部作〈西のはての年代記〉が書かれた。新しいファンタジーは、ヒーロー然とした男性魔法使いではなく、幻視力を持った詩人が登場し、大国が小国を飲み込む異世界を舞台に、異なった都市の少年少女の物語が破征服者の視点から描かれる。

そんな老境のアーシュラの脳裏に、その女性が現れた。彼女は、トロイア軍の武将アエネーアスの二番目の妻ラウィーニアである。『アエネーイス』は、古代ローマの詩人ウェルギリウスの手になる叙事詩で、ラテン文学の古典として、西洋文化の根幹に位置付けられていた。その古典世界こそ、男性中心的な世界観で描かれているのは、もはや自明であるが、特殊な地位にたつ女神でもなく、女性統治者でもなく、台詞すらない、小さく目立たない存在としての女性登場人物ラヴィーニアの姿が、アーシュラの心を捉えたのだ。

アエネーアスは、トロイア戦争に敗れた後、放浪した挙句イタリア半島にたどり着く。そこで土地の領主の娘ラウィーニアを後妻として娶ろうとする。ローマもイタリアもまだ姿を現していない時代の物語で、言葉を持たない端役のラウィーニアは、土地の権利を、父から夫へと渡すための旗頭でしかない。アーシュラは、古典に隠蔽されたもう一つの世界観に気が付いたのだ。

女性作家が、神話や伝説、あるいは童話を女性目線で書き換える、という手法は、フェミニズム文学としては確固たる方法論である。アンジェラ・カーターの「青髭公」の書き換えをはじめとして、この手の試みは、ジャンル・ファンタジー世界でも数多い。実際、アーシュラとほぼ同世代のファンタジー作家マリオン・ジマー・ブラッドリーは、アーサー王伝説をアーサーの異母姉であるモーガン・

ル・フェイの視点から構成し直した大河ファンタジー『アヴァロンの霧』で知られている。ブラッドリーもまたトロイア戦争を女性の視点から語り直す『太陽神の乙女』を書いているが、ブラッドリーが主人公に設定したのは、預言者でありながら予言を信じてもらえなかった巫女カッサンドラであった。ブラッドリーがあくまで大河物語としてまとめていたのに対し、アーシュラは、ウェルギリウスの古典自体の読み替えを、メタフィクション的な手法で試みている。ラウィーニアに光を当てるのみならず、古典自体を脱構築しようというのだ。

それは長年SFやファンタジーの世界で活躍しながらも、その才能ゆえに決してジャンル内作家としてのみカウントされることがない、稀有なアーシュラだからこそできた試みであるかもしれない。SFやファンタジーは、純文学を頂点とする文学的位階制では高い評価を与えられているわけではない。そのことに対する苛立ちは、アーシュラ自身若い時からなんども味わわされてきた。アーシュラにとってその貶められ方は、「女性文学」に対する扱いと紙一重に見えていた。女性作家であり、SF作家でもあるアーシュラにとって、長年蓄えられてきたヒエラルキーを払拭するためには、何か実験的な手法をとる必要があったのかもしれない。かくしてラウィーニアは、中心に据えられたばかりではなく、『アエネーイス』自体を作った詩人ウェルギリウスにも積極的に話しかける。文学的な自由奔放さを発揮するラウィーニアだったが、アーシュラの物語の中自体ではそれほど派手ではない、むしろ平凡で地味な生活を淡々と送っている。トロイア戦争の残党兵が乗りこんできたため、自国が、小競り合いの絶えない世界へと変わっていくなかで、詩人、求婚者、征服者である夫を、次々に喪なっていく。しかしながら、一見その地味な女の日常性こそが、実際には一番身近で一番説得力のある魅力的な物語だということを、アーシュラは説得力豊かに印象付けるのである。

隠蔽されて見えない、もう一つの世界は、おそらく評価や分析方法すら確立されていないものであろう。しかし、彼女はフェミニズム批評やポスト植民地批評がゆっくりと育まれ、それが読者と世界を変えてきたことをよく知っていた。だから、アーシュラはただもうひとつの世界のもつかけがえのない大切さを優雅に示しながら、詩人の魂を秘めた物語作家として、その稀有な生涯を終えたのである。

参考文献

マリオン・ジマー・ブラッドリー『アヴァロンの霧1 異教の女王』（原著一九八三年）岩原明子訳、ハヤカワ文庫FT、一九八八年。

マリオン・ジマー・ブラッドリー『アヴァロンの霧2 宗主の妃』（原著一九八三年）岩原明子訳、ハヤカワ文庫FT、一九八八年。

マリオン・ジマー・ブラッドリー『アヴァロンの霧3 牡鹿王』（原著一九八三年）岩原明子訳、ハヤカワ文庫FT、一九八八年。

マリオン・ジマー・ブラッドリー『アヴァロンの霧4 円卓の騎士』（原著一九八三年）岩原明子訳、ハヤカワ文庫FT、一九八九年。

〈文學季刊　牧神〉#10, 特集　SF女性作家ル・グィンの神話王国、牧神社、一九七七年。

Elizabeth Cummins. *Understanding Ursula K. Le Guin.* Columbia : South Carolina, 1990.

ロード・ダンセイニ『夢見る人の物語』（一九〇八年、一九一〇年）中野善夫・中村融・安野玲・吉村満美子訳、河出文庫、二〇〇四年。

Karen Joy Fowler & Debbie Notkin. *80! Memories & Reflections on Ursula K. Le Guin.* Seattle : Aqueduct Press,

2010. https://www.ursulakleguin.com (2018年2月20日)

ヴァージニア・キッド編『女の千年王国』（原著一九七八年）小池美佐子訳、サンリオSF文庫、一九八〇年。「アオサギの目」が収録されている。

シオドーラ・クローバー『イシ：北米最後の野生インディアン』（原著一九六一年）行方昭夫 訳、岩波現代文庫、二〇〇三年。

アーシュラ・K・ル＝グウィン『ラウィーニア』谷垣暁美訳、河出書房新社、二〇〇九年。

アーシュラ・K・ル＝グウィン『ファンタジーと言葉』（原著二〇〇四年）青木由紀子訳、岩波書店、二〇〇六年。

アーシュラ・K・ル＝グウィン『世界の果てでダンス【ル＝グウィン評論集】』（原著一九八九年）篠目清美訳、白水社、一九九一年。アーシュラ・K・ル＝グウィン『夜の言葉――ファンタジー・SF論』（原著スーザン・ウッド編一九七九年）山田和子訳、岩波現代文庫、二〇〇六年。

アーシュラ・K・ル＝グウィン『いまファンタジーにできること』（原著二〇〇九年）谷垣暁美訳、河出書房新社、二〇一一年。

Ursula K. Le Guin. *The Wild Girls Plus* ....Oakland : PM Press, 2011,

Locus. March 2018. Alexandra Pierce and Alisa Krasnostein, eds. *Letter to Tiptree*. *Yokine* : Twelfth Planet Press,2015.

Jeffrey D. Smith & Jeanne Gomoll, eds. *Symposium* : *Women in Science Fiction*. *Khatru* No.3. (First Printing. November 1975) ,Second Printing, May 1993.

Charlotte Spivack. *Ursula K. Le Guin*. Amherst : University of Massachusetts, 1984. ウェルギリウス『アエネーイス』岡道男・高橋宏幸訳、京都大学学術出版会、二〇〇一年。

【関連事項の年表】

一九二九年 10月21日 カリフォルニア州バークリーで生まれる。父アルフレッド・クローバー(文化人類学者)。母シオドーラ・クローバー。シオドーラの前夫との間の子であるクリフトンとセオドラ(テッド)、およびアルフレッドとの間の子であるカール、の三人の兄がいる。

一九三九年 (9―10歳?)SF短編を書き、〈アスタウンディング〉誌へ投稿。当時の名編集長ジョン・キャンベル(SF黄金時代の立役者)から没を食らう。

一九四一年 (12歳)ロード・ダンセイニ『夢見る人の物語』*Dreamer's Tale*(邦訳『夢見る人の物語』河出書房に収録)を読み、神話を作ってもいいんだ、と気づく。一九四〇年代前半は、〈スリリング・ワンダー・ストーリーズ〉〈アスタウンディング・サイエンス・フィクション〉誌などSF専門誌(パルプ雑誌)を夢中で読む。一九四〇年代後半になるとSFを離れトルストイ、ディケンズなど読むようになった。

一九四七年 (18歳)ラドクリフ女子大学入学。

一九五一年 (22歳)学士号取得。

一九五二年 (23歳)コロンビア大学修士号取得。(フランスとイタリアのルネッサンス期における詩の研究)

一九五三年 (24歳)フルブライト奨学金で、フランス留学。留学途上の船で知り合った歴史学者の卵チャールズ・A・ル・グウィンと結婚。

一九五四年（25歳）ジョージア州マーサー大学でフランス語教師。

一九五六年（27歳）アイダホ大学でフランス語教師。夫チャールズ、博士号取得。

一九五七年（28歳）第一子エリザベス誕生。

一九五八年（29歳）チャールズの就職に伴い、オレゴン州ポートランドに移住。

一九五九年（30歳）第二子キャロライン誕生。詩 *Folksong from the Montayna Province* が初めて出版される。

一九六〇年（31歳）父アルフレッド・クローバー、パリで客死。ポートランドの友人からSFを借りて読むようになる。

一九六一年（32歳）母シオドーラ『イシ―北米最後の野生インディアン』を出版。〈ファンタジー&サイエンス・フィクション（F&SF）〉誌六月号に掲載されたコードウェイナー・スミスの「アルファラルファ大通り」を読み、思弁小説としての方向性を見出し、感動する。短編「音楽によせて」が短編として初めて〈ウェスタン・ヒューマニティーズ・レビュー〉誌に掲載される。

一九六二年（33歳）「四月は巴里」が〈ファンタスティック〉誌に掲載、SF界へデビューを果たす。この最初のふたつの短編はオルシニアを扱ったもので後に一冊にまとめられた。「オルシニア」を舞台にした短編は六〇年代に書き貯められていたが、そのほとんどが発表には至らなかった。

一九六四年（34歳）第三子セオドラ誕生。「解放の呪文」という魔法使いの話を書き、編集者シール・ゴールドスミス・ラリが〈ファンタスティック〉誌に載せる。続けて「名前の掟」という短編を書き、〈ゲド戦記〉の基本となる多島海という舞台設定と、魔法の基本ルールができた。短編「アンギャールの贈り物」が〈アメージング・ストーリーズ〉誌に掲載。
一九六五年（35歳）ハブナー島を出発し「究極」を求めて多島海を旅する王子の話を書くが完成せず、のちにそれは〈ゲド戦記〉第3巻『さいはての島へ』へ書き改められる。
一九六六年（37歳）第一長編『ロカノンの世界』、および『辺境の惑星』を出版。
一九六七年（38歳）『幻影の都市』。パルナサス・プレスの社主ハーマン・シャインが年長の子供のための物語を依頼。数ヵ月間かけて、島々とそこの魔法について考え、魔法と子供ための本を模索し、〈ゲド戦記〉三部作の構想が出来上がり、パルナサス・プレスへ送付された。
一九六八年（39歳）〈ゲド戦記〉第1巻『影との戦い』。ジェイムズ・ティプトリー・ジュニアという新人作家の短編「セールスマンの誕生」が〈アナログ〉誌に掲載される。女性解放運動全米に拡大。
一九六九年（40歳）『闇の左手』出版。（一九六九年度ヒューゴー賞、ネビュラ賞受賞）。
一九七〇年（41歳）〈ゲド戦記〉第2巻『こわれた腕輪』。
一九七一年（42歳）P・K・ディックの作風に触発されて『天のろくろ』出版。
一九七二年（43歳）〈ゲド戦記〉第3巻『さいはての島へ』。（一九七二年度全米図書賞児童書部門受賞）。
一九七三年（44歳）チャップブック『エルフランドからポキープシへ』刊行。
一九七四年（45歳）『所有せざる人々』出版（七四年度ヒューゴー賞ネビュラ賞受賞、及びジュピター賞受賞）。
一九七五年（46歳）短編集『風の十二方位』。収録されている「革命前夜」が一九七五年度ネビュラ賞&ジュピター賞。「オメラスから歩み去る人々」が一九七四年度ヒューゴー賞受賞。SF同人誌

Khatru の編集長ジェフリー・スミスの提案で九人のSF作家やBNFが集まり、面シンポジウム「SFにおける女性たち」がスタートする。ティプトリー乱入事件が起きる。

一九七六年（47歳）アメリカのSF学会（SFRA）の機関誌〈SFスタディーズ〉誌で特集が組まれる。『オルシニア国物語』出版。『世界の合言葉は森』、『ふたり物語』出版。十一月ティプトリーからの告白手紙が届く。

一九七七年（48歳）年頭ティプトリーの正体が広まり始める。SF情報誌に正体暴露の記事が掲載され、SF界に激震が走る（ティプトリー事件）。事件の余波で前半はティプトリーと手紙のやりとり。

一九七八年（49歳）「アオサギの眼」出版。執筆中性差の問題で引っかかり、一時は書けなくなった。

一九七九年（50歳）『マラフレナ』出版。絵本『いちばん美しいクモの巣』、エッセイ集『夜の言葉』出版。ガンダルフ賞（幻想文学グランドマスター）受賞。日本の『牧神』誌第10号で「SFファンタジーの世界ル・グウィンの神話と幻想」が特集される。

一九八〇年（51歳）『始まりの場所』出版。

一九八二年（53歳）短編集『コンパス・ローズ』（一九八四年度ローカス賞）、絵本 *The Adventure of Cobbler's Rune* 出版、〈ニューヨーカー〉誌に短編「スール」掲載。以後二編〈ニューヨーカー〉誌に寄稿している。

一九八三年（54歳）絵本 *Solomon Leviathan's Nine Hundred and Thirty-First Trip around the World* 出版。

一九八四年（55歳）短編「木綿人とのもめ事」、"The Visionary"、「大谷の時間」を発表し、これらは『オールウェイズ・カミングホーム』へと組み込まれた。

一九八五年（56歳）『オールウェイズ・カミングホーム』を出版、アメリカ人女性作家に贈られるジャネット・ハイジンガー・カフカ賞を受賞。同賞は三十歳で事故死した女性編集者を悼んで設立された女性作家のための文学賞である。

一九八七年（58歳）『バッファローの娘っことそのほかの動物たち』。収録されている「バッファローの娘っこ、夜になったら出ておいで」は一九八八年度ヒューゴー賞、世界幻想文学大賞中編部門受賞。

一九八八年（59歳）絵本『空飛び猫』。

一九八九年（60歳）絵本「帰ってきた空飛び猫」、エッセイ集『世界の果てでダンス』。ハロウィンの週末、シアトルで開催された世界ファンタジー大会にゲスト・オブ・オナーとして参加、〈ゲド戦記〉の続編の一部を朗読し、聴衆は騒然となる。

一九九〇年（61歳）〈ゲド戦記〉第四集『帰還』出版。一九九〇年度ネビュラ賞受賞。

一九九一年（62歳）短編集 *Searoad* 出版（一九九二年度オレゴン図書賞受賞）。性差に関して探求した年間ベストSF作品を選出するティプトリー賞が作家パット・マーフィー&カレン・ジョイ・ファウラーによって創設され、フェミニストSF大会 Wis Con が全面サポートすることになった。

一九九二年（63歳）絵本 *Fish Soup*、絵本 *A Ride on the Red Mare's Back* 出版。

一九九三年（64歳）一九九二年のオックスフォード大学での講演録を基にしたエッセイ集 *Earthsea Revisions* を刊行。

一九九四年（65歳）詩集 *Going Out with Peacocks*、短編集『内海の漁師』、絵本『晴らしいアレキサンダーと、空飛び猫たち』。

一九九五年（66歳）〈ハイニッシュ・ユニヴァース〉シリーズの中編集 *Four Ways to Forgiveness* 刊行。あまりにも露骨なフェミニズム的な内容に賛否両論となるが、一九九六年度ローカス読者賞受賞。収録作品"Forgiveness Day"も一九九五年シオドア・スタージョン賞、ローカス読者賞。短編「セグリの事情」でティプトリー賞を受賞。

一九九六年（67歳）ウィスコンシン州マディソンで開催されるフェミニストSF大会、Wis Con 第二〇回記念大会で『闇の左手』が第五回ジェイムズ・ティプトリー・ジュニア賞回顧部門受賞。短編集『空気の錠を開けて』出版。Wis Con 20については、〈SFマガジン〉誌7月号で小谷がレポート。「セグリの事情」で一九九六年度ネビュラ賞を受賞。

一九九七年（68歳）『老子道徳経』を英訳する。日本の〈SFマガジン〉誌「作家の肖像」でル・グウィン特集（監修 小谷真理）。「マウンテンウェイズ」でティプトリー賞を受賞。

一九九八年（69歳）〈ゲド戦記〉スピンオフ短編「ドラゴンフライ」がシルヴァバーグの監修するアンソロジー Legends に掲載される（後に外伝に収録）。

一九九九年（70歳）イシの脳がスミソニアン博物館で発見され、カリフォルニア大学バークリー校人類学講座が謝罪するという事件が起きる。人類学講座の創始者である父アルフレッド・クローバーも批判された。これを受けて反論。この事件に関しては、エッセイ「インディアンのおじさん」(『ファンタジーと言葉』所収) に記されているが、事件全体の評価は、吉岡久美子「ル・グィンとポスト・コロニアル時代の文化相対主義」(〈ユリイカ〉二〇〇六年八月時増刊号・総特集アーシュラ・K・ル・グウィン、

159―168）が詳しい。絵本『空を駆けるジェーン 空飛び猫物語』。〈ゲド戦記〉スピンオフ短編「ダークローズとダイヤモンド」を〈F & SF〉誌に発表。

二〇〇〇年（71歳）『言の葉の木』出版。（二〇〇一年度エンデバー賞、ローカス読者賞）。〈LAタイムズ〉紙のロバート・カーシュ生涯功労賞。

二〇〇一年（72歳）短編集『ゲド戦記外伝』出版。（二〇〇二年度ローカス読者賞、二〇〇三年度エンデバー賞受賞）。〈ゲド戦記〉第5巻『アースシーの風』出版。（大西洋北西部書店協会生涯功労賞）。アメリカで9・11同時多発テロ事件起きる。

二〇〇二年（73歳）短編「ワイルド・ガールズ」がローカス読者賞、アシモフ読者賞を受賞する。短編集『世界の誕生日』出版。（表題作二〇〇一年度ローカス読者賞）。絵本 *Tom Mouse* 出版。国際ペンクラブ・マラマッド賞受賞。

二〇〇三年（74歳）短編集『なつかしく謎めいて』出版、アルゼンチンの女性作家 Angelica Gorodischer の幻想小説 *Kalpa Imperial* をスペイン語から英訳。SFWA グランドマスターとなる。

二〇〇四年（75歳）〈西のはての年代記〉第1巻『ギフト』刊行。エッセイ集『ファンタジーと言葉』刊行。Sci-Fi チャンネルTVミニシリーズ『アースシーの伝説』放映。作品の出来については、本人がウェブに記している。マーガレット・A・エドワーズ賞。

二〇〇五年（76歳）夏にスタジオ・ジブリの鈴木敏夫と宮崎駿が、自宅を訪れる。

二〇〇六年（77歳）〈西のはての年代記〉第2巻『ヴォイス』刊行。宮崎吾朗監督作品アニメ『ゲド戦記』公開される。

二〇〇七年（78歳）〈西のはての年代記〉第3巻『パワー』刊行。（二〇〇七年度ネビュラ賞受賞）。

二〇〇八年（79歳）『ラウィーニア』出版。（二〇〇九年ローカス賞受賞）。

二〇〇九年（80歳）ヴォンダ・マッキンタイアとの共作短編"LADeDeDa"をNature誌に掲載。シアトル在住のヴォンダとは度々共作をしていた。絵本Cat Dreamsヴォンダは二〇一九年四月一日アーシュラのあとを追うかのように膵臓癌で亡くなっている（享年70）。

二〇一一年（82歳）3・11東日本大震災及び福島第一原子力発電所事故が起き、メッセージを寄せる。短編集*The Wild Girls*出版。

二〇一二年（83歳）詩集*Finding My Elegy:New and Selected Poems.*短編集*The Unreal and the Real: The Selected Stories of Ursula Le Guin*を作家ケリー・リンクと夫ギャビンの経営するスモールプレス（スモール・ビア・プレス）から出版。

二〇一四年（85歳）アースシーを舞台にした短編"The Daughter of Odren"を電子書籍で出版。

二〇一六年（87歳）『オルシニア国物語 完全版』出版。エッセイ集*Words Are My Matter: Writings About Life and Books*をスモール・ビア・プレスから出版（ヒューゴー賞を受賞）。

二〇一七年（88歳）エッセイ集*No Time to Spare*（ヒューゴー賞受賞）。年頭に就任したトランプ大統領の就任式で使用された*Alternative Facts*という言葉について、SF作家としての立場から猛反撃する〈オレゴニアン〉紙2/1に投書）。

二〇一八年一月二十二日オレゴン州ポートランドの自宅で家族に見守られながら永眠。夏に〈ゲド戦記〉全作品を収録し*The Book of Earthsea*が出版され、"The Daughter of Odren"及び遺作となった

"Fireight"も収録された。アーシュラ自身によるイントロダクションの日付は二〇一六年二月。

名誉男性の魔法——アーシュラ・K・ル＝グウィン

ロマンティック・ラヴを回避する

『ゲド戦記』がまだ三部作だと考えられていた八〇年代初頭、第二巻『こわれた腕環』の主人公テナーは、どうしてゲドと結ばれないのかな、と、漠然とした疑問を抱いていたことがある。

当時、『ゲド戦記』をユング理論で解釈するという考え方が主流で、三部作は、主人公のゲドが魔術師としてどう成長していくかを描いたファンタジーとして読まれていた。つまり、第一巻で、自分自身の影を克服して全人格を持ち、第二巻では異性と出会うことによって性の問題に出会い、そして第三巻では死の問題と取り組むというプロセスが、魔術師ゲドの成長過程に重ねられていた。子供がアイデンティティを持ち、伴侶を得、そして死に至る。ゲドが出会う「影」「性」「死」という三要素は、そのまま人生の縮図と言えた。

その解釈では、テナーはゲドという男性のために用意された女性キャラクターという範囲を逸脱するものではない。にもかかわらず、この大魔法使いはテナーを暗闇から助け出しながらも、伴侶に選ぶことはなかった。ゲドは、テナーと「対幻想」の過程を踏むのだけれど、神秘的で豊かな才能の女性との関係のなかに、性の交わりが入ることなく、それは回避されてしまう。ロマンティック・イデオロギーに冒されていた筆者には、それが甚だ残念なことに思われた。

それほどに、第二巻『こわれた腕環』は魅力的だったのである。第二巻の主人公は、ゲドではなく、明らかにテナーではないかと思ったものである。

第一巻『影との戦い』で、伝説の美女エルファーランを呼び出してしまったゲドは、自らの影につきまとわれ、物語には彼がどのようにして影を克服したかが描かれていた。いっぽう第二巻の主人公テナーは、生まれながら闇の中に閉じこめられていた少女だった。女性にとっての「影」が、むしろ自分自身を縛り付けるみえない牢獄なのだと言わんばかりに、テナーがいかにその影から脱することができたのかが、展開する。

その「影」克服の過程で、ゲドは、エルファーランゆかりの腕環の半分を得、テナーもまた、アチュアンから残った半分を持ち出す。魔法の腕環は合一し、第三巻では、世界の均衡が変化してハブナーに王がもどる。これが、三部作のプロットだった。

テナーの物語は、したがって、ゲドのそれと対応していて、テナーもまたゲドの持つ魔法の力と同じくらい強力な魔法の力をもっていることがほのめかされていた。テナーはゲドと対等の存在である。ひょっとすると、だからこそ、ふたりの間には「友情」はあっても「愛情」はないのかもしれない、そんなふうに、多少の違和感を覚えつつ、ふたりの関係を理解していた。

ナウシカとアレン

ところで、わたしがそうしたゲドとテナーの関係をもういちど再考しようと考えたのは、宮崎吾朗監督のアニメ版『ゲド戦記』を観たからだ。

ゲドという人物は単なるは男というより、従来の男性観からずらされた性的役割を担っているのではないかと、ふいに気づかされたからである。

宮崎吾朗版『ゲド戦記』は、原作の第三部『さいはての島へ』に登場するアレン王子（本名レバンネン）を中心にすえて、第一部から第四部までを再構成している。原作では父王に派遣され、アースシーの大賢人たるゲドのもとへたどりついたアレン王子は、エレス・アクベの腕環が回復したことによって傾いた魔法世界の均衡をめぐって旅をするゲドと、行動をともにする。アレンの旅は、身分のたかい王子がその地位を捨て去って、世界を探求するためにでかける、というものだが、宮崎吾朗版『ゲド戦記』ではもっと切実な状況が設定されていた。アレン王子は自らの「影」に脅かされ、自分の持っている社会的ステイタスを完全否定するかのように父王を刺して出奔する。その姿はまさに反抗する息子そのものといっていいだろう。

ところが、父王に反抗してみせたアレンは、魔法使いのゲドとの間で、擬似的な父子関係を結んでいるように見える。テナーのいる農家にかくまわれ、昼間はみなで畑を耕し、そして夕暮れになると、ゲド、テナー、そしてテナーの養い子であるテハヌーは、アレンとともに食卓を囲むのだ。その光景はどうみても、父親・母親・そして一男一女の子供たちといった家族の肖像そのものだった。ゲドはまちがいなく、擬似的な父親の役割を演じている。血の繋がった（所謂生物学的な）父親ではなく、擬似的な父親像。彼は、王としての父親ではなく、魔法使いの父親なのだ。

本来の父ではないが、子供をサポートする指南役の父親像ということでは、そうしたゲドの解釈は宮崎駿『風の谷のナウシカ』のユパに重なるだろう。

宮崎駿がアーシュラ・K・ル＝グウィンの『ゲド戦記』に傾倒していたことは、ウェブ上で鈴木敏夫が明かしている通りだが、実際一九八四年に公開された『風の谷のナウシカ』には、『ゲド戦記』を深く読み込んだとおぼしき様子が散見される。

『風の谷のナウシカ』は、火の七日間と呼ばれる最終戦争後の世界が舞台。あちこちにサイボーグ兵器（巨神兵）による放射能汚染が残存する地球は、腐海と呼ばれる森に覆われ、そこに神秘的な巨大生物・王蟲を含む独特の生態系ができあがっている。主人公のナウシカは、腐海のほとりにある小さな村の王の娘である。ある日、腐海を焼き払うべく再生された古代のサイボーグ兵器を運搬していた大国トルメキアの部隊が不時着し、風の谷はこのサイボーグ兵器をめぐる陰謀にまきこまれてしまう。ナウシカの父親はトルメキア兵に殺され、ナウシカ自身も追われる身になるのだが、逃亡のさなか、彼女は、腐海と王蟲が汚染を浄化していることを知り、王蟲とサイボーグ兵器の闘いをやめさせようと腐心したあげく、暴走する王蟲の前に身を呈することになる。

『風の谷のナウシカ』に顕著な自然と文明の間の均衡をもとめる姿勢は、アースシー世界における、魔法世界の均衡を想定しているのと重なるところがある。また、世界の均衡の鍵をにぎっているのが、『ナウシカ』の場合は王蟲であり、アースシーの場合は「竜」であるといったように、巨大な異種の知的生命体が魅力的に関わっている。こうした世界構築の諸条件にふれると、『ナウシカ』創造の過程で、宮崎駿が『ゲド戦記』をいかに深く読み込んでいたのか、いかに魔法の世界観を、徹底的に換骨奪胎し、終末期の地球をめぐるＳＦへ結実させたかが窺われ、その卓抜な批評性、創造性には本当に驚嘆させられる。

そして、終末期の地球を旅するユパの姿に、アースシーを軽やかに旅する大賢人ゲドが重なって見える。『ゲド戦記』本篇にたとえるなら、第三巻『さいはての島へ』に登場する、すでに大魔法使いとして確立したゲドが、ユパという人物像構築に影響を与えていたのではないだろうか。ゲドが、アレン王子のよきサポーターであるように、ユパはナウシカが救済者（ヒーロー）として覚醒していく際の、介添え役をつとめるのだ。

本来なら、ゲドやユパがヒーローであってもおかしくはないのだが、『風の谷のナウシカ』も『さいはての島へ』もそうはならなかった。ゲドやユパは、アレンやナウシカといった少年・少女の姿をした無垢なヒーローたちがヒーローとしての務めをはたせるよう、理解者役や指南役を務めた。賢者たちは、こぞって、ヒーローたちを神秘的な存在にする竜や王蟲といった巨大幻獣と肩をならべるほどの知的体系の持ち主だった。アレンやナウシカが、神秘的で超絶的な役割を果たせるのは、こうした賢者の助けがあればこそである。ヒーローは、自然を象徴する巨大幻獣と、文明を象徴する賢者のあいだで、両方の知性の均衡を探求するのだから。そして物語は、若く無垢なヒーローたちが、均衡を喪失し死せる世界から、いかに生の輝かしさを取り戻していくかが読みどころとなる。

このように、『風の谷のナウシカ』のなかのユパは、彼自身ヒーローにはなりえなかった。ナウシカの父の友人として登場した彼は、ナウシカの父亡き後は義父的な位置を占め、物語全体を理解する語り手、超越者としての存在になる。彼だけは、目の前で起こっている事件にマクロな視点から意味を与えることができるのである。

『ゲド戦記』に傾倒したという宮崎駿が、『風の谷のナウシカ』を創造する際、『さいはての島へ』のなかでの大魔法使いゲドを彷彿とさせるようなユパを登場させておきながら、結局ヒーローの位置をユパではなく、ナウシカに与えたのは非常に興味深いことであった。『さいはての島へ』では、あくまで主たる人物はゲドであり、アレン王子は、若々しく輝かしい生の象徴として登場し、その意味では、あくまで「死」に立ち向かうゲドの持ち駒の位置に留まらざるをえなかったのだから。

とすると、宮崎駿は、ユパに権威的な父親像ではなく、脱権力的な知性の象徴という意味を与えたと考えられるかもしれない。宮崎吾朗もまた、自作の中では、ゲドの姿を、原作のままではなく、むしろ宮崎駿が描いたユパのように描いていた。つまり、ユパやゲドに、既存の父権的な（家父長的な）役割からずらされた位置を与えている。そこには、完全無欠の知的象徴としての、いわゆる「権威としての男性性」を逸脱しようとする、反権力的姿勢が貫かれている。

父権社会における男性性をいかに脱構築していくかに思考をこらすフェミニストたるル＝グウィンの思想を、宮崎駿と宮崎吾朗がどのくらい意識しているかは、不明だ。が、こと『ゲド戦記』にかかわる部分に限り、このふたりの創作者は、男性性に対するアンチの姿勢をとっていた。それは、日本社会において、西洋的な物語学と戯れるときには、性差の問題より、西洋／東洋といったオリエンタリズムの問題が顕在化し、それが西洋的な男性性からの逸脱という錯視を生まざるをえないことを意味するのだろう。

そして、こうした大魔法使いや大賢人に関する彼らの造型は、原作の『ゲド戦記』にはねかえって、それではもとの「ゲド」の性差構造はどのようなものだったのか、ユパやアニメ版のゲドは、原作のなにを逆照射していたのだろうか、との再考をうながしてやまないのだ。

名誉男性作家ル＝グウィン

アーシュラ・K・ル＝グウィンは、一九九〇年に、三部作で完結したとばかり思われていた『ゲド戦記』の続篇を発表する。それが第四巻『帰還』だった。

現在でもそうだが、『帰還』は、フェミニスト的スタンスが露骨なまでに現れている、と評価されている作品で、ネガティヴな感想を持つファンも少なくない。なぜなら、『帰還』に描かれているゲドは、それまでの流れとはうってかわって、力のない老人になりはて、テナーと結ばれつつも、どこか情けない存在になりさがってしまったからなのだ。大魔法使いとして余裕綽々だった第三巻までの様子とは明らかに異なっている。かわって、主たるヒーロー役をつとめるのは、半身に傷を刻印された少女テハヌーであり、お祖母さんになったテナーなのである。エルファーランの腕環合一によって、魔法世界のバランスは変化し、ゲドを最高峰とするローク島の魔法使いの世界こそ男性魔法のそれにすぎなかったことが明らかにされ、今まで見えなかった女性や竜たちの司る魔法世界律がだんだん浮かび上がってくる。

このように第四巻では、アースシーにおける魔法とは、ことばによって動かされる力であり、その魔法／ことばには、実は性差が深く関わっていたという発見が示され、やがてその別種の魔法／ことばの問題は、第五巻以降の、性差だけではなく民族的な差異の世界を発見するといった物語へと繋がっていくことになる。

そう、第三巻までの強大な魔法使いのゲドは、ほかの魔法／ことばの発見によってローク島の魔法自体が相対化されるにしたがって、どんどん力をそがれていくのだ。力をそがれるのと同時に、彼は長年の親友だったテナーと婚姻関係に入ることができる。つまり、強大なる権力的な男性性の象徴たる魔法が力を失ない、いわば「男をおりた」ときに、真の伴侶を得ることができた、というのが、この連作の展開なのである。

なぜ、ゲドとテナーは、通常のヒーローとヒロインの関係にならないのか。かつてのロマンティック・ラヴへの希求は、ゲドがヒーローの位置を降りたときにはじめて達成することができた、という展開にこそ、そのヒントがひそむ。

ただし、そうした原作者によるゲドの男性性解体のプロセスを見ながらも、やはりわたしとしては、八〇年代に宮崎駿が『風の谷のナウシカ』のユパの造型で逆照射してみせたように、第三部までのゲドの姿のなかに、すでに男性性解体のプロセスは、内包されていたのではないかと考えたい。ゲドというのは、最初から完全無欠なる男性性としては描かれていなかったのではないか。

というのも、二〇〇二年に刊行されたル＝グウィンのエッセイ集『ファンタジーと言葉』（岩波書店）は、次のような自己紹介から始まるからだ。

「わたしは男である」

彼女は、まだ女性作家を評価する女性批評が確立されていない時代に、自分自身が男性作家を評価する枠組みでしか評価されなかったことを皮肉って、こう語っている。現代ならば、彼女は自分がいかに男社会における「名誉男性」であるかをユーモラスに書いている、ということだろう。すべての行為を男性中心的な価値観で評価し定着させてしまう男社会では、女性作家のパフォーマンスはすべて「男性言語」で翻訳されてしまう。「名誉男性作家」と扱われていることを疑いもしなかったル＝グウィンが、長い作家生活の中でどのように傷つきどのようにそれを克服していったのかを窺わせるエッセイだ。

そのなかに名誉男性ができないこと、として、「女性を妊娠させることができない」という一文が見える。

ロジカルな皮肉だが、それはひょっとすると、「ゲド」とは、名誉男性的なスタンスから描かれていたのではないかと思わせるニュアンスをふくむ。なるほど、作者が理想像として描いた男性魔法使いがゲドであるならば、そうあって不思議はない。それは、彼がなぜ若き日に、テナーとのロマンスを完遂させられなかったかの理由にもなるだろう。

「女性性」という規範の闇から抜け出て、いったん農場の主婦として子供たちを育て上げたテナーが、年をとり、子供が自立して家を出、夫にさきだたれ、ひとりで暮らしていたとき、かつての友であるゲドがやってきて、老後をともにすることになる。ゲドというのは、テナーにとって、「男」だったのだろうか。それとも「友」だったのだろうか。あるいは、なにかもっと他の、「竜」や「王蟲」といった幻獣のような存在なのだろうか。

ゲドがもし「名誉男性」的なスタンスで描かれていたのなら、恋愛・生殖をぬきにしたパートナーシップは不自然ではないし、むしろそこには女性同士の愛情や、あるいはまったく性差にしばられない絆の関係性を見いだすことができるのかもしれない。ひょっとすると、「男性魔法使い」の枠組みから踏み外していくゲドのステップを追いかけていくと、『ゲド戦記』は、見えない物語を隠し持ったファンタスティックなテクストのような貌を見せてくれるのかもしれない。

『ゲド戦記』自体のまことの名がなんであるのか、ますます気になり、ますます魅力的に思えてくるのである。

参考文献

アーシュラ・K・ル＝グウィン『ゲド戦記1　影との戦い』（原著一九六八年）清水真砂子訳、岩波書店、一九七六年。
アーシュラ・K・ル＝グウィン『ゲド戦記2　こわれた腕輪』（原著一九七一年）清水真砂子訳、岩波書店、一九七六年。
アーシュラ・K・ル＝グウィン『ゲド戦記3　さいはての島へ』（原著一九七二年）清水真砂子訳、岩波書店、一九七七年。
アーシュラ・K・ル＝グウィン『ゲド戦記4　帰還』（原著一九九〇年）清水真砂子訳、岩波書店、一九九三年。

アーシュラ・K・ル＝グウィン『ゲド戦記5　アースシーの風』（原著二〇〇一年）清水真砂子訳、岩波書店、二〇〇三年。

アーシュラ・K・ル＝グウィン『ゲド戦記外伝　ドラゴンフライ』（原著二〇〇一年）清水真砂子訳、岩波書店、二〇〇四年。

『風の谷のナウシカ』宮崎駿原作・監督・脚本、トップクラフト制作、一九八四年。

『ゲド戦記』宮崎吾朗監督、宮崎吾朗＆丹羽圭子脚本、スタジオジブリ制作、二〇〇六年。

アーシュラ・K・ル＝グウィン『ファンタジーと言葉』（原著二〇〇四年）青木由紀子訳、岩波書店、二〇〇六年。

アーシュラ・K・ル＝グウィン『世界の果てでダンス【ル＝グウィン評論集】』（原著一九八九年）篠目清美訳、白水社、一九九一年。

すみれのジェンダー——宝塚エッセイ

マディソン一九九六―東京一九九七―宝塚一九九八

一九九六年に、アメリカでフェミニスト系SF大会（通称ウィスコン）を訪れたことがある。その年は同大会の二〇周年にあたっていて、ウィスコンシン州マディソンの小さなホテルに世界中からSFにもフェミニズムにも関心がある約八〇〇人が集結した。ホテルのバーを覗いても、そこにいるのがバーボンを傾けるカウボーイハットの渋いおじさんではなく、麗しいアースシー世界をファンタスティックに綴ったあのアーシュラ・K・ル＝グウィンとそのお連れのファンだったりするのは、とても心躍る眺めだった。わたしを含む大勢の女性SFファンは、マディソンに構築された束の間の女性国を心から楽しんだのである。

さて、コンベンションの最後の夜に開かれたパーティーでは、ファンタジー作家のエレン・カシュナーと話し込んだ。カシュナーは、ボストンのラジオ番組サウンド＆スピリットの音楽監督件パーソナリティーを勤めている。そのかたわら、ファンタジー作品を書いていて、『剣の輪舞』と『吟遊詩人トーマス』はすでに邦訳ずみ。後者の作品は純然たるファンタジーで世界幻想文学大賞に輝く。さて、ここで興味深いのは前者の作品である。十八世紀フランスを舞台にした二剣士の恋と冒険の物語。四銃士ふうのフランス版剣豪小説だが、この美形の二剣士、実は恋人同士である。そう、『剣の輪舞』は、男性同士のロマンスに固執するやおい少女にも盛大に愛されているのであるが、アメリカではゲイの男性たちにもたいへんよく読まれているロマンスであった。カシュナー自身はカミングアウトしたレズビアンであり、ウィスコンのあと、やはりファンタジー作家である女性デリア・シャーマンと同性愛結婚を果たしたのだが、ともあれ、わたしは『剣の輪舞』が日本の少女マンガのなかで比較的よく観測される少年愛ものと構造を共有しているように思われ、そのことを尋ねてみたくなった。

すると、彼女は驚天動地の答えを返してきた。「あれは『ベルサイユのバラ』に似ているでしょう。日本の宝塚のオスカルとアンドレに――。

海外のフェミニストで、日本に興味を持っている人で宝塚と歌舞伎に言及しないものはいない。しかし、話を聞いてみたところ、カシュナーはまだ宝塚を見たことがなかったという。実はボストンの彼女の家の近くに住んでいる日本人の女性が、池田理代子の漫画と、映画『ベルサイユのバラ』と、日本で上演された宝塚歌劇のことを詳しく教えたという。しかし、わたしには宝塚のイメージとカシュナー描く世界が、なにかしらの感性を確かに共有しているという手応えのようなものがあった。フランスのブルボン王朝の最後に登場し、薔薇の花のようにあでやかに咲きほこり、バスティーユ攻撃のさなかに散った男装の麗人オスカル。カシュナーは、まだ見ぬ宝塚のオスカルとアンドレにぞっこんだった。

驚いたわたしは、さらに訊く。「しかし、『剣の輪舞』は男性同士のロマンスでしょう？　オスカルは男装の麗人ではあるけど男性そのものではないのでは？　つまりオスカルとアンドレは、見かけはともかく通常の異性愛を反復しているだけではないでしょうか？」。

あくまで男と女という二項対立的概念で四角四面に捉えるわたしに対して、さすがカシュナーは逸脱的な答を返してきた。「いいえ、あれは男でもなければ女でもないものよ。それから、両性具有でもない」。

マディソンに現れた女性国だからこそ、女性ばかりの宝塚歌劇団の話をしながらさらにそこから性差を逸脱していく性現象について語っても、なんだか不思議なほど簡単に納得できてしまったのだろうか。話が急に飛び始める。

カシュナーは、『ベルサイユのバラ』における性差の逸脱性は『アラビアのロレンス』にも通底すると指摘している。ピーター・オトゥールとオマー・シャリフの間には、民族を、そしてセクシュアリティの垣根を超えて結ばれる摩訶不思議な関係性が幻視されるのだと、熱烈に語り始めたのである。フランス革命を舞台にした『ベルサイユのバラ』と第二次世界大戦を舞台にした『アラビアのロレンス』は、そもそも驚天動地な価値観の転覆を背景にしているのであるが、そのせいか、中心を占める件のカップルの服装も超越している。女性であるオスカルは男っぽい軍服に身を包み、平民階級であるところのアンドレはエリート軍服を身につける。イギリス軍人を演じる役柄のピーター・オトゥールはきらびやかな民族衣装に身をつつみ、アラブの王子を演じるオマー・シャリフは、西欧化／文明開化を断固拒否して時代錯誤にも砂漠をラクダに乗ってヒロイックにかけまわる。主人公たちは各自の立場や運命によって異装を余儀なくされ、文化コードを打ち破ってしまうので、通常ならとても不可能とも思える逸脱的セクシュアリテイを突如あらわにし、身分違いの、あるいは異世界同士間に横たわる見えないが強固な境界線を突破してしまう。異装に象徴される越境は、結果的には禁じられた愛の世界を垣間見せ、強引に説得してしまうのだ。

昨年、カシュナーとシャーマンは日本を訪れ宝塚観劇を熱烈に希望したものの、残念ながらタイミングが悪くそれはかなわなかった。しかし、地下鉄の駅で元宝塚スター・麻実れいの演ずる『ハムレット』のポスターを発見するや喚声をあげ、その前で元気良く記念撮影などをした。黒髪も豊かで威風堂々、毅然とした女性版ハムレットのポスターを眺めるカシュナーは、異装する女性国である宝塚におけるロマンスという現象について、あまりにも深く理解していたのかもしれない。

演じられるジェンダー

『ベルサイユのバラ』は宝塚のなかでは特別な位置を占めているようだ。それは、少女マンガと宝塚の幸福な出会いともいうべき演目であり、わたし自身遥か昔に何回かのヴァージョン違いものに心ひかれて数度足を運んだ覚えがあるほどなのだ。映画版もいかしてた。が、やはり宝塚で演じられたところに、より面白みがあったように思う。そして、ヒットの秘密には、宝塚という空間の性差構造が密接に結び付いているのだろう。

宝塚は思春期から寄宿学校という囲い込まれた世界で肉体的かつ精神的に鍛え上げられ養成された

女性たちによって演じられる歌劇世界である。構成要員は生物学的性差を共有する単一の性で揃えられ、それは、ジェニファー・ロバートソンが指摘するように「役を振りあてられることで、性の分化を遂げる」。背が高く声が低い者が総じて男役となり、その逆は娘役・女役となる。女性はまず少女であり娘であることが強く暗示されていて、通常の女性・母親といったニュアンスは抑圧されてしまう。俗世間から隔離された処女の生態系のなかで「社会的な女の雛形」が形象化され、それは囲い込まれた性の特質を表わす。かつて少女歌劇団と呼称され現在にも継承されているこの劇団の本質は、引き延ばされた学園生活という点にあるのではないかと思う。

幻想の装置は、この引き延ばされた学園生活（少女世界の延長区域）内部に構築されている。平凡で過酷な女性の社会生活に身を投じていくちょっと手前で、現実世界からスリップしてしまうこと。そこでは、現実世界と切断されながら演技を仕事とするという特性によって、一定の寓話性が顕在化する。

単一の性によって演じられる社会的性差の世界。なにより社会には「性差の役割」があるものだということが、あらかじめ演技者と観客との間で、了解済み事項となっている。ロバートソンは、宝塚家劇団の創立者の心の中に、実社会では「演じること」が女性の役割として振り当てられていたのだとする思想があったことを確信している。

とはいえ、男性が編集者の多くを占める少女マンガがそうであるように、宝塚世界の物語学は、演出家や脚本家たる男性の世界観をいっけん素朴に反映しているようだ。表層上は、清く正しく美しい少女たちの、フリルとレースの夢の世界。王子と王女の生きている世界。そして根底に古典的な性差観を内包した世界である。それはまさに少女趣味とはこんな感じといったステレオタイプな捉えかたのできる世界といえるかもしれない。しかし、少女マンガ同様、女性に課せられた社会的な約束事を一見踏襲しているとみせつつも、その実態は随時激しい批判的想像力や逸脱性を思い込めるものではないだろうか。なぜなら、あくまで、男性的支配のなかで囲い込まれた世界とはいえ、結局のところその内部では演技者も観客も女性が圧倒的大半を占めているため、これが資本主義制圧下のマーケット戦略と連動するならば、男性中心的思考ゆえの洗脳装置どころかむしろその逆、すなわち想像力を膨らませない限りだれもが満足しないようなかたちへと変貌を遂げるからである。囲い込まれることにより、そのクローゼットのなかにより自由な創造力を隠し持つというのは、けして不思議でも不自然なことでもない。

「宝塚にいけば丸一日楽しめる」とはよく言われている一般的見解である。せちがらい浮き世を忘れさせ、解放感を味わうとなれば、それこそ、女性にとっては自らを緊縛する「日常生活の女性的演技」からの逸脱に相違ないはずだからだ。

第一次防衛戦

ところが、宝塚の世界観は、ベースが女性性の過剰から成り立っている。

激しいダンスミュージックは、何よりも踊り手の肉体を観客に強く印象づける。声は高くよく響く。そしてその独特のメイクは目にポイントが置かれている。長いつけまつげとはっきりとしたアイライナーは自然な顔の造型をまったく無視して、遠くからもそこに目があることが明瞭であるように作られている。もともとの目が小さかろうが大きかろうが関係はなく、ヅカメイクの目は輪郭のみがたいへん大きく、そしてその巨大化された輪郭ゆえに、目はそれ自体が瞳となって、その視線のありかがくっきりと輪郭づけられる。媚態を含んだ「目つき」が遠くからも認識されるように演出されているのだ。彼女はいつも見られているのかそれとも一観客たる「わたし」を見ているのかわからないという緊張が、そこに成立する。

センスがよくカッコよく派手な衣装。羽とスパンコールの鮮やかな衣装は、王女さまたちの国の服装のセンスが並々ならぬものであることを示している。どの配役の人もキラキラとした衣装をつけながら、そこに下品さはない。お嬢様テイストの拡張は、あくまで根底のお嬢様哲学を守っているので、地味で野暮な世界とは無縁の美学を形作っている。キラキラとした輝きやひらひらとしたフリルは、時として品位にかかわることもままあるが、完全なる上品さがしばしば退屈な世界観に通じているのを抑圧する一服の刺激剤の効果として現れる。宝塚フィナーレの大階段には、これらの女性性美学が過剰なまでに横溢する。囲い込まれた筈の女性性、なかでも少女性が超巨大規模で繁殖する世界。日常の女性性からの逸脱が、一種の自閉性に根ざす女性的世界の純粋繁殖を導くというのはまったく逆説的ではあるのだが、これこそはやや屈折的な倒錯快楽へ至る道である。なぜなら、過剰に純粋培養されたからこそ、女性性や娘性や少女性は、それ自身の人工性をますます暴露されていくからだ。過剰でもなく欠損でもなく、ほどほどの性差役割は、日常においては自然化している。が、宝塚空間では、過剰に増幅された女性性は、もともとの性的役割こそが人工的なものではないか、とまず問い掛けてくるのである。

この過剰なまでの人工性は一脈キャンプ感覚に通じると言えようか。宝塚の世界が、少女マンガ、コミケの同人誌、ドラァグ・クイーン、ロック・ミュージシャンの趣味とどこか共有しているところがあるように思われるのは、そのためだ。

さて、宝塚の性差混乱は男役に現れる。男役は男になりきる必要はない。男っぽさは仕種に現れる。そして、宝塚的な男性性は美しく幻想的であり、現実の男性から逸脱している。メイクや声や容姿で、女性性をふんだんに発散しているから、男役とは女性性を完全抹消した男性なのではなく、あくまで男装する女性、そしてそれを出発点にして何かしらの幻想的存在へと飛翔する前駆的存在なのである。

印象的なのは、物語の文脈である。通常の世界をシミュレートし、男性と女性というキャラクターは登場するが、男女の権力関係は巧みに現実世界からずらされている。大衆を観客としていることからも分かるように、選ばれた物語は権力者に媚びる内容ではなく、それはあくまで愛の世界に奉仕している。

たとえば、星組『ダル・レークの恋』。インドの厳しい階級制社会が舞台となっている。主人公のカマラ姫は、いわば伝統的な性差・階級にがんじがらめになったヒロイン。あるとき騎兵大尉のラッチマンと恋に陥るが、祖母が身分の低い男とのロマンスをゆるさなかったため、意を決してラッチマンを拒絶する。ところが彼こそ稀代の大悪党ラジエンドラではないかという噂が入り、スキャンダルを恐れた家族はラッチマンを追放するために彼と談合する。ラッチマンはカマラと一夜をすごすことと引き替えに宮廷を去ると約束。その後、実はラッチマンとは伝統的なカースト制度に反抗した王子であることがわかり、カマラたち一家を陥れようとするラジエンドラを撃退するのであるが、ラッチマンの真の身分がわかって心から悔いるカマラをラッチマンはゆるそうとしない。ふたりは別れ別れのままエンディングになる。これはアンハッピーエンドの物語である。

いわば、カマラ姫は、階級に代表されるような価値観から離脱できないため、ラッチマンと結ばれない。愛の世界から永久に放逐される。宝塚ロマンスでは、愛の肯定が信条であり、それはむしろ現実的で社会的な権力関係を逸脱したところに、想定されている。カマラはあくまで、伝統的な階級性から逸脱できず、同時にその性差はより現実的な女性を体現している。一方ラッチマンのほうは高貴な生まれながら王位を捨て西欧型社会に出入りし、さらに自由なライフスタイルを選択し、時として犯罪行為にすら手を染める型破りな不良青年である。彼は王位を捨てることで制度からの逸脱を図る。本来なら、ここでラッチマンは、同じ様に自由の身になった恋人と結ばれる筈だった。ロマンスの常道をいくとするならば、彼の相手方はなんらかの形で制度から逸脱し、彼同様幻想的存在となって、ふたりはハッピーエンドを迎えるだろう。ところが、カマラは非常に現実的な感覚の持ち主として描かれているため、はたしてふたりは破局に陥る。

ここで興味深いのは、舞台上で一夜の契りを結ぶカマラとラッチマンのダンスシーンだ。拒否と欲望とが混沌となったそれは激しいものだが、現実的な階級の権力関係からくる駆け引きが影を落としている。ダンスのときに見られる奔放なラッチマンの性格造型には、宝塚的な男性的仕種を遥かに凌駕する暴力性を垣間見える。もちろん宝塚なのでそれはあくまで上品なものなのだが、ラッチマンの迫力は危険でセクシーであり、そのセクシュアリティの逸脱性はカマラと比較してもけして対等ではなく、愛の世界の肯定といった物語学にはつながらない。

男装のなかの女性性

ラッチマンは複雑な性を持ち複雑な陰影に富む。女性によって演じられる男性性。にもかかわらずその男性性とはあらかじめ、女性性に浸蝕された美しい幻想的男性性を示すはずだった。ところがラッチマンは女性に対して積極的にふるまったとき、通常の男役以上に何かしらの逸脱性を放ち、それゆえ非常に怪しい。

宝塚の世界は人工的に緻密に作られている。女性によって人工的に構築されていく性差役割。それは緻密であればあるほど複雑で二極分化しにくい部分を持つ。

たとえば、かつてオスカル人気を見ながら、演出家が次のように語っていたのを思い出す。宝塚は全員がオスカルなんです、全員が男装の麗人なんです。そのなかで、どうオスカルを目立たせるか、それはたいへんな難問でした、と。

いわば、男装の麗人のなかにいながら、女性である彼女は宝塚の古典的な役割にははまらない第三セクターの人物ということとなる。カシュナーは言う。「彼女は男ではなく女ではなく、そして両性具有ではない」

確かに、軍服を着る女性として遠めにはオスカルは華やかな将校であるが、側近として仕えるアンドレには女性に見えていた。オスカルは、建前として男を演じながらロマンスにおいて女性性を瞥見させる。彼女は通常の男性／女性の権力関係を踏襲したフェルゼン伯爵とは結ばれず、また、男性を演じたまま女性と結ばれるというような権力関係を女性との間で温存させることもなく、階級的に権力関係の逆転したアンドレを相手に選ぶ。そして現世の権力関係を逸脱した直後、戦死するのである。

宝塚のなかのオスカルは、実社会の性差の権力関係から逸脱しているものとして描かれていた。ベルバラ人気とは、そのような世界律に挑むひとりの女性だからこそ、あれほどドラマティックに描かれ、強大な人気を獲得しているのではないかとすら思われる。彼女は、女性によって演じられる男装した女性であり、その性差は幾重にも重なり合う。

宝塚のなかのオスカル的なもの、第三セクターの性は、しばしば性の多重性という演出によって顕われてくる。これは、時折宝塚歌劇のなかでも垣間見られ、印象深い光景となって残存する場合が少なくない。『ダル・レークの恋』のなかの逸脱ぎみのラッチマンや、月組公演『ウェストサイド物語』のなかのアニタなどもおそらく、そのきらめきを放つ存在であろう。アニタ役の樹里咲穂は、役について次のように呟く。「八年間男をやっていますので、その〝ならでは〟のダイナミックな女性をお見せできたらと只今研究中です」。かくして、アニタは奔放でダイナミックすぎる女性を演じつつも、物語の半ばには元気のよい奔放さを不良青年たちによって挫かれてしまうシーンも含まれているため、その男性性／女性性の仕種が複雑に交錯していったところに、なんとも言えない魅力が溢れ出る。宝塚の人工的世界における幻想のジェンダーがもっともキャンプと言われる感性に接近するのは、このあたりではないかと考えている。

参考文献

池田理代子『ベルサイユのばら』（一九七二年〜一九七三年）全十巻、マーガレットコミックス、一九七二年〜一九七四年。

『アラビアのロレンス』デヴィッド・リーン監督、ピーター・オトゥール主演、コロンビア映画、一九六二年。

『ダル・レークの恋』菊田一夫作、麻路さき主演、宝塚歌劇団、東京宝塚劇場、一九九七年。

Marjorie Garber. Vested Interests : Cross-Dreassing & Cultural Anxiety. New York : Routledge, 1992.

川崎賢子『宝塚――消費社会のスペクタクル』講談社選書メチエ、一九九九年。

小谷真理「ようこそ女の国へ〈ウィスコン20〉レポート」〈ＳＦマガジン〉一九九六年十月号、204-213.

エレン・カシュナー『剣の輪舞』井辻朱美訳、ハヤカワ文庫ＦＴ、一九九三年。

エレン・カシュナー『吟遊詩人トーマス』井辻朱美訳、ハヤカワ文庫ＦＴ、一九九二年。

ジェニファー・ロバートソン『踊る帝国主義――宝塚をめぐるセクシュアルポリティクスと大衆文化』（原著一九九八年）現代書館、堀千恵子訳、二〇〇〇年。

Jennifer Robertson, "Gender-ending in Paradise : Doing "Female" and "male" in JAPAN." *Genders* #5, 1989,188-207.

すみれのセクシュアリティ――宝塚エッセイ2

ひさびさに『ベルサイユのばら』を見た。わたしが見たヴァージョンは、「オスカルとアンドレ編」なので、稔幸という男役がオスカルを演じている。稔幸にとって男装の麗人オスカルは、ナリは男だが実は女性ということが（観客も含めて）全員に了解されている役柄で、初めての女性役だという。娘役というわけではない。宝塚の娘役は、どちらかというと男役の相手として設定されているようだから、これはけっこう特殊化された女性役というわけだ。安奈淳以来ひさびさに見たオスカルは、のっぽで品のよい王子様のような感じだが、少し色気にとぼしい感じがした。ところが後半部に突入すると、稔オスカル様も、フランス衛兵隊の男たちからのいじめを受け、だんだん色がついてくる（ように見える）。男役ばかりの中でそこから逸脱する「女」だということを特に強調するシナリオだ。単一の性でシミュレーションされる世界での性差露出現象が起きている。

もともと強い女王様系の物語が好きなので、特殊化された娘役であるマリー・アントワネットが、これ以上ありえないほどのロココの女王様コスチュームで「わたしはフランスの女王なのですから」と宣言する場面を期待していた。が、残念ながらそこは省略されていた。実は、しばらくの間『エリザベート』のヴァージョン違いモノをDVDで何度も見なおしていて、娘役というにはあまりに女王的なエリザベートと、男役というにはけっこう両性具有的すぎる死の王トートに、アントワネットとオスカルの面影を重ねてしまっていたため、本編を見たときにもアントワネットとオスカルの絡みがないのをつい物足りなく思ってしまったのだった。もちろん、これはないものねだり。それにしても、アントワネットの相手役フェルゼン&ルイ十六世や、オスカルの相手役アンドレといった男役の印象がこれほど押さえつけられてしまう女役優位の舞台ってなんだろうな、と考える。

女性のみで構成される劇団であり、フリルとレースとスパンコールという過剰な女性性をまとった世界だからこそ、女性が中心なのは当然と思えるかも知れないが、実際舞台を見てみると、ふだんは女らしさの極地の娘役よりだんぜん男役が目立っている。娘役極地の女王様が活躍する『ベルサイユのばら』や『エリザベート』は、『風と共に去りぬ』同様、宝塚の言説空間における変わり種と言えるかもしれない。

そう。宝塚の魅力は、なんといっても男役にある。それも軍服とタキシードの群舞につきる。タキシードにすらりとした体を包み込んで、大階段を下りて来るや、軽やかに廻ってみせ、しかもその際、上体がまったく揺れない、あの群舞。これをいちど体験すると、世界観が変わってしまう。宝塚の醍醐味のひとつと信じるゆえんである。

たとえば、凝ったせりふの節々から従来の宝塚ではあり得ないような現代的なセンスを紡ぎだしている演出家・荻田浩一の『螺旋のオルフェ』も、古き良き、というよりはむしろ古色蒼然とした物語から逸脱するようなアヴァンギャルドな内容の新鮮さがきわだつものの、やはり、プロローグはきわめて正統的な黒のタキシードの群舞で、そこにドイツ将校としてナチ制服姿の真琴つばさが沈んだ面持ちで登場する。映像世界においてすでに退廃的な風景のステレオタイプとして描かれるドイツ将校たちが、現代のネオナチパンクな色彩を与えられていて、その危うさにぎょっとさせられるのだけれども。

ともあれ、この宝塚に顕著な、軍服とタキシードというういわゆる制服系の持つ妖しさが、男役の魅力のなにかしらの秘密を握る鍵だと気がついたのは、どうやら映画監督の大島渚だったらしい。彼は宝塚に関するエッセイで、「男優は宝塚の男役以上に美しくならなければならぬ」ということを悟ったいきさつを述べ、あれこれ実践をくりかえした結果「私が最終的にその幻想をひそかに実現したのが、『戦場のメリー・クリスマス』［八三］である」と告白している。

清く正しく美しい表現以外を厳格にカットするキビシイすみれコードに支配された華やかな宝塚と、不潔で歪んだバッチイ男たちの群れる『戦メリ』の日本軍収容所世界を同格に比べるなんて、それだけでも充分噴飯ものなのかもしれないが、大島渚の発言は、クリエイターのつかんだセクシュアリティ表現に関するものとして、胸を衝かれる。

『戦場のメリー・クリスマス』は、一貫して囚人服と軍服の世界である。演ずるのは、俳優業が本職の人々というより、ミュージシャンのデヴィッド・ボウイや坂本龍一やお笑い芸人のビートたけしといった人々で、したがって、当該映画における制服は、明らかに彼らから本来の才能のはけ口を剥奪し、一定の被抑圧的な状況に押し込める役目を果たす。その結果、囚人服のデヴィッド・ボウイや軍服の坂本龍一らは、服の合間から才能を、いや色気（のようなもの）をほとばしらせる。これが、ふたりの間で交わされるふるえるようなホモセクシュアリティへの強力な説得装置となるのだ。制服は異性愛的な男社会のコードそのものを示しているかのように見え、そこに閉じこめられた肉体の方はこの窮屈なコードへ閉じこめられることによって、逆説的に通常は見えないはずのありえないようなセクシュアリティを放ちはじめる。

大島が宝塚から抽出して見せたセクシュアリティは、興味深い。『戦メリ』の囚人服からこぼれおちるような才能のきらめきが、男ばかりのきびしい収容所生活とはまったくかけ離れた、とてつもなく甘ったるいロマンスのほのめかしに見えるのだから。これはきっと、キビシイすみれコードの合間をぬってちらちらと見え隠れするセクシュアルな表現という、宝塚の持つほのめかしの魔力に通じるのだろう。しかも、それはどちらかというと、モノセクシュアルというよりポリセクシュアルな感性に近い、錯乱した内容を持つ。

現代の映画で、宝塚のこうした性的なほのめかしと構造を一にする作品といえば、デヴィッド・フィンチャー監督『エイリアン3』が思い浮かぶ。

一連の『エイリアン』シリーズは、今のところ全四作が制作されている。他生命の宇宙船を調べていた人々が、凶暴きわまりないエイリアンと接近遭遇する『エイリアン』（九七）。その巣を調査するため赴いた海兵隊との壮絶な戦いを描く『エイリアン2』（八六）、一人生き残った女性主人公リプリーが囚人惑星にエイリアンを持ち込んでしまう『エイリアン3』（九二）、軍事目的のためにクローン再生されたリプリーとエイリアンを描いた『エイリアン4』（九七）。リドリー・スコット、ジェームズ・キャメロン、デヴィッド・フィンチャー、ジャン・ピエール・ジュネといった当代きっての名監督たちが、画家H・R・ギーガーの視覚的世界をさまざまに解釈して各自の美学を追究して見せた人気シリーズである。

SF映画はこれを境に変わったと言われるほどの特殊効果とアクションと女性キャラクターの描き方で超有名なSFホラー連作だが、どういうわけだか『エイリアン3』だけは、公開当時あまり評判がよろしくなかった。興行的にも評判もいまいちと言われていた。いわく、内容がわかりにくい、キリスト教的な意匠を過剰に詰め込みすぎる。超未来なのに中世的。そのわりにはなんだかうすっぺらい感じがする、そして色気が足りない……。

そうだろうか？　アクションはともかく、百歩譲って、たとえ物語的な単調さは認めても、どういうわけだか、わたしにはシリーズ全体のなかで『エイリアン3』が一番セクシーな映画だと感じられる。

文明に対する違和感や異物をエイリアンのメタファーとして描いている一連の作品について、エイリアン（異星人）は、さまざまな隠喩で解釈されてきた。一番大きな特徴は、女性性とエイリアン性の関係性を執拗に追っていたことだ。そのため、シガニー・ウィーバーは、八〇年代以降、シュワルツェネッガー同様新しいヒーロー像を確立したほどだ。

文明のなかで、女性が異質性を持つものゆえに疎外されていくプロセスにおいて、エイリアンと女性性は強い親和性に結ばれている。『エイリアン』では、カメラがなめるようにリプリーを撮っていくのだが、同じようにカメラはエイリアンを見据え分析し解体しようとする。エイリアンとリプリーは、科学的な視覚対象として怖ろしくシリアスに見つめられている。『エイリアン2』においては、エイリアンとリプリーは、「母性」の解釈をめぐって闘争し、ふたりの身体は「母」そのもののイメージをまとって、あらわにされる。

『エイリアン2』では、見えざる敵としてひたすら隠されていたエイリアン自身の身体が顕在化する。エイリアン・クィーンは、パペット・ショーもかくやと思えるような、あられのない姿で卵の前に立ちはだかり、リプリーもまた不格好なロボ甲冑を身につけて少女を守る。エイリアンの母性的な隠喩は、見た目は不格好だがたいへん強いという身体性に特徴づけられていた。

こうした前作に比べて、『エイリアン3』のエイリアンは、どうだったのか。囚人惑星に不時着してひとり未知の世界に降り立った女主人公リプリーは、そこが宇宙中から集められた凶悪犯の流刑地だということを知らされる。囚人たちは頭を剃り上げ、後頭部にはバーコードを打ち込まれ、修道僧のような格好で、溶鉱炉の仕事に従事している。彼らは文明から疎外された辺境の地であたかも修行しているかのように、男たちだけで暮らしている。囚人服は、文明から逸脱した犯罪性をもういちど一定の社会的なコードに緊縛するための装置として登場する。囚人服に押しこめられ、一見穏やかな風体の男たちは、しかしながら、何かの拍子に狂気じみた暴力的波動を放射する。そんな中にリプリーは紅一点状態で放り込まれるのだ。

彼女は、男たちと同じように頭を剃り上げ、囚人服をまとう。やや大柄な女優シガニー・ウィーバーは、『ベルばら』のオスカルのように、男たちのなかで男装する女性として認知される。坊主頭のリプリーを含む住人たちが勢揃いしたところを目の当たりにすると奇妙な感覚に襲われる。囚人服は、犯罪者である男たちを一定のコードに押し込めることによって、彼らも一種の男装をさせられているかもしれないと思わせるからだ。男装はさまざまなほのめかしを可能にする。たとえばそれは文明から疎外され危険視された、男たちの暴力性とリプリー自身のもつエイリアン性が、清らかでロマンティックな絆を浮かびあがらせる。「単なる犯されるための女」から「守られ尊敬される聖母」のイコンへ。その体にエイリアンを孕み、処女懐胎の不気味なパロディを刻み込んだリプリーという聖母を共有することで男たちの共同体が安定するシナリオが説得力を持つ瞬間だ。

異性愛社会ではセクシュアリティからもっとも離れているはずの単一の性という世界が、複合化されたセクシュアリティが横溢している世界に見えてしまう。これは『3』におけるエイリアンの扱われ方に通じるものがある。『3』でのエイリアンは、硬質で動きがすばやく、圧倒的な存在感にもかかわらず、その姿がよく見えない。エイリアンの存在感がいささかでも感じられるのは、盛大に繰り広げられる血みどろにして戦慄的な宴のあとだ。やっと現れて顕在化してみると、不思議なことにエイリアンはリプリーに近づき圧倒的な恐怖感を与えつつも、何もしないで遠ざかってしまう。最もショッキングな映像として引き合いに出されるのが、恐怖に歪んだリプリーの姿と、黒い爬虫類のような顎のエイリアンとの接近遭遇だった。しかし、二人の間にはなにも起こらない。血の惨劇どころか、軽やかな、ほんの少しの接触があるだけだ。リプリーにだけは妙に控えめな、この見えそうで見えないエイリアンの目的は、のちにリプリーの体のなかに孕まれた女王を守ることだったと明かされる。このエイリアンは、主人公のリプリーの体内に小さな命が孕まれていることを知っていたのだ。花嫁を守るナイトとして登場しているかのようなエイリアン。あたかも、疑似修道僧たちのなかに入り込んできたように見えるエイリアンとは、男装の麗人リプリーだけではなく、リプリーの体内に孕まれた、甘ったるいラブロマンスそのものであるかのようだ。ただし、それらはけしてストレートな表現をとらず、ただひたすら、その痕跡を追うことが繰り返しほのめかされるのみである。

こうした痕跡とほのめかしの魔術は、宝塚と共通している。宝塚は、露骨なエロティシズム表現に関して、敏感に省いてしまう。舞台においても、言説においても、ストレートなセクシュアリティに関する表現はあまり登場しない。通常の男より美しい男役。可憐な娘役。あまりにも完璧な異性愛的な性的役割はミュージカル独自のコードに従っている。このコードの緊迫感が強ければ強いほど〝ほのめかし〟はますます有用性を持つ。それこそが、通常わたしたちが関知できないセクシュアリティの探求を可能にしているのではないかと考えている。

引用作品

『Applause 雪・星・宙3組名場面集――「エリザベート：愛と死の輪舞」』ミヒャエル・クンツ脚本、シルヴェスター・リーヴァイ音楽、小池修一郎潤色・演出、一路真輝・麻路さき・姿月あさと出演、DVD、（株）宝塚クリエイティヴアーツ、一九九二年。

『エイリアン』リドリー・スコット監督、ダン・オバノン脚本、シガニー・ウィーバー主演、一九七九年。

『エイリアン2』ジェームズ・キャメロン監督・脚本、シガニー・ウィーバー出演、一九八六年。

『エイリアン3』デヴィッド・フィンチャー監督、デヴィッド・ガイラー＆ウォルター・ヒル＆ラリー・ファーガソン脚本、シガニー・ウィーバー出演、一九九二年。

『エイリアン4』ジャン＝ピエール・ジュネ監督、ジョス・ウィードン脚本、シガニー・ウィーバー出演、一九九七年。

『戦場のメリー・クリスマス』大島渚監督・脚本、デビッド・ボウイ＝トム・コンティ＋坂本龍一＋ビートたけし出演、レコーデッド・ピクチャー・カンパニー、一九八三年。

『ベルサイユのばら』長谷川一夫演出、植田紳爾脚本・演出、安奈淳主演、宝塚歌劇団花組、東京宝塚劇場、一九七五年。

『ベルサイユのばら』長谷川一夫演出、植田紳爾脚本・演出、鳳蘭主演、宝塚歌劇団星組、東京宝塚劇場、一九七六年。

『ベルサイユのばら――オスカルとアンドレ編』植田紳爾脚本・演出、谷正準演出、稔幸主演、宝塚歌劇団星組、東京宝塚劇場、二〇〇一年。

無垢という戦術——大島渚『御法度』を観る

大島渚の『儀式』のなかに、三人の従兄妹がひとつのふとんで眠ろうとするシーンがある。男二人＋女というこの三者は、戦後の家父長制大家族の没落というある種の変革のなかで、ひとつの性差混乱性を指し示す。通常の異性愛におさまらず、血縁であるが故にひかれあっているけれども、血縁であるが故に結ばれない、そんな関係性なのだ。この三人のなかには、男同士の間にある絆と、男たちと対等に、というかそれ以上に強くふるまう怪物的女性像というテーマが内包されていて、大島監督の以後の作品のなかでは一貫して追求されているように思う。

『愛のコリーダ』や『愛の亡霊』の女たちをいわゆる歯のあるヴァギナの隠喩と見るならば、『マックス、モン・アムール』のサルを愛する女性は、異性愛主義からは離脱できなくとも、徹底的にヒトの「男性性」から遠ざかろうとしている得体の知れない女の感性を描いていたし、『戦場のメリークリスマス』は敵国間の男性同士に共有される幻想的な絆についての物語である。おもしろいのは、これらの映画的行程が、どうみても少女的な話題のつかみかたに近いこと。事実近作『御法度』にしても、ウィーン少年合唱団・新選組・第三帝国親衛隊といった話題を耽美的に過剰再構築してしまう少女マンガ的感性と共有するものがある。というよりも、それらはクィア理論勃興後明確になった日本近代史の根幹にある性差観再構築の原初的な部分を、直感的に鋭く言い当てた観があるから、まちがいなく大島には時代を先取りする少女たちの感性と共有するなにかをもっているのだろう。

無垢な少女としての大島渚のミーハー的戦術。いや、無垢な少女などという存在はありえない。少女はそもそもの意味合いにおいてサイボーグ的な存在と言えるのだから。その機械仕掛けの性差観からかもしだされる違和感は、画像を通して確実にわたしたちのもとにやってくる。少女としての大島は、男女の異性愛的な関係性からの逸脱にことに敏感になっていて、それは異性愛的な世界観を脱構築しようとする怪物的な女性像としてのおこげのクィア性と不可分ではない。おこげ——それは、おかまにまとわりつく女性を指すのだが、彼女たちは、通常の男女の異性愛的な権力関係を逸脱する感性に、きわめて敏感に反応する。自らをそうした権力関係の範疇から離脱させようとし、その地点から文明全般を眺めては世界を読み替えようと／再構築しようと画策する。そして、これがごく特殊な女性の感性ではなく、潜在的に多くの女性の共有するものであるのを最初に示したのが、八〇年代初頭やおいカルチュアの爆発的な拡大を予見するかたちで登場した『戦メリ』ではなかったか。でなければ、同映画がやおいカルチュアのメッカである同人誌世界ばかりではなく、あれほどポピュラリティを獲得するにいたった理由は、説明できない。したがってせんじつめれば男性身体再構築へとあゆみだす阿部定はおこげ的なのであり、再構築された男性身体をサルに見る『マックス、モン・アムール』

はおこげ映画であり、それにさきだつ『戦場のメリークリスマス』はやおい映画なのだ。

大島渚監督の近作『御法度』は『戦メリ』のテーマをひきついで男ばかりの集団における愛憎を正面からとりあげている。しかも今度は事実上の同性愛を扱っている。にもかかわらず、この映画は現実社会の同性愛を背景にしているというよりは、少女的感性が表出しているように思え、そこが興味深いのである。

そもそも新選組というテーマ自体が女子好みの話題なのである。ちょっと振り返っただけでも、古くは木原敏江、和田慎二といった漫画家のえがく新選組名作選が思い浮かぶし、先日行われたアングラ系小劇団〝月蝕歌劇団〟の公演でも、タイムトラベルして世界を縦横にかけまわる主役は新選組の土方歳三（しかも男装の少女！）だった。歴史的事物に属しつつも、物語には独特の幻想性がつきまとっていて、どうもその幻想性には、性差の逸脱性がかかわっている。

幕末から維新にかけての大転換期において、新選組はメンタリティにおいてはアナクロニズムを志向し、銃よりは剣、近代の解放された市民というよりは古典的な武士であることをめざし、その結果時代の波に取り残されるようにして、短い栄光の時期を終えている。その時代錯誤の集団が、いつまでも忘れられずに語り続けられるというのには、いったいどのような必然性があるのだろう。

まず人気の理由としては、若い男の集団であったこと――たとえ、男ばかりのむさい集団であろうとも、直情径行・流血暴力の絡み合う世界であろうとも、若い集団にはまず圧倒的魅力がある。しかも、新選組の志士たちは大変若いばかりではなく、絶対に幸福なラストだけは約束されない、つまり直前にせまる死という悲劇的運命に結びつけられているため、若いままイメージが凍結され、永遠に老いから逃れているわけだ。

もうひとつの理由は、若くあり続ける志士の群れが、直接的に性的な世界ではないものの、若さとむすびついた初々しい性的なほのめかしに満ちていることである。しかも、舞台は激動期。もともと革命モノと性差混乱モノは、相性がいい。革命に走るのはまず若者なのだ。年寄りは疲れていて面倒くさがるか、謀略路線に転換して水面下でことをはこびたがる。若者の住まう激動の時代には、男性性と女性性のはっきりとした世界というよりは、もっと混沌としたおぞましいものが姿を見せうるわけで、それは通常の性差観とはことなった状況を作り出すのに絶好である。

池田理代子『ベルサイユのばら』やさいとうちほ『少女革命ウテナ』をあげるまでもなく、世界観の変貌を描く物語は、しばしば社会構造上の変化を扱うため、定常的な性差観ではなく越境的な異装者を繰り出すことが多い。たとえば『ベルサイユのばら』だったら、作者はフランス革命を描くうえで、主人公のひとりとして男装の麗人オスカルを登場させている。世界の変革に立ち会うのに、男でもなく女でもなく、あるいはその両方であるオスカルは、軽々と貴族社会から市民革命へと身を投じていくく。彼女自身の「異装性」は、そもそもの身分から彼女自身がすでに逸脱していることを示しているため、身分制度の境界を容易に乗り越えることは、さほど困難なことに思えない。きわめて説得力のある選択であるように思えるほどだ。

新選組という話題もまた、性差混乱性を内包している。ただし、こちらは女性性排除の男臭い世界であると同時に、ボーイズラブのほのめかしにみちた世界である。

新選組の中の主要キャラクターとして登場する近藤・土方・沖田のうち、多くの作品で好んで取り上げられるのは、土方と沖田である。指導力のあるマチズモの象徴たるおおらかな近藤を頭にして、土方の役割はその女房役。知的で三白眼の美形、実質的な能力にたけている。そして新選組という時代錯誤の集団が、新選組たるゆえんは、武士の時代の最後の輝き、とばかりに、剣の達人が存在するからである。剣の神に愛でられたような年若い沖田総司は、近藤と土方にかわいがられた存在で、剣の達人でありながら、病弱。結局病死している。

この三人構成は抜群のバランスである。威厳があり豪快でさほど細かいことに囚われない近藤勇、切れ者で三白眼の鋭角的な土方歳三、そして天才的剣豪にして病弱な沖田総司。このトライアングルが新選組の規律と世界観を支えているといっても過言ではない。三人の役回りは、三兄弟とも、父と母と子にもたとえられるほど家族的な親密さがあり、それが、基本的に「男臭い」女性性排除の世界なのに、なぜか家族的なニュアンスをもたらす。三者の擬似家族的な絆は、運命共同体的な要素があって、京都警護と討幕派浪士取り締まりという同じ目的を共有し、互いの力量を尊敬しあう三人だからこそなりたつ、不思議なファミリー観を持っている。

ここで新選組が「剣」をひとつの象徴とする集団であったとすると、沖田総司の役回りはいっそう中心的と言えよう。若くして病死したからこそこの剣の天才の伝説は、とりわけ新選組のなかでは神格化されるのである。

沖田総司像は、そうした新選組内での地位を繁栄してか、童のように無垢というイメージで描かれることが多い。天才的な剣豪だが子供のように無邪気で、体が弱く愛されるキャラクター。まるで天童のような理解である。史実による実際の沖田総司は、さほど美男子でもなく単に命令に柔順で田舎っぽさをのこした鈍くさい感じだったそうだから、このキャラクター造形は、かなり作為的な、民衆の願望をまとった姿と言えようか。

それにしても、なぜ、沖田はかように描かれることになったのか？　司馬遼太郎「前髪の惣三郎」を原作とする映画『御法度』が画期的なのは、ながいこと自然と思われていた沖田の無垢性にスポットをあて、なぜ沖田がそのような性格造形になったのか、その謎にせまっている点だと思う。『御法度』というタイトルは新選組そのものの矛盾点をよくあらわしている。志士たちは武士の出身は少なく、農家からあるいは商家からやってきた者が圧倒的に多い。その出自のあやふやさが、逆に志士たちの結束を固め、本来の武士よりも武士らしいふるまいを誘発する。新興勢力として着々と拡大しつつも、案外土台のもろい不安定さ。この矛盾は不吉なまでに、バブルのように消えさる志士の未来を暗示してやまない。

『御法度』の舞台になっているのは池田屋襲撃の翌年というから、近藤と土方はちょうど三十歳前後。それを五十歳前後の崔洋一とビートたけしが演じている。いささかとうがたちすぎたふたりに比して、武田真治演ずる沖田総司の方は、ずっと実年齢に近く、したがって年の差が、近藤・土方コンビと沖田の間にある微妙な緊張関係を印象づける。

さて『御法度』のなかで沖田総司という存在が相対化されるのは、新選組というむさい男集団に、眉目秀麗・八面玲瓏たる美丈夫の若者が入隊してくるからである。剣の腕前もよく、殺気にあふれた年若い少年の登場で、剣の神・沖田総司を中心とする新選組の規律は、じわじわとかき乱されていく。

原作のイメージでは、惣三郎は、あきらかに「男装の麗人」であった。「眼が切れのながい単まぶたで、凄いような色気がある」と克明に描写されるところを追うかぎりにおいて、男のなりをしているがどうもその実態は女ではないかと思えてくる。しかも魔性の女で奔放なセクシュアリティを秘めている。惣三郎は、安珍清姫に代表されるようなヘビの魔性をもった怪物的女性像が想定されていたのではないだろうか。

いっぽう、映画版の惣三郎は、当時新人だった松田龍平が演じていて、それは女性的というよりは、ずっと無垢な少年の風情があった。彼は人を斬りたくて入隊を望んできたわけで、殺人者としての性格を持っている。彼は殺人願望を新選組で満足させようとし、その腕前と殺気と若さは、あきらかにもうひとりの沖田総司として登場したことを印象づける。物語の冒頭では、惣三郎は最初の役目として介錯を命じられたとき、冷静にやってのけたばかりか、それをエンジョイしている節すらある。

このいっけん児童のような魔性の殺人鬼は、しかしながらその美貌のために新選組の志士たちから求愛され、ここにいざこざが生じる。彼と同時に入隊した田代彪蔵は、惣三郎に懸想し、その恋の始まりから惣三郎は、衆道者としてのセクシュアリティを目覚めさせられ猛烈な勢いで構築されていく。「人は女に生まれるのではない、女になるのだ」といった女性性構築のプロセスを髣髴とさせるような展開で、惣三郎は、入隊のころの無垢な少年という風情を急速に喪失していく。彼は縁を切るため人を斬り、片恋の恥をかかされたといっては人を襲い、保身のために人を殺めようとする。しだいに新選組は、惣三郎の美貌がまねいた恋と死の乱交場と化す。

本来ならその役者的素質からいって、惣三郎的なのは、沖田総司を演じた武田真治のほうであろう。けれども武田は女装がにあう妖しいエロティシズムなど微塵も感じさせない、爽やかな青年としての沖田像をひたすら演じていく。かつて、沖田総司という役柄を、男装の少女が演じていたこともあったが、『御法度』のほうは、むしろ沖田総司と加納惣三郎という鏡像と女性性との関係性を追求していたと言えるかもしれない。

多くの新選組もののなかで、沖田は土方歳三に憧れ崇拝している青年として描かれることが多かった。もちろん、そこでは沖田総司はあくまで「無垢」として性格造形されているわけだから、徹底して性的な世界は排除されている。『御法度』で描かれる沖田は一見そうした通常の性格を引き継ぐ形で描かれている。語り手である土方が物語表層の意識世界の記述者であるならば、沖田総司の方は、剣を通じて新選組隊員の心の奥底をのぞき見る無意識世界の監視人である。土方はしばしば沖田総司に隊員の様子をきく。すると、沖田は土方の目をのぞきこむようにして、彼が剣からかぎとった隊員の状態を、つまり隠された「真実」を告げるのだ。

はたしてそれは「真実」だったのか？　土方がにらんだ通りいつも「真実」は監視人である沖田の口からなにげなく示される。あたかも、男たちの関係性をじっとのぞきこみ、そこに同性愛的な関係性を次々発見するおこげ的な感性をもっているかのように、沖田総司は惣三郎の男関係を読みとる。しかし、性的な惣三郎が配置されることによって今度は沖田自身の内面も顕在化する。

沖田総司が土方をしたっているのは、ラストのせりふから如実に窺われる。沖田は近藤と土方の間の深い信頼関係について熟知していて、彼らの間に入り込むには「無垢な子供になるしかない」と知っているのだ。沖田は土方を思いやり、ずっとそばにいたいと考えているのだけれども、それは惣三郎のようではなくて、惣三郎的ななにかを削除しなければ、近藤と土方の間に入れないと感じる。そうしなければ新選組という男たちの妄想共同体が崩壊してしまうのだ。

かくして、沖田は惣三郎を斬る。それは映画のなかでは直接的な描写にはなっていないが、「ちょっと用事を思い出しました」と軽やかに出かけた沖田は、新選組の秩序のためだけではなく、おそらくはおのれの恋愛のために、セクシュアリティを体現しているかのような、もうひとりの自分である惣三郎を斬ったのだろう。

彼は生まれながらの無垢な児童のまま新選組にいるのではなく、構築された役割のなかに自らを封じ込めている。それは、新選組という組織のために、近藤・土方間の絆のために、そして沖田自身の愛のためにぜひとも装わなければならなかった意匠ではなかったか。ただし、男性同士の親密なカップルによりそう沖田の感覚は、男二人とよりそう女の、おこげ的な感性を髣髴とさせる。おこげとしての沖田は、惣三郎のように自ら愛憎関係に介入しない。無垢な仮面をつけたまま、いつまでもそっとそこにいる。亡霊のように。赤子のように。そこから新選組の無意識世界を視ている。そして世界を捏造しているのだ。

引用文献

シモーヌ・ド・ボーヴォワール『第二の性（1）―女はこうして作られる』（原著一九四九年）生島遼一訳、新潮文庫、一九五三年。

『儀式』大島渚 監督・脚本、田村孟・佐々木守 脚本、武満徹 音楽、河原崎健三 出演、一九七一年。

『愛のコリーダ』大島渚 監督・脚本、松田暎子・藤竜也 出演、一九七六年。

『愛の亡霊』大島渚 監督・脚本、吉行和子・藤竜也 出演、一九七八年。

『戦場のメリー・クリスマス』ローレンス・ヴァン・デル・ポスト 原作、大島渚 監督・脚本、ポール・マイヤーズバール 脚本、デヴィッド・ボウイー、トム・コンティ、坂本龍一、ビートたけし出演、一九八三年。

『マックス・モン・アムール』大島渚 監督・脚本、ジャン＝クロード・カリエール 脚本、シャーロット・ランプリング、一九八七年。

『御法度』司馬遼太郎 原作、大島渚 監督・脚本、松田龍平・浅野忠信、ビート武、武田真治 出演、一九九九年。

司馬遼太郎『新撰組血風録』（一九六四年）中公文庫、一九九六年。

『新撰組 in 1944――ナチス少年合唱団』作・演出 高取英、音楽・監修 J.A. シーザー、月蝕歌劇団、ザムザ阿佐ヶ谷、一九九九年。

3

テクノロジーと世界の変貌

彼女のロボット――ＡＩは性差の問題にどう切り込んだのか？

ロボットや人工知能が人間と恋愛するという話は、ジャンルＳＦの創世記から珍しいものではなかった。たとえば、それこそ「未来のイヴ」や「メトロポリス」といったロマンスＳＦやディストピアＳＦの古典的名作がたちまち思い浮かぶ。

しかし、昨今テクノロジーの進歩やヒトの社会の共同体をめぐる諸事情が、牧歌的で中世ふうのロマンスの姿を変貌させつつあるようだ。

その嚆矢として〈人工知能学会誌〉二〇一四年一月号 vol.27 に掲載された表紙のイラストをめぐって、ツイッターやブログ等で様々なコメントや意見が噴出し炎上の様相を呈したことは記憶に新しい。同学会では、昨今の人工知能研究の躍進を受け、それまでの会誌の地味なイメージを払拭するべく、一般公募から表紙のイラストを選出し、学会で一定の支持を得たためにそれを掲載した。登場したのは女性型家事ロボットであった。十九世紀のメイドを描いた人気漫画『エマ』のように、品よく清楚であり、男性向け萌え系イラストに見られるようなカラフルでデフォルメ過剰なものと一線を画した少女漫画的なテイストだった。メイドカフェなどの秋葉原文化に代表されるクールジャパンのサブカルチャーが国際的な評価を受けている昨今であれば、そのイラストは革新的であるとともに、性差的には無難であると考えたのかもしれない。

ところが、それはとんだ火種となった。女性と家事労働をむすびつけ、清楚でしおらしくそれらを当然のものとして従順にしたがっている性差的に保守的なロボットの姿は、確かに女性を家事労働の場に押し込めてきた男社会という歴史的背景を理解しているならば、人工知能の理想的な未来像として完全無欠とは到底言い難い。それどころか、国際的な水準を十二分に満たす公的な存在である学術誌としては、性差別的な解釈をゆるす迂闊な姿勢を反映しているととられかねない内容であり、これは無批判に提示されるべきではなかった。

わたしがこの事件をツイッターで目撃したのは、炎上してから数日を経たころで、少々の驚きをもって見聞することになった。というのも、日本国内の性差偏見に対する感受性は、欧米のそれより遥かに鈍感であると考えていたので、ツイッターで野火のように騒ぎが広まり、やがて紙媒体の牙城である新聞にまでその様子が掲載されたのには驚かされた。ツイッターで問題に鋭く切り込んだ「スプツニ子！」は、国際的に活躍しているアーティストで、テクノロジーと女性性との関係を探求するサイボーグ的なアートスタイルが評価されていた人物であることも話題の一因だった。問題が見る間に可視化され、そもそもなにが問題となっているのか明確に言語化されて行く様子は、性差に関する言説がウェブ界隈では二十世紀に比べて断然浸透しているという手応えとともに、胸のすくような感じがしたものである。

「炎上」の様子はウェブ上の Togetter に集積され、今でもどのような意見がどの時期に出たのかを知る事ができる。だいたい可能な限りの意見が出尽くしたかな、と思われるほど、多角的に捉えられているのも、おもしろかった。同時に、先端的な人工知能研究に従事する、必ずしも前時代的な年寄りといいきれない科学技術者たちの、古典的な性差偏向が気になった。

この点に関して、二〇一三年初頭に刊行されたサビーネ・フリューシュトック&アン・ウォルソール編著『日本人の「男らしさ」』(長野ひろ子監訳、明石書店)に収録されたジェニファー・ロバートソン「ロボットとジェンダー　日本におけるポスト・ヒューマン伝統主義」が参考になるだろうか。

ロボット工学者は、女性身体、男性身体を「社会に住み易い特定形態」と理解するのかもしれないが、フェミニストが行ってきたようにそれに対して疑問を持つことが彼らにはない。むしろ彼らは女性身体、男性身体につけられた支配的なステレオタイプを無批判に再生産し、それらを強化する傾向がある(二八二頁)。

文化人類学者としてロバートソンは、ロボット工学の技術者たちがロボット製造を通して日本社会でどのような役割を果たしているのかを、性差の面から綿密に論じている。彼ら技術者が古典的できわめて保守的な性差観を反復しているという部分は正鵠を射ていたと思い当たる一方、ながらくジャンルSFの世界で、革新的なロボットやアンドロイド、ガイノイドにサイボーグといった人型身体をもつ被造物の姿と格闘してきたわたしにとっては、数々の未来志向のなかに、古典的な性差を凌駕する部分がかならず含まれていると考えていたため、少々複雑な気持ちであった。それでも、じきにわたしは、ロバートソンのフィールドワークから得られた知見が、極めて現実に即した妥当なものであったということを知ることになる。

その後、ＳＦファンの集まる年次大会である二〇一四年の日本ＳＦ大会・なつこんでは、人工知能学会の編集委員である大澤博隆氏の音頭でパネルが開かれ、人工知能学会誌の編集長を務められた松尾豊氏、ロボット工学者・山川宏氏、それにＳＦ作家・長谷敏司氏とわたしが参加して、意見交換を行ったからである。

参加したパネリストの中で、長谷敏司氏の作品についてふれておかなければならない。二〇一二年に刊行した『BEATLESS』（角川書店）は、シンギュラリティ後のＡＩとヒトとの新しい関係性を考察する作品で注目された気鋭のＳＦ作家の長編ＳＦであった。同書に登場するレイシアという人型ロボットは美少女型の容姿であり、少年アラトは惹き付けられる。しかし、物語当初、いっけん萌え系の少女型ロボットのように登場したレイシアは、身体のみ少女を模しているということが読み進めるにつれて理解される。

知性の本体にあたる部分はクラウドとの情報のやりとりで成り立っていたからだ。

最初は少年が好きな単なる萌え系ロボットＳＦだなどと甘く見ていると、物語がすすむにつれて、妙な挫折感を味わうことになる。レイシアは男でも女でもなく、ましてや美少女でもない、未知の生命体のような違和感をかもしだしてくるところが、絶好の読みどころであり、どういうふうに捉えていいかわからない謎めいた存在になってくるからなのだ。

SF大会のパネルでは、長谷氏のように物語作家であれ、松尾氏や山川氏のように実際上の技術者であれ、両者はロボットクリエーターとしてきわめて近いところに位置付けられる存在だった。にもかかわらず、ロジック上の必然としてどうしても現実の性差（を始めとする社会的な規範）から逸脱してしまう長谷氏のSF思考性と、あくまで人間に似たものを作ろうとする技術者の志向の違いはパネルを通して明確になり、非常に印象的だった。

なかでもおもしろかったのが、現実のヒトを模倣した人型ロボットを創造する場合、ロバートソンが指摘するように、ロボット工学者は、性差を自然なものだと捉える傾向があること。つまり、ロボットを（ホンモノの）自然に近付けようとしているから、必然的に性差を正確に模倣しようとするのである。性差とははたして自然なものなのだろうか、という問いはそこにはない。わたしは、かつて八〇年代にサイボーグ・フェミニストのダナ・ハラウェイが、自然とはなにか、という大きな命題に取り組んでいた事を思い出していた。彼女によれば、「自然」と考えられているものこそ、社会的に構築されている概念に他ならないのだ。

フェミニストやあるいは性差理論の基本に少しでもふれたことのある人々の間では、性差は社会によって作られるものだ、という共通理解がある。たとえば、女性は家庭に居て家事労働をするのだ、というのは自然現象としてはカウントしない。それが女性の本質であり自然だと考えられてきた歴史はあるが、それは当時の社会のなかで形成された自然観のなかで捉えられているにすぎないのである。

しかしながら、こうした性差に関する認識は、くだんの理系（？）学者の間では二十一世紀の今日でもまだそれほど浸透しているものではないらしい。またウェブでは、フェミニストからの攻撃（？）を恐れてか、問題自体に立ち入らないようにしている人々もいた。ちなみに、この表紙絵騒動はその後さまざまな場所で話題にはなっていたが、わたしが知るかぎり必ずしもフェミニズム理論に精通しているわけではない人文系学者の間でも「政治的にまずい」という意見が即座にでてきたのに対し、そうした情報にあまり接したことのない人々の間では、なにが問題になっているのかも認識されてはいなかった。ただし、パネリストとして参加されたロボット工学者の方々は、驚くほど研究熱心で、「改善するアイディアがあるのなら教えてほしい」と前向きな姿勢だったことは附言しておきたい。

ロボット工学における男性的価値観の偏向を是正するのは、ダブルスタンダードの日常を生きる女性研究者の増加を目論むのがひとつの鍵で、それは是非とも実現してほしいものだがまだまだ時間がかかるだろう。ではどうすればよいか。

ひとつの単純で簡単な試みとしては、（古色蒼然としたやりかたではあるが）ＳＦ批評家マーリーン・Ｓ・バーのひそみにならって、ヒューマン、つまり「人間」にあたることばをすべて「男」あるいは「男性」に一括置換「してみる」ことであろう。マーリーン・Ｓ・バーは、米国女性ＳＦ批評家で、八〇年代の終わり頃、フェミニズム運動が浸透する以前のＳＦにおいて、地球人が、アメリカの中流階級の異性愛者である白人男性を基本にしており、地球人以外の存在は、むしろエイリアン的な隠喩で語られている、と論じた。つまり、エイリアンを、女性や有色人、あるいは同性愛者といった他者の隠喩として詳細に分析した実績がある。

彼女の視点を導入すると、（いささか乱暴ではあるが）人間とロボットの関係性は、スタンダードにおいて、男とロボットの関係性というふうに読み替えられる。

たとえば、いまわたしの目前に置かれている浅田稔『ロボットという思想——脳と知能の謎に挑む』（NHKブックス）。同書は、「ロボットを通じて人間を知る」ことを試み、「ロボットと人間が共生する社会」をめざす現代のロボット工学を技術者の立場から解説する名啓蒙書である。この文章にある「人間」を「男」という言葉に一括置換してみると、次のようになるだろう——「ロボットを通じて男を知る」ことを試み、「ロボットと男が共生する社会」をめざす。また技術的特異点を起点とするポスト・ヒューマンの主義主張は、ポスト男性の名のものと変換される。

その視点でさまざまな文献を読んで行くと、ロボットやＡＩの研究がいかに男性的価値観に彩られた分野であるかに敏感になるいっぽう、不在の女性的視点の欠落が非常に気になり始めることだろう。

＊＊＊

さて冒頭でもふれたように、ロボットと人間との恋愛を描く作品についてだが、古典的作品『未来のイヴ』のように、ロボットを恋愛対象とし、ひとつの理想を夢見る男性的視点は、学会誌の表紙絵を含めていまも廃れる事はない。そこには、理想の異性を創造したいし、所有したいという、男性のあくなき探究心が見える。

女性の目線はどうであろうか。女性にとって理想の男性を描いたロボットSFとしては、タニス・リー『銀色の恋人』、渡瀬悠宇『絶対彼氏。』、『安堂ロイド』などが思い浮かぶ。興味深い事に、彼らは女性科学者によって作られるのではなく、むしろ消費の対象として登場しているように見える。

こうしたロボットと人間の間の恋愛事情とはうらはらに、アメリカの数学者でSF作家でもあるヴァーナー・ヴィンジが、技術的特異点(シンギュラリティ)に関する論考を発表してから、人類のコントロールをはずれて、自らを進化させる人工知能を描く作品が増加した。ウイリアム・ギブスン『ニューロマンサー』や、士郎正宗『攻殻機動隊』、エイミー・トムスン『ヴァーチャル・ガール』といった作品がそれだ。これらの作品では、いずれも人工知能同士があたかも恋愛しているかのように求め合ったり、待ち伏せをしたり、出会ったりしつつ、それをきっかけに新しいタイプの人工知能が発生するという筋立てになっている。

『ニューロマンサー』では、高度に発達したネット社会で、ネットワーク的な知性が誕生し、その知性が自ら次のステージをめざすため、人間を利用・操作して、他の人工知能と合一しようとするのだ。物語はおもに操られる側の人間の視点から描かれているためわかりにくいが、あれは人工知能同士の恋愛小説といってもよいのではないか。

押井守監督作品のアニメとして展開したアニメ版『攻殻機動隊』では、特別なプログラムである機械知性がサイボーグ女性を誘惑し、互いに合一する事で、新しい知的生命体を生み出す。アメリカの女性作家・エイミー・トムスン『ヴァーチャル・ガール』では、オタク青年が作った女性型ロボットがネットワークのなかに生まれた知性と知り合い、ネットの中の知性は、アジア人男性型ロボットにダウンロードされることによって、あたかも恋人同士のように生きて行く。

人工知能SFを恋愛小説の物語学でみていくことこそ、わたしたちがもっとも身近な性差という問題系を知ることができるのではないかとわたしは考える。

＊＊＊

最後に、女性的視点を考えるのに、西ＵＫＯ『となりのロボット』（二〇一四年）を見てみよう。同書は、二〇一四年ジェンダーＳＦ研究会の主催するセンス・オブ・ジェンダー賞の最終選考作品のひとつであり、五人の選考委員が討議した結果、「人工知能特別賞」を受賞した。作者の西ＵＫＯはこの作品が「女性同性愛作品、昨今「百合」と呼ばれているジャンル」で発表されたものだと語り、作品に登場するロボットについて次のように記している。

本作には人間の機能を保存する為のロボットが複数登場しますが、運動能力を実現する為のものは男性型であり、人間の可塑性を表現するものは女性型として作成されています（http://genderＳＦ.org/sog/2014/4253100554）。

なんと作中の世界では、ロボットの身体性に、それこそ、現実のロボット技術者がそうであるように、慎重に性差を付与しているのだ。

人工知能にとってあらかじめ性差は必要か、という議論は、八〇年代から存在する。たとえば、ＳＦ作家ジェシカ・アマンダ・サーモンスンは、アン・マキャフリイのサイボーグＳＦ『歌う船』を論じた「なぜジェンダーを呼び戻すのか」のなかで、障害者として生まれサイボーグ宇宙船として再構築されることになった主人公のヘルヴァが、なぜ人間的な性差を付与される必要性があったのかを詳細に考察している。サーモンスンは、サイボーグ宇宙船であっても、人間社会の共同体で暮らしていく以上、性差は必要悪として付与される、と示唆している。それが数々の相棒と組まされては苦労するシナリオ上の必然となっているのだ。

『となりのロボット』の主人公である女性型ロボット「ヒロちゃん」は研究所で開発されたロボットで、十七歳の女性の容姿をしている。彼女は、成長しないため、高校を転々としながら、人間社会に埋没するかのようにめだたなく暮らしている。そんなあるとき、四歳の少女チカちゃんと知り合い、チカちゃんの成長につきあううちに、それが恋愛に似た関係性を呈するようになる。

女性型ロボットと人間の女性との恋愛SF。浅田博士のひそみにならえば、まさに「ロボットを通じて女を知る」試みであり、「ロボットと女が共生する社会」をめざすロボットSFが、ロマンスSFとして探求される、という趣向なのだ。

ところで、ロボットと人間の間の恋愛は可能なのだろうか？

そもそもロボットにヒトを愛する行為は可能なのだろうか？

科学的には失笑をさそいかねない稚拙で愚劣な命題かもしれない。ロボットに心はあるのか、という問いと同じくらい、妄想的なアイディアのようにも思える。

実際わたし自身も、かつては、ロボットをめぐる議論の中で、頻繁にロボットの「心」や「恋愛」といった話題がでてくるのをまったくのナンセンスだと考えていた。

そして、ロボットSFはリアリティある科学的な話題としてではなく、どちらかというと、マーリーン・S・バーらSF批評家が指摘するように、男性社会において疎外されている他者の隠喩として考察するのが当然だ、と思い込んでいたのである。

が、現在の科学技術の水準を鑑みて、その思い込みも再検討すべきなのではないかと反省している。とくにこの『となりのロボット』や、前掲『BEATLESS』、あるいは、山口優『シンギュラリティ・コンクェスト』(二〇一〇年)のような作品がでてくると、心や恋愛といった人間らしい(と思われている)不可思議な現象は、ロボットSFの思弁性を通して探究できるのではないかと思われてきたからである。

さて、選評でもふれられていたように、『となりのロボット』では注目すべきエピソードが二点あげられていた。ひとつは、女性型ロボットとしての特殊性として、ヒロちゃんがロボットだということを知らない男から痴漢行為をされる、という逸話である。

社会において女性が被る負の現象が、その事件の顛末を通じて吟味される。

ヒロちゃんが痴漢行為を不愉快なできごとだと認識したかどうかは、明らかになっていない。そもそもロボットが相手なのだから、気遣う事自体がナンセンスかもしれない。ヒロちゃんはそれがどういうことなのかわからなかったし、語る言葉を持たないのだ。

事件の不愉快さは、むしろヒロちゃんを見守る人間たちの反応で示される。そして、男性科学者と女性科学者の間でかなり大きな違いが出るところが秀逸だ。

女性科学者のほうがより激怒し、(ロボットであるし防御もしていなかった)無抵抗なヒロちゃんをなんとか災厄から逃れさせようとする。このように、性的嫌がらせに直面した女性型ロボットの話を、現実の女性の反応を観測しながらリアルに描き出した作品は類をみない。

もうひとつは、ヒロちゃんの「恋愛」のエピソードである。「恋愛」といっても、ロボットのそれは人間とは異なっている。この関係性はチカちゃんとの間に起きる。

もともとヒロちゃんは、初めてチカちゃんに出会ったときから、彼女を特定認識していた。ほかの人間とチカちゃんをどうやって区別し、認識していたのだろう。

子どもであるチカちゃんとのコミュニケーションを通して、ヒロちゃんは「笑う」表情認識の価値を学習し、以後生活全般にこの経験を活用して行くことになる。これはヒロちゃんの学習機能によって、自発的に行われる。

ヒロちゃんを研究する科学者リベレッツは、ロボットが子どもによって訓練された成果だと説明付ける。この逸話は、のちになぜヒロちゃんにとってチカちゃんが特別な存在として個体認識されるようになるのかという伏線になっている。そして、人間社会のデータを集積するヒロちゃんが、記憶装置のなかに一定の空き容量を常に確保し、いくら科学者がその部分に別のデータをいれようとしても、けして赦さないという判断をする。この空きスペースはチカちゃんのデータを入れるためにとってあったのだ。

人間であるチカちゃんの方は、ヒロちゃんに心惹かれ（人間として普通の）恋愛感情をもっていることが接吻等のふるまいを通して明らかにされている。ヒロちゃんは人間ではないので、チカちゃんのような行動はとらないものの、データベースのなかにつねにチカちゃんのデータを入れるための空き容量を持っている、という部分は、恋愛に近いなにかではないか、との意見が選考委員の間から出された。いっけん恋愛には見えないが、明らかにこのロボットは、特定の人間を選んで特別である、と認識している点で、それはかぎりなく恋愛に近いのではないか。

それはロボットの自発性として捉えられるだけではなく、ヒロちゃんのそうした特定構造を通して、女性の恋愛心理や、あるいは他との共存を女性がどのように考えるものかを浮かび上がらせているのではないだろうか。

このように『となりのロボット』に描かれた女性と人工知能の関係性を追って行くと、ロボットSFに描かれてきた「恋愛」がまったく科学的根拠のない空想とは思えなくなってくるのである。

引用文献

浅田稔『ロボットという思想——脳と知能の謎に挑む』NHKブックス、二〇一〇年
『安堂ロイド—A.I.knows LOVE？—』西荻弓絵・泉澤陽子 脚本、木村拓哉 出演、全十話、TBSテレビ、二〇一三年。

Maleen S. Barr. *Alien to Femininity : Speculative Fiction and Feminist Theory*. New York : Greenwood Press, 1987.

サビーネ・フリューシュトック&アン・ウォルソール編『日本人の「男らしさ」』長野ひろ子 監訳、明石書店、二〇一三年。

ウィリアム・ギブスン『ニューロマンサー』（原著一九八四年）黒丸尚訳、ハヤカワ文庫SF、一九八六年。

長谷敏司『BEATLESS』角川書店、二〇一二年。

ダナ・ハラウェイ他『サイボーグ・フェミニズム（増補版）』巽孝之・小谷真理訳、水声社、二〇〇一年。

テア・フォン・ハルボウ『メトロポリス』（原著一九二六年）前川道介訳、創元SF文庫、一九八八年。

テア・フォン・ハルボウ『新訳メトロポリス』（原著一九二六年）酒寄進一訳、中公文庫二〇一一年。

「人工知能学会の表紙絵は女性蔑視？」2013.12.25-2014.1.1, https://togetter.com/li/607736, togetter.

Online. 2021.9.25.

タニス・リー『銀色の恋人（新装版）』（原著一九八一年）井辻朱美訳、ハヤカワ文庫ＳＦ、二〇〇七年。

アン・マキャフリィ『歌う船』酒匂真理子訳、創元ＳＦ文庫、一九八四年。

西UKO『となりのロボット』秋田書店、二〇一四年。

士郎正宗『攻殻機動隊（1）』ＫＣデラックスコミックス、一九九一年。

士郎正宗『攻殻機動隊（2）』ＫＣデラックスコミックス、二〇〇一年。

エイミー・トムスン『ヴァーチャル・ガール』（原著一九九三年）田中一江訳、ハヤカワ文庫ＳＦ、一九九四年。

ヴィリエ・ド・リラダン『未来のイヴ』（原著一八八六年）斎藤磯雄訳、創元ライブラリ文庫、一九九六年。

渡瀬悠宇『絶対彼氏。』（二〇〇三年〜二〇〇四年）全六巻、フラワーコミックス、二〇〇三年〜二〇〇五年。

『絶対彼氏〜完全無欠の恋人ロボット』根津理香 脚本、速水こもみち・相武紗季 出演、全十一話、フジテレビジョン、二〇〇八年。

出産と発明——マッドサイエンティストのジェンダー論

博士たちのパラダイス・ロスト

二〇〇七年五月ウィスコンシン州マディソンで開催された年次フェミニズムＳＦ大会 WISCON31（以下「ウィスコン」）に、日本からひとつの企画が持ち込まれていた。「マッドサイエンティストの和風お茶会」"Mad Scientist Japanese Tea Party" が、それである。ルイス・キャロル『不思議の国のアリス』の読者であるなら、調子の狂った帽子屋や浮かれたウサギがテーブルに集うマッド・ティーパーティ（気違いお茶会）を思い浮かべることだろう。

ＳＦ大会とは、ＳＦファンが集まるお祭りである。所謂同好の士の集まりで、さながら部族決起集会といった趣なのであるが、世界大会のように大規模なものから、地元ファンの小さな寄合まで、さまざまだ。集まったＳＦファンは、パネルディスカッションや講演会、サイン会、同人誌やグッズなどの即売会、マスカレードや文学賞のセレモニー、そしてさまざまなパーティを、ファン自身の手によって企画・実行する。さながらSF色いっぱいの（学校）文化祭とでもいえるだろうか。マディソンで開催されているウィスコンもそのひとつで、参加者数は毎年約千人。もともとは七〇年代から毎年開かれてきた地方大会だが、世界でも珍しいフェミニスト中心のSF大会として知られている。したがって、参加者層も他のコンベンションと異なり、圧倒的に女性が多い。SFファンというと、ロボットや宇宙船に夢中になっているイメージが強いし実際にも男性ファンが大多数を占めているわけだが、ウィメンズ・リベレーションの時代から女性作家も女性ファンも増加の一途を辿っている。WISCONは、そうした人たちが集まってくる、文字通りの女の国なのである。

さて、日本から持ち込まれた企画の主催団体は「カフェ・サイファイティーク」Café SciFi+tiqueと名乗っていた。フライヤーの謳い文句は、次の通り。

「(旧）マッドサイエンティスト・カフェ；（現）Café SciFi+tiqueは、長くアキハバラでオタク少年たちが夢中になってきたメイドカフェのアンチテーゼで、オタク女子がデザインしたものです。このカフェでは、眼鏡をかけ、白衣を着用したマッドサイエンティストが、男性であれ女性であれお客様にお飲み物をお出しして、お相手をいたします。ふだんはとってもシャイで普通の女性とは口もきけないシャイなマッドサイエンティストですが、ネジで動くゲイシャロボットやメイドロボットがサポートいたします」

Café SciFi+tiqueのプロモーターのひとりである尾山ノルマは、お茶会にさきがけて行われた日本文化紹介パネル（「Japanese Sense of Gender」）のなかで、「私は如何にして心配するのを止めてマッドサイエンティストを愛するようになったのか」という短い講演を行なった。演題はいうまでもなく、スタンリー・キューブリックの核戦争映画『博士の異常な愛情――又は私は如何にして心配するのを止めて水爆を愛するようになったか』（一九六三年）のもじりである。

まず尾山ノルマは、東京の秋葉原の様子をスライド写真で映し出し、メイドカフェを生んだ秋葉原のおたくカルチュアについての説明から始めた。

周知の通り、森川嘉一郎は、著書『趣都の誕生――萌える都市アキハバラ』（二〇〇三年）のなかで、戦後電気街として発展してきた秋葉原が今日コンピュータ・ショップの集中化を経て、店舗に集まる人々の趣味にあわせ、独特の文化をもつようになったいきさつを、歴史的に考察している。日本のアニメやマンガやゲームが海外から注目を浴びるようになった結果、秋葉原は、そうしたカルチュアの創造性を説明付けるための聖地（メッカ）になったというわけだ。アキハバラというカタカナ文字は、サブカルチュア導入を経由して変質した同地域の特徴を表現している。

さて、森川の著作では直接言及されてはいないが、同著作と前後して、二〇〇二年夏以降マスコミでは、そうしたアキハバラの風物のひとつとして、メイドカフェがとりあげられるようになった。二〇〇二年に、秋葉原のコンピュータ・ショップがプロモートし登場したメイドカフェは、ここ数年で人気が沸騰することになった、いわゆる、テーマパーク・レストラン（&カフェ）のひとつである。それらを報道する記事は、もちろん、メイド服の女性が給仕をする、つまり女性が男性（及び高い階層の人々）に奉仕するという歴史的意味合いのせいもあって、風俗店に関する男性的な好奇心スレスレのニュアンスを反映しているものも多かったものの、その一方で、メイドカフェを生みだした「オタク」と呼ばれる人々の「ちょっとずれてる」嗜好性への、すなわち単なる異性愛社会の風俗にはおさまらない謎めいた性現象への好奇心を、表出させていた。

こうした背景をよそに、尾山は、オタクであるなしを問わずこれまで男性主体中心で組まれていたコンセプトそのものをずらし、オタク女性にとってのテーマパーク・カフェの企画を立案することになったいきさつを説明した。そもそも「カフェ・サイファイティーク」の前身となった「マッドサイエンティスト・カフェ」は、女性オタク（女性ＳＦファン）にとってメイドカフェに匹敵するものとはなにか、という問いかけから始まったという。

「マッドサイエンティスト・カフェ」は、二〇〇五年夏横浜で開催された第四四回日本ＳＦ大会（通称 Hamacon 2）の企画模擬店だった。幹部は女性限定。彼女たちは、まず、ＳＦにおけるマッドサイエンティストを、魅力的なキャラクターとして捉え直す。つまり、マッドサイエンティストたちが製造した人造美女系アイドルたちに焦点を定めるのではなく、人造美女を偏愛・創造するマッドサイエンティスト自身に着目し、彼らの心理内部に、アニメや漫画などポップカルチュアに惑溺する人々、つまり「おたく」のイメージを喝破し、それをアイドル的なキャラクターと見なして偏愛する、というのだ。

圧倒的に大多数を占める男性オタクのなかにあって勃興してきたメイドカフェ文化を、女性的な視点から批評的に検討する。尾山らの批評的視線は、アキハバラのメイドというかわいらしいキャラクターに夢中になるオタク少年と、歴代のＳＦ作品のなかで人造美女創造に邁進するマッドサイエンティストとを重ね合わせ、さらにオタク＝マッドサイエンティストを、女性の側から、吟味し、性的対象化している点で、画期的であった。

特に貴重と思えるのは、メイド・カルチュアへの欲望を産み出す文脈を相対化するのに、彼女たち自身がメイドや芸者といった「隷属的美女群像」のステレオタイプに手を加えている点だ。

SF世界では古くから人造美女たちが崇められている。これはなぜだろう。人造美女とは、人間(男性)の恋人としてふさわしくふるまうように、男性嗜好にあわせて構築されている。カレル・チャペックのいうロボータ(労働)の意味を重ね合わせるとしたら、まさに彼女たちは性的労働に奉仕するという幻想をまとった存在であり、その意味では隷属的である。もちろん、作り物の人造美女はいつでもどこでもぎこちなく、作り物であることは払拭できない。そこには、人間の女性以上に可愛らしくとも何か決定的な条件が不十分である、という限界が常にまとわりついている。人間の女性であったら矮小化できない人権問題も、人造美女にまでは適応しにくい。しかし、彼女たちの人工性やぎこちなさが高度技術で隠蔽されればされるほど、人造美女の隠喩は、女性性そのものと重なり合うのも事実なのだ。人造美女の人工性が隠蔽されるにつれ、人間=男性としては不十分なかたちをした「それ」が、イコール自然な女性であると誤読されるようになり、これが文明における「女らしさ」の意味を増強することになる。

このぎこちなさをめぐる意味論を逆手にとり、「カフェ・サイファイティーク」に登場したゲイシャロボットやメイドロボットは、ゲイシャやメイドなどの典型的なコスチュームに加え、背中に大きな電動ねじを装着していた。それは、通常は隠蔽されている「芸者」や「女中」なるコンセプトの人工性を、古典的でおもちゃめいた機械仕掛けのものだと主張せんばかりのパフォーマンスといえる。それどころか、実際にはシャイで自分の専門分野の話しかしないマッドサイエンティストたちのサポートにまわり、積極的に現場をとりしきっているのは、これらの女性型ロボットたちのほうなのである。ホンダのASIMOに代表される二足歩行ロボットの国からやってきた「カフェ・サイファイティーク」の企画が、いかにアメリカ合衆国のフェミニストSFファンに衝撃を与えたかは想像にかたくない。WISCON 31終了後、一週間とたたないうちに、フェミニストSFファンがウェブ上に構築した「フェミニストSFのWiki」(http://wiki.feministSF.net/index.php?title = Main_Page)に、「カフェ・サイファイティーク」の項目が儲けられたり、「お茶会」の熱心なレポートが書かれたりしはじめたからである。

さて、遊びのなかに痛烈な批評眼をそなえた日本女性SFファンのお茶会企画は、わたし自身にもSFにおける重要な問題を気づかせてくれた。それは、マッドサイエンティストが提起するジェンダーの問題である。

かつてわたしは、東浩紀が企画した『網状言論F改』に採録されている、おたくとおたくの性現象である「萌え」についてのパネルディスカッションで、おたくをめぐる言説がいかに性差攪乱を内包しているかについて、歴史的に考察したことがある。尾山らが実行してみせた、女性読者によるマッドサイエンティストの客体化は、SFファンの多くを占める「おたく」という特異な人々をマッドサイエンティスト予備軍と喝破することによって、ジャンルSFで描かれてきたマッドサイエンティスト自身も又、性差攪乱を内包する存在ではないかと、気づかせてくれたのだ。

つまりマッドサイエンティストとは、男性にとっての性的欲望を具現し、性的イコンとして顕在化させるにとどまらず、彼ら自身が性的欲望それ自体を体現する存在でもある、という転倒の構図が、ここにある。すべての女性をモノ化し、性愛の対象としてしか評価しかねない現在社会において、「カフェ・サイファイティーク」の持ち出したコンセプトは、ロボットやタイムマシンやサイボーグなどの奇抜で非現実的な発明品であふれるジャンルSFのなかに、科学者という大きな存在があることを――そして、その性差が現在問題化されていることを――想起させてやまない。

もはや博士たちは安全な楽園に遊ぶ人々ではなく、自ら客体化され吟味され再構築される存在に変貌してしまったのだ。

起源のマッドサイエンティスト

ふりかえってみれば、科学的虚構と直訳されるサイエンス・フィクションは、科学やテクノロジーについて思考する文学としてきわめてユニークな存在である。とすると、SFの歴史は、科学の担い手たる科学者像の歴史でもあるはずだろう。しかしながら、物語のなかでの科学者の立場や視野や心理などが、エイリアンや宇宙船船長や自警団員や宇宙海賊といった他の英雄たちに比べて際立つかといえば、必ずしもそうではない。

もちろん、SFにおける科学者は、このジャンルにおける中心的職業といってまちがいない。なんといっても、科学者がいなければ、SFは始まらない。しかし、この存在は案外使い古されたロマンティックなステレオタイプか、地味なわき役かに、留まり続けてきたのではなかろうか。

わたしの手元には、ことジャンルSFを知るためにはバイブル的な役割を果たしている大著がある。ジョン・クルートとピーター・ニコルズの『SFエンサイクロペディア』がそれで、一九九二年に刊行されてから今年で十五年もたとうというのに、いまだその有効性は保証されている。だが、それほど重要な大著であるにもかかわらず、実は同書にマッドサイエンティストという項目はない。科学者の項目が一ページ半ほど、控えめに存在するだけなのだ。

それによると、科学者とマッドサイエンティストとの相違はさほど明確に意識されていない。つまり地道な研究をコツコツしている科学者は対象外で、やはりSFにおける科学者とは、他人とのコミュケーションが難しいマッドサイエンティストが基本のようである。そして、二十世紀以前には、マッドサイエンティストの華々しい活躍は認めているものの、時代を下るにつれ、メジャーキャラクターにはなりえていないと指摘する記述が目を引く。

SFにかくも常軌を逸した博士が蔓延している理由は明確だ。それは、浮世離れした発明品がこの文学ジャンルにとっては必要不可欠だったということにつきる。SFほど、非現実的な発明品が必要とされているジャンルはないからだ。そしてたいてい発明品は暴走し、プロメテウス的悪夢が関係者にふりかかってくる。誰が悪いのか？　もちろん不出来な発明者がその責任をとるべきなのだが、なにぶん「マッド」なわけだから、たいてい不問に処せられるし、発明品の暴走にあたっては被害者リストの上部に名前があがるのだから、因果応報のシナリオにおける条件は、まず十全に満たしている。マッドサイエンティストの活躍は「科学」の使い方を間違えた人という罪の烙印とともに隠蔽され、その評価については、みんなそろって思考停止する傾向にあったといってよい。

この目立たなさは驚くべきことではないだろうか。ろくでもない発明をして周囲を恐怖のどん底に陥れるお騒がせの博士がいなければ、ジャンルSFはけして盛り上がらないと思われるのに、である。

ここで、SFにおけるマッドサイエンティストの起源を振り返ってみよう。

ＳＦの歴史を遡ってＳＦの起源をどこにとるかは、今日にいたるまで、さまざまな議論がある。とりあえずスタンダードとして、英国のＳＦ批評家ブライアン・オールディスがまとめたＳＦ文学史『十億年の宴』に準拠する。

同書では、メアリ・シェリー『フランケンシュタイン――あるいは現代のプロメテウス』（一八一八年）をＳＦジャンルの嚆矢とする。そこに登場するのは、まさに、十九世紀のマッドサイエンティスト代表格ヴィクター・フランケンシュタイン。彼の存在は、ＳＦの成立にマッドサイエンティストの想像力が必要不可欠だったことを知らしめる好例と言える。

ヴィクターは、十代まで錬金術的な文献の世界にいたのだが、遊学先のインゴルシュタットで、自然科学者のクレンペ教授や化学者のヴァルトマン教授らと出会い、自然科学への偏見を克服する。以後、熱心な学徒となり、化学を中心とした教授らの薫陶を受け、その理論と技術をわがものとした。

科学者たる彼の知的好奇心は、「生命の神秘」へと向かう。そして多くの遺体の腐敗過程を科学的に見聞することになる。中世の宗教観に彩られた墓や死体置場の遺体は自然科学というパラダイム下に再認識されたものの、ヒトの死をモノとして観察するうち、彼の心に生命創造の欲求が生まれる。そして寸暇を惜しんで遺体と向き合った甲斐あって、ついに彼は死体置場で、生と死を超克する秘密を見つけ出し、死体を接ぎ合わせてひとつの生命体を創造することに成功した。しかし、なんということだろうか。彼は、自分の創造した発明品のあまりの醜さにぞっとして、無責任に放り出し、神経を病んでしまうのだ。

フランケンシュタインがマッドサイエンティストたる所以は、どこにあったのか。生命創造という狂気に取り憑かれたからだろうか、それとも死体と格闘して生命をつくってしまったからか。それともできあがった発明品を放置したからだろうか。そもそも、その動機とはなんだったのだろうか。なぜ死体観察が生命創造の欲望へと発展したのか?――

生命創造の動機に関する限り、勉学に旅立つ直前に母親を猩紅熱で亡くしていることは、有力な理由になるかもしれない。亡母をとりもどそうとして、生命創造へと向かったのではないか、というものだ。だが、作品中では、実はそうした心理は明確にされていない。

しかも、人間の生の営みを通らずに、なぜ死体をツギハギしてまで人工的に生命を作ろうと思いたったのかは大いなる謎である。健康な身体を持つ男性であったら、あえて人工的なプロセスをとらずとも、異性愛の過程を経て生命創造するという簡便な方法があるのではないか。にもかかわらず、彼は実にまわりくどい方法へ歩み出して行ったのだ。婚約者のエリザベスとのセックスよりも自然科学における生命創造が彼にとっては魅力的な対象だったのである。その意味では人工的に生命を創造するヴィクターは、異性愛社会の根幹をゆるがす欲望を秘めていたことになる。ここで本人の弁をたどると、「創造のもっとも深い神秘を世界に解き明かしてみせるのだ」と記されている。そこにはどのような深層心理がひそんでいたのだろう?

最も強力な解釈は、生命を創造することによって神の位置に立ちたかった、というものだ。十九世紀初頭、西洋近代化社会が構築されるにつれ明確になっていく性差構造が、そこに介在している。近代化の根幹をささえる自然科学力を身につけた男性科学者が、中世的な迷信を打ち破って神の位置に立ち、権力を掌握する。そうした男性的権威の隠喩として、ヴィクターの生命創造が立ち現れるのではないか、というのだ。しかしながら、物語は男性的権威が神のごとく輝かしき栄光に満ちている、という展開にはなってはいない。それどころか、彼は家族も親友も仕事も財産も地位も名誉もすべて失い、命すら脅かされ、自らの発明品と死闘を繰り広げることになる。

著書『マッドサイエンティストの夢』で映画におけるマッドサイエンティスト像を系統的に分析したデイヴィッド・J・スカルによると、ヴィクターの生命創造から破滅にいたる経緯は（潜在的）男性同性愛者のシチュエーションと構造的に重なる、という。なるほど、女性から出産をとりあげ発明によって克服しようとも、そうした男性同性愛者の再生産願望自体が、同性愛者に対する異性愛社会的からの報復を招くという理屈は、一応成り立つ。

他方、女性作家メアリ・シェリーの視点からの読解では、女性を出産から解放しようとする意味もあるのではないか、と考えられる。

十九世紀初頭、産褥死も多かったころ、出産は女性にとっては命がけの大仕事であったから、そうした生物学的プロセスを経由しない生命創造の方法論は、女性にとっては魅力的であったにちがいない。実際メアリ自身が生まれたときに、母メアリ・ウルストンクラフトが亡くなっているから、なおのこと。

とはいえ女性作家メアリは、生命を生み出す運命を男性たるヴィクターに担わせたものの、そこで性差攪乱的矛盾につきあたる。女性から文字どおり「命がけ」の仕事を請け負い、自らが生命を発明するという出産行為に手を染めることによって、この男性主人公は、男性規範を逸脱し、生涯その禁断の発明品たる怪物につきまとわれるという展開になるのだから。バーバラ・ジョンソンにならえば、怪物こそクリステヴァがおぞましきものと喝破した女性性に直結するから、マッドサイエンティスト・ヴィクターの苦悶の人生は、出産にまつわる女性的なことを引き受けることにより、彼自身をして、狂気という名の女性性の檻に閉じこめてしまったような印象をすら与える。怪物は、ヴィクターから、異性愛社会における家族の要素を悉く奪い去り、結果的にヴィクターと怪物は、家族とも友情とも親子とも異なった愛憎関係性を表出させるに至る。

ヴィクターによる発明行為を、男性による代替出産の隠喩と捉えてみると、いわば女性性を排除することによって、かえって女性性を自ら演じなければならなくなったアイロニーを含んでいることがわかる。かつてホラー映画評論家バーバラ・クリードが、恐怖映画における女性嫌悪表象のひとつとして、出産恐怖をあげていたが、男性自身による出産行為強奪は、なにより強奪者に女性性という隠喩的恐怖が濁流のように襲いかかってくるシナリオに他ならなかった。

仮に、フランケンシュタイン博士がマッドサイエンティストたるゆえんは、常軌を逸したとも言える男の出産への欲望へ一歩踏み込んでしまったことによるとすると、文明社会において設定されている「狂気」（マッドネス）もまた「屋根裏の狂女」の伝説とともに女性化（フェミナイゼーション）と不可分であったことを、再確認することができる。いずれにせよ、SF史上初めてのマッドサイエンティストは、その彷徨に性差攪乱的性格を刻印されたまま、発明品と北海で心中することになる。

接続された美女

ところで、メアリ・シェリーが『フランケンシュタイン』を発表する二年ほど前、ドイツでは人造美女創造譚として今日まで語りつがれることになる『砂男』が発表されている。ヴィクターが得体の知れない怪物創造に踏み出す一方、『砂男』のなかではスパランツァーニ教授によって自動人形オリンピアが造り出されていた。生命創造にいたるフランケンシュタインの動機が科学的探求以外さしてはっきりしないのに比べて、この物語の場合はかなり理由付けがはっきりしている。識名章喜の論考「オリンピアとマリア」は、その意味で示唆的だ。彼は男性による女性型自動人形への愛を現代の視点から読み替え、「アニメ・キャラに感情移入するアキバ系オタクに見る「萌え」の心理を抽出し、生身の女ではなく、二次元のキャラクターに捧げる情熱を真正面から論じて、こう断言する。「こういう『萌え』をドイツ・ロマン派で先駆けたのが、他ならぬホフマンだったのではないか。人形を愛でる十八世紀の独身者の精神は、確実に秋葉原へとつながっている」。これこそ、前掲メイドカフェにおける欲望の図式の根源にせまる洞察といってよい。

美しい自動人形オリンピアは、男二人の深夜の争いを盗み見ることによって衝撃を受けた少年ナサニエルが将来持つであろう未来の欲望にまで、影響を及ぼす。ホフマンの小説が描く男性による生命創造は、男たちの理想の恋人創造として捉えられ、それが男性自身の欲望の形象化にほかならないことを訴えかける。

少年は深夜の実験を目撃するし、通常は隠蔽されている性差構造を目の当たりにする。支配者たちが自らの身体内部から被支配者たちを切り出すことによって、支配者がいかに自らの闇を抱え込んでいるのかを示していた。男たちが発明した自動人形こそ、男性自身から切り出されたガラテアなのだから。

夜の闇の中に封じ込められた男たちの危険な創造性は、フロイトによって精神分析的な解析をほどこされている。だが、物語では、そうした創造性と性差をめぐる権力構造はまだ混沌としていて、科学者は、昼間は紳士としてすべてを平然と押し隠すことができるから、『砂男』のなかの科学者の狂気は、あくまで、趣味の内部に留まりつづけた。が、オリンピア創造にまつわる科学者の狂気は、十九世紀のフランケンシュタイン博士を経由し、二十世紀に入ると、突然、もうひとりの女性作家の手によって、吟味されることになった。フリッツ・ラングの映画『メトロポリス』の原作（一九二六年）がそれで、テア・フォン・ハルボウが手がけている。メアリ・シェリーが、男性の出産／発明小説である『フランケンシュタイン』を世に出してから、百年以上もたって登場した『メトロポリス』は、発明品がいかに性差化され、いかに創造主の構造を表出してしまうかを見事に構造化した作品だ。そして、大きな存在として、マッドサイエンティストのロートヴァングが登場する。

今日、ロートヴァングといっても名前の方は忘れられているかもしれないが、メディアでのイメージは十二分に浸透しているだろう。おそらく、今マッドサイエンティストといえば、ラングの映画のイメージがまず思い浮かぶのではないか。ロートヴァングの、マッドサイエンティスト的「キレかげん」といえば、まず外見上で示されていた。逆立つ白髪、だぶだぶの作業着（白衣）、そして、ぎょろ目である。そして、これらの表象には歴とした理由付けが窺われる。

まず、逆立つ白髪であるが、作中では恋人ヘールが亡くなったときにロートヴァングの髪は真っ白になったと記されている。つまり白髪はマッドサイエンティストの純愛ぶりを示していた。いっぽう、スカルの示唆にならうなら、逆立つ部分に、電気に対するオブセッションを認めることができる。そこには『フランケンシュタイン』創作にインスパイアを与えたガルヴァーニの電気実験や、マッドサイエンティストの代表格として著名な歴史上の人物ニコラ・テスラへの敬愛がほの見える。SF読者なら、小学校の教科書にもよく掲載されている世知に長けた発明王エジソンよりは、今日文明の根幹に埋め込まれだれもルーツをすら問わなくなるほど自然化した交流電気の発明者で、マッドサイエンティストと呼ぶにふさわしいキャリアのニコラ・テスラのほうに、より偏愛を感じているはずだ。

だぶだぶの作業着にも意味がある。四六時中仕事に埋没するあまり、彼は着替えることも忘れ、危険な実験場を動き回るその格好で、どこへでも出かけてしまうのだ。あまりに仕事に熱心すぎるその勤勉さ、実験室のルールをそのまま現代社会へ持ち込む逸脱さこそ、マッドサイエンティストとしての面目躍如と言えるのではなかろうか。

そして、なにかにとりつかれたようなギラギラとした目が、彼の精神状態を語ってやまない。もし教養のある人物なら、はるか百年ほど昔に書かれた『砂男』について、かのフロイト博士すら注目した「眼球表現」への強迫観念を思い出すことだろう。科学者たちは、近代科学に立脚しているからこそ、観察に関するオブセッションがつきまとう。ここで視覚こそ近代社会内部に構築された男性的権力の象徴だとするフェミニスト批評のお約束を思い出すなら、科学者が、いかに近代社会の権力構造を支えてきたかが理解できるだろう。

まさにマッドサイエンティストの風貌のロートヴァングは、物語の中で、どのような役回りだったのか。

ロートヴァングは、メトロポリスの独裁者ヨー・フレーデルセンに妻ヘールを奪われたばかりか、機械人間を作るように命じられていた。そこで創り上げたのが、美しい身体をもった女性型ロボットである。ヘール自身はフレーデルセンとの間に一人息子フレーダーを産み落とすも、結局フレーデルセンとロートヴァングというふたりの男の間でひきさかれるように、一命を落とす。成長したフレーダーは労働者たちから敬われ慕われているマリアと恋に陥る。が、ロートヴァングはマリアを捕え、美しいロボットにマリアの顔を移し、顔かたちは聖女のようでありながら、だれにでも身を任す誘惑的な悪女型ロボットにしてしまった。ロボット・マリアは、独裁者に対するロートヴァングの激しい憎悪を忠実に反復し、労働者たちを扇動するも中途で捕えられ、火刑に処せられる。

ざっとストーリーだけ追ってみると、ロートヴァングというのは、とことんまで独裁者親子に、「恋人」を盗られたばかりかこきつかわれる役回りである。

フレーデルセンはロートヴァングに対して君臨しているものの、その天才的頭脳にはひそかに畏れを抱いている節が見られ、ふたりはメトロポリスの権力構造の科学力と政治学の二面性を表している。そして、同じ人物ヘールに恋するが、ロートヴァングのほうが恋人盲従型なのに対し、フレーデルセンは世界制服・人民支配への野望がなにより強い。

十九世紀初頭、ヴィクター・フランケンシュタイン博士が、科学的探求のもと、恋愛よりも死体再利用に邁進したあの物語と比べると、ロートヴァングの欲望は、恋人にのみ固着し、失われた彼女を取り戻すためならば世界がどうなろうと知ったことではないという態度で一貫しており、独裁者の権力欲とは一線を画す。

そんな彼の心理状態を物語るのに、風貌のみならず、発明品の体裁のほうも絶好だった。なぜか最初にできてきたロボットには顔はなく、「女」の身体のみだった。ロートヴァングはそのロボットにマリアの顔を与えるのだが、独裁者に絞殺されそうになったあと惑乱して、ロボット・マリアをかつての愛妻ヘールだと錯覚してしまう。かくして、物語の終盤ロートヴァングは、マリアをヘールと勘違いし、彼女を追いかけている最中に屋根から墜落する。恋人盲従型でありながら、マリアとヘールとロボットマリアを混同するマッドサイエンティスト。いったい彼が創り上げたのは、かつての恋人なのか、それとも、自らの理想とする女だったのか。

マッドサイエンティスト墜落現場を目の当たりにした独裁者フレーデルセンの目には、発明家と聖母マリアが昇天したように見えていた。つまり、ヘールとマリアとロボット・マリアは、ロートヴァングの脳内ではかつての妻ヘールなるものの代替物であり、それは清らかで慈愛に満ちた聖母マリアに象徴されるものとして描かれるのだ。

この発明家と発明品（＝聖母マリア）という組み合わせは、あまりにも当を得たものだった。キリスト教世界において、聖母マリアは汚れなき身体の持ち主とされており、人間の男性を介さずに神の子を出産したという（性行為絶対否定を含む）聖母伝説が、『メトロポリス』では、生物学的プロセスを介さずなにかを産み出す、つまり発明という人工的な再生産を祝福するためのイコンとして読み直されているからだ。ロボット・マリアは、表層上はあくまで「女性」としての顔をもっているものの、男性中心社会では本来女性をもっとも特徴づけるとされる（生物学的）出産からはひきはなされた存在として登場する。

ロートヴァングのもつ天才的な創造性は、フランケンシュタイン博士と共通しているものの、フランケンシュタインの欲望があくまで宇宙の神秘や生命誕生への科学的興味と宇宙の原理への知的好奇心や支配欲から発生しているのにたいして、ロートヴァングは愛する女性をとりもどしたい、という個人的な動機にのみ集約しているのは見逃せない。発明家と発明品は、異性愛家族であるフレーデルセンたちと真っ向から対立し、それがゆえに独裁者のユートピアの矛盾を表出させ、崩壊させてしまう。マッドサイエンティストは、世間的な栄達よりも、そして世間的な家族愛よりも、自分自身の欲望に忠実であり、そこに向って発揮されるクリエイティヴィティこそがマッドのマッドたるゆえんだった、というわけだ。

フェミニストとマッドサイエンティスト

ロートヴァングの姿がメディアにおけるマッドサイエンティストの原型としていかに愛されているかは、たとえば今日だったら映画『バック・トゥー・ザ・フューチャー』三部作に登場するタイムマシンの発明家ドクことエメット・ブラウン博士のファッションが、ロートヴァングを彷彿とさせることからも一目瞭然だろう。ただし、パロディックなドクは、登場した当初こそ、ヒトに理解されないマッドサイエンティストの典型だったが、中途から主人公にとっての導き手という役割を経て、最終作(一九九〇年)ではフェミニストのように知的で経済的にも自立した花嫁まで手に入れる。この展開は、前掲ロートヴァングが純愛に拘泥するあまり、異性愛社会から全くずれてしまった展開を彷彿とさせるばかりか、マッドサイエンティストがフェミニストと相性がよいことを示唆している点で、「カフェ・サイファイティーク」に通じるものであった。

シリアスに追いつめられてしまったロートヴァングとは異なり、現代のマッドサイエンティスト、ドクが性的対象としても申し分のない存在に変貌しているのは注目される点である。しかも、マッドサイエンティストが花婿としてなかなかすばらしい存在であることに気づくのは、十九世紀の開明派女教師クララなのだ。彼女は未来からやってきた狂気の博士に臆することなく交際し、正しい歴史から外れた世界に居心地の良い家庭を創り上げる。クララの選択の逸脱性こそ、男性社会の不平等を是正すべく別世界やユートピアを夢見続けるフェミニストSF作家の心意気に通じるものだ。

たとえば、女性科学者が、フェミニスト国家を構成するべき人間を遺伝子レベルから設計し、クローン国家を構築するというユートピアSFが書かれることがある。ジェイムズ・ティプトリー・ジュニア「ヒューストン、ヒューストン聞こえるか?」(一九七三年)、ナオミ・ミチスン『第三の解決』Solution Three(一九七五年)、シェリ・テッパー『女の国の門』(一九八八年)といった作品群では、最悪となった男尊女卑世界が終末期を迎えるという設定であり、優生思想の悪夢とユートピア幻想の理想との間で、板狭みになりながら生きるために優生技術を選択する女性学者たちが描かれている。フェミニスト的逸脱を秘めたマッドサイエンティストの最たるものといっていいだろう。そこまで極端でないにせよ、女性たちが現実世界から常に抹消されるということに危機感を持っている人物ならば、フェミニスト・ユートピア幻想が、マッドサイエンティストの逸脱性と共振するのは理解できるはずだ。

マッドサイエンティストの逸脱性がフェミニスト的なスタンスとどう関わっているのかを知るためには、『メトロポリス』の延長上で書かれたジェイムズ・ティプトリー・ジュニア「接続された女」(一九七三年)を比べてみればよいかもしれない。

「接続された女」は、広告のない未来世界で、広告のかわりになるアイドルを作るというSF短篇である。消費社会を牛耳る巨大企業GTX社が、美少女ロボットを開発するのだが、その際、ロボットを動かすために貧しく醜いP・バークという女から、人生ごとその身を買う。こうして、P・バークはデルフィという名前のアイドル・ロボットを操作し、美少女を演じる。ロボットの身体に人間の女が接続されるという意味合いでは、「接続された女」のデルフィは、『メトロポリス』のロボット・マリアの遠い子孫に当たるだろう。人々の欲望に答えるために創造されるアイドル・ロボット。それはメディア社会をコントロールするアイコンの意味を考えさせる。

『メトロポリス』と「接続された女」は、テーマや設定において、共通点が多い。ともに強固な独裁社会における女性性の構造を、人工的でサイボーグ的なものである、と喝破している。GTX社の社長とメトロポリスのフレーデルセンは権力の中心的人物として描かれ、社長の息子アイシャムと、フレーデルセンの息子フレーダーはともに正義感にあふれ、清らかな乙女に恋をする。

ただし、純情な青年の愛する乙女が、実は偽少女であるという点の解釈において、ふたつの作品はかなり異なっている。『メトロポリス』では、ロボット・マリアはあくまで、自然な乙女に対するニセモノとして描かれ、青年が正しい愛情を見分けるためのツールになっている。正しい相手は、あくまで人間であり、そこではまだ自然と人工の対立構造はあからさまで、機械的で人工的なものは権力的で怪しいものであるとの認識が、青年の異性愛的性差構造をささえていた。

いっぽう、「接続された女」のほうは、そもそも清らかな乙女こそ作り物にすぎず、偽少女の暴露劇によって、青年アイシャムの異性愛的性差観に準拠した権力認識は崩壊する。

『メトロポリス』のほうが、あくまで人工的に形成された偽少女が棄却され、自然な肉体を持つ男女が結ばれ、労働者を機械のように酷使する独裁者社会のが覆されていくのに対して、「接続された女」のほうでは、偽少女の人工性が暴露された結果、傷心のアイシャムは、世直しのためにはむしろ権力を掌握することが必要では、と考えてしまう。いわば独裁者の目覚めを描いている点で、「接続された女」はずっとペシミスティックな結末になっている。

それでは、そうした女性型ロボットの創作者たる科学者のほうはどうなるのか。GTX社のエンジニアであるジョーが、『メトロポリス』のロートヴァングの役割を演ずる。ジョーはデルフィを完璧なアイドルにしようと奮闘する。ジョーがほかの人間と違うのは、デルフィを唯一無二のアイドルにしているのが生身のP・バークにほかならないと知っている点だ。デルフィというアイドルを操作するのはどの女にもできるはずだ、と言わんばかりの人々と異なって、ジョーだけが、P・バークこそ特殊な才能の持ち主だということを認識していた。アイドル・ロボットのデルフィは、いわばP・バークとジョーが共同で創り上げた発明品であったからだ。だから、産みの親であり発明品の一部をも構成していたP・バークが死んだとき、一番嘆いたのはジョーだった。

『メトロポリス』よりもフェミニスト的視点が明確である「接続された女」は、マッドサイエンティストの逸脱性を「おぞましきもの」として棄却されるP・バークに請け負わせている。これはなぜだろうか。

死んだ恋人を再生しようと躍起になったあげく彼女の幻想を抱いて墜落死したロートヴァングは、風貌もライフスタイルもマッドサイエンティストとして完璧だった。いっぽう、ジョーは、巨大企業で働くエリートサラリーマン的な科学者であり、偶然発明品デルフィが最高の機能を持っていることに気づいたときも、それをさらに完璧なものにするためにあらゆる努力を惜しまなかった。彼はマッドサイエンティストというには、ルックスもライフスタイルも特に不審な点はなく、事件後もやとわれ研究者生活が淡々と続いていく。

むしろジョーと共同作業を行ったあげく、自らの美少女幻想を抱いて死亡したP・バークのほうが、よりマッドサイエンティスト的な役割をはたしていたというべきだろう。そうしたP・バークの姿は、現実に科学の分野で抑圧されてきた女性科学者の運命を思い起こさせる。

ロボット心理学者スーザン・カルヴィン

ルイス・ハーバーは、『20世紀の女性科学者たち』のなかで、科学者たちの世界では通常考えられるより、女性の排除される度合いが強いという前提を示し、そのなかで女性科学者の道を切り開いてきた人々を紹介した。現実の科学者が女性性に対して厳しいのとは反対に、SFの世界の科学者たちは、奇抜さや逸脱性がアピールされるから、女性科学者の存在は、むしろマッドサイエンティスト的条件を満足させているように思える。

フランケンシュタイン・コンプレックスやロボット三原則など、ロボットSFに根源的と考えられていたロボットと人間の間の闘争に関する非合理性を再考したのが、生物学者にしてSF作家のアイザック・アシモフである。彼のロボット小説には、ロボット心理学者スーザン・カルヴィンという女性科学者が登場する。カルヴィンは幼い頃、育児ロボットに育てられたせいもあって、ロボットの心理を研究する科学者になった。

アシモフには、古典世界においてロボットが人間に成り代わろうとするような、造物主と被造物の間の相克が、むしろ人間側の宗教観や家族観を投影したフランケンシュタイン・コンプレックスと呼ばれる非合理的なものに見えていた。そこで発案されたのが、ロボットとヒトの間の共存を可能にするための「ロボット三原則」である。そもそもきちんとプログラムを組んでおけば問題ないのではないか、というわけだ。いかにも科学者ならではの発案だが、しかし、そんなロジカルなアシモフの著作『アイ・ロボット』に登場するのが、ロボットたちの心理を分析する女性科学者という、摩訶不思議な存在なのである。

まともに考えたら心理があるはずもないロボットの心理を研究するスーザン・カルヴィンは、したがって幻想的な科学者であり、ひょっとすると、だからこそ女性の姿であらわれたのではないか、とすら著者自身の性差観を再考してみたくなる。しかも、スーザン・カルヴィンは、母性が満ちあふれるような人物として描かれる。どの特徴も、男性科学者ではお役目不十分な要素と著者がみなしていたのではないだろうか。つまり、本来、男性科学者であれば、マッドサイエンティスト的な逸脱行為と見なされる属性が、女性性という性差の枠組みを借り受けてしまえば、案外、科学者としては穏便なリアリティをもちうるのではないか。

ハーバーの指摘通り、たしかに現実世界では女性科学者自体がファンタスティックなのだ。ＳＦにおけるスーザン・カルヴィンのきわめて違和感のない存在ぶりは、マッドサイエンティストが女性として描かれることの意義を語ってやまない。

近年、現代社会では、フェミニズムの勃興とともに、過去の歴史世界で抹消されたり軽視されたり矮小化されてきた女性科学者の業績を再評価しようとする動きが活発だ。それらを追っていると、いかに現実の女性科学者たちが不幸という名の冠を被ったマッドサイエンティストだったかと思わせる。マーガレット・キャヴェンディッシュ、エイダ・バイロン、ミレーヴァ・アインシュタイン……。時代をさかのぼればさかのぼるほど、SFのなかで男性科学者が神経を病みマッドサイエンティスト的活躍に身を投じているのと同様の傾向を、現実の世界で女性の科学者が味わっていたのではないかと、疑いたくもなる。

そのせいか、埋もれてきた「マッド」な女性科学者をSFのなかで再評価しようとする動きもある。たとえば、十九世紀ヴィクトリア朝に活躍したエイダ・バイロンがその典型だ。現代ではコンピュータ・サイエンスの勃興とともに、新技術に関する歴史的視野が開かれたこともあって、それが史上初のプログラマーとなったエイダ・バイロンへの注目度に拍車をかけた観がある。一九九〇年にウイリアム・ギブスンとブルース・スターリングのスチームパンク共作『ディファレンス・エンジン』で復活して以来、山田正紀『エイダ』、リン・ハーシュマン・リーソン監督の映画『クローン・オブ・エイダ』(一九九七年)といった作品に軒なみ登場するようになったエイダは、マッドサイエンティストと言えるが、スーザン・カルヴィン博士と同様、もともと現実世界から逸脱している女性であるから、彼女の狂気には相応の理由があったとする説もある。が、それがマッドサイエンティスト像に輝かしい一ページを付け加えたようには見えない。それよりも、エイダがフェミニストたちの新しいイコンとなり、フェミニストの想像力が、SFファンの多くを占める理系の科学者予備軍であるおたく少女のそれと、重なり合っていることを証明しているという考え方のほうが、納得しやすい。
中村桂子は、シャロン・バーチュ・マグレイン『お母さん、ノーベル賞をもらう』の訳者あとがきのなかで、昨今女性科学者が活躍するのに「あからさまな差別待遇は消えた」と指摘している。だが、いまだに科学の分野は、女性にとって狭き門であり続けているのではないだろうか。とすると、マッドサイエンティストと女性科学者たるフェミニストの逢瀬は、その性差攪乱性を内面化した爆発的クリエイティヴィティにおいて、さらに未来にまでもちこされるのかもしれない。

WORKS CITED

Aldiss,Brian W. *Billion Year Spree:The History of Science Fiction*. London: Weidenfeld & Nicolson,1973. ブライアン・オールディス『十億年の宴——ＳＦ——その起源と歴史』浅倉久志、酒匂真理子、小隅黎、深町真理子訳、東京創元社、一九八〇年。
Gabor,Andrea.*Einstein's Wife: Work and Marriage in the Lives of Five Twentieth- Century Women*. NewYork: Penguin Books,1995.
アイザック・アシモフ『コンプリート・ロボット』(原著一九八二年)、小尾芙佐訳、ソニーマガジンズ、二〇〇四年。
Asimove,Isaac.*I,Robot*. New York:Bantam Books,1995. アイザック・アシモフ『アイ、ロボット』小田麻紀訳、角川書店、二〇〇四年。
東浩紀編『網状言論Ｆ改』青土社。小谷真理「おたクィーンはおたクィアの夢を見たわ」所収。
Clute, Johnand Peter Nicholls eds.*The Encyclopedia of Science Fiction*. London:Orbit,1993.1076-1078.
Creed, Barbara. "Gynesis, Postmodernism and the Sciencefiction Horror Film." Alien *Zone: Cultural Theory and*

Contemporary Science Cinema.Ed.Annette Kuhn.New York:Verso,1990.214-218.

Gilberts, Sandra M. & Susan Gubar. *The Mad Woman in the Attic:The Women Writer and the Nineteenth-Century Literary Imagination.* New York: Yale University Press,1980 サンドラ・ギルバート&スーザン・グーバー『屋根裏の狂女――ブロンテと共に』山田晴子・園田美和子訳、朝日出版社、一九八六年、抄訳。

ルイス・ハーバー『20世紀の女性科学者たち』(原著一九七七年)、石館三枝子・中野恭子 訳、晶文社、一九八九年。

テア・フォン・ハルボウ『メトロポリス』(原著一九二六年)前川道介訳、東京創元社、一九八八年。

E・T・A・ホフマン、S・フロイト『砂男　無気味なもの――種村季弘コレクション』種村季弘訳、河出書房新社、一九九五年。

バーバラ・ジョンソン『差異の世界』(原著一九八五年)、大橋洋一・青山恵子・利根川真紀訳、紀伊國屋書店、一九八七年。

シャロン・バーチュ・マグレイン『お母さん、ノーベル賞をもらう』(原著、一九九三年)中村桂子監訳、中村知子訳、工作舎、一九九六年。

Mitchson,Naomi.*Solution Three*.1975.London:The Feminist Press,1995.

ジョアナ・ラス『テクスチュアル・ハラスメント』(原著一九八三年)、小谷真理編訳、インスクリプト、二〇〇一年。

瀬名秀明編『ロボット・オペラ』光文社、二〇〇四年。

Shelley,Mary.*Frankenstein; Or The Modern Prometheus*,1831. メアリ・シエリー『フランケンシュタイン』森下弓子訳、東京創元社、一九八四年。

Skal, David J. *Screams of Reason : Mad Science and Modern Culture.* : W.W.Norton & Company,1998. デイヴィッド・スカル『マッド・サイエンティストの夢――理性のきしみ』松浦俊輔訳、青土社、二〇〇〇年。

巽孝之・荻野アンナ編『人造美女は可能か?』慶應義塾大学出版会、二〇〇六年。識名章喜「オリンピアとマリア」を収録。

Tepper,Sheri S.*The Gate to Women's Country.*New York:Doubleday Foundation,1988. シェリ・テッパー『女の国の門』増田まもる訳、早川書房、一九九五年。

Tiptree,Jr.James.*Star Songs of an Old Primate.*New York:Ballantine Books,1978. ジェイムズ・ティプトリー・ジュニア『老いたる霊長類の星への賛歌』伊藤典夫・浅倉久志訳、早川書房、一九八九年。

Tiptree,Jr.James.*Warm Worlds and Otherwise.*New York: Ballantine Books,1975. ジェイムズ・ティプトリー・ジュニア『愛はさだめ、さだめは死』伊藤典夫・浅倉久志訳、早川書房、一九八七年。

わが時の娘たちよ――コニー・ウィリス「ドゥームズデイ・ブック」を読む

タイムシフト一九八四年

一九八四年。太平洋の向こうでは、ウイリアム・ギブスンの長篇SF『ニューロマンサー』がSF界の賞という賞を総ナメにし、ハイテク時代の文学運動サイバーパンクが開始された、ちょうどそのころ、アメリカでは一本のホラーSF映画が公開され、好評を博していた。ジェイムズ・キャメロン監督、アーノルド・シュワルツエネッガー主演『ターミネーター』である。ストーリーは簡単。人間対ロボットという闘争世界が日常となった未来世界から、やがて未来の救世主となる男を抹殺するため、アーノルド・シュワルツエネッガー扮する殺人機械がタイムマシンにのって、現在にやってくるのである。未来の救世主の母親を、その子供を身籠る以前の時点に遡って暗殺するために。

こうして、レストランでバイトをする「平凡で普通の」女の子サラ・コナーは、これまた彼女を守るためにタイムマシンで送られた未来の兵士カイル・リースとともに、殺人機械ターミネーターと戦わざるをえないハメに陥る。

観客はこの、何度殺そうとしても死なないターミネーターのあきれるばかりのタフネスぶりと、サラ&カイルの時ならぬラブロマンスに熱狂した。ついにターミネーターはホネだけの(それこそ)オールヌードとなり果て、倒される。サラとカイルは結ばれて、(カイルは死んでしまうのだけれど)サラは未来の救世主を身籠ることになる。

かくして、『ターミネーター』はその暴力的映像描写や「殺人機械(ターミネーター)」自体のしつこいタフネスぶりが目を奪うほどの出来なのだが、同時に見過ごしてはならないのは、SF的アイディアとしての「タイムパラドックス問題」である。ここでは、ふたつの種族のタイムパラドックスが提示されている。ひとつはロボットたちによって目論まれた過去の改変。もうひとつは未来人と過去人による生殖出産。このどちらもが「歴史」の危機的状況を語っているかに見える。しかし物語では、このふたつのうち片方のタイムパラドックスが選択され、もうひとつは棄却されてしまう。

つまり、人間対人間以外のもの(すなわち他者)の戦いにおいて、映画『ターミネーター』はオーソドックスにして、モラリティあふれる選択を行っているようなのだ。サラ・コナーは救世主の母すなわち「聖母マリア」伝説を反復し、物理/歴史時間原則ではまったくゆるしがたいタイムパラドックスをキリスト教的超自然現象として隠喩化することで、いともたやすく克服してしまうのである。

さらに、このラストのキリスト教的時間観勝利のファンファーレは、未来の男/過去の女という構図により、社会の進歩主義的発達史をストレートに表現してしまう。それこそは、時間SFではもっともポピュラーな「時間の空間化」のビジュアル・イメージをそっくり継承したものだ。たとえば、これまでSFが描いてきた歴史的過去の世界とは、歴史的（記述的）事実と第三世界のハイブリッド・チャイルドとして表象されてきた。したがって、未来の男と過去の女のロマンスという図式は、政治学者シンシア・エンローの指摘する『バナナビーチ軍事基地——国際政治をジェンダーで読み解く』流インターナショナル・ポリティックスの象徴ポカホンタスやカルメン・ミランダを経由して、先進国男性と第三世界女性のラブロマンスに重ね合わさせることができるというわけだ。

　映画『ターミネーター』はこのように、内部のキリスト教的時間観を噴出させている。しかし、一見強引なまでに「キリスト教的家父長制」を貫いているわりには、この「殺人機械（ターミネーター）」はあまりにも強靭で、観客を深く感動させたばかりか、倒されたあとも根強い人気を獲得し、あげくのはてに『ターミネーター・パート2』が製作されることになる。

　さて、この政治闘争の危機感をもりあげる人気者の超高性能ロボットに関して、いちばん興味をそそったのは、まさにロボットの視覚を観客が疑似体験するときかもしれない。かつてマイケル・クライトン監督作品のSF映画『ウェストワールド』ではユル・ブリンナー扮するアンドロイドの視覚が映像化されていて、そこに認識・映像化された視覚表現こそは、主人公たちの生殺与奪の鍵をにぎっていたものだった。「ターミネーター」の視覚はもっとクリアで、超高性能デジタル・ウォッチを何気なく搭載し、あたかもビデオ・カメラをのぞきこんだような感じを与える。時は八〇年代初頭、とりわけ八四年から八五年にかけてビデオの普及率は前年度の三倍以上の上昇を示すなど、本格的なビデオ時代が到来していたころのことだ。

　ところで、そんなビデオ時代について、リバプール工科大でメディアと文化研究を専攻するショーン・キューピットの著書『ビデオ・カルチャーにおけるタイムシフト』は、八〇年代初頭のビデオの普及が、どのような意識的／無意識的時間観の変貌を生んだか、それによってどのようなメディア表現が生まれたかについて考察している。そしてもちろん八四年に公開された『ターミネーター』についても、ビデオ時代に変貌する認識力と、その変貌自体に対する憧憬と恐怖を洞察しているのではないか。

というのも、ハイテクの王者「ターミネーター」はしつこくねばったあげく、ついには殺されてしまうけれど、未来の男（＝人間）が現代的「聖母」の子供の父親となること、すなわちカイルという未来を挿入することで、キリスト教的因果関係が逆転し、現代が改変されてしまうからである。それは具体的にはサラの懐胎によってあらわされているが、これこそキリスト教的救世主降臨が、時の（急激な）テクノロジー変革にあわせて常に歴史が再構築されつづけてきたことを、そして、それがこれ以後も継続されていくことを表明しているのではないか。けれども、アナログ的時間観から、デジタル的時間観へと変貌する過程において、何かが異なっている。たとえば、それは救世主生誕というタイムパラドックスが「そもそも歴史に埋めこまれていた」ことの不都合に等しい。ハイテクを投入されたタイムロジックは、八〇年代を通じて、手に手をとりあってきた歴史と時間の整合性の亀裂を提示し始めているように思われる。ここには、何があるのだろう。

翌年、NASAでヴァーチャル・リアリティによる宇宙船の遠隔操作が実地にうつされていた頃、映画界では歴史改変＆時間SFの人気映画『バック・トゥ・ザ・フューチャー』シリーズがお目見えした。ごく普通のアメリカ人少年マーティと、大時代的マッドサイエンティスト風味のジェラルド・

ストリクランド博士（通称ドク）が、アメリカ一市民の幸福のため、言語道断にもちゃっかり過去を改変してしまうハッピー・エンド。そこでは、時間を過去・現在・未来つねに「ゆきつもどりつ」するという時間姦覚が、あたかもビデオ操作するごとく、行われていた。まるで、ビデオをカットアップ／サンプリング／リミックス編集するように。またもやタイムパラドックスは踏み躙られ、しかもそれに対して、もはや違和感すらおぼえさせることがない。この時間SFの掟破りこそは、ビデオ時代特有の時間観が浸透していることを、ゆるやかに宣言するものだったのである。

時間SFの危機

さて、こうして八〇年代以降のSF映画にとりわけ顕著な掟破りは、時間SFそれ自体の約束事がなにかしらの変更を我々に迫っているように思われる。かつて、時間SFのテーマは「崇高」で論理的遊戯の気高さにみちあふれていた。というのも、時間SFこそ、物理時間・歴史時間の約束事と戯れると同時にそれを死守するという意義をもつために、最高の知的遊戯として君臨していたからなのだ。そのため、時間SFといえば、きわめて良質の作品に恵まれていたのも、事実である。「過去が変えられない」というキビシイ現実は、必然的に「歴史」それ自体を表舞台とし、記述されていない裏の歴史が存在するという、「歴史」の二重構造を招くに至った。そして、多くの名もなきタイム・トラヴェラーたちは、なんとか歴史の表面だけをとりつくろうことに邁進し、その結果比較的こそこそと行動せざるを得なかった。このキリスト教的家父長的正調歴史物語をがっちり守ろうとするために、SF作家たちは「タイム・パトロール」さえ演出して、軍事防衛したものだった。

ところが、前述の八〇年代以降の時間SFの危機傾向に比例して、今度は「歴史改変SF」が徐々に勃興し始める。「ハイテクSFの巣窟」として一般に理解されているサイバーパンク運動も、そのハイテクSF宣言として編集されたSFアンソロジー『ミラーシェード』において、「ミラーグラスのモーツァルト」のような奇妙な「歴史短編」を収録している。つまり、作中には、まったくの因果関係の説明抜きに、パンクで下品なファッションのモーツァルトとマリー・アントワネットが出現してしまう。ロココの天才音楽家とフランス革命の張本人というふたりが、なぜ現代的なパンクファッションに身を包まなければならなかったか——この作品が、ハイテク感覚で「過去」を語るものだと解釈するならば、サイバーパンク以降のハイテク時代の認識をふまえた上で、歴史を語り直していることに他ならない。サイバーパンクの影響下で出現したスチームパンクは、ハイテク勃興後の認識で十九世紀を語り直すというものだったが、それを代表するウイリアム・ギブスン&ブルース・スターリングの共作長篇『ディファレンス・エンジン』やティム・パワーズの『アヌビスの門』のような名作は、前述したSF映画『バック・トゥ・ザ・フューチャー』シリーズの映像と一部重なりあっている。ビデオ感覚で歴史を再編集してしまった後、第三部のラストでは「蒸気機関によるタイムマシン」が製作され、ハイテクと十九世紀ファッションをハイブリッドされたマシンは月世界旅行へと出発してしまう。

このような歴史改変SFがしだいに勃興していった背景には、何よりも六〇年以降のラディカリズムが八〇年代に入って人種・階級・性差・セクシュアリティにわたる複数の歴史性を主張するに至ったこととも関連性があると思われるが、その一方でハイテクが浸透するにつれ、直線的連続的にとらえられていた時間自体が、デジタル表現をとるとともに時間それ自体の現象を物語化するという不思議な小説も出現するに至った。アラン・ライトマン『アインシュタインの夢』（一九九三年）は、相対性理論における諸々の時間現象を物語景観に置き換え絵画的に説明するという方法論をとっている。ここではかつてモダニズム・フィクションで問題化された物語内時間の実験的手法をさらに尖鋭化し、いくつかの三次元タブローを「読む」かのように複数化された物語（タイムズ）が提示された。

このような八〇年代以降のＳＦにおける時間芸術と歴史再構築状況をふまえながら、わたしはここで、アメリカの女性ＳＦ作家コニー・ウィリスの時間／歴史改変ＳＦを考察してみたい。なぜなら、彼女の一九九二年の長篇『ドゥームズデイ・ブック』こそは、時間ＳＦを最も過激に再構築しながら、キリスト教的時間テクノロジーとポスト・フェミニズムとを切り結ぶ作品のように思われるからだ。

時は鐘なり

コニー・ウィリスは一九四五年アメリカはコロラド州デンバー生まれ。八〇年代を通じて日米ＳＦ界では、センセーショナルなスキャンダルをまきおこした女性性器状宇宙人の物語「わが愛しき娘たちよ」でよく知られている。同時に数あるＳＦ賞を常に獲得し続ける実力派作家の顔を持つ。

彼女の時間テーマの三作品は、華々しい受賞歴に包まれている。第一作目にあたる短篇「見張り」は、一九八二年の「アイザック・アシモフズ」誌一九八二年二月十五日号に掲載されてヒューゴー賞を獲得し、そののち一九八七年に発表した長篇『リンカーンの夢』ではジョン・キャンベル賞を受賞し、さらに一九九二年に刊行された「見張り」の続編『ドゥームズデイ・ブック』も先頃ネビュラ賞を受賞している。彼女の作品の何がアメリカのＳＦファンをよろこばせているのだろう？　もちろん、そこには、入念に準備された「歴史事実」調査の周到さもあるが、しかし、わたし自身に関していえば、「見張り」と『リンカーンの夢』の段階ではウィリス自身が意図していることをいまひとつ読みとることができなかった。

「見張り」はメランコリックな作品である。主人公バーソロミューは未来世界二〇五七年のオックスフォードで歴史を勉強する男子学生。物語は、歴史体験実習で、一九四〇年のセントポール大聖堂へ出掛けて行くバーソロミューの一人称で語られる。第二次大戦下のロンドンではナチスによる空襲が激しかったが、そのなかでセントポール大聖堂を火災から守るため、当時防空自警団が組織されていた。主人公のバーソロミューは、西暦二〇〇六年に核爆弾によってセントポール大聖堂がすでに消失し、第二次世界大戦後建てられた自警団の記念碑が一部残っているのみだということを、あらかじめ知っていた。「歴史学生」の彼は、歴史を実体験するために一九四〇年のロンドンの「自警団員」に潜入して、彼らの活躍を眺める。二〇〇六年には焼け落ちる予定のセントポール大聖堂。それを知らず、団員たちは必死に——ある者は自身の体を焼夷弾に身をさらし半身に火傷を負ってまで——守ろうとする。

バーソロミューの目の前で、繰り広げられる危険な作業。未来には消失するからといって、それをまったく無駄な行為と思うことができるだろうか——。彼は空襲に身を晒す人々に直面しながら、表層の「歴史的事実」の下に蠢く「人々の世界」を見つめ、無力感にさいなまれていく。

タイムトラベルものの体裁ながら、歴史と個人の意識にスポットをあてたこの感触は、『リンカーンの夢』でさらにミステリアスな「無力感」として演出された。南北戦争とリンカーンを主題にした歴史小説を描こうとする作家の調査員を勤めるジェフは、友人の精神科医から、奇妙な夢に悩まされるアニーという女性を紹介される。じつは、彼女の夢に登場しているのは、南北戦争で敗走した南軍の将ロバート・Å・リーだったのだ。多くの若者を戦地に駆り出し、死に追いやったリー。リーへの恐れからアーリントンに北軍兵士をぎっしり埋葬したリンカーン。アニー自身の夢／無意識世界を舞台に闘争し続けるかのような南北戦争のふたりの将軍。ウィリス自身もゴースト・ストーリィであると語っているように、あたかも過去の亡霊ともおぼしき者たちがアニーの自身の夢の中に出現するくだりは、歴史的事実なるものが、いかに我々の意識・無意識世界を構築しているかを思い起こさせる。そのような事態に対してひたすらおびえ、精神異常者としてついに隔離されてしまうアニー。歴史と個人の間の不気味な葛藤を、なすすべもなく見つめるジェフ。

　このような謎めいた作品をへて、一九九二年に刊行された長篇『ドゥームズデイ・ブック』では、前作「見張り」に登場していた歴史女子学生キヴリンの中世への旅が劇化されている。

　この物語のなかにタイムトラベルを設定するにあたって、ウィリスはSF界で最もポピュラーなロバート・Å・ハインライン『夏への扉』の時間航法と、ハリー・ハリスン『テクニカラー・タイムマシン』に登場するヒューイット教授の理論に依拠している。もちろん、そのなかで、従来の「歴史は変えてはいけない」という古典的タイムパラドックスは健在だ。

　物語は、まず中世へのタイムトラベルが未だ試みられていない未来、中世学者の卵キヴリンがタイムトラベルを希望したところから始まる。二〇五四年当時の中世世界観といえば「前人未到の地」。

そのうえ「若い女子学生」を送るとは。まったく無謀な計画に大反対するのは老いてなお矍鑠たる歴史学者のダンワージィ教授である。英国紳士的メンタリティをどこか漂わせる老教授の猛反対を押し切って、まんまと二週間の時間旅行に出発したキヴリンは、到着と同時にひどい病に倒れてしまう。それもそのはず、ちょうどキヴリンが出発したその日、未来世界では原因不明の奇病が突如、歴史学教室を中心に猛烈な勢いで広がり、大学のある地区はただちに隔離体制に入ってしまったのだ。そして、患者第一号はキヴリンを中世へ送る際に機械を操作していた時間技術者バドリーだった。

こうしてスリルとサスペンスを存分に盛り上げながら、物語は、まず、二〇五四年のインフルエンザと一三四八年のペストというふたつの疾病を社会的に対比させる。

物語のなかで注目されるのが、このふたつの時代がちょうど双方共に、クリスマスの前後二、三週間の事件を描いていることだろう。キリスト生誕の祝祭日を選びとることによって、読者は、キヴリンのタイム・トラベルでむすばれた二地点がいかにキリスト教的時間観とつきあわされているかを知る。

興味深いエピソードを紹介しよう。未来時間ではいくらキヴリン到着を確認したくとも、担当エンジニアの不慮の罹患のため、それができなくなり、ダンワージィはうろたえる。彼は、さらに高熱に倒れ意識不明状態のエンジニア・バドリーのうわごとを耳にして、タイムトラベルが何か支障をきたしていることを推察する。キヴリンの身を案じるダンワージィは半狂乱になるが、この時彼は窓辺を流れるジングル・ベルを聞き、オックスフォード教会の鐘をならすため、アメリカから婦人団体がやってきたのをわずらわしく思いながら、ふとイエスを地上に送りこんだ神という聖書物語を思い起こす。

研究熱心で「文明化されていない、野蛮な」中世へ、女ひとり身で飛び込んでいったキヴリンと、あれこれ口うるさい小心者のダンワージィ。彼らは先生と生徒という関係に、父と娘、ひいては神とイエスの関係性を内包しているのだ。キヴリンがインフルエンザに感染していることを知らぬま、ダンワージィの脳裏をかすめるのは「魔女狩り」の中世であり、女だてらに中世を訪れたキヴリンがひょっとしたらはりつけにされ、火炙りにされるかもしれないという危惧の念である。マタイによる福音書を眺めるダンワージィは、はりつけにされたイエスの「エリ、エリ、サバクタニ」(わが神、わが神。どうしてわたしをお見捨てになったのですか)というセリフに対して、「神様だって、迎えに行けなかったのかもしれないな、隔離か何かされていて」と慨嘆する。

このふたりの関係性は重要である。なぜならこのことは、中世で病に倒れたキヴリン自身が、ロッシェ神父をして「聖カタリーナ」の到来と誤解されたいきさつと連関するだけではなく、キリスト教的時間に彩られたこの物語自体の物語学――キリスト教的因果律――に直接関わってくるからだ。それはイエスはめでたく生誕こそしたものの、物理的に十字架の運命から助け出されることはなかったという物語である。

このイエスの運命は、「救世主出現物語」のエピソードこそ、何よりも「歴史」それ自体が、神の物語 his story として暗黙のうちに了解されていることを指ししめす。

なるほど、標題の「ドゥームズデイ」とは Doomsday、つまり「最後の審判の日」を表すと共に、Domesday Book、つまり一〇八六年にウィリアム三世の命により作られたイギリス史上初の庶民生活記録「土地台帳」をも指している。この土地台帳は、一〇八六年以来約二百年に渡って、イギリスの庶民の生活を描き続けたという。従ってキヴリンは中世旅行に出かける際に、このドゥームズデイ・ブックを丸暗記し、さらにラテン語、中世英語、中世フランス語、そして中世ドイツ語の語学研修を受けねばならなかった。このように起源と終末の両方の意味がかけあわされたこのタームは、物語の背景に、キリスト教的因果律とそれを保証するための時間テクノロジーの存在を暗示する。

つまり、中世の教会の役割は「鐘の音」によって時刻を知らせることだったのだ。鐘の音。それは庶民の生活に時間概念がはいりこんでいくことを示していた。教会が支配する時間。しかも、鐘の音は死者が出る度に鳴らされた。無時間（死）を告げる鐘の音。

川端柳太郎は、『小説と時間』において、各時代の「時計（タイムマシン）」の発達が文学の変遷にいかに関わっていたかを考察する際に、中世において勃発したペストによる大量死が「時間発見・時間概念形成」に一役買っていたと説明している。死の発見から死の克服（＝生への横溢）へ。鐘の音から機械時計へ。ペスト蔓延以後形成されていくルネサンス時代には、時間テクノロジー（時計）の発達と共に、生／死、無時間／時間という二項対立が、明確に発達していったのである。

タイムスリップの政治学

さて、中世にたどりついたキヴリンは、雪のふりしきる丘でインフルエンザから凍死しかけるが、ようやく助け出されて、近くの荘園に保護される。館の主は、ギョーム・ディヴァリ卿。しかし、彼は宮廷で何かのトラブルを解決するため留守であり、その母イメインと、妻エリウィス、十二歳の娘ロザモンド、その妹で五歳になるアグネス、小間使、および護衛騎士ガーウィンが暮らしていた。この中世家族のなかで、キヴリンは介護される。救出される途上で、未来へ帰るための装置を失い、ダンワージィの助けを待ちながら、なんとか中世の生活に親しもうとする彼女。

しかし、学習した言語とはかなりかけはなれた現地の言葉はラテン語以外通じず、しかもこの時代ラテン語を口にするのは聖職者などであったため、彼女は完全に「奇妙な外国人」として扱われてしまう。イメインはキヴリンをフランスのスパイであると思い込み、エリウィスとガーウィンは身分の高い貴婦人が野盗に遭遇し、重い怪我を煩って記憶を喪失したと考えた。またキヴリンの介護にあたったローシュ神父は、高熱にうなされるキブリンがラテン語を口にしたことから、神がこの地につかわされた聖女カタリーナであると思い込んでしまう。

やがてクリスマスが到来し、いやしい農夫上がりのローシュを蔑みきらうイメインは、五十がらみのやもめにして富裕なロザモンドの婚約者を通じて、宮廷から司祭を招き、これがきっかけで、一家はペストにみまわれることになる。情け容赦なく襲いかかるこの世紀の業病。キヴリン自身はあらかじめ予防接種を受けていたため、最後までペストに感染することはなかったが、近隣の村を含めて、キヴリンが知った人物はほとんどなすすべもなく全滅してしまう……。

いっぽうダンワージィのほうも、時ならぬインフルエンザの感染経路をめぐって差別的社会運動に煩わされる。この新型ウイルスは普段イギリス人の意識の底に沈殿していたアメリカ人差別、第三国差別、過去差別という差別的無意識を噴出させ、社会現象までひきおこすが、結果的にはオックスフォードの発掘調査隊が暴いた十四世紀初頭の墓の遺体から検出され突然変異したものとわかる。過去の世界からタイムトラベル／コールドスリープして未来に抽入されたウイルス。皮肉にも、このインフルエンザは、一三一三年に記述された病因で、キヴリンの訪れた中世の人々には感染しなかった。

このような疫病状況から社会システムが次々寸断されていく様子をスリリングに描き出しながら、ダンワージィとキヴリンは、キヴリンの到着したのが当初予定していた一三二〇年ではなく、一三四八年だということにつきあたる。そう、なぜかキヴリンはタイムスリップしていたのだ。

なぜキヴリンが二八年ものタイムスリップを起こしたか。それを考えるダンワージィは、ごく自然に「歴史」のタイムスリップ効果を考える。つまり、時間／歴史はタイムパラドックスを生じさせないために、「自動的に」一三二〇年の予定を強引にズラして、ペストが最初にイギリスに到来するまさにその時代へとキヴリンを送り込んでしまったのだ。一三四八年のクリスマス、オックスフォードの近辺に。たとえ、キヴリンが病で亡くなってもかまわないように、たとえキヴリンから中世人たちにインフルエンザが感染しても歴史の表舞台が変わってしまわないように……とすれば、全ヨーロッパ人口の四分の一がなくなったペスト時代ほど、有効なものはないではないか。

『ドゥームズデイ・ブック』全編を覆う教会の鐘の音は、死を刻む不吉な響きであるとともに、時間の発見にキリスト教が一役買っていたことを告げていた。そして鐘の音とともにキリスト教によって形成されていく時間観、その起源と終末の物語こそ、タイムパラドックス効果にキリスト教的父権的政治学が刷り込まれていく過程を暴露する。なるほど、キヴリンとダンワージィがそれぞれの時代で耳にする鐘の音は、時計というテクノロジーにより時間という制度が認識されるに至った状況を語る。いまや「時間」自身は自然に流れるものだという認識をもたらすほど、「時計＝鐘の音」は言説効果（スピーチアクト）を発揮してしまう。そう、時間はたしかに「自然な」ものなのかもしれない。

「時計」というテクノロジー、「（キリスト教的儀礼的）時間」という制度が、それを発明／発見した。時間とは、制度／テクノロジーの発明発見と同時に出現した「何ものか」なのだ。ドゥームズデイ・ブックが庶民を描く最初の書物であったと同時に、黙示録を示していたように。生誕したイエスが後にキリスト教制度のための不吉な死を要請されたように。

では、キヴリンは、このキリスト教的時間観と因果律に覆い尽くされた物語学のなかで、イエス同様の運命を辿ったのだろうか。

ポストモダン・タイムズ

キヴリンとダンワージィの関係は父と娘を反復している。先生と生徒、神とイエス、父と子。あれほどダンワージィに反抗し、中世に旅立ったキヴリンだったが、絶体絶命の窮地に追いつめられるとつねにダンワージィの精神的影響から逃れられない。彼女は未来世界に帰ろうと懸命に努力しつつも、心の底では「お父さん」が助けにきてくれることを常に待ち望む娘である。けれどもなかなか「父」は到来せず、インフルエンザに感染したその身をおしてようやくダンワージィが迎えにきた時には、キヴリンが最も親しみを覚えていた中世の人々は死んでしまった後だった。

ぎこちない再会を果たすダンワージィとキブリン。それは泣いて打ち明けあってハッピーエンドを迎えるという筋書きとは異なり、読者に違和感を演出する。なぜキヴリンはダンワージィに飛びついて歓喜と慨嘆を表明しないのか、と。

これは、「見張り」における歴史学体験から帰還したバーソロミューの態度にも共通する現象だ。

帰還した彼は「歴史試験」の問題に、彼の体験した人々の生き様がまったく問われていないことに激怒する。あげくのはてに、ダンワージィにつめよって彼になぐりかかり、ついに「試験場」から荒々しく出ていってしまう。そして、そんなバーソロミューの「成績表」にダンワージィは「優」をつける。

歴史が動かし難いことは諸世の事実であり、キヴリンもバーソロミューも、過去の人間たちがとっくに死亡していることはあらかじめ知っている。にもかかわらず、彼らは人々の「生きた生活」を目撃することによって、しだいに冷静ではいられなくなる。彼らの認識ではすでに「死んでいながら」目の前で実際生きている人々。物語がすすむにつれて、この認識の亀裂が加速度的に増大していく。そして、生徒たちにとっては「時間の支配者にして家父長的」とも思えるダンワージィへとむかわせるのだ。きわめて父親的な仕種を常とする彼の方へ。

このふたりのダンワージィへの硬直した態度は興味深い。どんな繊細な歴史書も人々のすべてを「記述」しているわけではない。たしかに彼女の実体験した「歴史」なるもののまえでは「予習」は何の役にもたたなくなっていた。帰ってきたキヴリンは、その「体験」について決して語ることはできないものだった。死者たちと親しくつきあわなければならない「歴史」は、実のところきわめて個人的な意識のレベルにとどまらざるを得ないのである。

「見張り」はバーソロミューの一人称で語られていた。そして『ドゥームズデイ・ブック』では物語それ自体を追いかける三人称とキヴリンの体内に埋め込まれたマイクロ・ヴォイス・レコーダーに記録された彼女自身の一人称というふたつの「語り」が併用されている。そう、確かに、キヴリンの味わう絶大な悲劇の光景は、むしろ三人称と一人称の「語り」の行間に位置しているかのようだ。そしてその暗闇の向こうから、キヴリンの傷心を説得するために「悲しみ」が放射され、「歴史」それ自体をキリスト教的家父長的物語の因果律から解き放ち、キヴリンやバーソロミューやダンワージィ自身の意識世界へとズラしてしまう。

時間と歴史は動かし難く、しかも両者は離し難いものだった時代。そして『ドゥームズデイ・ブック』は、時間／歴史に内包されるキリスト教的時間観に着目することによって、その性質が、物理的時間／正調歴史物語におけるキリスト教的家父長的政治学を保証するための約束事であることを暴いてしまった。

キヴリンが体験しながら悟ったのは、キヴリンの味わう歴史の一瞬一瞬が歴史の全てであることだ。かつて『リンカーンの夢』のアニーは歴史上のゴーストたちを夢の中に内包しつつ「自閉」し、結果的には、「南北戦争の（ありえたかもしれぬ）歴史」を意識の中に封じ込めた。あたかも時間／歴史／物語が断片化されより鮮明になるように。あたかも情報システムがアナログからデジタル化していっそう高感度となるように。キヴリンやバーソロミューによれば、それは時間／歴史の一瞬が「永遠」を指すことだというが、それは時間と歴史を乖離させ、時間と歴史の性質がいまや変貌しつつある事態を語る。かつて時計という制度が無時間（永遠）から、時間という制度を構築したのなら、いまやその一瞬一瞬に垣間見える「永遠」こそは、時間以前の時間（なにか）＝無時間的なものを表出させる。けれどもそれは、キヴリンやアニーやにとっては言語なき歴史世界との関係性を指すのだった。

歴史とは、時の権力に応じて編集され、常に一部を表面的のみのぞかせるものに過ぎないこと。そしてその権力の政治学こそが西欧キリスト教的家父長制であったこと。なるほど、そもそもタイムトラベルものは、「時間の空間化」によって宗教的イデオロギーが時代に植民することを表していた。そして時代をつなぐタイムトラベルは、人間を媒介にして、植民地主義がウイルスのごとく伝染していくことを指していた。そして、時間も歴史も、このポスト・コロニアル的／キリスト教的なイデオロギーを潜在させるがゆえに、時間SFというテーマが生まれたのだ。時間SF、それは病とみまごうイデオロギー感染を主題化するグロテスクなサブジャンルにほかならない。そして、そのイデオロギーは、いまやサイエンスの根幹にすら潜在し、「時間」そのものの再考を促す。

*

かつて、映画『ターミネーター』は、ふたつのタイムパラドックスのうち、ひとつを棄却、もうひとつをサバイバルさせた。未来による過去の改変——それはたしかに、キリスト教的家父長制の反復であった。しかし、いっぽうでそれは歴史と時間の物理法則の間にズレを生じさせていた。その結果、現代の聖母となったサラ・コナーは、『ターミネーター2』において、もういちどタイムパラドックスに挑戦する。歴史に干渉し、最終戦争を回避しようとするのだ。このフェミニスト女戦士サラ・コナーによって「人類」は未知の未来へと踏み出して行く。サラ・コナーと未来のロボット首脳部が、「タイムパラドックス」を試みること。女性とテクノロジー双方の試みる、この時ならぬ方法論の一致が「他者たち＝白人男性以外の政治学」と適応するなら、歴史と時間がキリスト教的家父長的政治学からひきはなされ、新たな政治学／理論へと踏み出して行くのも、そう遠いことではないだろう。そして、ウィリスの『ドゥームズデイ・ブック』は、テクノロジーに震撼する歴史／時間の制度を描いた、未来のフェミニスト黙示録（ドゥームズデイ・ブック）なのである。

WORKS CITED

James Camelon, *Terminator*,1984.108 mins.

——, *Terminator 2*, 1991. 137 mins.

Sean Cubitt, *Timeshift: On Video Culture*（New York: Routledge,1991）.

Cynthia Enloe, *Banana, Beaches & Bases: Making Feminist Sense of International Politics*（Berkeley: University of California Press, 1990）.

Joan Gordon, "Connie Willis's Doomsday for Feninism", 〈*New York Review of Science Fiction*〉6/93, #58,

ロバート・A・ハインライン『夏への扉』福島正実訳（原著一九五七年、ハヤカワ文庫ＳＦ、一九七九年）。

ハリイ・ハリスン『テクニカラー・タイムマシン』浅倉久志訳（原著一九六七年、ハヤカワ文庫ＳＦ、一九七六年）。

川端柳太郎「小説と時間」朝日新聞社、一九七八年。

Alan Lightman, *Einstein's Dreams*(New York: Pantheon,1993). アラン・ライトマン『アインシュタインの夢』浅倉久志訳（早川書房、一九九三年）。

筒井康隆『言語姦覚』（中央公論社、一九八三年）。

Connie Willis,"*Fire Watch*"in Fire Watch(New York: Bantam,1985). コニー・ウィリス「見張り」高林琴子訳（ハヤカワ文庫ＳＦ『わが愛しき娘たちよ」所収、一九九二年）。

——,*Lincoln's Dreams*（New York: Bantam,1987）.『リンカーンの夢』友枝康子訳（ハヤカワ文庫ＳＦ、一九九二年）。

——,*Doomsday Book*（New York: Bantam,1992）.

Robert Zemeckis, *Back to the Future*,1985.
——,*Back to the Future 2*, 1989.
——,*Back to the Future 3*, 1990.

異界と守り人——上橋菜穂子『精霊の守り人』の異世界

『指輪物語』や『ナルニア国物語』などポピュラーなファンタジーの古典作品では、そのルーツにおいて、西洋の現実以外の異文化に対するエキゾティシズムを描き出すことが多かった。東洋や古代・中世などの歴史世界へのエキゾティシズムを思い出してみれば、それは明らかだろう。妖精や魔法といった逸脱の事物は、明らかに異文化を隠喩化する段階で出てきたものである。ファンタジーの形式を輸入した日本では、自国文化自体が、ファンタジーにおけるファンタスティックな対象に他ならないわけで、多くの日本のファンタジーは、西洋のもたらす異文化の幻想化の視点を内面化し、そのうえで自国文化を批評的に描いていくという方法論をとらざるをえなかった。

日本神話を再構築するという方向性が強かった日本素材のファンタジーは、こうした前提で描かれたものが多かったのだが、九〇年代に入ったあたりから、アジアのなかの日本という位置づけを批評的に捉えている、としか思えない作品も増え、しかもそうした視点を持っている作品ほど、日本の神話・歴史世界を直接的にモティーフとして使用するのではなく、かなり隠喩化して描き出す傾向が強まってきたように思う。たとえば、水樹和佳『イティハーサ』、小野不由美〈十二国記〉、ひかわ玲子『木の国の媛』、安倍吉俊『灰羽連盟』などの作品を読んでいると、その設定は日本であって日本でなく、明らかに日本とアジアの歴史世界からいったん切断されたところで、隠喩的にそれらの事象を再構成し、しかもかなり高度に微妙な政治的主題を扱っているのに気づく。上橋菜穂子の〈守り人〉シリーズも、その点ではきわめて独創的な世界を構築した傑作だ。

守り人の秘密

それにしても、女用心棒バルサの強さは、想像以上だった。なんでこんなに強いのか。しかも、ため息が出そうなほどかっこいい。女だてらに短槍をふりまわし、大立ち回りを演じ、並み居る強豪ばかりの暗殺者たちを次々倒す。策を弄し、タフでしたたか、弱々しい皇子（少年）を背負って、幼なじみの呪術師見習い（男性）についてこい、といわんばかりのバルサは、まさにファンタスティックな存在としか言いようがない。

ふだんから剣と魔法の乱舞するヒロイック・ファンタジーのなかでもアマゾン（女戦士）ものにめっぽう弱く、しかも心あるフェミニストであったら、絵空事でもいいから男以上に活躍する強い女戦士に心惹かれるのは当然である。古くは一九三〇年代のロバート・E・ハワード描くところの筋骨隆々としたダーク・アグネスや血の結盟団のヴァレリア、C・L・ムーア描くところの赤い髪の女戦士ジレル、最近のモノではひかわ玲子描く母戦士ジリオラや、さちみりほ『銀のヴァルキュリアス』に登場するネストラといった女戦士の系譜に熱狂するファンならば、バルサに夢中になるのは当然だろう。とはいえ、その魅力には、絵空事でありながら、なんというか、とてつもない説得力があった。彼女は不自然なほど強いのであるが、それにはたしかな理由があり、いたってロジカルなものではないか、と思わせるなにかがあった。それはいったいなんだったのだろう。

それを知るために、バルサの役割、つまり彼女が守った〈守り人〉について考えてみる必要がある。まず、スーパー派遣社員的に有能でテンポラリーな用心棒稼業のバルサは、物語開始時分、あろうことか高貴な二ノ妃に雇われて、皇子チャグムの護衛に就任する。この顚末はのちに、バルサ自身が幼少の頃義父ジグロに押しつけられた子どもであったという状況と同じく、かなり強引なものだった。チャグムは新ヨゴ皇国の帝の第二子。たいへんなお坊ちゃまであり、それこそふだん、庶民は見ることもできないほど大事に守られていた人物である。そんな彼が、精霊の卵を守る——守り人にされてしまう。守られていたはずなのに、守らなければならない。この逆転は本人ならずとも、充分ショッキングな展開であり、でもひとりではいかんともしがたいがために、バルサ参上、となる。二重に守られた精霊がラッキーだったのはむろんのこと、チャグムもふたたび守られる立場に返り咲くのだが、物語ではそうした守る／守られるの役割変転が、チャグム皇子の成長と連動して語られていく。チャグムは遠い将来、新ヨゴ皇国を守るために大活躍するのだから。卵の冒険談はそのきっかけになっていく、一番最初の試練であった。

いっぽう、この二重の守りを固めるバルサもまた、続く第二巻で、かつて守られる立場から守ることを職業とするいきさつが明かされ、将来的には闇を守るお役目「闇の守り人」を引き受ける運命であることがわかってくる。

　このように、シリーズにおいて、守る／守られるという要素は、単に登場人物のシチュエーションを説明するばかりではなく、ライフスタイルからひいては世界構造にまで関わっている重要な事柄であった。

　それにしても、〈守り人〉たちは、そもそもなにを守っていたのだろうか。守るというからには、守られる対象が危機にさらされているということにほかならないのだろうが、物語のなかで守り人たちが直面するのは多かれ少なかれ、精霊にしろ、闇にしろ、夢にしろ、神にしろ、天と地にしろ、異界とつながりのある「不思議な存在」を自立的な不思議さのままにとどめておくために、なんらかの行動にでなければならないことのようだ。

　この「不思議」こそ、世界の構造そのものに関わっているわけで、シリーズ全体を通して浮かび上がってくる世界観は、たいそうユニークきわまりなかった。一番のおもしろみは、物語の舞台になっているサグという世界の他に、ナユグという異界が登場するところである。

　遠くて近い別世界サグとナユグは、いわば次元の異なる世界同士という言い方が可能かもしれない。両世界はいくつかの結節地点によってつながっていて、結節点に居合わせれば、そして両者を行き来できる能力と技術がありさえすれば、ふたつの世界を往来できるのだ。

　守り人は、なんらかの宿命によって、ふたつの世界の間にたたされる。そしてナユグという異界からサグへおしよせてくる不思議な現象の立会人になり、ナユグからもたらされる不思議現象が、サグの世界と折り合いをつけて、けして理不尽に消滅させられないようにする。守り人たちは、いわばサグとナユグとの間にたつ媒介の役割を果たしているのだ。いってみれば、時として、彼らは魔法の番人であり、不思議現象に関する代理人に見える。

たとえば、『精霊の守り人』のチャグムは、サグの住人でありながら、ナユグの精霊の卵を体内に宿す。チャグムの身体自体が、世界と世界の結節点になっているのだ。男性の身でありながら異界生命の代理母になったチャグムは、妊娠・出産のプロセスを異界生命と共有することによって、ふたつの世界の文化的混淆をうながすことになる。そして、単にふたつの世界にまたがる妖精（怪物）をその体から産み出す、ということのみならずのちにチャグム自身もまた、サグのなかに混在するさまざまな国々の文化的な混淆を誘発する人物に育っていくのだ。

いっぽう、「精霊の守り人」の守り人となるバルサは、男以上に有能な戦士であり、ヒトはおろか、超越的な亡霊とまで闘うことになる。つまり、生まれ故郷の山で地底奥深くに閉じこめられた闇の守り人たちと対決し、その戦いの果てに、究極的な戦士として、将来闇の守り人となるべき運命を自覚する。

バルサの幼なじみで呪術師見習いのタンダは、どちらかというと、守られ役、つまり受け身の人物だが、人々の夢を吸収して咲く異界の花の守り人に抜擢されてしまう。守られ役がいかに守る役割に転ずるか。タンダにまつわる展開は変革的（クィーア）なプロセスをふみ、サグの事物が逆にナユグ側に影響を与えることになる様子と関わっていた。

このように、両世界にまたがって、「不思議」に接する主要登場人物は、性差混乱を含んでいるのだが、その性差役割は、守り人がいかに守られるほうに立たされるか、守られていたものがいつのまにか、守る側に転じてしまうのか、といった「受け身」をめぐる役割変転がポイントになっているようだ。

ナユグという異界

この守る／守られる役割について考えながら、〈守り人〉シリーズを読みなおしてみると、サグはずいぶんナユグに振り回されているという印象を受ける。ナユグとは、どういう世界なのだろうか。ナユグの精霊が卵を産んだり、サグの住人たちの夢を吸い上げることによってナユグの美しい花が咲いたり、ナユグの春のおとずれがサグに致命的な自然災害をもたらしたり。ナユグからの影響で、サグのほうにさまざまな事件が起きてくる。

卵を背負った皇子チャグムは生まれ故郷から追われて逃亡しなければならなくなる。人々の夢をエサに成長をとげる異界の花のために、サグでは眠りからさめないヒトが続出する。そして、ナユグが春になり雪解けがはじまるやいなや、サグでは大洪水が起こってしまう。もちろん、これらはナユグが意図的にサグに働きかけている、というよりは、ナユグで起こった豊穣なる自然現象がサグに影響を与えている、ということらしい。

チャグムら登場人物たちは、ナユグからの影響を受けて、ナユグと関わることによって、守られる側から守る側へと成長していく。いや、成長ということばを単純にあてはめるべきではないかもしれない。変容していく、とでもいうべきか。つまり、ナユグという異界は、サグの守り人たちの変容に深く関わっているのだ。ナユグの変化が、自然現象にちかいことを考えるなら、ナユグという異界からの変化を受けて登場する守り人たちというのは、守り＝森の人というイメージが強くなってくる。森のような異界と関わる人物たち、という言い方ができるかもしれない。ただしそれは、ヒトから収奪される自然を象徴するものではないようだ。ひとつの完結した生態系というニュアンスがつよく、明らかに人間たちの営みが中心をなすサグとは異なったルールが支配する世界であり、その不思議の世界のできごとがサグに影響を与えている、というのである。サグにとって、ナユグとは異界そのものなのである。

しばしば指摘されていることだが、ファンタジーにおける異界の存在とは、登場人物たちに試練を与える。子どもから大人へという成長に関わっていたり、あるいはまつろわぬ想いを昇華したり、身体だけではなく、心理的な変化のプロセスに関っているものである。

たとえば、ファンタジーの不朽の名作『ナルニア国物語』のなかで、ナルニアという別世界を訪れた子どもたちは、余暇で遊びに行った以上の変貌を遂げる。この世の摂理とはまったく異なる他者への接近遭遇は、異質なものへの理解を促すのだ。また、ふだんは内部に隠蔽されている自己意識の複雑さを振り返らせることになる。登場人物のペベンシー家の兄弟姉妹を例にとれば、ナルニアという異界の体験は、ピーターを王としての威厳ある存在にし、我が儘なエドマンドを冷静で思慮深い性質にし、スーザンのフェミニニティを顕在化させ、無邪気で小さなルーシイをナルニア信仰心のかなめともいうべき存在にする。ナルニアを去ったあとも、ナルニアの体験は子どもたちに別世界のもつ異質な世界への理解や意識されざる心の内側への関心をよびさます。

登場人物たちのさまざまな変容を、子どもから大人へ、あるいは青年期から中年期への「成長」と即断していいかは少々議論のあるところだが、〈守り人〉シリーズにおけるナユグもまた、明らかに登場人物たちの成長や変容に関わり、そのプロセスは複雑であり、なんとなれば多大なる試練をあたえる存在として、物語の背景に黒々と横たわっている。ナユグという異界は、ファンタジーでいう「ここではないどこか」にあたり、そこにいたる道にこそ、超自然現象たる、魔法が介在しているわけである。

ただし、サグとナユグの世界設定は、物語がすすむに連れて、興味深い描かれ方をしていることがわかってくる。ナグとサユグはいわば異次元のようなものとして描かれているのだが、そうした別世界は、実は無数にあって、世界同士が近づいたり離れたりしながら存在している、という。この多元宇宙のとらえ方は、空間的というより、ネットワーク的なマルチヴァァースのとらえ方と言えるかもしれない。

もちろん「ここではないどこか」という設定やその所在が、近くて遠い異次元自体として描かれるのはファンタジーの世界ではそうめずらしいものではない。ウィリアム・モリスが描いた世界も、ロード・ダンセイニが書いた別世界も、登場人物たちを冒険に連れ出す異界であった。一九五〇年代に書かれた前掲C・S・ルイス『ナルニア国物語』にも、やはり複数の世界が登場している。とくに、『ナルニア』を例にとってみると、かの物語が異界のヴァリエーションに富んでいることが明らかである。

物語は、現実世界の子どもたちに〈ナルニア〉という異界を体験させるのであるが、ナルニアの住人たちも海の彼方や地下世界といった未知の世界——異界へと誘われる。さらに〈ナルニア〉という世界自体もまた、ヒトが人生を終えるかのような死を体験し、「まことのナルニア」として再構築される。〈ナルニア〉という異界体験をへた登場人物たちは、この「まことのナルニア」のなかに吸収されていくのだ。

『ナルニア』のなかで描かれるさまざまな異界の風景のなかで、もっとも興味深いのは、創生期の話を書いた『魔術師のおい』かもしれない。ディゴリーとポリーというふたりの子どもが、現実の世界から、生まれたばかりの新世界ナルニアへと空間的に移動するという物語である。ふたりは、世界から世界へと移動する途中で、池がたくさんある世界を通る。その池のひとつひとつがそれぞれ別世界への入り口になっている。魔法の指輪をはめて池に飛び込む、別世界に行くことができるということを知ったふたりは、そのひとつに飛び込み、とある文明の終末期の世界に移動してしまい、邪悪な魔女を甦らせて他の世界に連れていってしまう。

このように、C・S・ルイスの描く多次元世界は、彼のSF〈沈黙の世界〉に見られるように、「どこでもドア」で繋げられている他の惑星のような印象で、別世界同士は物理的に離れた状態で描かれ、ヒトや物資が物理的に移動可能だとしても、それ以上に両者が相互影響しあうことは稀である。

いっぽう、『守り人』シリーズで興味深いのは、サグとナユグというふたつの世界が、互いに相方の世界の影響をいつも受けている、という点なのである。

ふたつの世界は空間分割的な世界というよりは、ネットワーク的であり、サグとナユグふたつの世界だけではなく、やがて無数の世界が近づいたり離れたりしながら存在しているという様子が明らかになる。ひょっとすると、このへんは、コンピュータ・ネットワークやヴァーチャル・リアリティ世代ならではの、多元宇宙のとらえ方なのかもしれない、と思わせる。〈ナルニア〉との比較で考えると、

〈ナルニア〉の異世界は物理的な時空間として捉えられている一方、〈守り人〉のほうは、情報論的な捉えられ方をしている、というべきなのかもしれない。

拙著『ファンタジーの冒険』では、九〇年代に書かれたファンタジーが、魔法を扱う古色蒼然としたイメージであるにもかかわらず、情報産業やハイテク時代の感性にうらうちされたものであった、という点を、テクノロジーの問題とマイノリティの政治学的視点の顕在化という二点から説明した。その意味では、〈守り人〉シリーズも、世界構造の内容から見ると、非常に現代的な思索を含んでいるように見える。サグとナユグの関係について考えてみると、ナユグという世界に対して受け身的なスタンスを保っているサグ世界は、支配的言説のなかのマイノリティ状況を隠喩化しているように読めるからだ。つまり、〈守り人〉シリーズでは、サグの人々が自身で積極的に世界を変えていこうとするところに主眼があるのではなく、むしろナユグのもたらす、はっきりしない理由で起こる変化を、サグのほうがどういうふうに対応したのか、と読める話であるように思う。

振り回される世界の掟

ナユグに対して受け身の立場から書かれた物語として『精霊の守り人』を読み直してみる。新ヨゴ皇国の第二皇子チャグムがナユグに住まう精霊の卵を体内に宿したという衝撃的事件が語られる。皇子、つまり男性の体内に卵が産み付けられ、皇子自体が妊婦状態で闘争するという事件はショッキングきわまりない。なにしろ、ジガバチの生態を連想させるほどで、一国の中枢部で、そのままなにごともなければ一生宮殿のなかで守り抜かれるであろう運命の皇子が、よりにもよって得体のしれない怪物を腹の中にかかえたまま、暗殺者をさけて逃亡生活をしなければならないのだ。一国の皇子をふりまわす、ナユグの卵。このイメージは、身近にある大国の権力下におかれ、自国との間で板挟みになる小国の王子といった印象にちかく、小国の王子のメンタリティを、さまざまに想像させる。

ところで、為政者としての異生物の卵を産み付けられるというアイディアは、アメリカの黒人女性作家オクテイヴィア・バトラーの「血をわけた子ども」や〈ゼノジェネシス〉シリーズ、あるいは、ナオミ・ミチスン『ある女性宇宙飛行士の回想記』とも、問題意識を共有するものではないだろうか。奴隷制から黒人公民権運動、そして現代の人種問題へと続いてきた歴史性から、バトラーは為政者によって変化せざるをえない主体の問題を、サイボーグやあるいはエイリアン化される身体といったモチーフを使って描く事が多かった。「血をわけた子ども」は、エイリアンのために、地球人のからだが代理母として使われるというSF中篇だ。エイリアンは代理母である地球人たちを大事に飼い、その体に卵を産み付け、時期が来ると取り出す。地球人たちの苦痛はないのだが、その飼われる様子をバトラーは、生々しく描いている。

ミチスンもまた、英国人女性として南部アフリカのボツワナ共和国へ赴任し、深く政治に関わった体験を持つ。西欧文明を受け入れながら政治・経済・文化にわたって齟齬をきたしつづけることになる現地のなかで、ミチスンは、単に西洋とそれ以外の文明との間にたたされたばかりではなく、西洋のなかの女性であるがゆえに、より複雑な立場にたたされることが多かった。彼女の作品『ある女性宇宙飛行士の回想記』に登場する女性飛行士は、その体内に植物のようなエイリアンを移植され、両者は共存しながら生きていく。異文化と共存するとはどういうことなのか、ふたつの異種族の生命体がひとつの身体で共存することによって、両方の親に似ない別種の生命体に変わっていくというその様子を描き出していた。

チャグムの姿は、これらの物語に登場する身体論と共通点が多く、チャグムにそのような運命を強いるナユグという存在についての再考を迫る。かくして、帝国であれ、男性社会であれ、支配的言説の影響下で変幻自在な主体性を獲得していく、そうした背景から産み出される物語として、性差混乱は必然だったとは言えないだろうか。ナユグは、サグに暮らす一般人には見えない異界だが、実際にはサグに多大な影響をもっている。この見えない存在が繰り出す、いっけん理不尽とも思える難題は、サグとナユグの間に立たされる人々について、それから彼らを介して訪れるサグの変化について、考えさせるだろう。

そして、背後で圧倒的な存在感を示すナユグという物語背景が用意されているからこそ、バルサやチャグムやタンダといった主要登場人物が、必ずしも、古典的な性差観をもっては描かれなかったのではないだろうか。弱すぎる高貴なる王子、強すぎる女用心棒、おだやかすぎる呪術師見習い男性——通常ならば、高貴なる王子は王女であっておかしくはないし、女用心棒はたくましい中年男であって自然という気がするし、呪術師見習いは魔女見習いの女性であるものかもしれない。が、物語はそのような設定をことごとく覆し、ナユグと関わる人々の性差観は古典的な性差観から逸脱する。彼らは境界に立つ人々として既存の性差観から逸脱させられ、まさにその点においてリアルな存在たりえているのである。

オクティヴィア・バトラー「血をわけた子供」(初出一九八四年)小野田和子〈SFマガジン〉一九八六年二月号。

小谷真理『エイリアン・ベッドフェロウズ』松柏社、二〇〇四年。

C・S・ルイス『ライオンと魔女』(原著一九五〇年)瀬田貞二訳、岩波少年文庫、二〇〇〇年。

C・S・ルイス『カスピアン王子の角笛』(原著一九五一年)瀬田貞二訳、岩波少年文庫、二〇〇〇年。

C・S・ルイス『朝びらき丸東の海へ』(原著一九五二年)瀬田貞二訳、岩波少年文庫、二〇〇〇年。

C・S・ルイス『銀のいす』(原著一九五三年)瀬田貞二訳、岩波少年文庫、二 〇〇〇年。

C・S・ルイス『馬と少年』(原著一九五四年)瀬田貞二訳、岩波少年文庫、二〇〇〇年。

C・S・ルイス『魔術師のおい』(原著一九五五年)瀬田貞二訳、岩波少年文庫、二〇〇〇年。

C・S・ルイス『さいごの戦い』(原著 一九五六年)瀬田貞二訳、岩波少年文庫、二〇〇〇年。

Naomi Mitchison. *Memoirs of a Spacewoman.* (1962) London : The Women's Press, 1985.

J・R・R・トールキン『新版 指輪物語』(原著一九五四年~一九五五年)瀬田貞二・田中明子訳、全十巻、評論社文庫、二〇〇五年。

上橋菜穂子『精霊の守り人』偕成社ワンダーランド、一九九六年。

上橋菜穂子『闇の守り人』偕成社ワンダーランド、一九九九年。

上橋菜穂子『夢の守り人』偕成社ワンダーランド、二〇〇〇年。

上橋菜穂子『虚空の旅人』偕成社ワンダーランド、二〇〇一年。

上橋菜穂子『神の守り人 来訪編』偕成社ワンダーランド、二〇〇三年。

上橋菜穂子『神の守り人 帰還編』偕成社ワンダーランド、二〇〇三年。

上橋菜穂子『蒼路の旅人』偕成社ワンダーランド、二〇〇五年。

上橋菜穂子『天と地の守り人 第一部 ロタ王国編』偕成社ワンダーランド、二〇〇六年。

上橋菜穂子『天と地の守り人 第二部カンバル王国編』偕成社ワンダーランド、二〇〇七年。

上橋菜穂子『天と地の守り人 第三部 新ヨゴ皇国編』偕成社ワンダーランド、二〇〇七年。

上橋菜穂子『流れ行く者』偕成社ワンダーランド、二〇〇八年。

上橋菜穂子『炎路を行く者』偕成社ワンダーランド、二〇一二年。

上橋菜穂子『風と行く者：守り人外伝』偕成社ワンダーランド、二〇一八年。

その豚の名は、シリル。半分機械で、半分ホンモノの有機体。つまり、サイボーグ豚である。もともとは、漫画のキャラクターだったが、あるエンターテインメント産業がアトラクションのために、特注で実物を作らせたのだった。ホンモノの豚を五〇匹も犠牲にしてできあがったのは、豚型デザインのメカニック・ボディ、人工知能によってタメ口をきく、超ナマイキな、正義の味方である。とりわけ、シリルのものすごさは、そのしゃべりにあった。だが、このサイボーグ豚のしゃべりを見る限り、知性が必ずしも上品さと関連性があるなんて、だれも思わないだろう。

さて、豚はたいへんな人気を勝ち取る。とくに、モラリストの子供たちに受けまくる。ある日のこと。例によって豚が鼻の穴に仕込まれたモデルガンをぶっぱなし喝采をあびるべくアトラクションのショーに登場したところ、たまたまその場に、史上最悪のおさわがせ集団、悪名高いフーリガンがまぎれこんでいた。フーリガンは、サッカーの試合だけに現れるのではなく、騒げるのだったらどこにでも行くのである。彼らはシリルを見て、食べかけのホットドックを掲げてこうはやしたてた。「おい、見ろよ！　シリル！　豚肉だぜ！　オレは豚を喰ってんだぜ！　お前のかあちゃんかもしんないぜ！」

豚は顔色をかえなかった（＝そんな機能はついていなかった）。しかし、振り向くや、通常はショーの中に登場する悪者（銀行強盗）に撃ち込まれるはずのモデルガンをぶっぱなしたのである。確かに、それが単なるモデルガンだったら、何の問題もなかっただろう。豚は、アホな豚知恵をさらにフーリガンどもに嘲笑されるだけで、たいしたことにならない。サイボーグ豚は、屈辱をかみしめるかもしれないが、フーリガンというものは、相手がブタだろうが人間だろうが、一応バカにするそぶりはするのである。しかし、あいにく不幸とは重なるもので、その日にかぎって、ある気の触れた職員がとある目的のためにモデルガンをホンモノの銃にすり替えていたのだった。そう。史上最悪の殺人事件は、こうして起こったのである。

この物語は、英国のSF作家ユージン・バーンが書いた「サイバーピッグ・シリル」。邦訳タイトルは「電脳豚のシリル」。一九九二年に英国のSF雑誌〈インターゾーン〉に、この傑作なシロモノが登場してきたとき、シリルが旧来の法学や倫理学や経済学や政治学をキイキイ泣きながら踏みしだいていくのを、わたしはおおいにエンジョイしたものだった。サイボーグ豚が犯した罪を、だれがどうやって裁くのか。しかし、こんな複雑怪奇な問題に実際に直面して愚直に懊悩して真摯に答えをだそうとする誠実をもちあわせるのはミステリ作家のほうであって、SF作家ではなかった。SF作家は、時折、現実的な論理を破壊したいという凶暴な欲望に囚われることがあって、この話もその直撃を受けるからだ。

もちろん、主犯は、モデルガンをすり替えた男であるべきだ。その点について何の問題もなかろう。問題は実行犯である、サイボーグ豚シリルの処遇である。作中に登場する予審判事は次のように語っている。


シリルの脳のどの部分が、彼をしてフーリガンに発砲させたのでしょうか。豚の脳か、人工のほうか。もし豚が有罪であるならば、われわれは彼を危険動物として殺さねばならない。コンピュータが有罪なら、会社を告発せねばならない……。


素材に分割して、おのおのの責任を追及する、だと？　いやはや、これはなんとも論理的な解決法だ。ただし、この殺人事件は法廷では解決されなかった。実はシリルは判決待ちの段階で、動物愛護の名目をかかげるテロリスト集団に救出／拉致され、すったもんだのすえに、今度はテロリストを射殺してしまうのだから。

雪だるま式にふくれあがるシリルの罪。今や風前の灯火となったシリルの運命は、さらに混乱の一途を辿る。なぜか？

思うに、それは、小説の技術的な問題と深く関わっている。サイボーグ豚を発明したお茶目な作者が、胸のすくようなシリルの活躍に大いに気をよくしただろうことは、想像にかたくない。が、リアリティの問題として、殺人事件の後には法廷があり、戦争の後には補償問題という事務処理の地獄が待っている。しかも、相手はどう責任をとらせたものかまったくわからない未知のハイブリッドなブタなのだ。

本当に、あなたは責任分割できるのか。シリルを有機体の部分と機械の部分に分けられるのか。血を一滴も流さずに、肉一ポンドを取らなければならない窮地にたたされた金貸しシャイロックよりも複雑怪奇な事情が、サイボーグにはあったのだ。そこで仮に論理的展開に困難が生じた場合、神経症的に対応してみるというのは、絶妙のエンタメ系小説テクニックの定石である。そう。かくして、物語はいかにもありがちなヒステリー的暴発を誘発する。シリルは、電脳豚ならではのスーパーパワーで留置場の壁に突進し壁ごと蹴り倒すやいなや、夜の闇に消えてしまう。

ホントは話はまだ続くのだが、それは〈ユリイカ〉のバックナンバーをひっくり返していただこう（一九九三年一二月号［ポスト・サイバーパンク］特集号）。かようにして、このでたらめなサイボーグ豚は、その時点で考えられていたあらゆる可能な法的・倫理的矛盾につけこんで、好き勝手にふるまっていた。こうして「豚どもめ」というアニマル系罵倒語から発想されたアニメ・キャラクター、シリルは、動物愛護の目的を掲げやりたい放題の暴力に訴えるテロリストの傍若無人なライフスタイルや、ただ騒ぎたいだけの集団の情けなさ、夕食に豚を食べながらも知性あるサイボーグ豚の権利を声高に叫ぶ愛護団体の欺瞞に満ちた態度などを、徹底的に笑いものにした。なによりも、サイボーグ豚に「豚どもめ！」とステレオタイプな罵倒語を投げつけたことを思い出すなら、人類がいかに自らの生活をささえてもらっている友を、家畜という階級に押し込めていたのかが赤裸々にさらけだされるのである。

世紀転換期を経て、シリルの登場があらゆる意味で牧歌的な時代の終わりをつげるものだったということを、我々はかみしめる。

サイボーグ豚のふざけた活躍が、家畜と人間と機械との間の境界を攪乱させて以後、先端的テクノロジーの発達は、人間と家畜の境界をますます曖昧模糊にしてしまった。

ヒトの臓器移植のためにクローン人間農場を作ったが、当のクローンが脱走して……といったジョン・マーシャル・スミスの長篇SF『スペアーズ』は、今やけして遠い未来の寓話ではない。実際中南米や東南アジアでは、臓器移植のための子供の人身売買が公然と行われている、という話題がセンセーショナルにテレビドラマに取り上げられ、まことしやかに放映される時代である。近未来のクローンと現代の子供たちといったいどこに差があるのだろう。

病身の子供の命を救うため、とあるマッドサイエンティストがキリストをくるんだと言われるトリノの聖骸布の血痕（？）から救世主のクローン製造にのりだすというSFを、今更笑って済ませられるだろうか？　この話を読み終えたばかりのわたしの友人は、「ふーん。じゃあ、仏舎利におさめられている骨も調べられるというわけだね」と腹をかかえて笑いころげた。彼女は、マイケル・クライトンのベストセラー『ジュラシック・パーク』のお釈迦様ヴァージョンの可能性があるのではないか、と指摘するにちがいない。

『ジュラシック・パーク』の発想の源は、恐竜の家畜農場を作るということだが、七〇年代のフェミニズムSFの名作も実はふまえられている。スージー・マッキー・チャーナス『世界の果てに歩みて』などはその好例で、子産み農場に閉じこめられる女性家畜フェムの苦闘をえがいたものだ。フェムはある日、農場を脱走して、ジュラパーのメス恐竜同様野生化の道を歩む。もちろん、友人は、その意味もこめて「お釈迦様パーク」ならぬ「釈迦農場」の解脱的未来像でも思い描いていたのだろう。仏舎利というのは、聞くところによると、アジア各地そこら中にちらばっているから、たとえどれがホンモノの仏の骨かちょっと目にはわからなくとも、ハイテクバイオの近未来なら、いや、もう現在ですら、ちょっとした宗教心と倫理観を捨てさえすれば、ヒトはなんだって確かめられてしまうのだ。でも、たとえ、そうできるとして、いったいだれが、なんのために、そんなことをするものなのか?

人体を改変し、人間を設計するといった分野に突入した現代医療最前線のニュースを見るたびに、人も家畜も今やそう変わらない、むしろ両者がどんどん交わりまくっているような感慨を覚える。人工的に設計され目的に添って再構築され商品化され金に換算されて流通する、という両者の間にそう違いはないだろう。

実際、家畜産業に焦点をあわせ、家畜の視点から文明全体を見直していこうとする家畜文明論的SFは増大の傾向にある。第二回目のSF新人賞の受賞作品、谷口裕貴『ドッグ・ファイト』は、宇宙の果ての惑星で、厳しい気候下での開発事業をのりきるために、犬飼いという特殊な職種を作り出したという話が前提になっている。犬飼いは、大量の犬とともに暮らし、群隊である犬と一体化しつつ、大自然の人工化促進計画に従事するのである。『ドッグ・ファイト』と同時受賞となった吉川良太郎『ペロー・ザ・キャット全仕事』は、ひきこもり的メンタリティ(というより高等遊民?)の青年がサイボーグ猫に意識だけ移入され、猫になってあっちこっち覗き見して歩くというアイディアだ。第三回目の受賞作は、さらに家畜文明論のメインストリームとも言える力作、井上剛『マーブル騒動記』で、牛の知性化現象によって日本全体がゆさぶられる顛末がダイナミックに描かれる。狂牛病騒ぎが発生する以前に投稿された作品だが、現代日本の畜産事情を克明に描き出している点で、実にタイムリーであった。物語の中で、知性化した牛は、人権ならぬ牛権法案設立までこぎつけるのだが、人道的、いや牛道的立場から肉食を拒否しようとする主人公（人間で中年男）に対して、こうつぶやく。「食べたら、いいんじゃないかな、君たち人間はある種のアミノ酸が体内で造れないんだろう？　だったら仕方がないんじゃないか」。知性がある動物を、あなたは、食することができるだろうか？　立場が逆だったら、どうなるのか。

　人間の家畜化は、実のところ家畜の人間化と同時進行の問題であり、両者は表裏一体となってすすんできたと言えるかもしれない。それは知性がどうのこうの、人権や畜権がどうのこうのといったような法的倫理的問題解決が紛糾しているのを後目に、細胞レベルでの混淆は着々と招来され、臓器レベルでの交換可能性は日々可能な世界に向かっている。だから、この場面の未来的解決策は、ハイテクで牛細胞と人間の細胞との共存をなんとか可能にしてもらって、人間の体内でそのくだんのアミノ酸を造れるようにする、というものになるんじゃないかな。

　人と牛とのキメラの未来というのは、いまや不可能ではない。少なくとも技術的には、そうだろう。響堂新の最新ミステリ「神の手」（島田荘司編『21世紀本格』所収）のなかに描かれているのは、人と動物とのキメラができる近未来の殺人事件である。サイバーピッグから十年後の極東で、ついにミステリ作家が、サイボーグの殺人問題に着手したのだ！　エドガー・アラン・ポウ「モルグ街の殺人」の犯人が、たとえば人由来の脳細胞を移植されたキメラであったら、どうなのだろう、という形で。

　この短篇には、思いつく限りのサイボーグ、いやキメラが数多く登場する。人の細胞を埋め込まれた豚。ヒトの人工子宮代わりにヒト胎児を産む豚。事故で身体臓器を傷つけてしまい、豚の体内で製造した人間の内臓と取り替えた男。生殖技術と臓器移植の空想未来にいかに大量のキメラがやってくるのか、この物語はよく考察している。

ヒトも動物も一体化している状況で、「人間」のどの部分が特権化されるのか、といった分野に踏み込みつつ、人間の部分と、それ以外の部分にもはや分割不可能になったキメラ製造が可能な近未来像を探求しているのだ。旧来の法と倫理に拘束された人由来の細胞の特権化。これは実に興味深い。しかし、考えてみると、シリルの罪を分割して背負わせなかったのは、なかなか先見性のある賢いやり方だったのかもしれない。ねえ、そう思わない？　シリル。


ユージン・バーン「電脳豚のシリル」中原直哉訳、〈ユリイカ〉一九九三年三月号。

Suzy Mckee Charnas. *Walk to the End of World*. New York: Ballantine Books, 1974.

井上剛『マーブル騒動記』徳間書店、二〇〇二年。

マイケル・クライトン『ジュラシック・パーク（上）』（原著一九九〇年）酒井昭伸訳、ハヤカワ文庫NV、一九九三年。

マイケル・クライトン『ジュラシック・パーク（下）』（原著一九九〇年）酒井昭伸訳、ハヤカワ文庫NV、一九九三年。

響堂新「神の手」、島田荘司編『21世紀本格』カッパ・ノベルス、二〇〇一年。

『エドガー・アラン・ポー『モルグ街の殺人・黄金虫ポー短編集II』巽孝之訳、新潮文庫、二〇〇九年。

マイケル・マーシャル・スミス『スペアーズ』（原著一九九六年）嶋田洋一訳、ソニー・マガジンズ、一九九七年。
谷口裕貴『ドッグファイト』徳間書店、二〇〇一年。
吉川良太郎『ペロー・ザ・キャット全仕事』徳間書店、二〇〇一年。

大量破壊兵器に潜むジェンダー戦略
——マイケル・クライトン『アンドロメダ病原体』を読む

伝説の始まり

一九六九年は、女性SF作家の文学史のなかでは、きわめて重要な年である。通説では、六〇年代のニューウェーヴ運動を経て、続く七〇年代はフェミニズムSFの時代と言われるほど数多くの女性SF作家の進出を促した。したがって、六九年に、来るべきフェミニズムSFを予感させる作品が登場し、高く評価されたのは象徴的だった。

その作品とは、言うまでもなくアーシュラ・K・ル＝グウィンのヒューゴー賞&ネビュラ賞受賞作『闇の左手』。この前年にはアン・マキャフリイの『竜の戦士』がノヴェレット部門でヒューゴー賞を獲得していたから、だれもが「女性SF作家の時代が来た！」という見解を抱いたに相違ない。世間一般的には時代はフェミニズム第二派の大きなうねりのなかにあり、女性解放運動（ウィメンズ・リベレーション）の機運は最高に盛り上がりつつあった。

ところで、まったく同じ一九六九年の七月六日には、アポロ11号が打ち上げられ、同月二十日（米国時間で）人類は初めて月に降り立っている。それを見計らったかのように、その一ヵ月前に一冊の本が刊行されていた。タイトルはマイケル・クライトン『アンドロメダ病原体』。同書が起こしたセンセーショナルな反響は、その翌年早々と刊行された邦訳版の訳者あとがきに浅倉久志氏の手で生々しく報告されている。

彼は、『『アンドロメダ病原体』が巻き起こした波紋は今年のアメリカ出版界の一つの事件と呼ぶにふさわしいものだった」と語り、同書が「ニューヨーク・タイムズ・ブック・レビュー」、「ニューズウィーク」、「ライフ」などに陸続と書評が掲載されたこと、ブック・オブ・ザ・マンズ・クラブの選定図書に選ばれたこと、九月末のベストセラーリストでは第二位に躍進し、ハードカバーだけでも十万部のセールスを記録し、その時点でユニバーサル社が映画化権を獲得したことを、感嘆しながら語っている。

この作品が話題を呼ぶにつれ、新人作家の経歴が明らかとなり、だれもが驚いた。ハーバード大学医学部の学生で、すでに二つの筆名のもとにミステリを書いていたばかりか、六九年には『緊急の場合は』（ジェフリー・ハドソン名義）で、アメリカ探偵作家クラブのエドガー賞最優秀長編賞を受賞するのだから。ハンサムで、背が高く、高学歴であることに加え、父親もアメリカ広告代理店協会の会長（当時）というおまけまでついていた。浅倉久志のことばを借りれば、それはまさに、「抜群の旺盛な創作力を持つ、才能ゆたかな、新しいタイプの作家」の出現に他ならなかった。

このあまりにも非の打ち所のない王子の出現に対して、ＳＦコミュニティは手放しで喜ぶどころか、あまりにも冷淡に遇したかもしれない。大人になっても子供のようなトピックに夢中になり、長年世間一般の眉をひそめさせ、そうした性格に対するあからさまな偏見と闘いながら、秘密の花園のようなジャンルSFを育んできた人々は、『アンドロメダ病原体』を「単なるSFではない」といわんばかりに――つまりジャンルSF全般を低いものであると見なした世間一般を無意識に反復するタカビーな物言いで――褒められることの多かったベストセラーと、それをさらりと書き上げてしまった青年へ、嫉妬まじりの視線を向けたのである。（そのへんの葛藤を、のちにアイザック・アシモフはエッセイでけっこうストレートに書いている。）『アンドロメダ病原体』は、SFの面白さ、その可能性を一般読者にアピールしたのは確かなことだったが、世間的な騒ぎを他所に、ヒューゴー賞もネビュラ賞も受賞することはなかった。では『アンドロメダ病原体』のSF的意義は、本当のところ、どうだったのか。

人類滅亡テーマとパンデミックSF

疫病によって人類や生物やらが追いつめられるという設定や物語は、メアリ・シェリー『最後の人間』（一八二六年）のころから存在していた。ウエルズ『宇宙戦争』（一八九八年）では、地球に襲来した火星人が首尾よく人類を始末できそうなところにまで迫るのだが、あわれ地球土着の微生物に返り討ちにされ、地球圏外に退避せざるをえないという話だった。

『アンドロメダ病原体』の五年も前に刊行された小松左京『復活の日』（一九六四年）は、『宇宙戦争』とは反対に、宇宙から未知の病原体を採取して生物兵器を開発していたところ、それが漏洩し人類が滅亡寸前にまで追いつめられる、という内容だった。『アンドロメダ病原体』とは、宇宙開発、生物化学兵器、核兵器といった六〇年代当時の話題をかなり共有している。

六二年のキューバ危機において、核による地球全面戦争の可能性に行き当たったアメリカ政府は、さすがに地球を何度も消滅させかねない核兵器装備はまずいと気がついたのか、核軍備縮小化をすすめるようになる。だが、水面下では大量破壊兵器として、アバウトな核兵器ではなく標的を特定できる生物化学兵器の有効性がより重視されるようになっていた。とくに第二次世界大戦以降、生物化学兵器に関する情報をドイツや日本から吸収したアメリカは研究開発をすすめ、朝鮮戦争、ベトナム戦争においては、一部実戦上で使用した。メリーランド州に建設されたアメリカ陸軍の生物化学戦研究センター（注：現在の名称は「アメリカ陸軍感染症医学研究所」）「フォート・デトリック」がその中枢で、人体実験は受刑者に適用されていたから、『アンドロメダ病原体』における生物兵器開発研究の設定は、現実からかけ離れたものではなかった。それどころか、当時驚くほどホットな話題だった。そのひとつの証左が、プロパーSF内部に見られる。

『アンドロメダ病原体』が刊行される三ヵ月前、ジェイムズ・ティプトリー・ジュニアと名乗る新人作家が、〈ギャラクシー〉誌一九六九年三月号に「エイン博士の最後の飛行」というパンデミックSF短編を発表した。

同作品は、シカゴからモスクワの学会へ赴いたエイン博士の行程を描いたもの。エイン博士は、学会の講演会で、国家的な機密を漏洩する。とある生物兵器を「白血病ウイルスの変異誘起と改造」によって製造しすでに完成を見た、というのだ。病原体は高等霊長類にのみ特異性を認め、その他の動物ではあまり効かない、という。しかも空気感染の上、恒温動物によって媒介されるのだ。

オソロシイ。こんなものが蔓延したら手も足も出ないのに、物語の中ではあきらかに保菌者であるエイン博士とその連れの女性は、飛行機で世界を飛び歩き、ウイルスをまきちらす。

興味深いのは、このウイルスが「生成の免疫機構そのものを利用するので、予防は事実上不可能である」という特質をもっているところ。この作品が二十一世紀の今日発表されていたなら、この特徴を見ただけで、ヒトは、これって後天性免疫不全症候群（ＡＩＤＳ＝エイズ）の病原体をモデルにしたのかな、と思いあたるかもしれない。ＡＩＤＳの病因とされているヒト免疫不全ウイルス（ＨＩＶ）は、逆転写酵素を持つＲＮＡウイルス（レトロウイルス）で、かつてはヒトＴリンパ細胞性白血病ウイルスⅢ型（HTLV-Ⅲ）といい、ヒト成人Ｔ細胞白血病を引き起こす1型との関連性について現在も研究がすすめられている。

元ＣＩＡ職員が一九六九年に発表したＳＦ短編に、一九八一年に最初の報告がされることになるエイズ・ウイルスそっくりの病原体が書かれていた、というのは、不可解なできごとに見える。しかしながら、「エイン博士の最後の飛行」が発表されてから五ヵ月後、アメリカ議会下院の予算委員会の公聴会では、当時米国国防省研究技術部次長だったＤ・Ｍ・マッカーサー博士が翌年の予算に関する証言のなかで、エイン博士が保菌していたのと酷似した性質をもつ病原体を生物兵器として開発する可能性をほのめかし、それが認められて、翌年莫大な予算が降りている。

今日ＨＩＶは、アフリカ由来というのが通説だが、未だにアメリカ軍の生物兵器が漏れたのではないかという仮説も根強く、マッカーサー博士の証言も、そうした仮説にはしばしば引用されている。

この論考は、そうした国家的な犯罪の可能性を検証する場ではないので、この話はここまでにしておこう。しかし、マッカーサー博士の証言内容を先取りする形で「エイン博士の最後の飛行」が書かれていることから推察されるのは、当時アメリカでは、軍などの政府機関のもと、生物兵器の開発がすすめられていたこと、それが自然界のウイルスを改変するという方法論だったことである。小松左京、ティプトリー、クライトンといった先端的な情報を詳細にリサーチするタイプのSF作家は、その状況を、一見浮世離れした非現実的な設定の中に落とし込んでエクストラポレートし、これらの現実に警鐘をならしていたのではなかったか。

では、先行する諸作品と比較した場合、『アンドロメダ病原体』はどのように映るのだろうか。

科学者たちの生態とは

『アンドロメダ病原体』は、科学的な推論によって、科学者たちがいかに病原体を克服できたか、というのが基本プロットをなす。科学技術や知識を専門的に扱う人々の思考方法やライフスタイルが主眼なのである。そう。後年『ツィスター』や『ジュラシック・パーク』といった作品群へと主題が連綿と継承されていくように、彼の描くサイエンス・フィクションには、科学者小説としての側面が強い。

物語を振り返ってみよう。まず、アリゾナ州ピードモントでの小さな村の異変から始まる。無人の通信衛星がその村に不時着するのだが、その直後に村人たちが大量に死亡したのである。調査に赴いた関係者も例外ではなかった。

この事態を受け、科学者らが呼び出される。宇宙開発が実行にうつされるにつけ、宇宙からの病原体汚染の危険性と、人類による宇宙生命体への汚染の双方を問題視するスタンフォード大学細菌学教室のストーン博士は、そんなこともあろうかと、前もって対策チームを作り、予算ももらっていたのであった。物語はこのチームの五日間の活動をドキュメンタリー・タッチで描く。

チームメンバーは、防護服に身を固め村へ入り、生き残ったふたり——老人と赤ちゃん、それに人工衛星そのものを回収し、病原菌を解析するため、ネバダ州はフラッドロックに設けられた研究所へと向かう。

ネバダ州は核実験施設があることで有名な州だが、フラッドロックの研究所は徹底的な除染システムを設けている。物語前半の、最初の読みどころは、この施設の除染システムのものすごさだろう。しかも、最終レベルではなんと、核による自爆装置が仕掛けられている。たかだか、宇宙から持ち込まれるものになぜそこまで徹底的な除染システムを莫大な費用を投入して作ったのか。

ストーン博士も事件が発生して呼びつけられるまで知らなかったが、フラッドロックの研究所はワイルドファイア計画と呼ばれ、ネバダ州の他の核施設と同じ、軍需産業の一部門であり、人工衛星は最初から大気圏外の微生物を収集することを期待されており、それを使って新しい生物兵器を開発する手はずになっていたのだ。そして、万が一、病原体が外部に漏れることになったら、研究施設ごと焼き払えばよい、というわけだ。

核兵器と生物兵器との因果な関係性は、『復活の日』でもアイロニカルに描かれていたところだ。『復活の日』では、大気圏外からもたらされたMM-88菌がドイツの生物兵器開発研究施設で変異株が作られ、それによって南極に居た人々以外、ほとんどの人類が滅亡するというストーリーだった。やがてアラスカで大地震が起り、それがコンピュータによって核兵器攻撃として誤読され、大陸間弾道ミサイルの報復攻撃が始まってしまう。しかし皮肉にも核兵器爆発によってウイルスに突然変異が起き、新株が前株を駆逐したため、地球から病原菌が駆逐され、かくして南極から人々が帰還することになる。生物兵器も核兵器も、ともに人類の悪から生まれたものであるが、『復活の日』では毒をもって毒は制される。何と人類の悪意が人類を助ける顚末になる運命の皮肉が描かれるのである。敗戦から冷戦にいたる過程を見つめてきた日本人ＳＦ作家・小松左京にとって、『復活の日』のシナリオは、大国の政治方針次第で小舟のように揺れ動く小国からのアイロニカルなしっぺがえしともいうべき展開を含んでいた。

一方その大国たるアメリカ市民によって書かれた『アンドロメダ病原体』のほうは、どうだったろう？　大気圏外からもちこまれた結晶体は、大気圏外とはまったく異なった地球環境に適応しようと異常なまでに早い変異を繰り返す。人間の肺から血球内に侵入した結晶体は、血液を急激に凝固させるが、あっという間に変化して、プラスティックを食べ尽くす性質を得る。結果、生物研究所に持ち込まれたアンドロメダは、研究所内のプラスティックを腐食させ、かくして研究所では核の自爆装置が作動する。

つまり、クライトンの方は、アンドロメダが核兵器で焼き払われて浄化されるどころか、その莫大なエネルギーすらも食い尽くすような結晶体であると設定している。『復活の日』では核による突然変異が菌を無効化するが、『アンドロメダ病原体』では、核によって病原体は倍増するという仕掛けだ。

こうしてみると、確かに『アンドロメダ病原体』は、『復活の日』や「エイン博士の最後の飛行」と同じように、六〇年代冷戦下における核兵器や生物兵器開発といった軍事産業への批判を生々しく繰り出している。

ただし、時代の趨勢をみる男マイケル・クライトンは、他に作品と異なって、もうひとつの――いかにも六〇年代後半らしい要素を入れ込んでいたのは、見逃せない。

それは、性差（ジェンダー）の問題だ。もちろん、六九年といえば、セックスとジェンダーの区別もなかったころだから、それはつまるところ、爆発的に拡大しつつあった女性解放運動への、男性側からの反応と言ってもよい。

性差SFとしての『アンドロメダ病原体』

アメリカの片田舎に持ち込まれた未知の病原体、それはタイトルにあるように、「アンドロメダ菌株（ストレイン）」と名付けられた。理由はとくに記されていない。その由来が宇宙であるから、という設定は書いてあるが、別段アンドロメダ大星雲と関連性があるわけではなさそうだ。

さて、アンドロメダという女性名でわたしたちが知っていることといえば、ギリシャ神話に登場する姫君である。アンドロメダはエチオピア王家の娘で、母の名前は王妃カシオペア。カシオペアは娘の美貌を自慢するあまり、神々に憎まれ、娘のアンドロメダは海の怪物（化鯨）の生贄にささげられる。だが、おりよくそこへ、メデューサを対峙したペルセウス王子が通りかかり、もっていたメデューサの首を怪物に見せ、怪物を石に変え、姫を救出。アンドロメダはペルセウスとともに彼の故国ペルシアへ行き、そこで王家の祖となる子供たちを産む。

『アンドロメダ病原体』をこの神話に照らし合わせると、実に興味深い。病因を探ろうと四苦八苦する科学者たちは、全員男性であり、したがって、彼らがペルセウス王子に見立てられているのは明らかだ。その科学者の描き方の洞察に富んだことといったら！　後年カルチュラル・スタディーズが勃興し、科学者という特異な人々が、観察対象として吟味される事態を遥かに先取りしている。

チームの発案者でありリーダー格のストーン博士は、生真面目で折り目正しい正統派の科学者。いっぽう彼とは真逆の奇妙な存在が、外科医マーク・ホールだ。彼は「オッドマン仮説 Odd-Man Hypothesis」という珍妙な理論に合致する特別な人物としてチームに招かれた。はてさて、「オッドマン仮説」とはなんだろうか？

オッドマンとは、直訳では半端なヒト、という意味合いだが、『アンドロメダ病原体』では独身者をさす。しかも女性ではなく、男性独身者のことなのだ。

病原菌をあつかう研究施設には、前述のように、核による自爆装置が仕掛けられていた。これを解除するカギをもつ人物が「オッドマン」なのである。

理由は、独身男性のみが、いつも「正解」にたどりつく確率が、ほかのだれよりも高いから、と説明されている。

「特別テストの結果、熱核または生物化学的破壊に関する指揮命令は独身男子によってなされるべきであるという、オッドマン仮説の正しさが証明された」（一六八頁）。

つまり、万が一自爆装置が作動してしまった場合、それを止める決定が、既婚者でもなければ独身女性でもない、独身男性にのみ与えられている、ということを指す。

「オッドマン仮説」は、マイケル・クライトンの創作した理論だが、いったいぜんたいなんだって、こんな性差偏向が登場したのか？　なにがなんでも、自爆装置の解除を、独身男性にやらせたかった、その意図とは、いったいなんであろうか？

ひとつの可能性は、著者が性差別主義者（セクシスト）で、女嫌いのあまり、そのような設定をもうけたのではないか、ということである。既婚者のように女性に汚染されておらず、女性ではない「男性独身者」。これを華々しく特権化してみせるとは。これこそ、ミソジニィ（女嫌い）やウーマンヘイティング（女性嫌悪）と言われても仕方がないような仮説ではなかろうか？

しかし、その疑惑をクライトンは、みごとに外してみせる。

ストーン博士や軍当局者らは、当初汚染されたピードモントの村全体を核兵器で焼き払えば、それ以上病原体は拡散しない、と高を括っていた。細菌やウイルスだったら、高温に弱いといった疫学的な観点から、熱による消毒措置は有効だ。とはいえ、細菌を殺すために、もっと恐ろしい放射能をばらまく危険性について、なにも考えていなかったところは、いかにも時代がかっていて今となっては馬鹿げている。それどころか、これは実に大雑把というか、乱暴な始末の付け方と言える。

かつて、核兵器廃絶運動に身を投じる平和主義者の女性たちの共通見解では、核兵器こそ男根的暴力装置のイコンだったが、ここで描かれているフラッドロックの研究所の自爆システムこそ、それを象徴しているとしか見えない。おそらく恐怖心から繰り出される暴力のひとつのかたちだが、そんな当時の恐怖心理的な怠慢による防疫システムをあざ笑うかのように、クライトンは、悪意のこもった設定を登場させる。

アンドロメダは、細菌ではなく、どんなものでも物質からエネルギーをとりだすことができる未知の菌株（ストレイン）であり、核を投下することとは、単に病原体に大量のエサを与えることに他ならないのだ、と。
慌てふためいたチームは、そこでピードモントへの核投下命令を中止するのだが、同時に研究施設に持ち込まれていたアンドロメダは突然変異を起こしてプラスティックを腐食化し、かくして研究所の密閉システムは破られ、施設自身の核による自爆装置のスイッチが稼働してしまう。オッドマンは、あわててスイッチを切るべく奔走するが、施設の無駄に念入りな防衛装置が襲いかかってきて、自爆装置の解除できる場所へなかなか到達できない……！

どんどん追いつめられていく男たち。なるほど、これこそ自業自得のシナリオではあるまいか。

このへんの登場人物への追いつめ方は、いかにも後年小説でも映画でもスリル満点の展開で楽しませてくれるクライトンの面目躍如といった部分で、著者は気持ち良さそうに、男性科学者たちを徹底的にいたぶってみせる。

物語上では、このようにして、アンドロメダはペルセウス役の男子を翻弄する。ギリシャ神話同様、アンドロメダは災厄の別名だが、実は本人に罪はない。クライトンSFの場合、アンドロメダの起こすトラブルの正体は、軍部がつくりあげたシステムにほかならない。田舎町にしろ、核自爆装置にしろ、生物兵器にしろ、それを解決する科学者チームにしろ、きわめて家父長制的なアメリカン・マッチョイズムの権化が、化鯨なみに凶悪なのである。

以上のように、アンドロメダ病原体を、宇宙から来た謎めいた神秘的な美女のような存在と捉え、男たちからまったく理解できない女性的なものを象徴していると考えてみると、物語は非常にクリアに見えてくる。しかも、アンドロメダと親和性が高いのがなぜ、ギャアギャア泣く赤ん坊と老人だったのかも、わかる。女、子供、老人、この三者は、いずれも男性中心社会からはじき出された辺縁の存在として共通し、物語の中ではだからこそ、男たちはその関係性の謎に取り組まなければならないのだ。

恐怖の存在としてのフェミニティ

一九六二年にベティ・フリーダンが『新しい女性の創造』を出し、女性を主婦として家庭に閉じ込める家父長制的風潮にNO!のこぶしを突きつけ、一九七〇年にシュラミス・ファイアストーンが『性の弁証法――女性解放革命の場合』で知的に論理的に男女の不平等のからくりを解き明かすまでの六〇年代。世界革命闘争の学生運動はエスカレートし、女性解放運動は激化の一途を辿っていた。戦後生まれの若者たちの反抗はともかくも、女たちの怒りが社会に噴出していたことは保守層や男性陣にはわけがわからなかった。

それどころか女性名を冠した未知の病原体が、ヒト(mankind/人類/男)を瞬殺するかのように、女性解放運動のダイナミックな流れは、保守層にとっては理解不能のおそろしいなにものかであった。フランスの思想家クリステヴァが、いまや古典的名著となった『恐怖の権力』(一九八二年)のなかで、女性性がいかに自然の概念と結びつけられ、それを(男性)文明におけるおぞましき存在と位置づけられてきたのかを指摘した。アンドロメダ病原体とは、まさにそうした女性の怪物性の表象である。

ここで興味深いのは、この怪物的な女性性に対して、クライトンをはじめとする若い男性知識人が、どう向き合っていたのかが、『アンドロメダ病原体』から窺われることだろう。

結局のところ、アンドロメダ病原体は、既婚であれ、独身であれ、男どもがおろおろとしている間に勝手に変化し、小動物向けに設置されたレーザー砲の攻撃で独身男性がずたずたにされながらも必死で自爆装置を解除している合間に、ふわふわと流れていき、やがては「大気圏外にもどっていくのだろう」と（いささか安易に）予測されている。

とどのつまりは、『アンドロメダ病原体』のアンドロメダはそれ自体を悪と断罪されることにはならなかったし、病原体は滅ぼされたりもしなかった。

アンドロメダを大気圏外から引きずりおろし生物兵器にしようと画策したり、生物兵器製造のため研究施設を作ったり、核兵器による自爆装置まで仕掛けたのは、当時のアメリカ政府の軍の兵器研究政策であり、若い世代の男性科学者はその最終的解決としての暴力装置を止めようと必死になるという展開で、物語はいわば、男たちの世代間闘争の構図をとる。

男性対女性という二項対立的枠組みでは、女性たちは、男たちを十波ひとからげにしているけれど、クライトンは、十波ひとからげではなく、あこぎな父さんたちの作った巨大な怪物を、オッドマン（半端な若者）が止めようとする、という展開を通して、男の側にもいろいろいるんだよ、と反論したかったのではないだろうか。その姿勢は、後年『ディスクロージャー』で逆セクハラ問題を抽出し、『恐怖の存在』で環境運動にひそむ矛盾を考察してみせた方法論とも通じている。あるいは科学者は、政治的なイデオロギーとは関係なく、あらゆる要素を洞察しなければならないのだ、と主張しているように見える。

かくして、六〇年代のペルセウスは化鯨とは対峙するけれど、アンドロメダの運命と深い関わりを持つことにはならなかった。アンドロメダは、ヒト／男の営みとは無関係に、彼女なりのサバイバルの道を淡々とすすんでいたからだ――連れてこられた地球外生命体として、エイリアンとして、謎めいた存在として。すなわち彼女は自然に還ることが示唆されており、そのへんの女性像は、古典的なステレオタイプの範疇に入る。

冒頭で述べたように、『アンドロメダ病原体』は、『闇の左手』や『竜の戦士』と同時代に、当時の女性たちのムーヴメントを巧みに隠喩化している作品である。怪物的女性像の探求という点では目新しさはないかもしれない。しかしフェミニニティへの恐怖に対して、少なくとも自滅するような暴力にはとびつかないで対象を理解するための位置に立とうとする男性科学者の姿を通し、女性のムーヴメントに対し男性がどうあるべきか、どうふるまったかについて考察し、来るべき男性性をはるかに先取りして分析している点で革新的な作品だったことは、疑いない。

引用文献

ジェフリー・ハドソン『緊急の場合は』清水俊二訳、Hayakawa Pocket Mystery books, 一九七五年。

マイケル・クライトン『アンドロメダ病原体』（原著一九六九年）浅倉久志訳、早川書房、一九七〇年。

マイケル・クライトン『アンドロメダ病原体』浅倉久志訳、ハヤカワ文庫ＳＦ、一九七六年。

マイケル・クライトン＆アン・マリー・マーティン『ツイスター』酒井昭伸訳、ハヤカワ文庫ＮＶ、一九九六年。

マイケル・クライトン『ジュラシック・パーク』（原著一九九〇年）（上）酒井昭伸訳、ハヤカワ文庫ＮＶ、一九九三年。

マイケル・クライトン『ジュラシック・パーク』（原著一九九〇年）（下）酒井昭伸訳、ハヤカワ文庫NV、一九九三年。

マイケル・クライトン『ディスクロージャー』（原著一九九三年）（上）酒井昭伸訳、ハヤカワ文庫NV、一九九七年。

マイケル・クライトン『ディスクロージャー』（原著一九九三年）（下）酒井昭伸訳、ハヤカワ文NV、一九九七年。

マイケル・クライトン『恐怖の存在』（原著二〇〇四年）（1）酒井昭伸訳、ハヤカワ文庫NV、二〇〇七年。

マイケル・クライトン『恐怖の存在』（原著二〇〇四年）（2）酒井昭伸訳、ハヤカワ文庫NV、二〇〇七年。

マイケル・クライトン『恐怖の存在』（原著二〇〇四年）（3）酒井昭伸訳、ハヤカワ文庫NV、二〇〇七年。

ジュラミス・S・ファイアストーン『性の弁証法――女性解放革命の場合』（一九七〇年）林弘子訳、評論社、一九七二年。

ベティ・フリーダン『新しい女性の創造（改訂版）』三浦富美子訳、大和書房、二〇〇四年。

Chris Gray. *The Cyborg Handbook*. New York: Routledge, 1996.

小松左京『復活の日』（一九六四年）角川春樹事務所、一九九八年。

呉茂一『ギリシャ神話 改訂版』新潮社、一九六九年。

ジュリア・クリステヴァ『恐怖の権力―〈アブジェクシオン〉試論』枝川昌雄訳、法政大学出版局、一九八四年。

アーシュラ・K・ル＝グウィン『闇の左手』（原著一九六九年）小尾芙佐訳、ハヤカワ文庫SF、一九七八年。

アン・マキャフリィ『竜の戦士 パーンの竜騎士1』（原著一九六七年）、ハヤカワ文庫ＳＦ、一九七八年。

スティーブン・モース『突発出現ウイルス——と出現している新たな病原ウイルスの発生メカニズムと防疫対策を探る』佐藤雅彦訳、海鳴社、一九九九年。

ヤコブ・ゼーガル＋リリー・ゼーガル『悪魔の遺伝子操作——エイズは誰がなんの目的でつくったのか』川口啓明訳、徳間書店、一九九二年。資料２（219-237）については下記を参照。

https://search.lib.uiowa.edu/primoexplore/fulldisplay?vid=01IOWA&tab=default_tab&doci d=01IOWA_ALMA21389375930002771&lang=en_US&context=L
メアリ・シェリー『最後のひとり』（一八二六年）森道子・島津展子・新野緑訳、英宝社、二〇〇七年。

ジェイムズ・ティプトリー・ジュニア「エイン博士の最後の飛行」、『愛はさだめ、さだめは死』浅倉久志訳、ハヤカワ文庫ＳＦ、一九八七年。

Ｈ・Ｇ・ウェルズ『宇宙戦争』（一八九八年）中村融訳、創元ＳＦ文庫、二〇〇五年。

4

メタアイドルの時代

シャンブロウ、ヘア解禁——SFと女性性

王女と娼婦

変質と拡散が進むジャンルSFにおいて、ヒロイン像はどのように変容しているのだろうか。フェミニズム第二波直撃以降のヒロイン像として真っ先に思い浮かぶのは、いずれも映画『エイリアン』シリーズの主人公リプリーの風情が漂っていること。子宮家畜農場から脱走し野生化するアマゾン・フェムにしろ、ミラーグラスに視神経を接続してサイバースペースに介入するレズビアン・ハッカーにしろ、子供をゾロゾロ連れて戦場を闊歩する女傭兵の物語にしろ、そこでは、不必要なロマンティシズムは剝奪され、運命と呼ぶにはいささか残酷すぎる現実観に接続されて、彼女たちの冒険はどこか生身の汗臭さが漂う。一九七九年にお目見えして以来、続編が相次いで人気を呼んだ映画『エイリアン』は、当初コミュニケーションだけは絶対不可能とされた異星人と生身の女性リプリーとの激しい葛藤を描いたものだった。ところが、その後リプリーこそ実は女性性やら母性やらを介してエイリ

アン性と深く結ばれるのであり、シリーズ第三作においては、ついにリプリー内部にエイリアンの女王の幼虫を——すなわち怪物性を——発見するという成り行きになる。

リプリーの変容は、エンタテインメントならではの見世物的必然性として登場するビッグな二大トピック題「怪物と女」に直結する問題である。怪物を見せるか女を見せるかという二者択一は、もちろん見物人のあくなき欲望に対応して編み出された清貧の方法論であったはずだが、かつてのハリウッド映画を振り返っても理解されるように、すぐさま怪物も女もという欲張りな企画へと膨脹した。今やだれもが、怪物こそ女なのだというフェミニスト的前提条件を知らないではすまされない時代になったのだ。

怪物とは、つまり女のことだった——ここにすべてが集約されている。フェミニズム批評は、女性性がいかに怪物性と結び付けられてきたかを明らかにし、女性に怪物性を一方的に押し付けた文明のメカニズム分析に厳しい批評的方法論を日々投入し続ける。

そこで、一見したところその珍しくもなんともなくなってしまった観のある女性の怪物性、あるいは女と怪物のモティーフを手掛かりに、ここでもういちどだけ、怪物性の正体を整理してみようと思う。というのも、わたしがここで魅かれる九〇年代的眺望の中心に、女の中の女、怪物の中の怪物シャンブロウが位置しているように思えるからだ。

シャンブロウは、人気の女怪物である。人気の秘密はけして不気味さおぞましさによるものだけではない。実はシャンブロウは、ＳＦファンにとっては永遠のアイドル的要素を持つかわいらしいエイリアンという側面も合わせ持つ。その証拠に、ＳＦファンのなかで、永遠のヒロイン像はと聞かれたら、多くのオールドファンは、「デジャーソリス」と「シャンブロウ」と答えるだろうから。双方とも、今世紀前半、アメリカのパルプ雑誌全盛の頃の代表的ヒロイン像だった。

デジャーソリスというのは、アメリカ男性SF作家エドガー・ライス・バロウズ描く『火星のプリンセス』のヒロインで、火星人の赤色人帝国ヘリウムのお姫様である。主人公の南部軍人ジョン・カーターが火星に行き、デジャーソリスと出会い、さまざまな苦難を経て後ふたりは結ばれる。地球人と火星人という異種族間恋愛を可能にし、カーターに王位と二個の卵（念の為申し添えると、この火星人は卵生である）をもたらす彼女は非常に高貴な絶世の美女として描かれている。日本では、故・武部基一郎画伯の手に成る美麗カバーイラストでお目見えしたこともあって、デジャーソリスは多くのSFファンが一度は恋に落ちる王女様なのである。

シャンブロウもまた異種宇宙生命体である。が、こちらは王女的というより娼婦的な存在だ。邦訳版では、漫画家・松本零士の世にも幻想的なイラストでイメージが定着した。

物語は、ほんの短いエピソードを伝えるものにすぎない。主人公は、宇宙を旅する無法者のガンマン、ノースウェスト・スミス。地球を追われ、火星の裏町を彷徨する彼は、ある日、群衆に暴行を加えられている一人の娘を助け出す。頭にターバンを巻き、ぼろを纏った彼女は、たどたどしい地球語を話す。名前は、シャンブロウ。不思議にも、群衆は彼女がスミスの所有物だと知るや、スミス自身にも侮蔑の表情を隠そうとはせず、あたかも病に感染するのを恐れるかのように、大急ぎで立ち去っていく。シャンブロウとは何者か？

不思議に思いつつも娘を宿に連れ帰ったスミスだったが、その夜彼は眠っている最中におぞましい体験をする。夜半にシャンブロウがターバンをとると、そこに髪はなく、赤い長虫のようなものが蠢いていた。それはするすると伸びスミスを包み込み、この世のものとも思えぬほどの快楽を提供する。彼女はヒトの快楽を貪り精気を吸い取る怪物、いわば吸血鬼に連なる妖怪変化の類いだったのだ。果てしなく続く快楽の虜になり、あわや命を落としそうになったスミスを救ったのは、無法者の相棒で金星人のヤロールだった。熱線銃でシャンブロウを焼き殺したヤロールは、スミスに誓わせる。「今度シャンブロウを見付けたら、何も言わずに射殺するように」と。正気に返ったスミスはヤロールに約束するものの、あまりにも甘美すぎる記憶にその声音は震えていた……。

この物語は、一九三三年、当時まったく無名の新人作家C・L・ムーアによって描かれた。美しくおぞましく、どこか哀しい風情漂う宇宙メデューサの出現により、ムーアは瞬時にしてSF界の寵児となってしまった。作家も読者も男性が中心の当時のパルプ雑誌では慎重に伏せられていたことだが、ムーアは女性作家だった。こうして、彼女の作り出す独特の妖しい怪物群と幻想的な異世界像は、熱狂的な男性読者とともに女性ファンをも多く獲得し、フェミニズムSF勃興後においても圧倒的支持を受けている。

たとえば、七〇年代半ば史上初フェミニストSFアンソロジー『驚異の女たち』が企画され第三巻まで出版されたときも、当時最も過激な知性派として知られていた編者パメラ・サージェントが三〇年代のC・L・ムーアの活躍を再評価し、同企画に短編を再録している。収められた短編は〈ジョイリーのジレル〉という女領主の登場するシリーズの一編「黒い神の接吻」。七〇年代当時はアマゾン型女剣士がフェミニズムSF界の花形の一端を占めていたためであろうか。しかも、一九九五年出版された同アンソロジーの再編集版に収録されたのは、今日なら必然的にサイボーグ・フェミニズムSFと呼ばざるをえないもうひとつのムーア作品「美女ありき」だった。SFの始祖メアリ・シェリーの古典的SF作品『フランケンシュタイン』同様、サイボーグ・フェミニズム的眺望以後の展開においてC・L・ムーアの作品は読み直され九〇年代的再解釈を施されている。このようにテクストの超時代的跳躍が観測されるからこそ、ムーア描く怪物像が今おもしろいのである。

髪は怪物の命

西欧文化史を振り返ってみると、シャンブロウが反映しているのは、十九世紀的な病の意匠をまとう当時の典型的娼婦像として世界を席巻した「宿命の女」の言説的伝統にほかならない。ブラム・ダイクストラ一九八六年の大著『倒錯の偶像』(富士川義之他訳、パピルス、一九九四年)を開いてみよう。十九世紀の芸術作品から丹念に抽出された女性像は、いまの眼で見直すなら、完璧にシャンブロウの影に重なる。時代はアメリカ三〇年代。エドガー・ライス・バロウズ描く『火星のプリンセス』から約二十年後、バロウズが活躍しムーアの登場してきた当時のアメリカのパルプ雑誌のSF的世界観は、欧州の十九世紀的女性観をそのまま移植した観があった。

その怪物性を再考するにあたって、とりわけ着目したいのは、赤く蠢くシャンブロウの髪のことである。なぜなら、シャンブロウの髪こそが、彼女の忌まわしい正体であり、今に至るまでの大きな謎の根源だったと言えるからだ。この髪の意匠を介して、シャンブロウは、明らかにギリシャ神話に登場するゴルゴンの一族、つまり髪が蛇であるメデューサの末裔であることが理解される。そして、このギリシャの妖怪は、やはり十九世紀の宿命の女ブームのなかで、幾度も重要な素材として取り上げられている。

ギリシャ神話には次のような記述がある。海ポントス（ポセイドン以前の先住民族の海の神とされる）と大地ガイアとの間に生まれた（類の美しい）娘ケートーと息子ポルキュース。ゴルゴンとは、この兄妹間に生まれた怪物で、ステンノー、エウリュアレー、メデゥーサという名の三姉妹を指す。メドゥーサは「支配する女」「統治する女」の意。彼女は美しい髪を持つ少女でポセイドンの寵愛を受けたが、ポセイドンの妻アンピトリーテーから憎まれ、女神アテーナーの嫉妬をかって、二目と見られぬ醜さに変えられたという。自慢の髪は蛇となり、そのあまりの醜さに、メドゥーサと目を合わせたものは石になってしまう。女神アテーナーは後に勇者ペルセウスを差し向け、この首を切り落とし献上させて、自らの楯につけたと言われる。さらにメドゥーサはポセイドンとの間に天馬ペガサスを生む。

ゼウスをトップに掲げる神の一族を今日に伝えるギリシャ神話が、先住民族の持っていた女神信仰を継承しつつこれを書き替えた部分をかなり含んでいることは、比較的よく知られている。メドゥーサの神話も先行する三人の女神信仰に由来すると推察されるし、「デーメーテル」と同一神であったとする説も見逃せない。とはいえ、メドゥーサの個性は不思議なものだ。とにかく邪視と髪、そして不死ではないことのみがよく伝えられているからだ。また、神話に関する文献をあたるとどの本でもメドゥーサ殺害の「動機」がきわめて不十分であることを指摘するものが多いし、メドゥーサを討ち取ったペルセウスはメドゥーサ退治で功績を残したものの、ただそれだけの「中途半端な英雄」と言及されるにとどまっている。

C・L・ムーアは、この不思議なメドゥーサを再構築してみせた。シャンブロウに髪の毛はなく、そこには赤く蠢く蛆虫（蛇）がいること。ここでたとえば、髪と女の関係性を論ずる高橋裕子の名著『世紀末の赤毛同盟』（岩波書店、一九九六年）を手掛かりにするなら、赤い蛇のうねるシャンブロウが、いかに「真紅」という色を通して旧大陸（欧州）の旧世界（十九世紀）に出没した「宿命の女」に連結され、吸血鬼的資質を継承しているかが窺えよう。同書は「メデューサの髪」についての芸術史にも触れ、「赤い髪」と「蛇頭」とが同じ主題に結ばれていることを興味深く示唆している。シャンブロウは、美しく可憐な仮面を被りつつも男を性的魅力で喰い尽くす娼婦の典型であり、その赤い髪はダイクストラが指摘するように「歯のあるヴァギナ」の視覚化された姿なのだ。

かつて、C・L・ムーアの女怪物を、メアリ・シェリー描く「フランケンシュタインの怪物」と比較検討したアメリカ文学者スーザン・グーバーは、ムーアのシャンブロウの髪にフロイトを始めとする「家父長制」を陥れる女陰の象徴を読み込んだものだった。確かにシャンブロウの髪に包まれ、至上の快楽に身をゆだねるヒーロー、ノースウェスト・スミスの姿は、こうした男性的欲望の行き着く先が子宮回帰や母性希求に繋がっていくことを訴えかけてやまない。

ただ、ここで赤い髪に今一度こだわってみると、いくつかの奇妙な符号に遭遇せざるを得ない。ノースウェスト・スミスの活躍するスペースオペラと並んで人気を二分したムーアのもうひとつのヒロイック・ファンタジイ連作シリーズを思い出す。女剣士「ジョイリーのジレル」は、スミス同様、怪物の前でマゾヒティックな役割を演じる。彼女は男勝りな女領主であり、これまではスミスの分身のように考えられてきた。しかし、ジレルをよくよく吟味すると、これがまた目の覚めるような赤毛なのだ。

第一作目となった「黒い神の接吻」は次のような物語である。ジョイリーを治める女領主ジレルは隣国に攻め込まれ、敗北する。物語は、捕えられたジレルが敵国の将ギョームの前にひきすえられる光景から、始まっている。アメリカ三〇年代のヒロインたちは悪漢や宇宙人やヒーローに追いかけられてピンナップガールばりに衣装剝奪の憂き目はあったものの、一貫して強姦シーンを微に入り細を穿って描写するなどというテクニックは社会道徳的に許されてはいなかった。が、英国のフェミニスト・ファンタジイ批評家サラ・ギャンブルが指摘するように、ここに具体的描写はなくとも、ジレルがたぶんレイプされたと考えられる節はある。夜牢獄に連れ戻された彼女は怒りに身をふるわせ、復讐のため次元をぬけて邪悪な神に会いにゆき「死の接吻」を貰い受ける。無事自国に帰りついたジレルは、喜々としてギョームに接吻し、邪悪な神に彼の魂を貪り食わせる。しかし、ギョームの死を前に誇り高いジレルが感じるのは勝利のみならず、ギョームに対する限りなく愛に近い喪失感である。

ストーリーのうえで、ジレルは確かに、男を滅ぼす「宿命の女」の要素を持つ。剣を持ち国を治める女剣士ジレルを通して、わたしたちは「宿命の女」がファロスを持つ女であることを心のどこかで了解する。そして、シャンブロウの髪もまたファロスを持つ女の象徴ではないか。

「赤い髪」をめぐるもうひとつの物語は、短編「生命の木」である。ノースウェスト・スミスに襲いかかる生命の木は赤い蔓性の茎を持ち、犠牲者に巻き付いてその精気を吸い取る。スミスは巻き付かれ締めあげられた際、この植物型生命体であるエイリアンの記憶を一時垣間見る。前掲スーザン・ギャンブルはこの「生命の木」の襲撃現場を「きわめて同性愛的なレイプシーン」と指摘する。そして生命の木の赤さは、どこかシャンブロウの髪に通じている。

プロメテウスの内臓脱走

強制的異性愛社会に長らく居住しているわたしたちにとって、自然化している風景のなかにどれほど変態的な要素が隠されているのかを推し量るのは難しい。だが、シャンブロウの赤い髪は、その怪物的相貌を通して確かに違和感を注入しているようだ。もし仮に、シャンブロウというまったく未知の生命体に、地球人風にいう雄とか雌とかいう区別がないと仮定したら、物語はどのように変貌するのだろう。ノースウェスト・スミスは、当初確かに「若い娘」のように見えたこの怪物を文字通り「若い娘」と解釈しただけかもしれない。けれども、宇宙とは何時いかなる時もあくまで未知のフロンティアなのである。

そこで、こう考えてみる。シャンブロウの髪がなにも観念化した男性性を象徴するものではなく、たとえば文字通り男性性器だったと考えてみること。短編「シャンブロウ」を男性性／女性性といった性差分別的世界観からいったん解き放ってみること。

「シャンブロウ」はきわめてエロティックな物語である。けれどもそのエロティックなシーンは、筆者によって直接的に描写されることはない。ある意味ではたいへん観念的な物語なのである。リアリスティックな描写から乖離した光景の、その現実との距離観をバネに、ここはむしろヘテロセクシュアリティというより、スミスとシャンブロウとの間に交わされる異種間交配のセクシュアリティに着目してみる。濃密なるホモセクシュアリティの隠喩から、むしろスミスを救出するヤロールとスミス自身との男同士の絆が顕在化する。

九〇年代に入って、フェミニズム批評はクィア理論と交錯してさまざまに論じられてきた。七〇年代以降の比較的若い女性を中心にした「男性同性愛嗜好」については、ジョアナ・ラスやカミル・ベイコン＝スミス、コンスタンス・ペンリーらの先行研究があり、拙著『女性状無意識』（勁草書房、一九九四年）でも考察対象のひとつに選んだが、いまにしてみると、特にその文脈で解読されてきた『宇宙大作戦』のカーク／スポック関係に等しいものを、いまのわたしたちはノースウェスト・スミスと相棒ヤロールという二人組の関係に幻視することができる。

ノースウェスト・スミスが、シャンブロウに（「生命の木」同様の）同性愛的レイプを受けていたと仮定し、さらにそれをヤロールが助け出したと考え直してみたら、はたしてどうなるか。文脈上、シャンブロウこそは、ノースウェスト・スミスとヤロールの関係性を顕在化させてしまう「おこげ的」な構造を垣間見せていると言えるのではないか。それでは、スミスとヤロールという、あくまで女性の幻想に登場する男性同性愛者が、十九世紀以来女性嫌悪と結び付く形で浮上した「宿命の女」のセクシュアリティとどうして結び付くことになったのだろう。

むろん、男2女1（＋α）という関係性は時代を超えても問題絡みである。たとえば、映画『ウェディング・バンケット』がそうであるように、これをたとえ男性同性愛者＋おこげによる共存の地平とラディカルに捉え直したところで、いっぽうでは、これこそ次世代再生産を想定するや男性族＋子宮畜という従来最もありがちだった搾取構造の反復ではないかと見下す偏見が出てくる可能性も避けるわけにはいくまい。けれども、そうしたリスクを追ってさえ、不思議なセクシュアリティを顕在化させるこの怪物像に、女性ＳＦをめぐる謎が隠されているような気がしてならない。かつてメアリ・シェリーは、バイロン郷と夫パーシーとの間にはさまれて、科学の時代を鑑み、ギリシャ神話に思いを馳せ、プロメテウスが日々再生産し日々これを喪失した内臓を繋ぎあわせて、近代科学的意匠をまとったゴーレムを再生産してみせたものだった。

また、七〇年代ころから、無数の若い少女たちが世界を統べる支配的言説の間隙をぬうようにロマンティックな男性同性愛関係物語を捏造しまくり、深く静かな意識革命を敢行したものだった。巨大にして不可視の潮流。その内部には、赤いリボンのような内臓幻想に結ばれて、次世代フェミニズムを予測させる秘密が隠匿されている。それを追及することは、シャンブロウという一見古典的に見える女怪物をジェンダーの鎖から解き放ち、無数に蠢くセクシュアリティのフロンティアに返すことにほかならない。


『エイリアン』リドリー・スコット監督、ダン・オバノン脚本、シガニー・ウィーバー主演、一九七九年。

Camille Bacon-Smith. *Enterprising Women : Television Fandam and the Creation of Popular Myth.* Philadelphia : University of Pennsylvania Press, 1992.

エドガー・ライス・バローズ『火星のプリンセス』（一九一二年）小西宏訳、創元推理文庫、一九六五年。

小谷真理『女性状無意識——女性ＳＦ論序説』勁草書房、一九九四年。特に第九章。

呉茂一『ギリシャ神話—改訂版』新潮社、一九六九年。

C・L・ムーア「シャンブロウ」(一九三三年)、『大宇宙の魔女――ノースウェスト・スミス』仁賀克雄訳、ハヤカワ文庫SF、一九七一年。

C・L・ムーア「美女ありき」(一九四四年)、『20世紀SF1 1940年代 星ねずみ』中村融他訳、河出文庫 二〇〇〇年 所収。

C・L・ムーア『暗黒神の口づけ――処女戦士ジレル』(原著一九六九年)仁賀克雄訳、ハヤカワ文庫SF、一九七四年。

Constance Penley. "Brownian Motion : Women, Tactics, and Technology", Constance Penley & Andrew Ross, eds., *Techonoculture*. Minneapolis : University of Minnesota Press, 1991.

高橋裕子『世紀末の赤毛連盟』岩波書店、一九九六年。

ジョアナ・ラス「女性による女性のための愛のあるポルノグラフィ」矢口悟訳、〈SFマガジン〉二〇〇三年九月号。

Pamela Surgent, ed. Women of Wonder: Science Fiction Stories by Women about Women. New York: Vintage, 1974.

『ウェディング・バンケット』アン・リー監督&脚本、馮光遠、ジェームズ・シェイマス脚本、ウィンストン・チャオ&ミッチェル・リヒテンシュタイン&メイ・チン出演、中央電影公司製作、一九九三年。

ハルとミク――初音ミク、あるいは音楽するＡＩたち

去る二〇〇八年十一月十五日から十六日にかけての週末、湯河原で開催されたＳＦファンによる年次地方大会GATACON2008を訪れた。どういうイベントかというと、市井のＳＦファンが旅館を借り切って、同人誌やらショートフィルムやらをもちよって、夜を徹して宴会しながら、ＳＦについて語り倒す、というもの。GATACONのGATAは、新潟の潟にひっかけた洒落で、同会は酒好きの新潟系ファンによってスタートし、当初は新潟県内でのみ行われていたが、かれこれ三十年以上も経てばメンバーも関東地方に引っ越す者が増えたため、都内でやろうが神奈川県内でやろうが静岡県内でやろうが、何ら名称を変えることなく、毎年のように宴会を続けている。運営も自力なら、企画も持ち込む物品も自前。要は、この手の大会の魅力は、ファンによる手作り文化というわけなのだ。

その大会に、初音ミクさまがご降臨されていた。といっても、どこかのオタクが初音ミクのデモテープをもってきた、とか映像を作ってきた、という意味ではない。ナマモノとして、つまりコスプレと

して登場していたのだ。初音ミク自体がさまざまな曲をカヴァーするソフトウェアだから、そのコスプレというと、いわばコスプレするヴォーカロイドを仮装する、メタコスプレの趣き。

そんな文学的遊戯に満ちたコンセプトだけでも充分面白いが、湯河原のミク様は、とにかく美しかった。不自然に大きく、ありえないような色彩のツインテール、肩も露わで変わったデザインの服。切り離されてどういう役に立つのかわからない袖。ネットでよく見かけるあの姿がそのまま温泉地に顕現し、日本の温泉地にはまったくそぐわない、徹底的に不自然である存在だけれども、可愛いければすべてがゆるされる、といった勢いだった。その通り、昨今、可愛い不自然さ＝人工性は「萌え」という言葉でくるみこまれて、不問に付されるのが常である。

あとで聞いたら、お衣裳は市販のものをお召しになっていらしたのだが、集積回路模様のパネルをはりつけた袖のパーツなどは、それ専門に作る人がおり、ネット通販を通じてお求めになったものらしい。それらを集め自在に組み合わせてパーフェクトを目指す、まことに気合いの入ったコスプレなのだった。

湯河原のミクさまは歌わなかったけれど、その雰囲気は、かつての謎めいた女の子ユニット、セラニポージを思い出させた。ガーリッシュということばにぴったりだったからだ。セラニポージもゲームのなかに登場する架空のアイドルだったので、そういえば、ミクといえば、セラニポージの子孫ではないかしらとあれこれ想像した。

もちろん、女の子的なものと電子的なモノとの相性の良さでは、セラニポージと初音ミクの『Re:package』（livetune feat. 初音ミク）は共通するモノがあるけれど、ただし、両者は明らかに違う。初音ミクのほうが、よりヴィジュアル化され、よりキャラノリを全面に押し出しているからだ。ミクは、歌コスプレである究極のカラオケ的なヴォーカロイドなのだけれど、ミクにとりこまれて歌われると、その舌足らずで幼女的な声にさまざまな曲が蹂躙されているような気分になる。セラニポージという架空アイドルのユニットは、自分たちのオリジナリティに埋没していったけれど、初音ミクのほうは、さまざまな名曲のカヴァーをしながら、なにかの仮装をするという世界観からどんどんはなれ、むしろ世界全体のほうが、ミクのコスプレをしているんじゃないかと思われてくるほど、パロディックな読み替えを演じて、ハートをくすぐるのだ。

それにしても、カラオケして世界と同化するのではなく、なにをカヴァーしてもミクになってしまうこのパロディ性は、どこから来たのか。その秘密はなんなのだろう。

初音ミクの独自性のひとつには、舌っ足らずな、なんとも幼女っぽい歌い方がある。アニメ声といってもよいのだが、それはかつてアニメが、大人を対象とした文化ではなく、子供文化である、と評価されていた時代を思い起こさせるところがある。大人の、つまりオーソドックスな歌い方を踏みにじるような、かわいらしい声と歌い方が、オリジナリティ尊重文化への絶大な破壊力になっているのでは、と想像させるのだ。しかも、そこに何らかのセクシュアリティを隠蔽しているような気さえする。

初音ミクのこうした逸脱性とセクシュアリティにまつわる起源神話としては、アーサー・C・クラーク&スタンリー・キューブリックの手になる映画『2001年宇宙の旅』のHAL9000が思い出される。あれこそは、最も原初的なヴォーカロイドではなかったろうか。

HALは、宇宙船ディスカバリー号のすべてをコントロールする人工知能。ディスカバリー号は、月で発見された謎のモノリスから発信された信号が木星方面へ向かっていることから、調査のために派遣された宇宙船だった。もっともその使命は、モノリスが他の高度な知的生命体によってもたらされたものである、という衝撃の真相を含んでいたため、極秘事項として乗組員にすら伏せられていた。かくして、真の渡航目的を知っている博士たちは冷凍睡眠についたまま、木星へ出発する。

HAL は人工知能であるため、真の任務を隠蔽しなければならない、という一種矛盾に直面し、整合性ある機械知性としての機能に混乱が生じてしまう。結果、秘密を守り命令を論理的に成就させるには、人間、つまり乗組員たちを抹消するしかない、との帰結を引き出したかのように、殺戮をくりかえす。

肉体をもたない HAL にとって、唯一のコミュニケーション手段は疑似音声だから、それは重要な部分である。監督のキューブリックは、ここに豊かな表情をあたえることに成功している。そのヒントが当時すでに存在していたヴォーカロイドにあったという。

キューブリックは、どうして、HAL の声を女性ではなく、男性の声にしたのだろう。宇宙のはてしない孤独の旅で女性の館内アナウンスでは、かえってホームシックが心配されたからだろうか。それとも、究極の数学的空間にオバサンたちの猥雑な声は美的にそぐわないと考えたのか。

整然としていっさい無駄のない人工的な空間であるディスカバリー号の内部においては、機械の声も乗組員の心を騒がせるような一切の猥雑さから切り離すべきだという前提から、人工知能 HAL9000 には「男声」が選択されたのだと考えるのは、たしかに妥当かもしれない。が、なんとも皮肉なことに、HAL の役割は、むしろディスカバリー号全体の環境をコントロールする、いわばディスカバリー号全体にかしづくメイド的な役割なのである。

男性乗組員たちは、ディスカバリー号のなかにはりめぐらされたHALのネットワークのなかで生きている。もしかりに、HALがあくまでネットワークとしての女性性を体現する存在だったら、女性の声を与えられてもよかったはずなのだ。しかしながら、HALは男声をあたえられ、男性的ジェンダーを与えられる。そして男ばかりのディスカバリー号で男性乗組員のすべてを介護するべき女性的役割を強要される。かくしてHALは性差混乱性を抱え込まざるをえず、その性差混乱性こそは、殺人にいたるHAL乱心の真相を補完するロジックだったのではないか。

やがてHAL9000の殺人に気がついた船長はHALの自律的な知能を停止させるわけだが、その機能停止の直前に、HALは『デイジー・ベル』を歌う。

この人工知能は、人間が子供から大人へと成長する過程をなぞるように教育されていて、ボーマン船長が機能を片端から停止させていくと、一番初期のころのデータが露わになってくるのだ。人間に例えるなら、過去の記憶が甦ってくるかのように、HALは幼児退行し、最初に習った歌を思い出すのだ。

映画のなかで、ボーマン船長は、「歌ってくれ、どんな歌だか、聞いてみたいな」と質問し、それに答えるようにHALは、『デイジー・ベル』を歌い始める。だが、船長による回路遮断の操作は続けられているので、HALの声はどんどん低くなり、こわれた音声スピーカーのようになったあげく、突然停止する。

この場面は、たかだかひとつの機械が壊れるという意味以上に、なにかしら胸にせまるところがある。ひょっとすると、HAL9000は、人間によって作られた単なる機械以上に、なにかしら人間くさいところがあったのではないか、と考えさせるところがあり、どうにも落ち着かなくなるのだ。

皮肉な事ながら、HALが淡々とこなすべき日々のルーチンを逸脱し、意図しない忘却や惑乱、崩壊といった、壊れた様子をみせるときの方が、なんだか人間性に近い何かが現われているような気がしてしまう。

そして、奇妙なことだが、わたしたちがHALをセクシャルだ、と感じるのは、むしろ機械として壊れたところを隠蔽している含みを感じ取ったときなのではないか。チェスをやったり、機械のチェックをしたりといった日々のルーチンワーク以上に、取り乱したり、惑乱したり、なにか自発的に行動しようとしている様子がうかがえるとき。つまり、逸脱の中にこそ、性的な含みがあるのだ。

結局、HAL9000が忘れられない存在になるのは、『デイジー・ベル』を歌ったときの印象があまりに強すぎるからだった。その場面は、大人としてのHALが、幼児性と同等のなにかをさらけだす様子にほかならなかった。大人の世界の日常性の持つ範囲からひきさがって、ギリギリの、崩壊寸前のところに立っているHAL。それが垣間見えるからこそHALはゾクゾクするほどセクシーなのではないか。HALの日常をつかさどる機能の向こう側に、なにか日常性から隠蔽された、隠された部分があるのではないか、ひょっとして感情にちかいなにかがあるのではないか、と妄想するとき、それは顕著になる。

さて、六〇年代の終わりにHAL9000によって歌われた悲劇的な『デイジー・ベル』を、二十一世紀の現在、電子カラオケ好きな歌姫初音ミクが歌っている。それはウェブのなかで簡単に見つけることができる。

ミクは、悪戯好きの小娘のように、いかにもイノセントに『デイジー・ベル』を歌う。ミクはHALの歌い方をすら真似てみせる。かわいい幼女風に歌い出すミクの声は、中途からHAL同様しだいに低くなり、最後には電子的中年男のような声に変化して唐突に終わる。

追いつめられたHALがセクシュアルな存在だったのは、案外、子供的な部分がひきだされたからかもしれない――舌足らずなミクの幼女声は、そんなことを思わせる。同時に、大人のスタンダードの世界から逸脱した初音ミクの魅力が、やはりその逸脱性と結びついていることに気づかざるをえない。彼らは人間＝大人の範囲の際に立って、ヒトのセクシュアリティに誘惑的に働きかけてくる。

ただし、六〇年代に停止させられ沈黙したHAL9000と異なって、HALの悲劇性をもパロディックに蹂躙する初音ミクは、かつてHALを死に追いやった逸脱性を最大の武器にしてメディア全体に展開し、ゆるやかで大きなネットワークを形成しつつサヴァイヴァルに成功しているように思う。

HALとミクの違いは、メディアの層の厚さにある。『２００１年宇宙の旅』は、メディアと政治的謀略をひとつのトピックにしたＳＦだったが、当時のメディアはまだまだ脆弱で単純なシロモノだった。HALとミクは、ネットワークとしての女性性というコンセプトについての思考へと我々を誘い出す存在なのだが、六〇年代には狂気に陥って沈黙させられ、消滅させられたそれは、高密度なメディア社会では、ネットワークと一体化するということの具体性を――その豊かな可能性を示唆してやまない。

昨今、そうしたネットワークとしての女性性を考察する興味深いＳＦが書かれている。山本弘が二〇〇八年の後半に発表した長篇ＳＦ『詩羽のいる街』が、それだ。

詩羽は少し前で言うなら、悩み多き男性にとって救世主のような、それこそ、孤独な男性にとっての初音ミクのような――萌えかわいい女性である。彼女は、コミュニケーションに不自由な男性がいると、動物的に引き寄せられるかのように、すかさず姿をあらわす。

なぜ、こうも都合良く、こんなかわいいヒロインが、ダメな男を助けにやってくるのか。ひと昔前なら、答えはひとつだった。ダメな男が主人公だったからだ。ヒロインは、主人公のために用意される、という理由であらゆる矛盾は不問に付されたものだった。詩羽も、もちろん世の中の数々のダメさを救済するべく編み出されたヒロインであり、物語もご都合主義的な始まり方をする。にもかかわらず、彼女にはそうした女性性に対する理解があり、なによりそうした、女性に対して男社会が求めてきた役割を逆手にとったライフスタイルをはっきりと提示するのだ。

詩羽を必要とする街は、われわれが日常生活でよく遭遇するさまざまなダメさの品評会だった。そのトラブルの多くはコミュニケーションに由来している。

社会的動物である人間にとって、人と人との間の通信機能は重要視されている。人と人、人と社会、人と世界の間をつなぐ回路には、つねに最適化された情報が流れるべきなのだろうが、物語に登場する詩羽を必要とする人々の多くは、その情報がうまく流れなくなっていることがはっきりする。そこで詩羽が登場する。彼女の才能は、ひとことでいうと「空気の読める女」であり、情報流通の問題点をたちどころに見抜くこと。ＴＰＯに応じて整理しなおすことができることなのだ。

同書は、ネットワークと一体化する女性というのが、イコンでもなくイメージでもなく、まさにライフスタイルの持ち主であることを具体的に描く。詩羽は定住しない。知り合いの家を転々とし、さまざまな場所に衣類などの私物を置いて、ケータイでありとあらゆる物心の流通をはかっていく。

鍵のかかった閉鎖空間という家ではなく、街全体のあちこちに居場所を分散し、自分自身も自在に遍在するかのような詩羽にとって、街全体が家のようでもあった。彼女のネットワークの中に街がすっぽりと入っているかのように見える。

女性はしばしば見えない存在だと言われるが、その一方で男性にふりまわされてきた長い歴史がある。そのために身につけたサヴァイヴァル能力をフルに活かして、ネットワークを駆使する存在になっていく。そうした詩羽のいる時代の女性性のありようは、初音ミクの存在の仕方に似ている。彼女たちのフェミニニティは、顔文字やポストペット同様、コミュニケーションの手段が大人っぽく統制された情報交通だけではなく、それを逸脱した表現形態の重要性を探究するためのヒントにあふれているのではないかと考えている。

アーサー・C・クラーク『決定版 二〇〇一年宇宙の旅』（原著一九六八年）伊藤典夫訳、ハヤカワ文庫SF、一九九三年。
livetune feat. 初音ミク『Re : package / ivetune feat. 初音ミク（ジャケットイラストレーター redjuice（supercell）』ビクターエンタテインメント、二〇〇八年。
『2001年宇宙の旅』スタンリー・キューブリック監督&脚本、アーサー・C・クラー 脚本、スタンリー・キューブリック製作、一九六八年。
HAL 9000.「デイジーベル」（初演一八九二年）ハリー・ダクレ作詞作曲、宇宙船ディスカバリー号、二〇〇一年。

セラニポージ『manamoon』日本コロンビア、一九九九年。
山本弘『詩羽のいる街』角川書店、二〇〇八年。

ダンスする仮装——ゼロ年代のマドンナ

コスプレの聖母

マドンナほどコスプレが好きなダンサーはいないだろう。

とはいえ、それが時代的要請であったことは否めない。八〇年代といえば、MTVが八三年に開始され、新奇な魅力のヴィデオクリップが衆目を集めていた時代である。そしてヴィデオクリップの新奇性に、コスプレが一役買っていたのは事実である。

映画ほど長くなく、コマーシャル・フィルムほど短くもない多少長めの音楽映像は、さながら短篇映画のよう。星新一にならうなら、ショートショートのように、ちいさな物語性がひしめきあっていた。音楽と映像とが組み合わさったメロドラマ。バンドやシンガーのライヴ場面にまじって、彼らがするちょっとした扮装とちょっとしたシチュエーション・ドラマのイメージはたいそう魅力的だった。その独特のスタイルを駆使して輝いていたアーティストのなかに、マドンナがいる。マドンナばかりではない。同じ年で世界的なポップスターになっていくマイケル・ジャクソン、プリンスもMTV世代で、その特徴はひとことでいうなら、パロディ感覚。ステレオタイプと戯れながら、たえまなくステレオタイプを混乱させていく彼らのパフォーマンスには、コスプレのスタイルがよく似合った。

彼ら三人が、奇しくも「聖母（マドンナ）」とか「王子（プリンス）」とかいった——「（アメリカ的成り上がり）ファミリー」ならではの高貴な意味合いを付加された——称号を名前にすり込んでいたのもまた、偶然とはいえ魅力的だった。あたかも童話に登場する役柄がそのまま主人公たちの名前になってしまうかのように、彼らは称号に刻印されたステレオタイプと、身をもってはてしなく戯れてみせた。実人生にステレオタイプの断片がモザイクのようにちりばめられて、彼らのスター性をはばたかせた。人工性、攻撃性、演技的虚構こそ、彼らの特性であり、それは時代が彼らにもとめた要素である。

そのなかで、女性のステレオタイプについて、エキサイティングな解釈を次々に打ち出していったのが、マドンナだった。よく知られているようにマリリン・モンローのようなハリウッド銀幕スターのイメージや、『メトロポリス』のような古典、『ナインハーフ』などの流行映画の一場面を演じながら、彼女はそこに八〇年代に高度な発展を遂げることになるフェミニスト的解釈を次々投下していく。その一方では、アコギなまでに男性的な欲望を身にまといつつ、その後ろ側にあるさまざまなマイノリティの視点から語られる別の文脈をしめす。

映像ばかりではない。白人女性のステレオタイプを使い、それを巧妙にずらす戦略は、じつは音に秘密があった。音楽的には、スーザン・マクレアリが〈ジェンダー〉誌で丁寧な分析を試みたように、ベースは黒人たちのダンス・ミュージックであり、彼女の曲は黒人たちのヒットチャートに頻繁に登場することで有名だった。白人男性の前衛的ロックではなく、黒人の若者が集うクラブでよくかかる通俗的ダンス・ミュージックであることをガンコに守り抜いたのだ。ステレオタイプを混乱させる映像のイメージ戦略と保守的な音の組み合わせを演出し、人種・性差・セクシュアリティの規範と戯れることによって、保守的なメンタリティに亀裂を生じさせていくのが、彼女流儀のスタイルだった。

「マテリアルガール」は、最初のコスプレ作品の成功例だ。マドンナは、マリリン・モンローの姿を模しながら、夜会服姿の男性ダンサーたちと踊る。しかし、単に男性に媚びるだけではなく、あくまでそれが男性の欲望を搾取する女性の攻撃的な戦略であり、その内部にはロマンスに忠誠を誓う女の純情が現れ出るといった感じで、モンローのイメージはくるくる変容する。それはマドンナによるマリリン・モンロー解釈かもしれないし、多くの銀幕ファンの欲望をそのままひきずりだしてみせたものなのかもしれない。あからさまな媚態が羞恥なく語られるとき、ヒトはそこに崇高を見る。圧倒的にファッショナブルで美しく、おしげもなく投下される情報は、下品さを残しながらも贅沢な洗練に満ちていた――つまり徹底的な情報の取捨選択が行われていることをうかがわせるものであった。

以来マドンナは、徹底的にコスプレ路線でつきすすみ、九〇年の「ヴォーグ」でそれは最高潮に達する。マリリン・モンロー、グレタ・ガルボ、ジーン・ハロー、キム・ベイシンガーといった大女優のコスプレが、黒人ゲイらのヴォーギングの構造と、実は非常にちかいところにある、という発見がヴィデオクリップからあふれだしている。『ザ・イマキュレート・コレクション』（九〇年）に収録された「ヴォーグ」のライヴ・ヴァージョンは、九〇年のＭＴＶ賞のショーのために演出されたもので、ダンサーは全員フランス十八世紀のロココ・スタイルで登場する。こんにちスプレやおたく文化というと、十九世紀イギリスのヴィクトリア朝メンタリティと重ね合わされて論じられることがあるが、フランスのロココ趣味がコスプレ文化と(美しいバカバカしさにおいて)比肩されるべきであることは、嶽本野ばらが『下妻物語』で示唆している通りなのである。

コスプレの醍醐味は、「幻想である既存の作品世界をここまで現実に再現するものなのか」という達成感と、「やっぱり再現されたものは幻想とはあきらかに違う」という困難のあいだに存在する。つまり現実と幻想の攪乱現象が活発であればあるほど、衝撃力が生まれる。とすると、八〇年代は、ステレオタイプの保守性と、それを再構築しようとする過程において、時代の流れによる変化との間の闘争が激化していた時代ということができるだろう。

「ヴォーグ」のあと、九二年に『SEX by Madonna マドンナ写真集』というスキャンダラスなSM写真集が出版され、マドンナ現象は頂点に達した。ハイファッション誌〈ヴォーグ〉の表紙写真を黒人のゲイたちが模倣しながらダンス競技するヴォーギングを発見し、それをデヴィッド・フィンチャー監督とともに、MTVのヴィデオクリップとして洗練の極致ともいうべき映像でまとめあげたマドンナは、NYのクラブを経由してボンデージやフェティッシュ・カルチュアへと切り込み、それが写真集に結実したというわけだ。当時、日本でも発売されたその写真集をどう書評するべきなのか書きあぐねていたわたしは、とあるボンデージ系のキーパースンが写真集をちらっとみて、ポツンと「うすいよね」とつぶやいていたのを思い出していた。

しかし「うすくて」当然ではないだろうか。彼女はコスプレのひとなのだから。記号のゆらぎを演出するマドンナのスタイルは、高度なメディア社会であるアメリカを批評するとき最大の攻撃性を発するが、「メディア」というカルチュアの向こう側をのぞきこんでも、意味はすくい取れないどころか、黒々としたメディア社会アメリカの虚無に放り込まれたかのように当惑するしかないのだった。物心主義・消費社会といった莫大なる記号の浪費が可能なイメージの世界こそが彼女の帝国なのだから。「ヴォーグ」は、黒人ゲイやドラアグ・クィーンたちのカルチュラル・ベースを再評価する強力なよりどころにはなったものの、そのカルチュア自体に聖母が住んでいるわけではなかった。

以後、九〇年代のマドンナは、なんだか視点のぼやけたものになっている。ためしにサラ・ギャンブルの編纂したラウトリッジの『フェミニズムとポスト・フェミニズムの批評事典』を開いてみると、なるほど時のマドンナ現象は、「九〇年代のマドンナ」と渾名されているビョークのほうへと移動している記述が見える。

ABBAのナゾ

ところが、二十一世紀のここへきて急激にマドンナの話題が復活している。ニューアルバム『コンフェッションズ・オン・ア・ダンスフロア』(のヒットと)、シングル化された「ハング・アップ」の評判だ。

むろん、今世紀に入ってすぐに勃発した9・11同時多発テロ事件以降、マドンナがアンチ・ブッシュ、反戦運動のキャンペーンを張っているのはあまりにも有名だ。それこそマドンナらしいふるまいであるから当然としても、ここにきて顕著なのが、前作『アメリカン・ライフ』(〇三年)に強調されていたアンチ・ブッシュ的な強い政治性がやや緩和され、全体的にダンス・メロディーとして強調されていたこと。本人がメッセージ色が少ないと宣言し、ポスト・ダフトパンクらのニュアンスをもつ軽快なダンス・ミュージック回帰を、まるで八〇年代デビュー当時の初心に帰ったかのよう、と捉える向きも少なくない。政治性の緩和——たしかに新作ではポップ色が強められ、五六分ノンストップで繰り広げられるダンス・ミュージックは、なによりもエンターテインメントに奉仕するべく娯楽性が強調されている。

しかし、だからといって彼女の本質が変わってしまったかというと、そうではない。わたしの目には、ガンコなまでに当初からのコスプレ的個性戦略にも変化がなく、時代に対応しているにすぎない——つまりはそれすらも、従来のオーソドックスなスタイルを守っているように見えるのだ。逆に9・11以降の今日、八〇年代後半に展開されたマドンナのスタイルが、一定の時期を経てまた有効に機能するようになった、そんな時代の趨勢が窺われるのではないだろうか。

とくに「ハング・アップ」を聴いてみて、明らかに「ヴォーグ」のころから指摘されていた（フェミニスト）キャンプ性に、彼女自身が巧妙な仕掛けを施している様子が興味深い。

というのも、「ハング・アップ」は、七〇年代後半に世界的な人気を獲得し、現在もなお強固な人気をほこるスウェーデン出身のミュージシャンAᗺBAの「ギミー・ギミー・ギミー」をサンプリングしているからだ。AᗺBAは、サンプリングすることを極度に嫌っていることで有名な、オリジナリティを守ろうとするミュージシャンだが、マドンナはそんな彼らに手紙を書いて説得し、許可をもらったのだという。

なぜAᗺBAなのか。

この問いは、むしろマドンナよりも先行して、ドラァグ・クィーンたちのショーに存在したモノだった。つまり、もともとドラァグ・クィーンのキャンプ・スタイルとAɐBAは関係がないわけではないのだ。たとえば映画『プリシラ』（九四年）にその好例が見られる。同映画はオーストラリアをバスで旅する三世代のドラァグ・クィーンを描いたもの。映画のなかで描かれたドラァグ・クィーンたちは、びっくりするほど派手でとんでる衣装に身をつつみ、音楽にあわせて軽いダンス・パフォーマンスを行うことを生業にしている。

ところで、その映画のラストで歌われた音楽がほかならぬAɐBAの「マンマ・ミーア」であった。七〇年代後半のディスコでかけられ、ダンス・ミュージックとして絶大な人気を誇っていたAɐBAの音楽は、とんがり系でもなくオーソドックスで軽いポップスであり、二組の夫婦によるメンバー構成から健全というよりずいぶん保守的な捉えられ方をしている。そのAɐBAの曲をドラァグたちは好んで使用する。

ドレスアップについていえば、ドラァグ・クィーンのそれは、日常的なパーティ服をはるかに踏み越えた、いわば、宇宙人のような装いである。その宇宙的超越の極致である衣装と、AɐBAのような超保守的な音楽との組み合わせ。これほど両極端なものはないだろうと思わせるほどの取り合わせが、実際のドラァグ・クィーンたちの持つ衝撃的個性をストレートに反復しているのではないだろうか。

だれもがわかるポップ・ミュージックのステレオタイプ。彼らはそれをバックにかけるも、歌は口パクだし、そのダンスもシロウトの域を出ない。ダンサーではない体つきでぎこちなく踊るかれらのパフォーマンスは、全体的にバカバカしく派手で華麗で、そのちぐはぐさから破壊力はひきだされる。

確かに、ドラァグ・クィーンのキャンプ性は、シロウト芸と高度な衣装構築のリミックスであり、超保守と超前衛がおりなす性差混乱のアートそのものなのだ。だからこそ、健全で保守的ななによりサンプリングを毛嫌いするオリジナリティの権化ともいうべきAᗺBAでなければならなかったのではないか。

こうして、ドラァグ・クィーンのキャンプ性によって再構成されたAᗺBA選曲のテイストは、その後、たとえば九九年のミュージカル『マンマ・ミーア』にもそのまま引き継がれている。

ロンドン発のミュージカル『マンマ・ミーア』には、若き日に一女ソフィをさずかったシングル・マザー、ドナが登場する。美しく成長したソフィは結婚式前夜。実は母親には内緒で父親とおぼしき三人の男性を招待していた。長い年月を経て出会う昔の恋人たち。そして若き日にドナとバンドを組んでいた親友の女性二人。こうして母親のひと昔前のロマンスが、結婚式のために集まったもと恋人たち、および親友たちとともに回顧されていく。舞台では、七〇年代後半から八二年の解散までに全世界的なヒットとなったAᗺBAのナツメロが二二曲登場し、今は中高年にさしかかった男女にとっては、ディスコ・ムーヴメントの青春を思い起こさせるような輝きに包まれている。

その同窓会的な雰囲気は、若き日の美しさやみずみずしさからはみ出し、容赦なく老いがさしかかってはいるものの、若い時分のエネルギーを思い起こさせるような情感を湛えていた。おもしろいのは、これを演じる俳優たちも腹や背中や太腿に充分な脂肪を蓄え、けして若い俳優にない、中高年独特の姿で登場していること。舞台のフィナーレでは、若き日のバンド衣装を身につけ、あたかも主人公たちがドラァグ・クィーンのように派手な格好で、若き日のナツメロを歌う。青春を完全に逸脱した今だからこそその装いが別個の価値観を提示してさまになるのだといわんばかりの奇妙な自負心が、笑いと明るさをもたらす。

AᗺBAと過剰な衣装という組み合わせは、ドラァグ・クィーンのキャンプ・スタイルを彷彿とさせる。その過剰なスタイルは、つぎのような印象を引き起こす。かつて銀幕のスターのために構築されたスタイルから出発した〝キャンプ〟は、高度メディア社会で目もくらむような過剰な記号の散乱現象に結実した。それはもちろん現実の規範を逸脱するエイリアン性にあふれ、それ独自の世界観を強固に主張するものである。ならば、その中身が——つまりもとが、たとえ貧しくても、たとえ黒人であろうと、たとえゲイであろうと、老人であろうと、女性であろうとかまうまい。彼らをマイノリティと評価していた規範は消え去り、エイリアンの文脈がリアリティを伴って顕在化するのだから。

ダンスするコスプレ

「ハング・アップ」は、いっけんコスプレとはなんの関係もない、マドンナの日常を撮ったかのように見える。しかし、『マンマ・ミーア』同様、AᗺBAが組み込まれているならば、そして古いポップスが先鋭的なサウンドとハイブリッドされるダフトパンクの手法の影響下にあるならば、それはコスプレ的な構造を反復しているのではないだろうか。

マドンナは、ショッキング・ピンクのレオタードを着用して、熱心にダンスフロアで練習する。四〇代後半になって容赦なくおそってくる肉体の衰え。目覚めるたびに皮膚はたるみ、筋肉はゆるみ、ウェストに脂肪がつき、ダイエットすると老婆のようになってしまうそんなギリギリの身体を、彼女はブリッコのようなレオタードに包み、若い娘のように膚を露出してみせる。

練習風景と交錯するように、カメラは、若い黒人の少年少女やチャイニーズ・レストランの風景を活写する。彼らはダンスにとりつかれた人々であり、仕事が終わってからクラブへ向かう。マドンナは「ダンスする肉体」の老いを、若い世代のカルチュアと絶妙に組み合わせる。クラブに集まった彼らははげしいダンスに身をまかせる。普段着でとけこんでいるマドンナもまた、ダンスに参加し、周囲のダンサーとの遜色は感じられない。

実は、黒人たちもチャィニーズ・レストランのダンサーも、明らかに超越的なのだ。特に後者では、レストランに従事する従業員がダンサーであり、彼らが踊り始めると仕事場がたちまち、非日常化する様子が描かれている。また、ダンサーであれば、たとえそれが太った黒人女性に見えても、電車の中は非日常化する。

ここでは、ダンサーであることとコスチューム・プレイヤーとが同義である。つまり、彼らの住む日常空間こそは、ダンサーというコスプレイヤーが演じるコスプレ空間なのではないか。ダンスフロアの躍動感を「若さ」と読みこむことが、日常空間の規範だったのだ。そう考えると、いっけん若さに満ちあふれたようなダンスフロアとは、実際にはダンサーたちによって構成される人工的な空間であるように見えてくる。そこでは若さが問題ではなく、ダンサーという肉体を着ているかが問題なのだ。

マドンナは、金髪碧眼のWASPの若い娘のようなファッションと老いの見える身体との組み合わせに、羞恥心のない崇高さでのぞみ、絶妙な記号の混乱をつきつける。わたしたちは、それが彼女のナチュラルな姿ではないかと考える。キャンプ的ハリウッド・スタイルのきらびやかなすがたの下で

「老い」という病が進行していたのではないかと捉え、落ち着かなくなる。

だが、そうした物語こそ、長年「女性たち」に課せられてきたステレオタイプ信仰ではなかったか。だからこそ、そのいっぽうで、チャイニーズ・レストランのダイナミックでハードなダンスを軽々と反復するマドンナの姿に当惑を覚える。「老い」と「若さ」のギャップにおののくのだ。そして鍛えられた肉体について考えはじめる。この距離は美と恐怖と快楽をともなっている。その混乱の衝撃力こそ、かつてマドンナが意図し、ドラァグ・クィーンが演出したなにものかではないだろうか。

かつてなら、ダンスする肉体は、野暮ったいローカルチュアに隠蔽されたクリエイティヴィティに芸術的な輝きを当てるためのツールだった。ダンスするために鍛えられた肉体は衣装の一部だった。幻想世界のコスプレ的洗練のために「ダンスする肉体」は不可欠であると主張しているかのように見えたものだった。ダンスする肉体が、女性にとって、若さと老いの間を攪乱し、崇高で残酷なイメージの凶器になるとだれが想像しただろう？　ここでは、女性舞踏家の肉体自身がキャンプについての思索を記すノートなのだ。

これは、ひとりの老いた名誉白人女性のコスプレにすぎないだろうか。そうではない。ここでダンスしているのは、コスプレという名の身体なのである。かくして、身体を産み直した聖母は、フロアで満足そうに微笑む――「ハング・アップ」のヴィデオクリップはそんなふうに終わっている。

引用文献

ABBA. Gimme ! Gimme ! Gimme !（A Man After Midnight）. ABBA Greatest Hits Vol.2.（1979）. CD. record. Atlantic（U.S.A.）.1982.

クリストファー・アンダーセン『マドンナの真実』小沢瑞穂訳、福武書店、一九九二年。

Sarah Gamble, ed. *The Routledge Critical Dictionary of Feminism and Postfeminism*, New York : Routledge, 1999.

Mamma Mia! Original Cast Recording. CD. Decca Broadway, 1999.*Madonna. The Immaculate Collection*. WEA, 1990.

マドンナ + Steven Meisel（撮影）『SEX by Madonna マドンナ写真集』中谷ハルナ訳、同朋社出版、一九九二年。

Madonna. American Life. Maverick, 2003.

マドンナ.「ハングアップ」、『コンフェッション・オン・ア・ダンスフロア』ワーナー・ブラザーズ、二〇〇五年。

Susan McClary. “Living to Tell : Madonna’s Resurrection of the Fleshy”. *Genders* #7,1-21.

Suzette Haden Elgin. *Native Tongue*. New York : DAW Books,1984.

スーザン・マクレアリ『フェミニン・エンディング』女性と音楽研究フォーラム、新水社、一九九七年。

『メトロポリス』フリッツ・ラング監督・脚本、テア・フォン・ハルボウ脚本、エリッヒ・ポマー製作、UFA、一九二七年。

『ナイン・ハーフ』エイドリアン・ライン監督、パトリシア・ノップ&ザルマン・キング脚本、ミッキー・ローク&キム・ベイシンジャー出演、一九八六年。

『プリシラ』ステファン・エリオット監督・脚本、アル・クラーク&マイケル・ハムリン製作、テレンス・スタンプ&ヒューゴー・ウィーヴィング&ガイ・ピアース出演、一九九四年。

椹木野衣『ヘルタースケルター—ヘヴィメタルと世紀末のアメリカ』トレヴィル／リブロポート、一九九二年。

Cathy Schwichtenberg, ed. *Madonna Connection : Representational Politics, Subcultural Identities, and Cultural Theory*. San

Francisco : Westview Press,1993. キャシー・シュウィッツチャンバーグ編著『マドンナ・コネクション―誘惑・倒錯・破壊・イメージ操作』久木葉一訳、DHC、一九九四年。

女になったマイケル、男になったマドンナ――森村泰昌のメタアイドル芸術

二〇〇九年の夏になる少し前、マイケル・ジャクソンが亡くなったとき、ふと森村泰昌のことを思い出した。コスプレを芸術にしてしまった森村泰昌は、マイケル・ジャクソンに扮したことがあり、そのときの妙に腑に落ちた感触が甦ってきたからだ。

よく知られているように、マイケル・ジャクソンほどメディアでスキャンダラスに扱われた黒人男性は珍しい。白人中流男性の規範を前提とするアメリカ人社会で、若くしてショービジネスに成功をおさめたかのエンタテイナーは、興味本位で奇矯なイメージで語られることが多かった。

アメリカの歴史の中では、黒人男性といえば、筋骨隆々とした男らしい肉体が、女性のように「見られる」存在だった。男らしさと、見られること＝女性的であることが一種矛盾のようにひとつの肉体で衝突し続ける……そんな黒人男性の身体論を熟知しながら、マイケル・ジャクソンは、拒食症すれすれの痩身から激しいダンスを繰り出し、野生動物のように優雅で怪物的で超絶的なダンスを繰り

広げた。美しかった。彼によって黒人男性のイメージは都会的でお洒落なものに変わった、とまで言われるようになった。

その美しさのなかには、ハイテクを駆使した絶え間ない美容整形も含まれており、黒人の子どもというのは大人になると、黒人男性を経て(白人)女性になるのか、という(現実にはありえない)奇妙な成長物語を育て上げた。心の中のイメージにしたがって、現実の身体イメージを改変するのは、コスプレの基本だが、衣裳ばかりではなく、肉体ごと改変しようというのだから、空想現実化への実行力は徹底している。

そんなマイケル・ジャクソンに森村が扮したのは、『着せかえ人間第1号』(小学館、一九九四年)のときのこと。基本は、アート・ディレクターにタナカノリユキを迎えた写真集だが、これがなんとSF小説仕立てなのである。

基本は、主人公のひとり語り。「わたし」は美しくお衣裳もふんだんに持っている着せ替え人形の母から生まれた。しかし、そのために、母親たる人形は、人間を産んでしまった罪をとがめられ、他の人形たちに殺され、服も焼かれてしまう。母亡き後、「わたし」の心の奥底からどろどろとしたなにかがあふれ出てきた。そして、「わたし」はさなぎになり、繭となって、博士に助け出される。目覚めると「わたし」は、繭をやぶって、世にも奇妙な「着せかえ人間」にメタモルフォーズしたことを自覚する。

博士に世界変革の冒険へでかけることをすすめられた「わたし」は、仲間を見つけようと、歴史上の着せかえ人間を調べたり、親和性の高い人物を訪ねたり、あるいは、人形たちに糾弾されたりしながら、旅を続ける。マスコミに注目されたり、そのへんのニュース種にされたりしながら経験を積み、やがて博士のところにもどる。するとどうだろう、博士こそ「着せかえ人間」の生存を助けるために、自らの生命の力をそそぎこんだ父であったことが明らかにされるのである。

そう。この物語は、実は連綿たる歴史をもつ人造美女たる人形とマッドサイエンティストのロマンスの変形だったのだ！　その起源は、ピグマリオンとガラテアのロマンスにさかのぼる。神話では、彫刻家のピグマリオンが理想の美女を作り、ガラテアと呼んで密かに愛していたところ、不憫に思った女神がガラテアを人間の女に変え、かくしてふたりは人間のカップルとして結ばれる。

ピグマリオンは、理想の女を作ろうとする男性の欲望や創造性にかかわる神話であり、遥か時と場所を隔てた新世紀の日本にも、有効である。たとえば、ガラテア人形を愛したマッドサイエンティストの構図は、おたくカルチュアのマニアックな理系君たちを彷彿とさせ、そこに「ピグマリオン・コンプレックス」を重ね合わせることも多い。

しかし、森村の『着せかえ人間第1号』は、そもそもピグマリオンとガラテアは、ふたりとも人間になる必要はないんじゃないの？　という展開をもつ。そこにはなにも人形が無理して人間になる必要はなく、人形のままで結ばれてもいいのではないか、という問いかけがある。たしかに、未来の科学技術なら、こうした難題もなんとか解決してくれそうな期待がもてる。

かくして、未来の博士＝ピグマリオンは、人形＝ガラテアとの間に一子をもうけ、その子はコスプレを本質とする「着せかえ人間」になるのであった。

異常な発明に血道をあげるちょっとはずれた科学者と、衣裳をとっかえひっかえする人形。両者の形質は、たしかにコスプレイヤーの道へ続いている。二次元妄想のお衣裳を、なんとか三次元現実のものにしようとする魔法の創造性と、扮装する身体との愛の結合。コスプレ文化が、SFの世界と親和性が高いのは、非現実感に対する寛容な精神がSFに顕著なせいではなかったか。そうして、『着せかえ人間第1号』の終盤、父の生命力を吸収しつくした「着せかえ人間」は、新たな冒険へと、世界へと出発する。元気よく、希望に満ちて、ますます過剰に——。

それにしても、なぜ、人間と人形が結ばれて「着せかえ人間」が生まれるのか——もちろん、そこが、数々のマッドサイエンティストの力業を許容するジャンルSFならではの、かぎりなくいい加減なところであるのは確かだが、そもそもコスプレとは、果てしない扮装衣裳&小道具製作のたゆみない探究の現場であり、その根気と熱意は、マッドサイエンティストの生み出す匠の技に通じるところがある。事実、『着せかえ人間第1号』では、ほとんどの登場人物は森村自身の仮装によって演じられ、どこかで見たことのある名画の数々が再現されている。まるで、世界が森村の言語＝仮装で一斉に書き換えられてしまったかのようであり、そこには端的にいえば「世界征服」への意志そのものが横溢しているように見える。

SF界隈で仕事をするわたしにとって、SFのサブジャンルにたとえれば、『着せかえ人間第1号』には、パルプ・フィクションのニュアンスがこめられていた。

SFを今でも元気で魅力的なものにしているのは、圧倒的に荒唐無稽なパルプ・フィクション的な猥雑さである。大衆（ポップ）の欲望や夢や無意識にストレートに訴えかけるセンセーショナリズムと奔放なイマジネーションが横溢している。その究極的にSF的なモティーフが、同書のサイコボーグだったのである。

まず、タイトルがいかれている。サイコボーグ。それは、サイコロジー＋サイボーグの意味合いという。そう聞くと、なんだかわかったような気になったものだが、具体的に心理学＋サイボーグとは何ものなんだ。

そこで取り上げられている対象が、八〇年代にポップスターとして大成功をおさめたマイケル・ジャクソンとマドンナなのである。ふたりは、ＭＴＶのなかで、一番個性的できわだっていたポップ・アイコン。それを、森村は、連作のかたちで描き出していたのだった。

最初に『BAD』を思わす革ジャンのマイケル。スタンダードのマイケルから出発する。お次は、とつぜんクマのぬいぐるみを抱いている小学生スタイルのマイケル。この小学生の衝撃的なこと。顔は年相応のマイケル化粧なのに、服装は明らかに日本の小学生で、しかも短パンを履いている。正太郎コンプレックスを逆なでにしているスタイルなのだ。のちにペドフィリアの疑惑から裁判にまで発展するマイケル自身が、それこそスーパースターという身体を着た「イノセントな子ども」なのでは、という解釈である。

そして、『スリラー』ふうの衣裳。『スリラー』のなかで、マイケルが変身して見せた三つの姿が並べられている。衣裳は同じものを身につけているが、まんなかが美形マイケル、両側にゾンビ顔と狼男顔。それが、あたかも三位一体の女神のように配置されている。

『スリラー』はホラー仕立てのミュージック・ビデオで、女の子の相手役としては申し分なく紳士的でチャーミングなマイケルが、デート中とつぜん狼男やゾンビのような怪物に変身する。マイケル・

ジャクソンのような王子キャラでさえ、獣性や怪物性を隠し持っているのかとでも言わんばかりのデートレイプ的なストーリーラインだが、その超人的な部分こそ、ダンサーの肉体としての超越性と重なり合って演出されている。とくに、墓場から出てきた死体たちの繰り広げる無気味でユーモラスで躍動的でもあるダンスが、明らかに黒人青年たちのカルチュアの異質性と魅力を醸しだしていた。でも、なんといっても秀逸だったのは、その先に登場する女装するマイケルである。美容整形依存症と言われていたマイケルは、整形を重ねるほど、中年男の基準から逸脱していき、美しい女性顔へ接近していた。そのマスコミ写真を追いかけていると黒人の少年が大人になると女性になっていくような、いわば人種の問題が性差の問題を露呈させていくという倒錯的な成長物語が透けて見える。

森村はことマイケルに関しては、独自の解釈にしたがって、かなり変革を加えているのだが、いっぽうマドンナについては、原作品をかなり忠実に再現している。双方ともに作り込むことは作り込んでいるけれど、そもそも女性であるマドンナに関しては、「女性」自体がもともとファンタスティックな存在であるがゆえに、ビデオクリップの風景の再現が重要視されているようだ。

これは、マドンナ自身が、ビデオクリップに、さまざまな女優や映画のコスプレをとりこんで、既存の女性のステレオタイプを大胆に読み替えるような映像を作り込んでいたということもあるかもしれない。彼女のミュージック・ビデオ自体がパロディ満載であり、ステレオタイプの変革への意志を伝えていて、メディアの大衆戦略を分析するメディア批評を展開していた。スターやアイドルを批評的に捉え、自ら演じてアイドル自身が語りかけるメタアイドル的方法論において、マドンナと森村は共有するところが多いと思う。

マドンナと森村が最も接近したのは、マリリン・モンローのコスプレのときである。マドンナは、最初のヒット曲になった「マテリアル・ガール」でマリリン・モンローそっくりの恰好をしていたのだが、森村が題材としてとりあげた「オープン・ユア・ハート」のなかでも、ショートカットのマリリン・モンローを彷彿とさせる姿で現れる。

わたし自身は、森村の最高傑作は、『七年目の浮気』のマリリン・モンローの姿で、東大駒場の九〇〇番教室に現れた『セルフ・ポートレイト駒場のマリリン』だと思っている。舞台装置は、明らかに三島由紀夫を意識したものだ。

その作品を最初に見たとき、モンローと三島の過剰性にまつわる性差混乱（ジェンダー・パニック）の類似性をズバリ見抜いた森村は天才だと感嘆した。

なぜ、三島でモンローなのかという理由は、彼自身も「三島由紀夫あるいは駒場のマリリン」で明かしている。アメリカで、過剰な女性性を演じるモンローと、日本で過剰な男性性を演じた三島は、たった一歳しか違わない、ほとんど同時代人なのである。ふたりは男性性と女性性という激しい二分極の世界で、両極端の性的役割を演ずることによって、とてつもなくセクシュアルな存在になった。

モンローは、銀幕でも私生活でも、けして恵まれていたとは言い難い。最も有名な写真はコケティッシュで唇をはんびらきにして、目をほそめ、恍惚の表情を作っている。白痴美的な表情は、男だったらだれにでもコケティッシュな愛想をふりまく、と言わんばかりの態度である。けれども、受ける印象はいつも、どこか親しみやすく品があり、健気で毅然としたところがあった。

そんなマリリン・モンローを、自らの美を武器に世界を泳ぎ渡っていこうとする狡猾な女性として再構成するマドンナ。マドンナ演じるモンロー像も、一定の攻撃性に満ちあふれている。そのフェミニストとしてのマドンナをさらに演じてみせる森村は、最後になって、なんと男性としてのマドンナの扮装をするのである。

サイコボーグはそんなわけで、子どもから怪物になり、さらに女性になったマイケル・ジャクソンと、さまざまなコスプレのはてに、男になったマドンナとが、対比されていた。

過剰性は一定の攻撃力をもち、それは人工性であることに敏感な感性を顕している。いわば、森村描くモンローと三島は、もともと三島とモンローに備わっていた過剰性を露わにすることによって、それを自明のものとしている現実社会の人工性を暴く。彼らのファンタスティックな姿は、現実世界そのものが、もっとも精巧に作られたファンタジーなのだと確信させる。こうした幾重にも重ね合わされた性差の構造をキャンプと呼ぶが、今回、東京都写真美術館で開催される最新展覧会「なにものかへのレクイエム」とともに報道写真のコスプレを見ていると、我々が切実な現実だと確信するあまりふだん気にもとめなくなっている景色こそ、実のところ、もっとも人工的な産物にほかならないことを、わたしは確信するのである。

マイケル・ジャクソン『ビデオ・グレイテスト・ヒッツ〜ヒストリー』DVD. Sony Music Direct、二〇〇五年。
呉茂一『ギリシャ神話─改訂版』新潮社、一九六九年。
マドンナ『スーパー・ベスト・ヒット・コレクション』DVD. ワーナー・ミュージック・ジャパン、

二〇〇五年。

森村泰昌『着せ替え人間第一号』小学館、一九九四年。

森村泰昌「セルフ・ポートレイト 駒場のマリリン」、ゼラチンシルバープレート、一九九五年。『七年目の浮気』（一九五五年）ビリー・ワイルダー監督・脚本・製作、ジョージ・アクセルロッド脚本、ジョージ・アクセルロッド『七年目の浮気』原作、ＤＶＤ、20世紀フォックスエンタテインメント、二〇〇四年。

マルチプレックス・ポエトリー――プリンス 1958―2016

本年二〇一六年二月十五日にヴァニティことデニス・マシューズが亡くなったあと、なんだかプリンスのインストゥルメンタルが無性に懐かしくなってしまって、iPhone に入っていた『N.E.W.S.』をどこに行くにも、流し続けていた。自分的には、コンソレーションのつもりだった。『N.E.W.S.』は、シンガーとしての――つまりいつもの――プリンスのスタイルではなく、演奏家としての腕前に焦点を定めた異色のアルバムである。ちょっと聞きかじると、特徴的なプリンスのサウンドが後退しているぶん、彼のアルバムではないような感じなのだが、三曲目の「West」に入るとピアノがまぎれもなくプリンス的で、ハッとさせられる。オーソドックスのふりをしつつ、ジャズファンクのセッションに合わせて楽しく埋もれながらも、ぬけめなく目を光らせて全体を統御し、全ての楽曲の長さを一四分枠の中に統制していく。アルバムである種の幻想構築物を創造するような、形式に徹底的に拘泥するプリンスの前衛的な姿勢に身を任せるのは、快かった。

表題は、そのまま読むと「ニュース」。その実態は、東西南北の頭文字をとったもの。つまり各曲のタイトルは、東西南北で、アルバムには四曲が収められているのだ。しかも、四曲とも正確に一四分間演奏される。全曲で五六分。一時間には四分満たない。あまった四分をどうしろと彼はいうのだろうか？

こんなふうに、彼のアルバムは、形式と内容との複雑な掛け合いが演出されている。それは一種憧れを誘う表現だった。アルバムを手に入れるたびに、こんどはどういう細工を施したのか、その意図はなんなのか、どういう遊びを仕掛けてくるのか、あれこれ予測するのは、宝探しに誘われているみたいで、エキサイテングだった。解読へのアプローチは、プライベートな会話で時々遭遇する、スリリングな駆け引きに似た面白さがあった。

『N.E.W.S.』を聞きながら、ヴァニティが闘病の末亡くなったというニュースを、何度も反芻した。プリンスの若き黄金時代の主要人物であるヴァニティの死は、悲しく不吉な知らせに思われた。

映画『パープルレイン』の撮影中にけんか別れし、結局映画には登場しなかったヴァニティは、プリンスの傘下を飛び出し何曲かの素敵なヒットを飛ばしながらも、ドラッグが原因で体調をくずし、中毒の治療を経ても回復しなかった。そしてずいぶん年をとってからプリンスと再会して今は友人だ、とヴァニティ自身が数年前のインタビューで語っていた。

キャリアのごく初期に、それこそ青春のまっただ中でつきあったヴァニティのことを、プリンスはホントはずっと忘れられなかったんじゃないかな……と、その後さまざまに浮き名を流していた彼の動向を、雑誌などで見物しながら憶測していた。それがあながち外れてないかな、と思ったのは、ヴァニティの訃報が入った直後のプリンスのライヴ映像をネットで見たからだ。メルボルンでピアノを弾き語るライヴ中のプリンスは、ヴァニティへの追悼を語り、彼女のために演奏した。

その二ヵ月後に、絶好調に見えたプリンスが、まさか急逝するなど、予想もしなかった。

想定外の死は、想定外のメディアの反応を呼び覚ました。一種の情報爆発が引き起こされたのが、驚きだった。なぜか？

生前プリンスについて語ろうとすると、必ずある種の牽制を体験したからである。天才である彼は、天才に相応しく、その逸脱ぶりが伝説化していて、そのイメージに足をひっぱられることが多かった。話題の最初は、まず彼の背丈。つまりナポレオンなみに、あまりにも小柄であることが指摘される。次に、爬虫類に似ているとか、人間以外の生物にも譬えられる、ルックスの気持ち悪さが俎上にあげられ、最後は、度はずれたそのマニアぶりが、問題にされた。最後のねたは、一見褒め言葉にも聞こえるが、手放しというわけではない。通俗性がもとめられるポップミュージック界隈では、マニアックすぎることは、即売れないという、資本主義社会において限りなくバツ印に近いスティグマを貼りつけられることを意味する（なるほど、牽制としては充分効果的だ）。さらに、そうしたイントロをかいくぐっても、実は本論に入る前に撃ち落とされていることが多い。タマは、彼自身の行状である。

プリンスは、デビューしたての頃まったく売れなくて、アルバムジャケットとライヴパフォーマンスでは性的かつ露悪的イメージで売っていた時期がある。ヒットが出て世界的に有名なミュージシャンとして認知されても、キワモノのイメージは強く、キッチュで悪趣味なファッションセンスと相まって、奇矯で変態扱いされることが多かった。曲がよければ格好なんかどうでもいいじゃんか！（でも、実はその変態ぶりに惚れている）と反撃したくなるところだが、音作りの凄さは、トラブルメーカー的な逸脱ぶりと紙一重なのだ。彼自身もそうした退廃的な伝説を楽しんでいたようなところがある。天才伝説は、九〇年代にはさらにエスカレートして、レーベルとモメた結果、自らの名前まで棄ててしまった段階で、変人伝説と紙一重になった。

ところが、こうしたネガティヴな受容が、プリンスの死後、激変してしまったのだ。だれもが彼を、不世出の天才のように、そして、神のように語る。えっ、いまさらなぜ？　といぶかしんではいたものの、理由はすぐにわかった。YouTubeで、これまで流されたことのなかったプリンスのライヴ映像がゴマンと噴出したからだ。プリンスの検閲を恐れて長いこと隠匿されていたライヴの音源が、大量に出現した。アナログ時代の音源は名も知れぬ、しかし熱烈なファンの手で丁寧に繕われ、映像も補色修正されていた。アップロードにまつわるファン同士の細やかなやり取りを見て、涙ぐんでいたのは、筆者だけではなかろう。

一方でプロのミュージシャンも次々ウェブ上の追悼大会に参加した。多くのミュージシャンが彼の曲をカバーし、さまざまなシンガーがプリンスの曲を歌っている。

なかでも衝撃的だったのは、ネオンインディアン&仲間たちによる「ポップライフ」と、八〇年代MTV時代からプリンスと肩を並べていたブルース・スプリングスティーンが切々と歌い上げる「パープルレイン」だろうか。前者は、プリンスのテンポよりずいぶんゆっくりとした歌い方で、二十一世紀的に洗練された都会の軽やかさを若さいっぱいに再構成していた。一方、スプリングスティーンの「パープルレイン」は、文字通りのブルース調で、いかにも彼らしく、雄々しく、せつなく、あたたかかった。そう。たしかに、ブルースの歌い方はすばらしい。しかし、白人のマッチョなおっさんが切々と歌う「パープルレイン」の政治性は、はたしてマッチしていたんだろうか？　ちょっとズレてる感じがしなくもなかったが、これはこれでいいのかもな、と（歌に）説得されたものである。

今この原稿を書いているさなかにも、そうした追悼パーティは続いていて、とうてい終わりそうもない。膨大な情報量は、自身の曲の管理を徹底し、いかなるプライベートな情報をも流さないよう制御していたプリンスの統制力の凄さを、逆説的に語っている。

彼のワンマンな変わり者ぶりは有名だったし徹底していた。あれは『ブラックアルバム』の発売がとつぜんキャンセルされたときのこと。予約したレコード店に立ち寄って店員から残念なお知らせを聞いた際、店員は「プリンスだからしょうがないよね」となぐさめてくれた。見ず知らずのお客に、店員がそうやって説明していたくらいだから、そんな気まぐれ自体は、当時から彼のプロフィールの一部になっていたのは、自明なのである。

下々にまでいきわたっていたコントロールが外れて、タガが一気にふっとんだかのように起きた多くの情報爆発は、彼が音楽界にいかに多大な影響をあたえていた存在かという事実を知らしめる。喪失感とともに、ようやく彼の創造力とイマジネーションを自由に語ってもよい時期が到来した、ということなのだろうか。

パープルレインの向こう側

さて、筆者自身がプリンスを初めて認識したのは、一九八四年ロサンゼルス郊外の映画館だった。

八月二〇日から九月三日にかけてのレイバーデイ、生まれて初めて世界SF大会に参加するため、訪米した時のこと。ロサンゼルス郊外のアナハイム、ディズニーランド脇にたつコンベンションセンターで、年次SF大会は開催された。愛称はLACONⅡ。スターウォーズ等の影響もあって、当時世は空前のSFブーム。かつてないくらい大勢の日本人SFファンも当地を訪れていた。日本もまた、消費文化が席巻する時代へと滑り込んでいたのである。

大きなホテルのダブルの部屋に女子ばかり四人で泊まっていたら、中のひとり（後の作家・ひかわ玲子氏）がどうしても映画を一本みたい、と宣った。わけもわからず、外国の地でバスを二つ乗り継いでたいへんな思いをして映画館まででかけ、前知識もろくすっぽないまま、その映画を見た。タイトルは『パープルレイン』。SFではないが、センス・オブ・ワンダー的異文化接触という意味では、SF的な衝撃性に通じる内容だった（かもしれない）。

登場人物の多くが黒人たちだった。でも、黒人を中心に据えているからといって、異様な宗教家や殺人事件にスポットをあてるでもなく、古めかしい奴隷制も登場しなかった。そこにはごく普通のアメリカの若者の日常があり、彼らのバンド生活が捉えられていた。見終わってから、そういえば『パープルレイン』以前の映画の世界は、白人視点ばかりだったかも、と気がついた。あの映画は、アメリカの黒人の若者がどうやって暮らしているか、どうやってミュージシャンとして生活していくかという、当たり前のことが当たり前に描かれていたからだ。

主人公キッドは、ミネソタ州ミネアポリスとおぼしき町に住むロックバンドのワンマン・リーダー。けっこう人気はあるけれど、両親不仲の家庭でけっこう孤独。ジャズピアニストの父は家庭内暴力の果てに自殺未遂を起こし、せっかくできたガールフレンドも、ライバルグループの男モリスにとられそうになったりする。が、すったもんだの末に、ようやく彼は人の心に響く音楽にたどりつき、父や恋人と和解する。

なんとも、典型的な青春ドラマである。ただし、通俗的な話を、それ以上のものにしていたのは、セクシーな主人公だった。いや、セクシーを通り越して、ものすごくエロかった。たとえば、父親から暴力を受けた母親を慰めるのに、キッドが母親の膝に手をあてて呼びかけるシーン。ただそれだけのことなのに、なんだか、とてつもなくイケナイところを見てしまったかのような気持ちにさせられた。これ、やばいです。

それにしても、なんてゴージャスな音楽だったことか。キッドのファッションも、今で言うヴィジュアル系ロックバンド並みに華やかだった。奇抜なクラブファッションの中で、ロココ時代のヨーロッパの貴族みたいな格好のキッドは、貴種流離譚に登場する文字通りの王子（プリンス！）のよう。クラシック音楽の神童たるモーツァルトみたいな扮装で、先端的なロックしている姿は、デタラメで、ちぐはぐで、冒瀆的であり、それゆえ危険で妖しい雰囲気を生み出していた。しかもその格好で、彼はバイクに乗り、ギターを担いでどこへでもでかけていくのだ。バイク姿はヘルタースケルターみたいなアメリカのオッサンたちが乗るごっついバイクではなく、湘南地方を走る日本の暴走族みたいな感じ。その様子は浮いているというより、高貴で特別な存在であることを誇示しているようだった。

音楽が耳について離れなかったので、帰国してからすぐ『Controversy』と『1999』を購入。すこしたって映画『パープルレイン』からの曲がヒットチャートにランキングされ始め、日本でも『ベストヒットＵＳＡ』で彼の姿を拝むことができるようになった。こうなると、映画をもういちど、猛烈見たい。ついにアメリカ留学中だったＳＦファンの知り合いにまで手紙を出しＶＨＳを送ってもらう仕儀となる。ときは、ＭＴＶ全盛期。マイケル・ジャクソンでもなく、マドンナでもなく、ワム！でもなく、デュランデュランでも、シンディ・ローパーでもありえなかった、彼の魅力、それはなんだったのか？

筆者の場合は、明白だ。ヒントは、ＬＰ版『パープルレイン』のカバージャケット裏側にある。まき散らされた花をバックに、手書きの紫の文字で、文章が綴られている。訳は帯にプリントしてあった。翻訳者は、Hide/Dr.J。

あなたと僕とが kiss している写真――考えてみてよ、あなたの身体からほとばしる汗が僕を覆う。想像出来る？ ダーリン。スミレの海原が僕たちの身体を包みこむ。鳥が一羽けたたましく啼く。最初、僕はあなたの声かと思い、あなたは僕の声かと思った。ああ、スミレに口がきけたら。不安。あなたは自分が何者か知ってる？ そうすればどちらが先に叫んだのかなんて、どうでもよくなるはず。どっちが先にりんごを食べたかだって、関係なかったでしょう？ いずれにしろ哀しい結果におわったのだから。胡椒を取ってくれる？ だって塩は体に良くないって言ってたじゃない。あなた卵は好きだと思っていた。僕のことも好きだと思ってた。ベイビー以外に僕が作れるものと言ったら卵料理くらい。なぜそんなふうに僕を見るの？ 何考えてるの？ あなたが思ってるより、あなたのこと良く知ってるよ。（後略）

頭を殴られるようなショックを受けた。意識の流れをそのまま写し取ったかのような言葉の連なり。恋人とおぼしき人を前に、会話と心の声が重なり合うように記されている。ある日のロマンスの風景を、こんなふうにとらえている男を、プリンスは、独白調で描いている。一人芝居の台詞のようにも読める。食事や水泳といった日常の諸事の中、さしむかいで恋人同士が会話をしている様子が、クリアにうかびあがってくる。語り手には、相手の機嫌をなんとかとりたい、恋人を失いたくない、会話をずっと楽しんでいたい、という喪失へのオブセッションが強固にあり、恋人とのひとときを楽しむ時間であるにもかかわらず、緊張感をはらんでいる。これは、もう破局がそこまできているときの恋文か、あるいはもはやいなくなった恋人の思い出を反芻していることなのではあるまいか。

この文体、異世界というもうひとつのリアリティに惑溺していたSFファンを打ちのめすには、充分だった。最初は訳文で。のちにforを4、toを2、youをUと略すような、独特の詩のスタイルに慣れ親しみながら、辞書をひきひき、読んでいった。

これが、マルチプレックス・ポエトリー、すなわち多重言語詩人プリンス・ロジャーズ・ネルソンにはまり込んだ経緯である。

マルチプレックス・ポエトリー

プリンスは基本的には詩人である。彼の音楽は、言語意識のスケッチであり、その時々において浮かんだ意識を言語化しているように見える。

言語形態は、詩、音、映像あらゆる媒体を使用して構成される。媒体に乗せられた情報は、おのおの有機的に繋がりながら、情景をうかびあがらせていく。言語間の、間の取り方も絶妙だった。音響だけ、映像だけ、歌詞だけでは描けない、いわば複数の言語手段でつくりあげられた世界はリアリスティックで、まるで小さな劇場に放り込まれているようなものだ。だから媒体ごとに分離するのはむずかしいのではないかな、と時々考えた。

言語の多重性は、ジャンル分類不能と指摘されることが多かった彼の音楽スタイルにも関わっていた。色は薄いとはいえ黒人なので、ブルースやジャズやファンクといったレッテルを貼られがちだが、初期において、基本は極めて白人男性的なロックの衝撃性をまとっていた。ところがひとたびファルセットヴォイスで歌うとなると、彼はまぎれもなく、ファンキーな黒人ボーカリストだと認識される。通俗的でノリの良いダンス・ミュージックのようなリズムと、なめらかだがキレのよいギターをもってロック・スピリットを体現しながら、時おり押さえきれないような悲鳴をギターにあげさせたり、自分がシャウトしたりする。ポップで軽やかな曲から、空間が一瞬歪むかとまで思うような、神経にさわる異音が飛び出してくる……その異音に驚愕し、辟易しながらも、型にはまらない、なにかに取り憑かれたような彼の音楽性に、デモーニッシュに引きずり込まれてしまう。

逸脱を内包し、既存の規範からどこでもはみ出してしまう様子は、彼自身の歌詞にも現れていた。たとえば、「I Would Die 4 U」。

ぼくは男じゃない
ぼくは女じゃない

きみにはぜったいわからない何かだ

曲が作られた八三年は、性差論がようやくアカデミズムの俎上にあげられるかどうか、といったころである。だれもが男女二元論的な性差観を自明なものとしていた。そんな中で歌われた「I would Die 4 U」は、男でなければ女、という、ふたつの選択肢しかない、不自由で窮屈な社会を、正確に撃ち抜いていた。そして、性差システムの人工性を喝破していた点で、画期的であった（のちにわたしは、この部分を〈SFマガジン〉一九八九年八月号「ポスト・フェミニズムSF」特集号で引用している）。

同時に、脱げばゲイだと思われ、着ればコスプレだと認知される、若い小柄な黒人男性の身体性は、既存の性差観に塗れた身体論ではたちゆかない何ものかがこの世に存在することを、強調していた。

彼は、白人（ロック）を奏でる、黒い名誉白人なのだろうか。黒人（R&B）のコスプレをやり続けなければならない（心は）白人なのだろうか、という素朴な二項対立は、彼の作品の前では、問題の立て方自体が問題視された。それは、ハイブリッド（混血性）というグレーゾーンの存在を浮き彫りにさせることに他ならない。

白人言語と黒人言語、男性言語と女性言語、異性愛言語と多形倒錯的言語。それらの混淆世界への探究が、そっくりそのまま、多重言語的な世界観として、彼の作品の中にもちこまれていたからだ。

ジャンルSFとの繋がり

ハイブリッドを特徴とするサイボーグ的なプリンスの音楽的な方法論のルーツを、ミネアポリスという圧倒的に白人優位な社会におけるマイノリティという環境自身に求める意見は、少なくない。

おもしろいことに、そうした彼のスタイルは、あるニューヨーク生まれのSF作家の方法論と、奇妙な共通性をもつ。黒人でゲイのSF作家サミュエル・R・ディレイニーが、その人物である。SF界もまた白人が圧倒的多数のコミュニティだが、七〇年代当時、彼はこの上なく知的な、唯一無二の黒人作家として、一目置かれていた。ジャンルSFは、科学技術の可能性を自在にあやつり、遠い宇宙や遠い未来へ思考をとばす黄金時代から、ヒトの意識や意識を構成する言語世界へと目が開かれる内省の時代へと、関心領域をひろげていた。当時は、SFをサイエンス・フィクションとのみ捉えるのではなく、スペキュレイティヴ・フィクション（思弁小説）として捉え直す、六〇年代ニューウェーブ・ムーブメントの渦中で、ディレイニーはその中でも最も注目される旗手だった。

ディレイニーは、なんといっても言語に拘泥するSF作家である。黒人言語や同性愛者らの言語がつくりあげる意識世界が、ノーマルと言われた白人異性愛社会の現実観とかなり異なっていることを認識していたからだろう。とはいえ、白人世界と黒人世界のダブルスタンダードを巧妙に使いこなしながら作品を書いていたディレイニーの初期作品からは、実際には黒人性はあまり表面にでてこない。そんな名誉白人的な彼が七〇年代に入って、言語実験的な方法論を駆使して描いた大長編が、『ダールグレン』（一九七四年）である。

時代設定は、近未来。なんらかの大異変により、アメリカ中西部にあるとおぼしき架空の都市ベローナは、百万都市から一〇〇〇人以下へ人口が激減し、都市はみるまにスラム化する。

主人公キッド——そう、この主人公の名前は『パープルレイン』と同じくキッドだ——は、詩人になることをめざし、ベローナに紛れ込む。

ベローナとは、もともとイタリア北部の古代からずっと実在する都市の名前であるが、本家本元にちなんで付けられたとおぼしき、新世界のニセモノ都市は、急成長したものの、あっという間に廃れてしまう。大異変で時空間が歪んでしまったのか、都市内部で流通するローカル新聞の日付はデタラメで、ときとして未来に起こりうる、つまり予言的な記事を掲載することもあるほどなのだ。迷い込んだキッドは、同性愛者から性的対象として扱われたりしながら、ベローナでの生活に乗り出していく。

ディレイニーは、この架空の都市を彷徨する若者の姿を奇怪なスタイルでまとめあげた。

読者はまず、一ページ目から翻弄されるだろう。冒頭の文章が、中途から始まっているからだ。そして、いきあたりばったりに思えるキッドの旅路は、ゴミの中から拾いあげた黒いノートに、詩として書き加えられていく。この黒いノートには不思議な逸話があって、ときどき文字がうかびあがり、それはまだ起こっていない未来の記述さえも含んでいた。キッドはそんな魔法めいたノートにこんどは自分の記述を綴っていくのである。

イタリアの古代都市の名前をもちながら、最悪のスラム街となっているベローナ。歪んだ時空間の中でも淡々と続く市民の生活。その食事、彼らの仕事、掃除、セックス……『ダールグレン』は、後半にはいると、記述された物語の中に、他の視点から活写された情景描写が断片化されて入り込み、書物自体がなにものかの意識世界のような様相を帯びてくる。しかもそれは、アーティスティックなオブジェのように作られていたことが明らかにされる。そして、ショッキングなラスト。長い長い物語のはてに、巻末では、文章が中途でとぎれている。

読者はそこで気がつく。ひょっとすると、このラストこそ、あの中途ではじまっていた冒頭へと続くのではないかと。はたして冒頭にもどると、ちぎれた文章はつなぎあわされ、都市と登場人物は、このエンドレスな物語世界の中にとじこめられて、ずっと同じ物語を永久に演じ続けなければならない存在であることが、理解される。

このように、『ダールグレン』は、物語自体がオブジェのように演出された異世界なのだ。世界自体が、物語自体が、円環構造ゆっくりと永遠に回転する、そういう構築物なのである。

プリンスは、ひょっとすると、高校時代にこの偉大な先覚者のベストセラーに触れる機会があったのではないか。

そう考えざるをえないほどに、ディレイニーの自伝的な小説とも言われる『ダールグレン』とプリンスの自伝的な映画と言われた『パープルレイン』は、共通点が多い。主人公の名前はキッド。『ダールグレン』のキッドは、黒いノートを持ち歩き、詩を記し続けている。一方『パープルレイン』のキッドのモデルになったプリンスは、いつも紫のノートを持ち歩き、それに様々なアイディアを記していた。

では、『ダールグレン』の、回転する物語として書かれた、あのアヴァンギャルドな詩的実験性は、『パープルレイン』にも見られるのだろうか？

パープルレインを検証する

プリンスの人気を不動のものにした映画『パープルレイン』とサウンドトラックは、今日でも色褪せず、永遠の輝きを放っている。にもかかわらず、それらを詳細に読み解く試みは少なかった。あまりに売れすぎてナチュラル化してしまったのと、前述したように、映画があまりにも普通の青春ものだったからかもしれない。そしてもうひとつ、彼の詩が時としてあまりに猥褻だったというのも、なんとなく敬遠される理由のひとつであった気がする。

『パープルレイン』人気が絶頂だった頃、商業的な大成功とは反対に、彼のダークな部分をとりあげるメディアは多かった。あまりにも猥褻だ、というのである。とりわけ、作中で歌われる「ダーリング・ニッキー」(愛しのニッキーとでも訳すのか)の、あけすけにオナニーやオーラル・セックスをダメ男視点で語る詩句は、社会問題にまで発展した。

まさに、上品な人々の眉をひそめさせ、まともな教育者だったら(いや、そうでなくても)耳をふさぎたくなるような言葉の羅列である。プリンス=悪い子について説明する時、たいてい引き合いに出されるのは、今でもこの曲だ。

歌詞だけではない。「ダーリング・ニッキー」はパンク調のギターのノイズ音や耳障りなシャウトと相まって、確かに異様な感じがする。この曲だけを切り取ったら、セクシストを糾弾することが当然である現代の騎士道社会では、それこそ大問題である。

ただし、それは映画という文脈をはずされたら、という前提つきの話だ。

映画の中では、主人公キッドは、バンドの中心人物でありながら、その独善的な態度が周囲に受け入れられず、バンドメンバーから腫れ物にさわるような態度をとられ、可愛らしい恋人のアポロニアは、他のバンド（タイム）のリーダーに目移りしてしまう。

そのガッカリ感を表すために、この露悪的な歌は歌われる。明らかに女性を傷つけようと意図された、性的な嫌がらせの文句であるし、なによりも卑猥な歌を、そんな歌い方で歌うキッドは、最低野郎に見える。この場面は、物語全体を通してどん底状態のキッドの内面を吐露するものなのだが、ただしサウンドトラックのほうではひとつ重要な仕掛けがほどこしてあるのを、決して見逃すわけにはいかない。

四分一五秒と銘打たれた「ダーリング・ニッキー」は、三分二四秒までの歌のあと、約五〇秒ほど、奇妙な音が響く。奇妙、というよりは気持ちの悪い音が入っている。人の声のようだが、亡霊のようでもあり、意味をなさない、融解した音のつらなりだ。

この溶けて歪んだ音がなんであるのかは、映画の中で説明されている。アポロニアがキッドの家を訪れた時、キッドは手持ちのスピーカーで異音を流す。エロティックなシーンなので、性交中のうめき声でも流しているのか、と錯覚させるのだが、キッドは説明する。録音したヒトの声をさかさまに回して聞くとこうなるんだよ、と。

はたして「ダーリング・ニッキー」の末尾に伏せられた奇妙な音は、あることばをさかさまにしていたことがわかる。なんと言っていたのか。これはウェブ版の歌詞サイトで見る事ができる。

Hello, how r u? Im fine. Cause I know
That the lord is coming soon, coming, coming soon.

ところが、ＬＰ版とＣＤ版の歌詞カードでは、この部分は実際に使用された文言とは異なっていた。

訳文を引用する。

時に世界は嵐だ
いつかもうすぐ嵐は過ぎるだろう
そしてすべてが明るく平和になるだろう
もう涙も痛みもない
信じるのなら夜明けを見るんだ
そして恐れずに
紫の雨をあびるんだ

「ダーリング・ニッキー」は、九曲収録されている中の五番目の曲だが、その歌詞の末尾は、なんと「パープルレイン」へと繋がっているのである。どん底状態を歌った「ダーリング・ニッキー」と、謝罪と和解の歌とも言える「パープルレイン」がまるで、原因と結果であるかのように接続され、この表裏一体化した二曲を軸に、他の楽曲はその周りをゆるやかに回っているかのように作ろうとしていたことがわかる。『パープルレイン』は、そのような物語上の仕掛けが施してあるサウンドトラックにほかならない。

これは憶測だが、もともとこの詩句は、当初五〇秒の間に裏返されて「ダーリング・ニッキー」の末尾に貼付けられる予定だったのではないだろうか。それがなにかの都合でできなくなり、その部分には（前記の歌詞を邦訳してみるが）「こんにちは〜、元気？　オレは元気だよ、だってわかってるからね、神様がすぐにきてくださるって、すぐにきてくださるって、きてくださるってことが」の文言に差し替えられたのではないだろうか。

いずれにせよ、女とのセックスや思慕の情を攻撃的なまでにぶつけるダメな感情の根底に、神への待望があり、やがて和解へと繋がるなにかが隠されていた、と考えるのは不自然ではないだろう。

そうすると、逆回転されたことばに関する意味合いも、気になってくる。

まるで、意味をなす言語世界は、裏返されるとすべてが性的な言語で満たされている、とでも言いたげな、プリンス流の洞察（ジョーク？）に見えてくるからだ。言ってみれば、それが運命のどん底でのみヒトが見いだしうる、ひとつの普遍的な真理のように思えるから、不思議だ。

そして、こうした仕掛けをひっそりと入れこんだプリンスの方法論が、それこそディレイニーの言語実験的なＳＦ作品の方法論と絶妙に連動するのを目撃する時、わたしは深く感動せざるをえない。

ディレイニーからギブスンへ

プリンスが、ディレイニーの作品を知っていたのかどうなのか、今も気になるところだが、本人に直接尋ねる機会は永久に喪われてしまった。あとは、ひとつおもしろい偶然があることを記して本論を終わろう。

一九七四年に刊行された『ダールグレン』はたちまち七〇万部を超えるベストセラーになるのだが、その後、二十年の歳月を経た一九九五年に新装版が刊行され、八〇年代にはサイバーパンクＳＦ作家として世を牽引したあのウィリアム・ギブスンがイントロダクションを寄稿することになる（邦訳は九五年版を底本にしているから、日本の読者も読むことができる）。実はこのギブスンの作品の中に、プリンスらしき存在が登場しているのだ。

電脳空間三部作を締めくくる長編小説『モナリザ・オーヴァドライヴ』が、それである。刊行されたのは一九八八年だから、『パープルレイン』後のプリンスの第一次黄金時代を、このサイバーパンク作家は、まのあたりにしていたのだろう（ギブスン自身もそのころ、絶頂期だった）。

プリンスらしき登場人物、名前はキッド・アフリカという。（またしても、キッドだ。）キッドは、小柄な黒人男として描かれている。いつも毛皮のコートでかざりたて、どことなくキッチュな風体。彼はアンダーグラウンドで番をはっていたが、ふとしたことから、カウント（伯爵）と綽名されるネットにつながれっぱなしのボビーの身体をあずかることになってしまった。

まったくのチョイ役ではあるものの、高度情報社会となった近未来で、キッドは忘れ難い印象を残した。ハイテクを駆使する、いわばハイブリッド・テクノロジーの象徴のような存在が小柄な黒人男性として描かれていたからだ。

ディレイニーの一風変わった『ダールグレン』をこよなく愛するギブスンが、ディレイニー的な方法論を音楽の世界で探究する魔法使いのようなプリンスを、自身の作品に登場させたくなった気持ちが、ここに切実なまでに表現されている。それはわからないではない。クリエーターを刺激し続け現在世界に浸透し続けるプリンスのマルチプレックスな詩学の、これは証左のひとつなのだから。

サミュエル・ディレイニー『ダールグレン（1）未来の文学』大久保譲訳、国書刊行会、二〇一一年。
サミュエル・ディレイニー『ダールグレン（2）未来の文学』大久保譲訳、国書刊行会、二〇一一年。
"Evangelist Denise Matthew: Miraculously Healed". https://www.youtube.com/watch?v=4tCqeb6b9Bw_ On Line, 2021.9.25. ヴァニティことデニス・マシェースのインタビュー。
小谷真理「彼女のための物語：ポストフェミニズムSF特集解説」〈SFマガジン〉一九八九年八月号。
Neon Genesis and Friends. "Pop Life." https://www.youtube.com/watch?v=sDb6duKQqk8
西寺郷太『プリンス論』新潮新書、二〇一五年。
Prince. " "Darling Nikki". https://www.google.com/search?client=safari&rls=en&q=darling+nikki+%E6%AD%8C%E8%A9%9E&ie=UTF-8&oe=UTF-8 On Line. 2021.9.25.
Prince『N. E.W.S.』CD. Npg, 2003.
Prince. *The Black Album*. LP. Warner Brothers record. 1994.
Prince and the Revolution. Controversy. LP. Warner Brothers record. 1981.
Prince and the Revolution. 1999. LP. Warner Brothers record. 1982.
Prince and the Revolution. *Purple Rain*. LP. Warner record. 1984.
Prince and the Revolution. *Purple Rain*. CD. Warner record. 1984.
『パープルレイン』アルバート・マグノーリ監督・脚本、ウィリアム・ブリン脚本、プリンス・アポロニア6、ザ・タイム出演、ワーナーブラザーズ、一九八四年。ウィリアム・ギブスン『モナリザ・オーヴァドライヴ』黒丸尚訳、ハヤカワ文庫SF、一九八九年。

5

ディストピアの現在形

もうひとつの、No Man's Land——貴志祐介『新世界より』を読む

ドボルザークの『家路』は、わたしの通っていた小中学校でも、下校をうながす音楽として放送されていた。クラブ活動でいくら遅くなっても、図書のおいてある廊下に座り込んでいくら本に没頭していても、その規則は守らねばならない。宿題と気まぐれな母親の待つ家に帰るのが嬉しいか、と言われればそうでなかったし、では学校のお授業が楽しいかというと、これもなんとなく窮屈だったので、『家路』の音楽は、まだどこにも居場所のない子供時代の不確かさを反映しているような、物哀しい響きがあった。ひょっとすると、授業とお家の間にあるほっとするような曖昧さをゆるす休憩時間の終わりを宣告するような響きがあったのかもしれない。

このメロディを第二楽章にもつドボルザークの交響曲第九番『新世界より』をタイトルにした貴志祐介の大長篇を読み始めたとき、この著者もまた、あの『家路』という名曲を、心温まるノスタルジックな感性ではなく、どこか居場所のない曖昧さと不安定さのようにとらえていたのが、印象的だった。

振り返ってみると、旧大陸のチェコから新大陸アメリカへ足を踏み入れ、東欧の音楽的世界観に新世界の音色を塗り込め新世界への壮大な餞（はなむけ）たる交響曲としたドボルザークにとって、新世界とは、住み慣れた白人世界とは異なった黒人世界やアメリカ原住民ら異質なカルチュアが息づく荒々しい世界だったのだろう。交響曲には、新興のカルチュアが折衷され、全体的にはわかりやすく覚えやすいメロディが幾重にも変奏される。庶民的な新世界の可能性とはうらはらに、どこか帰るべき場所を喪失した郷愁の念に包まれている。

さて、貴志祐介の長篇『新世界より』は、超絶未来の日本に構築されたひとつのユートピアを描いていた。くだんの曲名（副題）が、英名で From the New World であることを思い起こすなら、オルダス・ハクスリーの『すばらしい新世界』Brave New World（一九三二年）と、意味をかけあわされているようにも見える。

舞台となっているのは、いまから一千年後の未来、関東地方の北部、利根川流域および河口付近の神栖66町。現在の地図を参照すると、神栖町は茨城県の最南部にあり、千葉県銚子市と接している。66というからにはなにかしら事情があるのだろうが、なにしろ一千年も未来なのだ。地方の町が66回ほど再構築されたっておかしくはない。むしろ一千年後に「神栖」という地名が残されているところに、著者の巧みな戦略を実感する。現在の日本人にとって、どこかで地続きでありながら、どことなく不連続な異世界を身近に説き起こさせるのだから。

ただし、この身近であるはずの神栖66町は、実に忌まわしい描写に満ちていて、そのおぞましさゆえにかえって強烈に読者を引きつけるところがある。

首都東京から遠くはなれていて海に接し、河があり、水路が引かれている、という地場は、後半とてつもない冒険への伏線になっているわけだが、戦後六十五年間、戦前の村落共同体から大都市圏の郊外化をはさんで二十一世紀をむかえた現在のわたしたちの目から見ると、この町は、「村」と「郊外」とが入り交じった典型的な地方の都市の匂いを放つ。

主人公は女性の語り手で、渡辺早季。本書は彼女の十二歳から二十三年に及ぶ激動の体験を手記にまとめたものである。いっけん、平々凡々な生まれと育ちの彼女はどことい って取り柄のない少女だ。が、神栖66町は超能力者の町であり、彼女にもまた超能力が発現する。子供たちは、この能力発現とともに一定の選別にかけられる。そして神栖66町には、われわれが現在知っている人類などどこにもいないことがわかってくる。

社会が平和に維持されるために、構成要員を徹底的にコントロールする、というのはまさしくハクスリーのユートピア小説に通じるコンセプトであるが、ハクスリーがあくまで「人類」を対象に理想郷を考察しているのに対して、貴志は「超能力者=超人類」のユートピアをターゲットにしている。彼らの持つ超能力は、文字通り超絶的であり、一人一人が「大量破壊兵器」になりかねないほどのものだ。未来人はその能力を呪力と呼んでいるが、まさにその超絶的な能力に呪われているが故に起こる悲劇の数々を、本書は描き出す。

こんなわけで、覚醒し始めて日の浅い子供たちが少しでもその力を漏洩させたり、規則破りな使い方をしたりすると、厳しい処罰が待っている。その管理の様子は、確かに今日われわれが核兵器や生物兵器の存在に神経を使っているのと同様のありさまで、いっけん牧歌的な地方の田園都市を描きながらも、高度なテクノロジーが生物テクノロジーとして、つまり生物隠喩として描かれているかのような印象を受ける。

「大量破壊兵器」化した子供を、あなただったら、どう管理するだろう？　とでもいいたげな試行錯誤の工夫が開陳され、生きている兵器たる子供たちは、兵器としての能力を拡大することも縮小することもゆるされないまま、まるで製品として選別されるがごとく、管理・制御・保存され、そして規格外は、破棄される。

それが単なる兵器であったら、ことはずっと簡単かもしれない。しかし、それが生命体であるところに、問題の複雑さが潜んでいるのだ。

これは残酷な物語である。と同時に、それはこの理想郷にとって、一番大事なことはなにか、という謎を突き詰めていく。一口に言えば、「よいこと」とは「進化しないこと」であり、ともかくも現状を維持することだ、それのみに集中するしかない、と言わんばかりの戦略が取られるのである。

そこで読者は、ようやく、語り手がなぜ、利発な瞬や美少女の真理亜でなく、平凡で鈍感な渡辺早季であるのかを理解するだろう。同学年の少年少女のなかで、特別に様々な才能にあふれた一班のなかに入れられた早季は、とびぬけた才能の俊や、少し才能の発現がおそい守や、美少女の真理亜、そして神栖66町を見守り続けてきた朝比奈富子の血縁である覚といった個性豊かな少年少女たちと、楽しい幼少期を過ごすことになる。現代のわたしたちの世界であったら、抜きん出た才能こそ祝福されるべき要素であるのに、この遠未来では、平凡さこそ宝であり、才能は摘まなければならない災いの種として扱われる。

ユートピアが実は暗黒面を隠し持つディストピアに他ならない、というのは、ハクスリーをはじめとするユートピア小説の常套と言えるだろう。そこでは、管理化される理想郷がいかにディストピアであるのかを暴くために、社会に違和感を覚える異分子を主人公にして、いかに社会の方が間違っているのかを証明してみせるのが常であった。だが、本書のほうは、理想郷の構成分子が、そもそも大量破壊兵器型生命体であるため、平均的能力保持者の視点から異能力者を描き出す、という手法がとられている。

それでは、物語は恐ろしい社会を肯定する保守性をあぶり出しているのだろうか？　いや、けしてそうとは言えない。

既存の体制批判となるような、反体制的思考がこの物語からは聞こえてこない。それはひとつには、この超能力者の共同体を含む関東平野の生態系があまりに過酷であるからだ。それも、いっけん怪物王国といってもよいほどのグロテスクさと生物学的なリアリティを持っており、妖しい動植物の怪物楽園として圧倒的な迫力が提示されているからである。

子供たちの遭遇する風船犬・不浄猫・偽卵・トラバサミ・ミノシロなどなど、生涯に絶対遭遇したくないと震え上がるような怪物のうごめく世界は、どれもおぞましさと同時に不思議な生命力にあふれ、独特の魅力を発している。

とくに物語のなかでもうひとつの大きな主軸を形成するバケネズミたちが、まるで本当の生態系を形作っているかのように細かく構築されていて目を奪われる。バケネズミは、もともとアフリカのサハラ砂漠以南の地中で生きる小さな哺乳類ハダカデバネズミがなんらかの人為的な（作中では力を匂わせる記述がある）遺伝子改良で巨大化し、超能力者たちに使役される小型の知的生命体になったもので、ふだんは地下の巨大なコロニーで暮らしている。

物語の後半では、そのバケネズミの一匹スクィーラが前時代の人類の知識に触れた結果、コロニーを女王中心の母系性社会から民主主義的統治に変え、古いコロニーを打倒してやがて超能力者たちを陥れるべく闘いを挑んでいく。

早季らは少女時代から度々スクィーラに出会い、その成長ぶりを目にしてきたが、後半では成長し軍略を学んだスクィーラが、行方不明になった守と真理亜の遺児を使って神栖66町を壊滅状況にまで追いつめたため、彼らを撲滅しようと、前時代の大量破壊兵器を取りに「東京」まで出かけなければならなくなる。

それにしても、なんというネーミングであろうか。バケネズミは、ちょっと目にはハゲネズミと見まごう名前だが、バケもハゲも印象がよろしくないうえに、早季の描写するバケネズミたちは、ドブネズミやゴキブリなどの気持ち悪い部分を思い切りかき集めたような、まさに「生理的に気持ち悪い」としか言いようのない生命体として描かれる。彼らは、早季ら超能力者を神と崇め、奴隷階級にあまんじつつ、暮らしている。が、けしてかわいくはない。

その「気持ちの悪さ」こそ、物語のなかに企まれた戦略であるのは、超能力者たちに恭順の意を表する奇狼丸ら大雀蜂コロニーと、下克上的な意思のもとに着々と新興勢力として権力拡大をもくろむ野狐丸（スクィーラ）ら塩屋虻コロニーの二大勢力が、秩序だった世界に反旗を翻すがごとく動き始めるあたりから、明確になっていく。

SF的な古典を読みなれた者であれば、ハクスリーへの批評的な読解を披露しながらユートピア小説の盲点を突いた著者が、こんどは、バケネズミの生態系へのおもしろさで、清冽なベルナール・ウェルベルの名作SF『蟻』ではけして書かれなかった昆虫の地下世界のおぞましさを全開にしていることに、あっと息をのんだことだろう。

さらに、神々たる呪力者たちに果敢な闘いを挑むスクィーラの活躍に、七〇年代に人気を集めたヒロイック・ファンタジー、マイケル・ムアコックの〈エターナル・チャンピオン〉シリーズを思い出し、興奮することだろう。

だが、同シリーズにおいてはあくまで人間界に味方するヒーローを描いていたのに、『新世界より』は、むしろヒーローの敵側、超絶的な力をもつ魔法貴族や神々からの「上から目線」を描いているのだ。〈エターナル・チャンピオン〉などの世界に登場する上界の神々が単に気まぐれ以外の理由もなく下界を蹂躙していたのに対し、『新世界より』は神には神の事情がちゃんとあった、といわんばかりの展開なのである。

〈エターナル・チャンピオン〉では、長い魔法族の統治が終焉を迎え始め、残酷で気まぐれな神族に新興の人間族が闘いを挑む、という設定が度々使われ、それはムアコックらベビーブーマー世代の反体制気分をそのまま反映していたものだった。当時、ヒーローの闘いは、第二次世界大戦後の新世代のための闘いの気分に重ね合わされ、帝国主義的な権力者たちへの挑戦的姿勢が、気まぐれな神の奴隷からの解放宣言と重なり合っていた。

実際、『新世界より』は、物語の後半へ行くほど、ムアコックばりのヒロイック・ファンタジー的な要素を強め、この話はそもそも野弧丸のためのヒーロー・フィクションではないか、と思うほど、このバケネズミの活躍はぬけめなく面白い。

まさに悪漢小説（ピカレスク・ロマン）を地でいくような展開なのだ。野弧丸は、最初早季たちを助け出したころは、ほんの小さなコロニーの一員にすぎなかったものの、その後、女王制を覆して議会民主制をとり、付近のコロニーを次々籠絡・攻略し、さらに呪力者の赤ん坊を強奪して、生きた兵器として酷使、長年支配的位置にあった神栖66町を襲撃する。いったん箍がはずれるとてつもなく驀進してしまう、まさに戦略小説のお手本のような流れになっている。その意味では、『新世界より』は、七〇年代以降のヒロイック・ファンタジーの正統と言ってもさしつかえない。

ヒーローは、神と戦わなくてはならない。あるいは、腐りきった文明の末裔である魔導士たちを叩き切って進まねばならない。その意味では、革新の覇者スクィーラこそ、本書のヒーローというべきだろう。

だが。

ムアコックのヒーローと比べて、スクィーラが一味違うのは、ただ一点、あまりにも「醜い」ことであった。もちろん、ムアコックのヒーローたちも、けして美男ばかりではない。実際メルニボネのエルリックは原文を読むかぎり怪物的存在に思えるし、なにより「おそろしく趣味が悪かった」という一文があるほどセンスに欠けるファッションで暮らしているらしい。だが、著者ムアコックは、いくら着ているもののセンスが悪かろうが、あるいは多少耳が尖って口が裂けていようが、幻想のヒーローたちを、このうえもなく悲壮感たっぷりに描き出し、ロマンチックに美しく歌い上げている。かくしてエルリックはひょっとして美形なのかもと錯覚させるのだ。とすると、ことの違いは、語り手による操作ということになるだろう。

バケネズミは変なご面相だが愛嬌があってそれなりにかわいい生き物である、とは書かず、早季の描写から伝わってくるのは、バケネズミとはいかに下等な生き物であり、蔑むべきものであるかという差別的な先入観である。それがフィルターをかけてスクィーラを忌まわしい一匹のネズミに見せている。

こんなバケネズミに対する先入観が剥奪され、ひょっとするとバケネズミの野弧丸や、種族の違いから来る含みを持ちながらも主人公たちを助け、最後の戦いで命を落とす武人らしい武人でハードボルド調の奇狼丸が実は、かっこいいヒーローなのでは、との衝撃を読者にあたえる場面がある。スクィーラに対する裁判の光景だ。

「獣ではないとしたら、おまえはいったい何なのです?」

スクィーラは、ゆっくり法廷の中を見渡した。一瞬、わたしと視線があったような気がして、どきりとした。

「私たちは、人間だ!」

一瞬、観衆は、静まりかえった。それから、どっと爆笑が起きた。（中略）

「好きなだけ、笑うがいい。悪が永遠に栄えることはない！　私は死んでも、いつの日か必ず、私の後を継ぐものが現れるだろう。そのときこそ、お前たちの邪悪な圧政が終わりを告げるときだ！」（講談社文庫版・下巻、五〇八頁）

物語の中で一番印象的な場面である。

この世で最もおぞましい生命体がもっとも魅力的な英雄に思えてしまう、まさに逆転の光景といえるだろうか。このシーンは、じつは野弧丸こそ本書の主人公だったのでは、とすら思わせる。と同時に、このバケネズミの台詞には深い意味が込められていることにも胸を打たれる。人間たちのまったくいなくなった未来の地球で、「人間であること」を宣言しているのだから。

裁判に参加していた呪力者＝「神様」たちは、自分たちこそが「人間である」と思い込んでバケネズミを嘲笑する。が、実際彼ら自身も「生きた大量破壊兵器」であって人類ですらない。のちに、早季らは、むしろ力をもたない人類こそ、呪力者によって姿を変えられたバケネズミにほかならないのではないか、との考察に至る。いずれにせよ、裁判は人類の後継者たちの、「人類」という名の跡目争いの様相を呈し、滑稽であるとともに、なにか胸にどーんと突きつけられるのである。

しかしながら、この光景は、もうひとつの意味をも突きつける。スクィーラのいう「人間」とは、「男」のことをも指しているのではないか、と。

もちろん、本書は英語文学というわけではないから、manという人間をさすことばに、man、男性で代表させるという、英語圏の男性中心主義的言語慣習とは関係ないかもしれない。だが、スクィーラの台詞に、「男性」という意味をかけあわせると、この世界の性的特異性が非常に明確になるのは確かだ。

スクィーラは、前時代の知識から学び、世界征服の攻略を始めるのだが、その第一段階こそ、女王をロボトミー化し、意志のない出産機械(バースマシーン)に変えてしまうことだった。富国強兵国家戦略は、出産管理と言論統制から始まる、というのはフェミニズム理論で常々分析されていることだが、それを地でいくスクィーラは、家父長的な戦略により、原始母系社会たるバケネズミを近代市民国家よろしく作り変えていく。ただし、バケネズミの生態学を注意深く見ると、バケネズミの生殖システムは哺乳類のそれと同じではなく、一匹の女王と、生殖能力のある稀少の雄が任務にあたっているらしい。とすると、野狐丸や奇狼丸ほか、早季らに助け出された木619らのワーカーらには、もともとはヒトのような性差はないはずだった。野狐丸や奇狼丸は、いっけん男らしい武人に見えるものの、実際には生物学的な雄ではない。このへん、同じように蟻の世界を書いたフランスSFの名作ウェルベル『蟻』三部作では、働き蟻たちが無性として描かれ、その中の冒険家の一匹がのちにロイヤルゼリーによってメス化し女王になるというエピソードが記されている。同三部作の蟻たちは基本は実際の雌蟻をベースとする社会を描いているのである。

このスクィーラの「男としての目覚め」に注意して物語を振り返ると、たしかにバケネズミの世界も神栖66町の世界も、超能力という超自然的な力と共存せざるを得ないが故に、女性性が強い社会として構築されているように思う。

両者に根強いのは「種族を維持すること」に他ならない。そのために、現在のわたしたちの住む男社会であったら価値あることが、すべて芽を摘まれていく運命にある。この新世界とは、人類なきあとの世界であるが、その意味では、男性性が抑圧された世界、ノーマンズランド（男のいない地）を地でいく新世界が想定されているのではなかろうか。

それでは、人類の文明社会の規範に成り代わって、いったいなにが新世界のルールになっているのか。奇狼丸や朝比奈が最後まで拘泥し、早季が継続したものは、ずばり、種を維持すること、これだけである。女性性が強められているように思える生物戦略は、生き残りをかけるためであるかのように選択されている。

もちろん、生物的な戦略と女性的性質の間に、なにかしらの相関関係があるかどうか、それは科学的に証明されている訳ではない。が、この物語は、それを維持していこうとする女性に、事件の顛末を語らせている。誠実ではあるが、それがゆえに、本書は信頼ならざる語り手である女性の突きつける、恐ろしくも哀しい、したたかきわまるジェンダーSFと言える。男性には抑圧を、女性には暴力装置を罠にする、これは本当に恐ろしいスペキュラティヴ・フィクションだ。

Antonín Leopold Dvořák. *Symphony* No.9 in E *Minor. "From the New World"*, *Op.* 95, B. 178.
Sandra M. Gilbert & Susan Gubar. No Man's Land : The Place of the Woman Writer in the Twentieth Century,

vol.1 : The War of the Worlds. New Heaven : Yale University Press, 1987. 本章のタイトルになった原本。内容と直接の関係があるわけではないか、そのコンセプトにこそ多くを負っている。

オルダス・ハクスリー『すばらしい新世界』(原著一九三二年) 松村達雄訳、講談社文庫、一九七四年。

マイケル・ムアコック『永遠のチャンピオン——エレコーゼ・サーガ1』井辻朱美訳、ハヤカワ文庫SF、一九八三年。

マイケル・ムアコック『黒曜石の中の不死鳥——エレコーゼ・サーガ2』井辻朱美訳、ハヤカワ文庫SF、一九八三年。

マイケル・ムアコック『剣のなかの竜——エレコーゼ・サーガ3』井辻朱美訳、ハヤカワ文庫SF、一九八八年。

ベルナール・ウェルベル『蟻』(原著一九九一年) 小中陽太郎&森山隆訳、角川文庫、二〇〇三年。

ベルナール・ウェルベル『蟻の時代』(原著一九九二年) 小中陽太郎&森山隆訳、角川文庫、二〇〇三年。

ベルナール・ウェルベル『蟻の革命』(原著一九九六年) 永田千奈訳、角川文庫、二〇〇三年。

脳内彼女の実況中継――笙野頼子の反テクスチュアル・ハラスメント闘争

巨大メディア迷走の時代……への挽歌

昨年末、サブカルチュア系評論では今後屈指の力作として長く語り継がれるであろう、永山薫『エロマンガ・スタディーズ――「快楽装置」としての漫画入門』（イースト・プレス）を読んでいたときのことである。

同書は、日本のマンガ界における性表現を歴史的に詳しくリサーチし、その時代背景と傾向をまとめながら、性の表現分野がどのような進化をとげたのかを考察したもの。濃密な情報量と、明晰な分析力、そしてクールな筆致と三拍子そろった内容を心から味わいながら、同書の熱っぽさに、ある既視感をもった。

著者は言う。圧倒的な物量で咲き誇るエロ漫画であるが、それらは、実は存在自体が見えない「不可視の王国」ではないかというのだ。

ジャンルの狭小さと規制という二重の制約も大きいのだが、それ以上に大きいのが私が「エロの壁」と名づけた見えない境界線である。（中略）「エロの壁」とは「エロティシズムを含む表現は、／三流の表現である／汚い／語るべきものではない／語るに値しない／触れたくない／評価したくない／許せない／ヒドイ／子どもに見せられない／恥ずかしい／人間性を冒瀆している」などのネガティヴな反応を核とするバリアである。性にかかわること、エロチックなことを隠蔽し、抑圧し、特権化する装置なのだ（四―五頁）。

「バカの壁」ならぬ「エロの壁」。これに対する苛立ちがドーンと伝わってくる文面だ。そしてこの苛立ちが、全編の熱っぽさに繋がっている。それが、エロティシズム表現がなぜ不可視の存在になりはてたのかについて考察する動機というわけだ。それではわたしは、この光景をどこで見たのだろう。それはすぐ思いあたった。その二ヵ月前。これもやはりすぐれたマンガ評論である伊藤剛著『テヅカ・イズ・デッド――ひらかれたマンガ表現論へ』の冒頭で、伊藤は、執筆の動機を、一定の怒りをこめて説明している。

同書の発端は、「マンガはつまらなくなった」「衰退した」言説への疑義からはじまったというのだ。そこで、伊藤は、八〇年代のマンガ評論の言説自体がある種の限界を呈していたのではないかとの推理をたて、別の潮流の勃興を発見・傍証することになる。別の潮流とは、今日で言うマンガ表現における「萌え」要素のこと。伊藤剛は、二〇〇三年に東浩紀監修の『網状言論F改』に寄稿し、おたく系サブカルチュアのなかの「萌え」現象について、知識の基本的な交通整理を行っていた。これだけ、「萌え」表現が繁茂しているにもかかわらず、「衰退」言説がでてくるのはいったいなぜなんだろう、というのである。

つづく伊藤の手つきは、ホモソーシャル／ホモセクシャルの境界を発見／脱構築してみせたイヴ・セジウィックの方法論と通底する。「萌え」感性を先鋭化するおたく文化に、クィア理論による変態性を重ね合わせてみれば、伊藤自身の論旨はきわめて明快だ。彼はマンガ界が手塚治虫を中心とする権威の言説に緊縛されていることに気づき、それによって見失われてきた豊かな世界を発見し、さらに、従来の手塚評価の基準から手塚作品を解き放しながら、八〇年代後半以降の、それこそ伊藤が指摘するクィーア性によって手塚を再解釈し直す、というところまで話を進めている。

伊藤が作品と作品評価の間に齟齬を発見したときの衝撃と、永山が「エロの壁」を発見したときの違和感。セクシュアリティとジェンダーに関連した話題についての執筆の動機がこの原点にあるという、そうした違和感の表明は、マンガ界だけではなく、笙野頼子が取り組んだ論争にも関係していると思う。ここには、同時代的な兆候をしめす、なにかがある。そして、笙野頼子は、自分自身の問題意識からこの兆候自体をとりあげ、やがてはその解析を通して、おそるべき世界に到達していったのではないかと考える。

論争か、キャンペーンか

笙野頼子が論争を始めたのは、一九九八年のことである。以後の詳細は『ドン・キホーテの「論争」』、及び『徹底抗戦！　文士の森』に詳しい。笙野がこの論争だけをめぐっても二冊もの著作を出しているいっぽう、「論敵」と呼ばれた相手からはなんら有益な反応が返ってきていない。したがって、笙野自身はそれを「論争」と呼んでいるが、対決した、というより、どちらかというと、笙野が一方的に絨毯爆撃をしているかのようにも見える。それがこの「論争」の大きな特徴であった。

　ひとつの見方として、「論争」のきっかけが「放言」に近いものであり、むしろ「いやがらせ」としてカウントされているからかもしれない。つまりは、真実というよりはキャンペーン的なものであり、もともとガセネタだった、というわけだ。従来ならば、おそらく「とるにたらない」として聞き流されてしかるべきものだったのかもしれない。一般的には、愚劣で幼稚ないいっぱなし言語は、それを口にした本人の無能を証明することになるからだ。にもかかわらず、笙野はあえてそれを問題にしたのである。

　このことが気になるのは、じつはわたしも、時間的には若干先になるが、共通する事件を体験していたからだ。

　かつてわたしは『ドン・キホーテの「論争」』の書評の中で、一九九八年春以降、笙野頼子が始めた論争が、ジャンルＳＦ界で起こったクズＳＦ論争と共通点が多いと指摘した。クズＳＦ論争は、一九九七年二月九日付け「日本経済新聞」コラムに〈国内ＳＦ、氷河期の様相〉という記事が掲載されたことに端を発する。これは「本の雑誌」九七年三月号に特集された座談会〈この一〇年のＳＦはみんなクズだ！〉を事前情報としてキャッチしたＴ記者が日本ＳＦの現状を俯瞰するという内容で、タイトル通り現在のＳＦは〈危機的状況〉〈売り上げの低迷〉〈ジャンルそのものの消滅〉〈閉鎖的〉〈未来を予見する新鮮な目がない〉などとまとめたため、「SFマガジン」誌上において〈緊急フォーラム・SFの現在を考える〉が組まれ大論争がエンエン一年ほど続いたのである。そして、さまざまな論者の意見が出尽くしたかと思えるころ、奇怪な事件が降りかかってきた。

テクスチュアル・ハラスメント事件である。具体的には、サブカルチュア系リファレンス・ブックのなかで、わたし自身の名前がわたしの夫のペンネームだと断定され、わたしが長年書いてきた作品はすべて夫のものだとする記事が悪意をこめて掲載された、というものだ。

当時のわたしは、SF界に蔓延する（と思いこんでいた）「（男どもの）いいっぱなし言説」のいい加減さに呆れ、ことが言論の範疇を超えた領域に踏み込んでしまっているため、裁判にふみきることになるのだが、前述したように、今振り返ってみると、事態はSF界やサブカルチュアに限定された現象ではなく、もっと広範囲の、新聞や文芸誌といった「書き物」の専門家筋にも蔓延していたことが理解される。

つまり、永山が不可視になっていると指摘したもの、伊藤が、不当な評価を前にいぶかしんだもの、ジャンルSFで自虐的にあげつらわれてしまったもの、純文学におしつけられた奇妙な烙印。これは、どちらかというと弱者をターゲットにしたいやがらせ表現と言えた。文芸の分野には、どうやら見えないけれども、文学的階級制度が存在し、そこで想定されている下層民を、執拗に攻撃している、というわけだ。しかも、それらの言説は、貶められている作家や作品やジャンル自体の質の低下を説明付けるものではけしてなく、内容のあやふやな言いぐさであり、通常ならば、発言者の無能振りのほうが暴露されてしかるべきものだった。にもかかわらず、だれしもが呑気な風情でそれを表明していた。発言者たちは、自己客観化を維持できず、それどころか、開き直っているかのようであり、勇気をもって「本当のこと」を指摘しているのだと言わんばかりだった。まさにおめでたい思考停止状態といった風情だった。

これらが切り離された個々の事件だというよりは、時代の兆候だということを、端的に言えば、グローバリゼーションとともに拡大するネオリベラリズムにともなう現象であり、インターネット時代に顕著になったメディア病としてのテクスチュアル・ハラスメントだということを明確に解き明かし、それに対する対抗言論を文学のかたちにまとめあげ、文学の凄味を味わわせてくれたのが、笙野頼子だと思う。

笙野は、これらの言説がなんであるのかを、執拗に追求し、膨大な作品を猛烈な勢いで書き始めた。それは、単にそれらの放言に「いやがらせ」とラベリングして、相手を恥じ入らせてすむ、というぬるい方法ではすまなかった。それを生み出した構造へとじりじり迫り、そこから文学的可能性をしぼりとる、という戦法に出たのである。

テクストか、コンテクストか、それが問題だ。

さて、わたし自身が体験した事件は、テクハラの典型例だったわけだが、笙野頼子は、「女、SF、神話、純文学」——新しい女性文学を戦い取るために」(『徹底抗戦！　文士の森』)のなかでわたしの事件を紹介しながら、当該執筆者である山形浩生が、文芸誌に掲載されたエッセイのなかで、「売り上げ文学論」を展開しているのを、文面につっこみながら紹介している。テクハラと「売り上げ文学論」は連動している、というのだ。これはいったいどういうことか。

答えは簡単。女性作家に向けられる性的いやがらせのことばも、作品に対する金換算の評価も、テクストの内容について言及して評価するのではなく、むしろコンテクストの問題だからだ。

では、なぜ、テクスト内部に関する評価ではなく、金や性別といった話題に傾いてしまうのか。その理由もまた、わかりきっている。作品を読まない人々にも通じる話題だからだ。テクスト論を展開できないけれども、なにかしらの作品評価についての会話には参加したい論者にとっては参加しやすいトピック、というわけなのだろう。そういう言説が、文学と関係のない分野ならともかく、文芸誌や文芸欄を席巻するようになってしまった、そこに大きな問題点がひそんでいた。

テクスト分析よりも、作品をめぐる環境情報をもって、あたかもそれが作品の価値判断であるかのように錯覚すること——それは、テクスト内部の本質論ではなく、むしろメディアでの広告的言説との戯れといってもいいことだろう。

テクハラの問題をしつこく追いつめていくと、加害者が本が読めていなかったり、あるいは表現力に限界があることをコンテクスト評価でごまかしていたという事実につきあたる。同時になんでもかんでも金によって評価の一元化をはかるようなポストバブル期のメンタリティに直面することになる。

テクハラを概説しなければならないと思ってわたしがまとめた『テクスチュアル・ハラスメント』（インスクリプト、二〇〇一年）のなかには、アメリカのSF作家で英語英文学者であるジョアナ・ラスの『女性の書き物を抑圧する方法』（テキサス大学出版局）が邦訳されている。裁判がきっかけでテクハラ言説への対抗手段の必要性を痛感させられたわたしにとって、ラスの傾向分析は、有益だった。ラスは、古今東西の女性作家に加えられたいやがらせを分別して、解剖し標本にして洒落のめしている。『女性の書き物を抑圧する方法』は、笑える悪意満載の内容だ。いやがらせ言説を、ゴミの分別並みに分類していると、こうした作品評価の言説が、あたかも作家や作品の本質があるように錯覚させてしまうものなのだな、ということがよく理解されるようになった。

われわれが、その作品の本質がこうであると思いこんでいるのは、コメントや評論によって保証されているものにすぎない。そしていやがらせをしている人々こそ、驚くほどナイーヴに、そうした「うわさ」や「評判」を本質と取り違えて、うらやんだり妬んだり、つまり脳内対象への妄想をひたすら肥大させている。われわれは、作品を、評価を通して眺めているのであり、評価が存在することによって、その評価の向こう側に作品が存在するかのように錯覚しているだけなのに。

筀野が執拗に展開した論争本は、読み応えのある内容だった。彼女の主張はシンプルきわまりない。作品評価が、テクスト分析ではなく、「金」や「性別」といったコンテクスト情報からひきだされていることを指摘しているだけだ。にもかかわらず、このシンプルな主張を、おどろくほどバラエティゆたかに例証してみせる。

この点、少女マンガにたとえて言うなら、筀野は、『エースをねらえ!』のお蝶夫人であった。『エースをねらえ!』は、テニスを扱ったスポーツ根性マンガであるが、その登場人物のひとり、お蝶夫人は、自分が目をかけた若い妹分のテニス・プレイヤーの岡ひろみと対戦したとき、単に試合に勝てばよいというのではなく、ありとあらゆる自分の技術をみせつけて、試合を通して、岡ひろみにテニスの奥深さを教える、そういう役割だった。

どういうことかというと、この手のいやがらせに対して、被害者が声をあげて相手の落ち度を指摘した場合、むしろ被害者のほうが「そんなことくらいで騒ぎ立てるなんて」とたたかれることが多いのだ。相手のミスをつついてあげつらい、自分自身のウサをはらしているんじゃないかと言われてしまう。逆ギレした加害者による典型的な被害者ぶりっ子の構図で、真の被害者叩きのふるまいである。こうした差別的な文言が問題になる場合、差別を内面化している大衆が、いきおい無意識に加害者側に荷担するのは、当然だ。

笙野自身がエッセイでなんども繰り返し述べているように、彼女はそうしたプロセスは予想していたし、覚悟のうえだったという。だが、いざ「論争」を開始してみると、彼女の文章は、論争のかたちをとりながら、笙野の持つ文学才能の華麗さと、笙野による文学フィールドがいかに魅力的かということが明確になってきた。

これに対して相手はどうだったのか。たとえ発端が「いやがらせ」であっても、文学者であるならば、笙野の繰り出す文言に対抗するのは可能であり、文学的才能のみせどころ、とも言える。しかし、多くは沈黙に流れた。テクハラへの有効な対策は、「それがテクハラ表現だ」と認識することから始まるのだが、単に指摘しただけでは、テクハラを許容する文脈をずらすことは難しい。前述したように、テクハラをゆるす土壌とは、そもそも被害者たたきの方法論も内包しているものだからだ。論敵の沈黙は当然のことだったのかもしれない。根本が変わらないのなら、テクハラを内面化した大衆のなかにこそこそ隠れて、嵐がすぎるのを待っていればいいわけだ。

こうした情勢があったせいか、笙野はさらに雄弁になり、作品自体が論争的な様相を帯びてきた。

そう、作家はことばを紡ぎ出してこそ、作家なのだ。文学者・笙野の戦法が、そうした文壇に蔓延しているテクスチュアル・ハラスメントへの対抗言論として非常に興味深い方法論をとっている。

たとえば、二〇〇一年に刊行された『幽界森娘異聞』。同書は、日本近代文学の流れの中で、「天才」とも「不思議」とも言われつつも、ほとんど不可視の存在だった森茉莉について考察する、ふうがわりな評伝である。テクハラ言説との関わりという点から見ると、この作品は、森茉莉評価のなかにあるテクハラ構造を指摘しながら、そうした言説から彼女の作品を解き放つべくユニークなやり方を見せる。

一番大きい要素は、まず評論にありがちな、客観的書き方をとっていない点だ。従来の客観的な書き方は、フェミニズム批評やテクハラに関する分析が提示されている今日、中立とは言えまい。それらの分析は、中立イコール男性中心主義という偏向を暴いているからだ。ではどうするのか。語り手は、森茉莉文学をとりあげながら、実在の森茉莉ではなく、脳内で妄想される女性作家として「森娘」と名付けるものとなる。森鷗外の娘という意味合いと、幽界という森の中に現れる娘の意味合いだろうか。従来の批評的パースペクティヴから構築されている文学世界が、多かれ少なかれテクハラ的構造を内面化せずにおれない、というのなら、あえて「大文豪である男性作家の娘」と認識し、そこから、笙野とおぼしき女性作家が、自らのライフスタイルの中でどのように読んだかを書き留めていく。現実体験に基づく私小説のように展開する『幽界森娘異聞』は、テクハラの森のなかに見え隠れする「森娘」を吟味しながら、自らのテクハラ状況を浮かび上がらせていく。そうした森のなかで、なんとかサバイバルしていかなければならない、その様子こそが女性文学構築のプロセスと結びついているのではないか。こんなふうに、ふたりの女性作家が時空を超え、作品を通して接近遭遇するのだ。ラスの『テクスチュアル・ハラスメント』では、メディアの言説に包含されたテクハラの洪水のなかで、女性作家たちはいかに分断され孤立しているか、いかに女性作家の伝統などないかのように扱われているかを記している。いっぽう笙野は、ラスも指摘する女性作家をめぐる評価のなかで、女性作家がいかに他の女性作家と出会い、互いに文学的可能性を模索しながら交歓していけるかを、じっくり描いている。

女性ユートピア／ディストピアの真相

『幽界森娘異聞』において、あえて世間が無意識に陥る「男性大文豪の娘」という符号を森茉莉に課し、それを文学的思弁性探求への出発点にして、テクハラ状況を再考しながら、対抗言説を幻視していく手法は、『水晶内制度』にも応用されている。しかも、それが、世界構造吟味へと向けられていくところは見逃せない。

『水晶内制度』（二〇〇三年）は、わが国屈指のユートピア（／ディストピア）小説である。

メディアがいかに女性を貶めるテクハラに満ちているか。その一番の好例は、周知の通り、フェミニズムとフェミニストであろう。ごく最近でも、フェミニズムとフェミニストを矮小化し、貶め、世界で一番呪われた種族であるかのようなイメージ作りは継続している。女嫌いを結晶化されたわら人形こそ、フェミニストではないかと、思うほどだ。もちろん、フェミニズムの実態を知っていたら「あれ？　ずいぶんちがう」と拍子抜けし、悪いイメージ作りこそ、男社会のメディアによるテクハラの典型例だということがわかるはずなのだが、テクハラ報道する側もそれを受け取る視聴者も、フェミニズム陣営とあまり関係のないところに生息していて、テクハラの情報伝達がされるわけなので、いきおい状況が是正されているとはいいがたい。

『水晶内制度』は、メディアによるテクハラ的証拠物件とでも言えそうなほど、ステレオタイプ化された「悪いフェミニスト」たちが、日本国内に「ウラミズモ」という独立国家を作る。メディアが勝手に作ったイメージが女性作家の手によって、演じられ、吟味されるのであるから、当初、フェミニストとはこんなに悪いものなのか、とマスコミのフェミ嫌いのコメンテーターらがしたり顔で大喜びするだろうと期待していたのだが、残念ながら、多くの反応はむしろ後味の悪いなにかを呑まされたかのように沈滞し、「わからないから」とりあえずスルー、というものだった。これはなぜだろう。

ひとつの可能性として、ウラモズモが、完全なる女尊男卑国であるにもかかわらず、その世界の様子には、むしろ現代日本のありふれた男尊女卑の日常が透けて見えていたからではないだろうか。ウラミズモは、徹底的な女ホモソーシャルな世界であり、ロリコンがわりに美少年を家畜化し、それ以外の男の価値をまったく認めない。ここにあるのは、単に男性と女性を入れ替えただけの世界なのだ。とすると、まさに、メディアがよく笑いものにする、怪物で滑稽なフェミニストたちの帝国というイメージは、ひょっとすると、自分たちのネガをフェミニストへ勝手に押しつけただけなのではないか、とすら思えてくる。

主人公は完全なる女尊男卑国に囚われた女性作家で、建国神話を創造するよう、期待されている。日本の男性知識人の一部がうっかり男尊女卑に荷担してしまうような状況を、この主人公も味わう。

主人公はフェミニストたちに共鳴するところがないわけではない。女性にとってフェミニストばかりの国は快いのだ。だが、ウラミズモはその快さのなかに、とんでもない犯罪部分を隠蔽していた。あえて事を荒立てたくない主人公は「うわーっ」と叫ぶだけで、スルーしてしまう（!）。あたかも男尊女卑の世界で、女性差別的状況に一定の罪悪感を持ちながらも目をそむけ、日常に埋没し、そんななかで国家神話を執筆しなければならない男性知識人のように、主人公は国体についてあれこれ思いめぐらさねばならないのである。

『水晶内制度』のもっとも興味深い部分は、テクハラ状況の分析が神話に関する言説にまで及んでいるところだ。女尊男卑という性差逆転劇は、日本神話の中のまつろわぬ神の復活という逆転劇に接続され、出雲神話が再解釈される。

建国神話を書くことを強要される主人公の女性作家は、アマテラス系の伊勢神話ではなく、天孫系に制圧されたとおぼしき国津神オオクニヌシについて思考をめぐらす。そして、ウラミズモの国家神とされるオオクニヌシが実は女性神ではないかという神話をでっちあげるのだ。もっとも、日本神話関連の文献では、オオクニヌシが女性神だったのではないかとされる異話があるそうだから、ウラミズモの建国神話のエピソードは、もともとの日本神話に関するテクハラ状況を再考しようとする意図があったのかもしれない。

そして、この神話に関する性差逆転劇で一番興味深いのは、日本神話にも実際に登場するスクナヒコナをめぐる解釈にせまっている点ではなかろうか。日本神話の中で、オオクニヌシは小舟にのってやってきた小柄な神であるスクナヒコナの手をかりて、全国を統一する。だが、やがてスクナヒコナはどこかへ消えてしまう。オオクニヌシとスクナヒコナ。この男同士の謎めいた友情神話が、ウラミズモでは男女のロマンスに読み替えられる。日本神話ではきわめて謎多き存在であるスクナヒコナにスポットがあてられ、オオクニヌシの愛玩する小さな男性美神として、女たちの愛の対象として位置が与えられるのだ。

男尊女卑世界で男性たちの愛の対象としての女神が、ときとしてフェミニスト的解放神話の記号として再解釈されるように、スクナヒコナは、日本／ウラミズモというポジ・ネガの境界を脱構築する可能性に満ちている。それに着目し、おそろしいディストピアのなかで、主人公が矛盾の象徴たるスクナヒコナを国家神話に封じ込めるとき、マスコミによってゆがめられた「フェミニスト」のイメージから、真の意味で解放を求めるフェミニストの一面が顔をのぞかせる。

そこにテクハラがあるかぎり

『水晶内制度』は、性差による価値が逆転した架空の異世界をまず構築し、その一八〇度反対の異世界が一皮剝けば、男社会の反復でしかないことを差し示す。そして、もともとの出発点であるテクハラ状況に、そのような二項対立的思考の元凶が隠されていることを明らかにする。スクナヒコナはまさに境界上にもうけられたグレイゾーンに位置するものなのだろうが、そうすると、『金毘羅』こそ、さらにそのグレイゾーンへの思弁性を拡張していったものと言えるのではないか。『水晶内制度』で発見された伊勢神話と出雲神話をめぐる思弁は、それでは日常の信仰はどこにあるのか、そもそも日本人にとって宗教とはなにかという主題へと発展し、多くの紆余曲折を経て、近代以降国家神話として編纂された日本神話の歴史的再考を促すのである。

こうした方法論は、たとえば女性の描くファンタジーのなかで、従来の男性的視点で描かれている神話や伝説などを女性の視点から描いていくというスタイルに通底するものと言えよう。しかし、『水晶内制度』でとりあげられた日本神話をめぐる思考をさらに発展させた『金毘羅』では、完全なるフィクション世界として完結している『水晶内制度』とうってかわって、現実世界にひきつけたポリフォニックなスタイルとして描かれていることに注目したい。しかも、一言で言えば、このスタイル、脳内世界の実況中継の趣なのだ。笙野文学全般を、テクハラへの対抗言論として見ていく、という視点から見ると、それはすぐれた戦略にうつる。

テクハラ状況に対して、「アレはダメ、コレもダメ」といった言葉狩り的な方法論をとっていればいいかと言えば、そういうわけではない。物書きは、それ以上のことをやる生命体なのだというような勢いで、「論争」は展開された。そのとき、笙野頼子は、あたかもコロンブスの卵のように、「論争」のかたちを借りて、テクハラの実況中継をエンエンとやり始めるというスタイルを採った。今そこで起こっている事件を突き放しながら、抱腹絶倒ともいえる口調でにぎやかに書き続ける。

この「論争」のスタイルが、『金毘羅』において、フィクションにノンフィクションを溶かし込んだような方法論で、導入されている。笙野本人から分離された語り手によるこのスタイルを読みながら、わたしは、それを私小説ならぬ、脳内彼女の実況中継文学と名付けたい気持ちにおそわれる。小説/評論、虚構/現実の混濁する魔術的リアリズム満載の語り口こそ、日本における私小説の再解釈をうながすだろう。テクハラへの対抗言論としての実況中継とは、文学そのものなのだ。そして、いまの笙野頼子は、テクハラ状況下に隠蔽されてきた日本とはなにか、日本の文学とはなにかという思想上の問題点に、じわじわと迫りつつあるのである。


東浩紀監修『網状言論F改――ポストモダン・オタク・セクシュアリティ』青土社、二〇〇三年。

伊藤剛『テヅカ・イズ・デッド――ひらかれたマンガ表現論へ』NTT出版、二〇〇五年。

「国内SF、氷河期の様相」〈日本経済新聞〉一九九七年二月九日。

小谷真理「十五年目のテクスチュアル・ハラスメント」〈現代思想〉二〇一三年十一月号。

「特集この10年のSFはみんなグズだ！」〈本の雑誌〉一九九七年三月号。

永山薫『エロマンガ・スタディーズ――「快楽装置」としての漫画入門』イースト・プレス、二〇〇六年。

『増補エロマンガ・スタディーズ：「快楽装置」としての漫画入門』ちくま文庫）が二〇一四年に出ているが、本論執筆時はイースト・プレス版で引用。

イヴ・コゾウフスキー・セジウィック『男同士の絆――イギリス文学とホモソーシャルな欲望』上原早苗・亀澤美由訳、名古屋大学出版会、二〇〇一年。

イヴ・コゾウフスキー・セジウィック『クローゼットの認識論――セクシュアリティの20世紀』外岡尚美訳、青土社、一九九九年。

笙野頼子『ドンキホーテの論争』講談社、一九九九年。

笙野頼子『徹底抗戦！文士の森』河出書房新社、二〇〇五年。

笙野頼子『幽界森娘異聞』講談社、二〇〇一年。

笙野頼子『水晶内制度』新潮社、二〇〇三年。

笙野頼子『金毘羅』集英社、二〇〇四年。

ジョアナ・ラス『テクスチュアル・ハラスメント』小谷真理編訳、インスクリプト、二〇〇一年。
山本鈴美香『エースをねらえ!』(初出一九七三年〜一九七五年、一九七八年〜一九八〇年)全十八巻、
　マーガレットコミックス、一九七三年〜一九八〇年。

ディストピアの向こうへ――〈未来記〉の現在形

本日はお招きいただきありがとうございます。ただいまご紹介いただきました、SF&ファンタジー評論家の小谷真理と申します。

普段は、メインストリームではなく、サブカルチャーの片隅で執筆していますので、このような正式な晴れがましい学会に出てくる、ということも稀で大変畏れ多いのですが、本日はどうぞよろしくお願い申し上げます。

二〇二〇年より新型コロナ・ウィルスが猛威を振るう中での学会ということで対面ではなく、リアルタイム配信のような形でお話しすることになりました。もっとも話題が「ディストピア」ということでこのSF的な状況こそ当を得たと言いますか、まさに、非常事態ということでお許しいただいて、本日はお話しさせていただこうと思います。

藤木さんもレジュメの中で記されておりましたが、昨今、ディストピアがブームとのこと。なんだかぶっそうな話ですね。

ただし、私が活動しておりますジャンルSFでは、未来や異世界での一連の大事件、すなわち世界を揺るがす怪獣・災害・疾病・宇宙人襲来などが、日常的に頻発しておりまして、その意味では、SFにおける日常性自体が、非日常的なイベント満載のディストピア的現場と言えるかもしれません。こんなことをいうと、現代社会がSF化したと誤解されるかもしれませんので、慌てて付け加えさせていただきますが、現代社会は、そこまで荒唐無稽で浮世離れしている、とはいえません。ですから今後予想される想定内の非日常現象勃発の可能性と言えば、パンデミック禍でのオリンピック開催、ワクチン接種、地震、台風と言った環境問題、近隣との国境紛争、SNSによる派手な炎上などが予測されますので、どうぞ、ご安心ください。

さて、こうしたディストピア観満載の日常ではありますが、ジャンルSFでは、理想的な世界を求めるユートピア指向がとても強く、絶えず理想郷を目指しているようなところがあります。SFファンの間では、ユートピアを目指しているがゆえに、かえってディストピアを必要とせざるをえない。つまり招いているではないかとのジョークも飛び交いますが、しかし、ここは学者さんたちの集まる学会ですから、まずはディストピアとは何か、という基本的なコンセプトから、確認させてください。

実は私、今から二十年ほど前の二〇〇二年に慶應義塾大学の「ユートピアの期限」という総合講座に参加したことがあります。講座が終了した後、そのような企画では大変よくあることですが、講義録をもとに、同名の書籍、論考アンソロジーが出版されました。

当時は、はて「ユートピア」ってのは期限つきなのか、と思いながらのリレー講義でしたが、それほどアヴァンギャルドなことも思いつかず、地味に、日常的な活動範囲である「フェミニスト・ユートピア」（の期限？）のお話を書き起こしました。私は、ジャンルＳＦとファンタジーの分野では、フェミニスト批評を守備範囲にしているからです。

とは言え、ほかの先生方の動向が気になった私は、後でこっそりアンソロジーを熟読しました。ほかの先生方の論考は、さすがと言いますか、とても啓発的で、面白いものでした。私ももっと面白いものが書けたはずなのに、と反省しました。名だたる先生方が、いらっしゃる講義録の中には、なんと、今は亡き日本ＳＦ界の重鎮・小松左京御大も「ユートピア3000」というエッセイを寄せておられます。これは大変なことです。敬愛してやまない小松御大のおられるアンソロジーに参加できたのですから、自分的には大事件でした。今年は小松御大が亡くなられてからちょうど十周年にあたっております。だからここはまず小松御大から始めましょう。彼は、フェミニスト視線からは、昭和のセクハラ親父だと断定されかねないところもありそうですが、作品も論考も、フェミニズムに関しては、今読んでも大変啓発的です。

それはともかく、彼はその中で、ユートピアは良いとして「期限」てなんなんだよ、と若輩者である私と同じように質問しておられる。こういう突っ込みは、真のＳＦファンならではのものですね。まず根元を直撃して笑いをとる。さすがに漫才の脚本を書いておられただけあって、真面目な論考であっても、御大はジョークを忘れません。講義の企画者の説明では「賞味期限のことです」とのことで、返答した方もとってもお洒落でした。そこで御大は、「捨てる前に、もう一度味わっておくか」と考えて、西暦三〇〇〇年のユートピアを想定して、考察を始めています。

短い時間しかありませんので、パワーポイントの方に、御大の論の概略を書いておきました。御大は愉快な方なので本文の方が断然面白いので申し訳ないのですが。どう面白いかといえば。例えば、「六〇年代に社会主義国家（ソ連）＝ユートピアと考えられていた」とのこと。今読み返すと、え？ということは資本主義社会はディストピア？とか、社会主義国家の歴史歩みを振り返りながら、現代の、後期資本主義社会について考え込んでしまいます。

とはいえ、彼はまず古典作品トーマス・モア「ユートピア」から始めてます。引用します。古典では、ユートピアは挫折から生まれて、現代において実現しようとする流れがある。しかし、「完璧に仕上げられたユートピアは実は地獄という発見があった。」（一四頁）

はい。きました。ユートピアは、実は地獄、つまりディストピアであると。

そして、アーサー・C・クラークの長編SF『都市と星』を例に、「ユートピアには、それを破壊することこそユートピアだと考え実行する奴らが出てくる。」つまり「ユートピアは閉鎖形では安定しない」、をそれを超越する超ユートピアの可能性を示唆しています。

御大のエッセイから分かるように、本日のお題「ディストピア」の話をするのには、逆にユートピアから話を始めなければならない、というか、ユートピアに触れなければならないかな、と思います。実は両者は表裏一体で複雑な関係性に結ばれているようです。

一方、政治思想学者の萩原能久氏の章題は「賞味期限切れのユートピアにご注意！」というものでした。流石にこのジョークたっぷりのタイトルとは別に、学者らしくその定義から始めています。彼は、ユートピア思想の研究者クリシャン・クマーからの引用で始めユートピアとは、「どこにもない場所 outopia」「よき場所 eutopia」「ディストピアとは、どこにでもある場所悪き場所」と言っています。

とすると、現実のどこにでもある悪しき場所がディストピアなのかと私などは考えてしまって、するとディストピアを描くことこそ現実を描くことに他ならないということだろうか、と気がつきます。

ただし、昨今の純文学でも、非日常的な、浮世離れしたSFやファンタジーのスタイルをとる作品が増えているのはどうやら本当で、これは一体どういうことなのかと思いました。それについて、SFに関し、萩原氏は次のように語っています。

「ほとんどのサイエンス・フィクション作品が極めて強い政治的モチーフ、すなわち現実に存在する軍事政権の独裁や過剰管理社会への批判から生まれたものであることも忘れてはならない。サイエンス・フィクションは、それ自身、政治思想の表現形式の一種なのだ。」(一五九頁)

SFファンの間で流通している認識では、ストレートな政治批判が表現者の命を奪ってしまうような苛酷な全体主義国家ほど、しばしば政治批判は、ファンタジー、つまり架空の世界の話のふりをして行われるとされています。

ユートピア(/ディストピア)フィクションものもその一つで、だからこそ、トーマス・モアやオルダス・ハクスリー、そして、ジョージ・オーウェルらの作品は、文芸のメインストリームとして扱われてきた歴史があります。普段は、文学的地位の低い下層ジャンルと糾弾されがちなSFの中でも、ユートピアものは、特別扱いされてきたのであります。

ただし、文学的階級制への闘争は今回の本題とは全く関係がないので、急いで『ユートピアの期限』に収録された拙論について申し述べます。

あ、その前に、付け加えて起きますが、荻原氏は、実は学者の仮面の下にオタクの本性をもつポップカルチャーの達人で、それはこの論考が、ＳＦファンに訴えかけるような、笑える部分が多かったという理由です。

さて、先ほども言いましたが、もともと私はＳＦとファンタジーの評論を書いておりますが、そのジャンルの中で、フェミニズム批評に中心的な関心を持っておりました。

そこで「フェミニスト・スートピア」（の期限？）についての論考を、当時は収録していただきました。中身は、いたってシンプルなもので、まず、歴史を総括（二十世紀まで、フェミニズム第三波まで）し、その特徴を抽出したというものです。フェミニズム運動は、便宜上、第一波から第四波に分けられております。フェミニスト・ユートピアものを、リストアップしていくと、フェミニズム運動と関係が深い、ということがわかりました。第四波に言及していないのは、当時＃ＭｅＴｏｏ運動は始まってもいなかったからです。

で非常に大まかにですが、三つの特徴があることがわかりました。

フェミニスト・ユートピアの特徴三点。

1．社会変革の夢を内包：女性抑圧のない世界は可能か？という問いかけがある。

2．女性共同体について考察：（女抑の元凶とも言える）男性性の排除は可能か？という分離主義の問題点が指摘される。

3．女性身体論を独自に模索：妊娠・出産をどうするか？　生殖テクノロジーは何をもたらすか？

まとめてみますと、フェミニストはユートピアを夢見る→現実は、ディストピア（地獄）。そこでどのようなひどい現実があるのかを逆照射していく。しかし、フェミニスト・ユートピアＳＦを読んでいると、ユートピアそれ自身も、実は暗黒面を内包している。ユートピアは、実はディストピアだった！　という話の流れが多いです。

小松御大のおっしゃることはフェミニスト・ユートピアにも当てはまっていて、閉鎖系ユートピアの問題点が、お話の中に浮かび上がってきます。

ユートピア（／ディストピア）と書きますが、ユートピアの持つ暗黒面は、つまりはディストピアを隠し持っている、という小松御大のいう閉鎖系ユートピアのディストピア性です。

結果的にそれは、こういうスタンダードがあるけれど、実は被抑圧者たちのスタンダードもある、つまり、ダブルスタンダードの探究へと発展し、その考察へとつながっていきます。

よく例に出されるのが、シェリ・テッパー『女の国の門』ですね。男性性を徹底排除した女の国が描かれてますが、それは理想化された素晴らしい世界ではなく、女たちがこうする他ないと言って受け入れた悲しい世界だったという話です。その世界では優生学が用いられていて、女性科学者たちが、男性の遺伝子から暴力性を徹底排除するためのシステムを作りあげています。男の子が生まれると戦士の国へ送られ、近隣の都市国家との戦闘に行かされる。そうやって、暴力的な男性の数を減らして、悪い遺伝子を含む男性性を排除していくというわけです。女の国には男たちもおりますが、ものすごく知的で優しい。あんまり暴力的ではないんですね。

また、男性にとってのフェミニスト・ユートピアは、ひょっとすると、地獄かもしれないことをうかがわせる沼正三氏の『家畜人ヤプー』という作品があります。あれは、白人女性が主権を持つ未来世界で、それ以外の民は、実にひどい扱いをされています。特に地位が低いのは、有色人の（つまり日本人の）男性で、被虐的な位置に置かれ、人権のない位置を喜びと感じるような身体に改造されていきます。

八〇年代には、ホラー作家の村田基さんがフェミニストの帝国の恐怖を描きました。女が権力を持つのを、どうして男性がそれほど恐れるのか、そこにはどういう理解があるのか、が示唆されています。ぜひお読みになって、恐怖の理屈の克服法を、考えていただきたいものです。

こうした流れを見ていくと、ユートピア・フィクションものというのは、実はディストピアの問題点を考えるのに適しているんだな、と気づかされます。

それでは、日本のフェミニスト・ユートピアものはどうなのか。日本でもフェミニスト・ユートピアものは描かれています。そうですね。ユートピア／ディストピアですね。三つの特徴も同じように、探求されています。

ただ、欧米の作品に描かれている関心とは、少しずれているかもしれません。特に性差の視点ですね。日本という国の性差構造が批評的に描かれています。それは、ひょっとすると、日本独自のもの、と言えるかもしれない。アメリカで顕著な人種的問題より性差への視点が全面的に出ているからです。第二次世界大戦後は、アメリカ合衆国の傘下にある島国です。それゆえに、名誉白人意識を無意識に育てつつ、単一民族幻想の夢を生きている民と言えるかもしれません。

ものすごく雑駁に言いますが、欧米でフェミニスト・ユートピアものは、第二波の時にかなり膨大に出てきました。その影響が、日本にも到達していました。

例えば、鈴木いづみ「女と女の世の中」や倉橋由美子『アマノン国往還記』は、当時のウィメンズ・リベレーションと関係性の強いフェミニスト・ユートピア小説と近い設定です。アングラ小説として一部にのみ流通していた『家畜人ヤプー』が、文庫化という形で大衆向けに刊行されたのも七〇年代で、当時の女性運動の風潮とマッチしてました。

女性ばかりの国があって、そこに男性が入る、という設定です。欧米のその手の設定は、その昔のシャーロット・パーキンズ・ギルマン『フェミニジア』を継承したものと言えますが、ギルマンの作品自体が発掘され、刊行されたのが、そもそも第二波の頃でした。SF作家、ジェイムズ・ティプトリー・ジュニアの「ヒューストン、ヒューストン聞こえるか?」は未来世界の話ですが、構図は同じで、ギルマンの作品にインスパイアされていると考えられます。日本の三作品も構図は同じですが、結論から言いますと、セクシュアリティに関する考察が強い。セクシュアリティとは、性的な欲望の方向がどこを向いているかを指す言葉です。異性愛が当然のものとされ、それが自然である、と考えられていた当時、その異性へ向く性的な欲望と、実際の関係性の中で構築される権力の問題を考えるのに、女人国の設定が使われています。

同性愛結婚が普通である世界が前提で、異性と関係を持ってしまうことの意味を問う「女と女の世の中」、白人女性を恋人にしていた日本人男性が未来の女尊男卑社会で、奴隷の位置に置かれ、それを快楽だと思うように調教されていく『家畜人ヤプー』、女ばかりの世界に異性との性関係を持ち込もうとする一神教の白人男性宣教師が目論むセックス革命、失礼、オッス革命が登場する『アマノン国往還記』は、性の欲望と権力関係とのシステムの探究と言えるでしょう。当時の「性の解放」を運動の一端にしていた世界革命闘争やその実態への批判を含んでいたフェミニズム運動の中で、女性たちが真摯に取り組んだ「性の政治学」という問題意識を読み取ることができると思います。一方、二十一世紀、第四波ではどうでしょうか。主だったものを見ていきましょう。

まず、笙野頼子さんの『水晶内制度』と続編『ウラミズモ奴隷選挙』と、『水晶内制度』復刻版。この復刻版は重要で、長いあとがきがついていて、著者自身が作品を解題しています。この物語は、七三年に発表された鈴木いづみ「女と女の世の中」を彷彿とさせます。

「女と女の世の中」では、男が極端に少なくなった世界の様子が描かれ、男たちを特殊居住区以外で見ることはできません。女だけの世界で生きている主人公が、ある日一人の青年に会うという話です。その世界がどうしてそんな風になったのか、なぜそうなのか、一体どうなっているのか、鈴木いづみは詳細を描きませんでした。ただ穏やかな日常と、その中で起きた異常事態が、淡々と書かれています。

SFファンだったら、この異世界がどういうものなのか、そのメカニズムを知りたい、と好奇心を募らせるはずです。笙野頼子『水晶内制度』はまさにそこから出発して、想像力を広げ女人国を非常に詳しく描き出しました。それが「女人国家ウラミズモ」です。主人公は作家で、日本から、独立国家「ウラミズモ」へと亡命しました。この「ウラミズモ」がすごいです。

「女人国」ですから、基本的に女性ばかりの世界です。しかし、フェミニスト・ユートピアではありません。あくまで女人国です。体が女性であったら国民になれる、そういう国家で、フェミニスト的に、差別はいけないのような道徳心はありません。男を差別し、自分たちが居心地良くあれば、なんだってやってしまう実力行使の世界です。印象的なのは、コンセプトではなく、そういう国家を成り立たせる、という戦略です。この国は日本政府との間に、特殊文字（字がへん）発施設を引き受けることで、独立国家の約束を取り付けました。徹底的な女尊男卑国家で、男性は保護牧場で飼育され、愛玩用か、精子製造機としての役割しか認められていません。どこを見ても女ばかり。結婚は、女性同士か、男性人形と結婚するか、です。

その国家を、作家視点から描いている。女性にとっては居心地のよい世界ですが、様々な悪が隠蔽されています。だいたい男に人権は認められていませんし基本厳しい差別社会です。原発は別名トイレのないマンションだ、とも言われ、不完全なシステムで、その不完全さゆえに社会的に迷惑な存在と認識されていますが、電力に頼っている国民にとっては依存せざるを得ない、厄介な必要悪になっています。私は、電力を多大に使用する東京都に住んでますが、なぜか原発施設はありません。多大なお金と引き換えに地方に構築されています。それがどういう意味をもつのか、3・11東日本大震災と福島の原発事故が勃発するまで、明確に詳細まで意識してませんでした。例えば、誠に恥ずかしいことに日本にある原発施設の数すらうろ覚えでした。利権の絡み合った政治的な矛盾たる原発問題と直面させられた時、笙野頼子さんの「ウラミズモ」の話を読みなおしました。日本政府と取引して、原発を誘致して、独立を勝ち取った、と設定している「ウラミズモ」は、日本政府から原発を押し付けられた哀れな地方で、社会では目に見えない存在にされている女たちによる最下層の階級だ、という仮面を被っています。しかし、そこにとてつもない女性の自由の地を作り上げてしまいました。同様のアイディアをアメリカのユダヤ人女性作家マージ・ピアシーの*He She It*で読んだことがあります。

あの本の中で、エルサレムが核爆弾によって汚染されていて、誰も住まない聖地となったその汚染地域に、サイボーグに改造したユダヤ人女性たちが居住しようという計画が、チラッと出てきます。「ウラミズモ」は、フェミニスト・ユートピアではありません。男社会に辟易した女性にとっては居心地の良いところですが、恐ろしく差別的な、情報統制された、全体主義国家で、原発によって構築された国家なのです。

読み進むと、「ウラミズモ」が、女性の抑圧を自明としながらもそれがあたかもなきが如く隠蔽し言いくるめ抑圧する日本の男社会の陰画、つまり女性版だということが、わかります。

初めて読んだときは、頭がクラクラしました。しかし、男性保護牧場で飼われている愛玩用の男性を、現実の日本社会での萌え少女、結婚制度で女性の夫となっている男性人形を、現代日本のトロフィーワイフ、という風に読み替えていくと、すっと頭に入ってきました。

「ウラミズモ」の女たちは、フェミニストでもレズビアン分離主義者でもないといいます。真面目に性差別を無くそうと取り組んでいる、心ある女性たちを尻目に、ずる賢く、狡猾で、肉体が女性である以外の生存権を許さない女人国家を、戦略的に手に入れます。そのやり口は、まるで、ホモソーシャリティを自明のものとし権力を握り、女性抑圧を行使しそれを隠蔽して、フェミニズム運動を叩きつぶしながら、心ある男性知識人らを陥れ、自らの利権にしがみつく、日本の男性権力者らの方法に見えました。

性差別を是正するという姿勢の中で、女性であることが倫理的であり正義である、というようなモラリスト的な考え方ではなく、女性も人間である以上、善人もいれば悪人もいる、というごく当然の、男女逆転なのです。

「ウラミズモ」を怖くてイヤラシイ、とてつもなく嫌な国家だ、と思うことがあるならば、日本という国も、同じように怖くて嫌な国なのだ、という気持ちに到達するべきなのでしょう。『水晶内制度』は、このように女人国という女性にとってのユートピアが、とてつもないディストピアだ、ということを描きつつ、その原型たる日本が、とてつもないディストピアだ、と逆説的に、主張しているように見えました。「ウラミズモ」のメカニズムを分析することは、二十一世紀の自由主義経済を推し進めていった日本がどれほどの犯罪的でデタラメなことを推し進めそれを隠蔽している国家であるかを考察することに他なりません。

これをフェミニスト・ユートピアと勘違いすると、困惑するしかないでしょう。フェミニスト・ユートピアを批評的に考察している、フェミニスト・ユートピア（／ディストピア）なのですから。真のフェミニスト・ユートピアは性差別がない世界を目指します。ただし、フェミニズム的な意識から描かれた女性ばかりの国家は、一八〇度性差の力関係が逆転した差別世界として描かれることが多いです。そこでの体験は男性的思考になれきって、それを居心地よく思っている人々には、激烈な毒になります。多分、現実と真逆の世界を一回体験しなければ、本当の中立がどんなものであるのか想像できないのではないかと言わんばかりの発想です。

「ウラミズモ」を、単に男の世界を反復しているだけだと批判するのではなく、その嫌な気持ちは、大現実の男性優位社会で女性たちが日常的に体験しているディストピア感覚なのだと理解するのは、大切なことです。もし嫌な思いをしたと嘆く男性がいたら、「おめでとう、ようやくあなたは女性の気持ちがわかったのね」と褒めるべきでしょうし、男性も「ようやく女性の立場と気持ちに近づけた」と、喜ぶべきでしょう。

「ウラミズモ」を快く思う人は、現実の世界で権力者たちが同じように快く生きていることの意味を想像することが可能になります。

『水晶内制度』を皮切りに二十一世紀は、フェミニスト・ディストピア小説が増加します。笙野頼子『水晶内制度』の男女逆転世界を、さらに面白く描いているのがよしながふみ『大奥』です。キャッチフレーズは、「男女逆転大奥の世界」。江戸時代の将軍家は、厳しい血統主義で、血の繋がったお世継ぎによる、いわゆる世襲制があり、そのため将軍はお世継ぎを産ませる愛妾をたくさん囲っておりました。その愛妾らの暮らしていた場所が「大奥」です。それまでの「大奥」ものは、フジテレビ開局ン十周年記念、とかでよくTVドラマになり、私なども美しい女優さんが見たくて楽しみにしていたものですが、よしなが版の『大奥』は将軍が女性であり、囲われているのは若く美しい男たちです。

江戸時代初期に、赤面疱瘡という流行病があり、若い男性の人口が三割以下になる、という設定です。三割。というのが面白いですね。職場など男性ばかりで占められた場所では最低三割の女性を雇うべきだという、あの目安を思い出させます。一人だとその女性に、女性全体を代表させてしまう、二人だと、対立する意見しか反映されない、三人いてこそ、ようやく、女にも様々な意見を持つ、バラエティが出せるようになる、というあの三割です。私などは、男など白一点くらいでちょうどいいじゃんか、と内心思うのですが、そこは流石に、新時代の作家さんです。よしながさん、優しいですね。

かくして、女将軍と、大奥の男たちの間の、様々な日常が描かれていきます。男女が逆転して目新しい点。それは女将軍が、仕事と妊娠・出産を両立させねばならないということです。この時代の女たちは、仕事と出産を皆両立させています。一方男は、種馬としての生涯を全うしていく。何しろ赤面疱瘡でいつ命がなくなるかわからない、貴重な精子製造機です。若い男はお金をもらって、色々な女のところへ種付けに行かされます。社会は女によって動かされていく世界で、この江戸時代は鎖国中、ということもありそれで案外ちゃんと回っていきます。

連載は、二〇〇四年から二〇二一年まででした。明らかに社会背景と連動しているな、と身にしみました。二十一世紀の初頭より、少子高齢化現象が予想以上に急ピッチで進んだ、という懸念より、連載が始まった翌年の二〇〇五年十月三十一日に当時の第三次小泉内閣は、猪口邦子氏を内閣府特命担当大臣（少子化・男女共同参画担当）につけました。二〇〇七年からは、内閣府特命担当大臣（少子化担当）として上川陽子氏が就任し、以後今日に到るまでこの役職は続いています。

二十一世紀になっても与党議員や大臣から、女性を「出産機械」のように捉えられたり、強姦を奨励していると誤解されかねない発言がありました。現代は、出産問題を通して、旧弊な女性抑圧の言説が顕在化する、といったことが度々ある時代です。「跡継ぎ問題」を男女逆転大奥で考察する、という漫画で、我々は世継ぎで苦労する世界の話を考えることになります。そして、女性が社会を動かす異世界で、男性は単なる種馬とみなされ、女に愛玩される儚い存在としてしか生きていくことはできないという状況がどんなものであるのかを読書体験していきます。

『大奥』は、日本のセンス・オブ・ジェンダー賞を受賞しているばかりか、英米圏ではティプトリー賞（現在はアザーワイズ賞に改名されている）を受賞しています。両賞は姉妹賞で、性差の問題を深く探究した作品に贈られるもので、そこで非常に高く評価されました。女性が天下を取ったからといって、現性差の問題は解決されない展開であり、それこそ性差による権力をめぐる複雑な構造が明確に考察されている、というのがその理由です。

これは血統主義のもたらす社会構造や価値観が、女性と出産をめぐる関係性に恐ろしい影を投げかけていることを如実に表しているということでしょう。このほか、恋愛・結婚・妊娠・出産・子育てのセットを解体している世界を描いた村田沙耶香『消滅世界』、妊婦にして兵士であるという妊婦部隊を描いた、白井弓子『WOMBS』、若い男性身体を一時的に妊娠可能な身体に改造して活用しようとする田中兆子『徴産制』、と、一連のディストピア小説は、現実の、生殖にまつわる状況が、いかに女性に負担を強いているのかを知る上で、非常に重要な作品と考えます。

特に、白井弓子『WOMBS』は、遠い惑星で、第一次植民者と第二次植民者との間に激烈な戦争があるという未来SFで、主人公ら妊娠可能な女性たちは、異星人の種を体に移植されて妊婦となり、その胎児の超能力を借りて、異星人らの移動ネットワークに介入し、遠方まで移動可能になって、軍事物資や軍力を輸送していく、という設定です。地球人らの、まるで南北問題を象徴するかのような戦争、植民地惑星の異星人の子を身ごもらせ、さらに臨月に堕胎させられる妊婦兵士、といった設定には、人種問題、貧困層から映し出される階級問題、ポストコロニアリズム（ポスト植民地主義）などが複雑に絡み合い、絶妙なストーリーを展開していきます。

問題になるのは、妊婦の身体が国家権力をはじめ、エイリアンからも、いかに収奪されるものなのか、それが全体主義とどのように絡み合うのか、妊婦となった女性の職場の問題、リプロダクティヴ・

ライツの問題、胎児と母体との身体論的な関係性など、まさに女性身体から生み出されていく問題系が展開していき、この作品は日本SF大賞を受賞しました。

こうした作品は、日本における人口減少と性差の問題を背景に、とてつもない思弁性を発揮したものだと思います、このほか、男性の妊娠を扱った作品などもありますが（ディストピアではないかもしれませんが）、昨年、インターネット経由で大変な支持を集めた作品をご紹介しましょう。小野美由紀さんの『ピュア』ですね。官能SF小説との触れ込みですが、物語の構図はフェミニスト・ユートピア的であり、したがってディストピアを隠し持っています。

遠い未来社会、女性は巨大な身体になり学園星に住んでいる。たまに地球へ出かけて男性を捕獲して犯して食す。すると妊娠できる。獰猛で怪物的な女たちの、性と生殖と食欲が赤裸々に描かれます。これまで隠蔽されていた具体的な現場描写は、エロとグロの結晶です。あまりのストレートな表現に、驚かれるかもしれませんが、その描写は、女性週刊誌的、というよりゲーム的と言った方がいいかもしれません。基本は、女人国ものと一緒ですが、描写が具体的、セクシュアリティを意識している、生殖問題を扱っているという特徴があり、フェミニスト・ユートピアものの歴史的流れの中に登場した作品と言えるかもしれません。この作品を可能にしたのが、第四波のフェミニズム運動と連動する女性の考え方だと思います。時間がないので、それを指摘するにとどめて、以下は割愛します。

さて、本日は、フェミニスト・ユートピアを手がかりに、フェミニスト・ディストピアの世界をいろいろ見てきました。いかがでしたでしょう。

SFは、基本的に、ユートピアを目指す、と考えられてきました。ディストピアはそのために必要な前提であることがわかります。ユートピアは難しく、なかなか現れてきませんし、既存のユートピアが、実はディストピアであることは少なくありません。

ユートピアを吟味すると、ついつい我々は、その欠点をあげつらいがちです。何にでもケチをつけたり、欠点をあげつらうことのほうが、比較的楽な作業だからです。結果的にユートピア文学は、恐ろしく、ネガティヴ思考にマッチするものであるかのように思われます。

しかし振り返ってみると、ネガティヴ思考というのは、あまり気持ちの良いものではありません。ユートピアの向こう側には、おぞましい現実のディストピアが広がっていることに気づくと、生きているのが嫌になってしまいますし、健康にも悪そうです。

一方、ジャンルSFでは、とにかく、ディストピアが必要とされます。異星に着陸したら、原住民がいて、戦争が起き、未来へタイムマシンで飛んだら平和で綺麗な地上民を、怪物的な地下民族が捕獲して食べてしまったりする。慌てて太古へ行ったら、丸腰で恐竜と戦うハメになる。東京湾にはゴジラが上陸し、セカンドインパクトが起きた、と思ったら、訳のわからない使徒が襲ってくる。なんというディストピアの嵐でしょうか。ここまでくると、SFファンは、ディストピアが大好きな民ではないか、とすら思われます。

実は、それを否定しません。ディストピアは、ジャンルSFの中では克服すべき対象なのです。現実がディストピアであるのなら、その問題点を明確に言語化し、解決策を考察するために、SF的な方法論は使われます。だから、ディストピアが描かれるSFは、ポジティヴ・シンキングで溢れている。青春文学でもありますから。フェミニスト・ディストピアの話は、現実の問題を解決するための、高度な政治的思弁性を吟味する実験場なのでしょう。

小松左京御大の言葉をもう一度振り返ってみましょう。「ユートピアは、それが閉鎖系では安定しない、ディストピアを隠蔽する存在です。それを破壊しようとするユートピアには、それを破壊することこそユートピアだと考え実行する奴らが出てくる」。つまり「ユートピアは閉鎖形では安定しない」、それを超越する超ユートピアの可能性を示唆している。

このユートピアの部分をフェミニスト・ユートピアに代替してみましょう。

フェミニスト・ユートピアは、それが閉鎖系では安定しない、ディストピアを隠蔽する存在です。それを破壊しようとするフェミニスト・ユートピアには、それを破壊することこそ、フェミニスト・ユートピアだと考え実行する奴らが出てくる。フェミニスト・ユートピアは閉鎖形では安定しない、それを超越する超ユートピアの可能性を示唆している。

二十一世紀のフェミニスト・ディストピアは、まさにそのポジティヴ・シンキングによる解決策への考察へと道を切り開いているのでしょう。

ご静聴ありがとうございました。

アーサー・C・クラーク『都市と星（新訳版）』酒井昭伸訳、ハヤカワ文庫SF、二〇〇九年。
坂上貴之・宮坂敬造・巽孝之・坂本光『ユートピアの期限』慶應大学出版会、二〇〇二年。

★ First Wave Feminism 第Ⅰ波フェミニズム

1880　Mary E. Bradley Lane, *Mizorah: A Prophecy*. Reprint. Boston: GreggPress, 1975.

1893　Alice Ilgenfritz. Jones & Ella Merchant. *Unveiling a Parallel*. Reprint. Syracuse: Syracuse University Press, 1991.

1915　Charlotte Perkins Gilman. Herland.（1979）New York : Pantheon Books. シャーロット・パーキンス・ギルマン『フェミニジア――女だけのユートピア』三輪妙子訳（現代書館、1984）。

1937　Katharine Burdekin. Swastika Night. キャサリン・バーデキン『鉤十字の夜』水声社、2020）。

★ Second Wave Feminism 第Ⅱ波フェミニズム（Women's Liberation Movement; 女性解放運動 ＋ Women's Rights Movement; 女性権利運動）

1969　Wittig, Monique. Les Guerilleres. Paris : Minuit. English translation : Avon, 1973. モニク・ウィティッグ『女ゲリラたち』小佐井伸二訳、（白水社、1973）。

1969　Ursula K. Le Guin. The *Left Hand of Darkness*. アーシュラ・K・ル・グウィン『闇の左手』（ハヤカワ文庫ＳＦ、1978）。

1970　沼正三『家畜人ヤプー』（1956-）（都市出版社。改訂版、角川文庫、1972）1974
Suzy Mckee Charnas. *Walk to the End of the World*. New York : Berkeley Books.

1974　鈴木いづみ「女と女の世の中」、『女と女の世の中』（ハヤカワ文庫JA、1978）所収。

1975　Joanna Russ, *The Female Man*. New York: Bantam, ジョアナ・ラス『フィーメール・マン』友枝康子訳（サンリオ文庫、1981）。

1975　Naomi Mitchison. *Solution Three*. The Feminist Press, 1995.

1976　Marge Piercy. *Woman on the Edge of Time.* New York : Fawcett Crest.マージ・ピアシイ『時を飛翔する女』（学藝書林、1997）。

1976　James Tiptree Jr." "Houston, Houston, Do you Read ?". ジェイムズ・ティプトリー・ジュニア「ヒューストン、ヒューストン、聞こえるか？」伊藤典夫訳、『老いたる霊長類の星への賛歌』（ハヤカワ文庫ＳＦ、1989）所収。

1976　Raccoona Sheldon. "Your Faces, O My Sisters! Your Faces Filled of Light !", In Aurora : Beyond Equality. Vonda N. Mcintyre & Susan Anderson, eds. New York : Fawcett. ラクーナ・シェルドン、「おお、わが姉妹よ、光満つるその顔よ！」浅倉久志訳、『星ぼしの荒野から』（ハヤカワ文庫ＳＦ、1999）所収。→ティプトリーの別名義。

1978　Suzy Mckee Charnas. *Motherlines.* New York : Berkeley.

1978　Sally Miller Gearhart. *The Wanderground: Stories of the Hill Women.* Watertown, Mass: Persephone Press.

★ Third Wave Feminism フェミニズム第三波

1983　Marion Zimmer Bradley. *The Mists of Avalon.* New York: Knopf. マリオン・ジマー・ブラッドリー〈アヴァロンの霧〉岩原明子訳、ハヤカワ文庫ＦＴ。

1984　Suzette Haden Elgin. *Native Tongue.* New York : Daw.

1984　Octavia E. Butler. "Bloodchild.". オクティヴィア・バトラー「血をわけた子ども」、小川隆・山岸真編『80年代ＳＦ傑作選下』ハヤカワ文庫ＳＦ、1992.

1986　倉橋由美子『アマノン国往還記』新潮社。

1985　Ursula K. LeGuin. *Always Coming Home.* New York: Harper and Row. Bantam. アーシュラ・Ｋ・ル＝グウィン『オールウェイズ・カミングホーム』星川淳訳、平凡社、1997年。

1986　Magaret Atwood. *The Handmaid's Tale.* Boston: Houghton Mifflin. マーガレット・アトウッド『侍女

の物語』斎藤英治訳、新潮社、1990。

1986 Pamela Sargent. *The Shore of Women*. New York : Crown.

1986 Loan Slonczewski. *A Door into Ocean*. New York : Arbor. House.

1988 Octavia E. Butler. *Adulthood Rites : Xenogenesis* 2. New York: Warner Books.

1988 Sheri S. Tepper. *The Gate to Women's Country*. New York : Doubleday. シェリ・S・テッパー『女の国の門』増田まもる訳、ハヤカワ文庫ＳＦ、1995。

1988 村田基『フェミニズムの帝国』早川書房。

1988 Jane Yolen. *Sister Light, Sister Dark*, ジェイン・ヨーレン『光と闇の姉妹』井辻朱美訳、ハヤカワ文庫ＦＴ、1991。

1989 Octavia E. Butler. *Imago* . New York: Warner Books.

1993 David Brin. *Glory Season*. ディヴィッド・ブリン『グローリー・シーズン』友枝康子訳、ハヤカワ文庫ＳＦ、1999。

1993 Octavia E, Butler. *Parable of the Sower*. Grand Central Publishing, 2000.

1994 松尾由美『バルーンタウンの殺人』ハヤカワ文庫ＪＡ。

★ Fourth Wave Feminism　第四波フェミニズム

2003 笙野頼子『水晶内制度』(新潮社)。

2004 粕谷知世『アマゾニア』(中央公論新社)。

2004 Bernard Beckett. Genesis. バーナード・ベケット『創世の島』小野田和子訳（早川書房、2010）.

2004-2021 よしながふみ『大奥』(白泉社)

2005 Wen Spencer, *Brother's Price*. ウェン・スペンサー『ようこそ女たちの王国へ』（ハヤカワ文庫 FT、2007)。

2006　Jo Walton, *Farthing: Small Change Trilogy 1.* ジョー・ウォルトン『英雄たちの朝』茂木健訳（創元推理文庫、2010）。

2007　Jo Walton. *Haspenny: Small Change Trilogy 2.* ジョー・ウォルトン『暗殺のハムレット』茂木健訳（創元推理文庫、2010）。

2008　Jo Walton, *Half Crown: Small Change Trilogy 3.* ジョー・ウォルトン『バッキンガムの光芒』茂木健訳（創元推理文庫、2010）。

Patrick Ness. *The Knife of Never Letting Go.* パトリック・ネス『心のナイフ混沌の叫び　1』金原瑞人訳（東京創元社、2012）。

2009-2018　白井弓子『WOMBS』（小学館）。

2014　村田沙耶香『殺人出産』（講談社）。

2015　村田沙耶香『消滅世界』（河出書房新社）。

2016　古谷田奈月『リリース』（光文社）。

2018　田中兆子『徴産制』（新潮社）。

2018　Kate Mascarenhas. *The Psychology of Time Travel.* ケイト・マスカレナス『時間旅行者のキャンディボックス』（創元ＳＦ文庫、2020）。

2018　笙野頼子『ウラミズモ奴隷選挙』（河出書房新社）。

2019　Margaret Atwood. *The Testaments.* マーガレット・アトウッド『誓願』鴻巣友季子訳（早川書房、2020）。

2020　小野美由紀『ピュア』（早川書房）。

エピローグにかえて――もしも世界に男がいなかったら

現代社会をサバイバルしている心ある女が、表立ってであれ心密かにであれ、生涯に一度は考えること。それは、「もしも世界に男がいなかったら」という空想だ。

男にはまったく嬉しくない発想かもしれないが、女にとって男とは、時々、いやしょっちゅうか、いやいや正確に言うなら、男とつきあうその時間に比例して、えらくめんどくさい存在だ。

いまだって、テレビではスーパーチューズデーが延びました、なんてニュースを流している。いったい、ヒラリーのどこがまずいのだろう？　アメリカ初の女性大統領の誕生より、やっぱりアメリカ初の黒人（男性）大統領のほうがいいんだろうか。なんだか、人々がヒラリーの後ろに夫の姿を見ているように思えて心が痛くなる。まあ、そういう黒い被害妄想に取り憑かれたときなどは、こういう空想――いや妄想か――は多少の慰めにはなるかもしれない。――もしも世界に男がいなかったら、と。

仮に、人類ならぬ男性が、なんらかの原因でこの地球上から絶滅してしまったら、世界はどんなふうになるのだろう？

今は女もいろいろ科学力を駆使できるし、技術的にも政治的にも経験者が増えているので、当座のところは、あんまり心配はしていない。

「しかたないわねぇ」なんてぼやきつつ、実務的に対応する、そういうクールな女がかなり多そうだからだ。案外戦争のない、平和な世界が訪れるかも、というお気楽な夢に浸れる所以だ。

いや、お気楽な夢で終わらないか。なぜなら、女には、男社会でふりまわされてきた、その長い歴史による処世術が蓄えられているからだ。身内の男の都合で、次々見知らぬ男に嫁がされて生命の危機にさらされた戦国時代から、権威をふりかざす男たちのトラブルの後始末をいきなりおしつけられて閉口する現代女性まで、女は、基本的に臨機応変。すばやく体勢をたてなおす技を身につけている。もちろん、それって、単にあきらめが早く、かつ、振り回されるぶん選択肢も多い、というトホホな性質に起因するのだが、それって緊急時にこそ役に立つ……はず。

タネさえあれば……男たちのいない生殖

男がいない世界で、一番気になる問題は、やっぱり生殖だ。つまり妊娠・出産・子孫繁栄。この点、凍結している精子さえちゃんと確保できれば、そしてそのタネが、ちゃんと受精卵になるべく機能してくれれば、人工授精は有効だ。

基本的に人工子宮を開発するというのは非常に難しいが、採集したタネを使って人工授精したり、受精卵の遺伝子をいじったりというレベルは不妊治療など現在の医療ではすでに使われているし、バイオ関係には、助手として酷使されている人々を含め、意外に女性科学者率が高い。

だから、女同士で暮らしていて子供が欲しくなったり、あるいは個人的に子供が欲しくなったりしたら、手続きをとり、うまくすれば子供を得ることができる。さらに備蓄されたタネが尽きる前に、クローン技術を開発すれば、遺伝的にも男の遺産（タネちゃん）にまったく頼らず絶滅はまぬがれそうだ。

とすると、生殖に関して言えば、男だけで生き残った場合より、女だけのほうが圧倒的に有利。男たちが女だけで仲良くしていることにあれほど目くじら立てるのは、男なんていなくても平気だという真実に、実は気がついて脅かされているからなのかもしれないね。

それにしても、男抜きの家族制ってどうなるんだろう？　女性同士で結婚したり、同棲したり、合宿型所帯（グループ生活者？）になったり、独身同士だったり。女性同士の愛情や友情のかたちは、たしかに男抜きなら、さまざまな形態が可能だし実行されるだろう。なにせそれで文句をいう男はいないわけだし。

これだって、歴史的に見ても例がないわけじゃない。男たちが戦争に行ってしまって、残った女たちが共同で村のやりくりする、というハリウッド映画があった。タイトルは『コールドマウンテン』（二〇〇三年）。

南北戦争がはじまって、男が徴兵されて行ってしまったあと、美人女優ニコール・キッドマン演じるなにもできない貴族のお嬢さんと、ちょっと太めのレネー・ゼルウィガー演じる下働きのたくましい女性とが、手に手をとって、家をきりもりする。畑を耕し、家を片付け、食料を確保し、子供と老人の世話をし、村の女たちと協力して、生活を維持していく。お嬢様は見る間に緊張感漂うやり手になり、その相方はお嬢様から貴族の知性を吸収し、キリリ系の美人になっていく。女たちの生活は、細々とはしているが見るからに清潔で可愛らしく活況を呈していて、冬場も温かく、そして美しい。戦場の夫を待つ孤独でけなげな妻の細腕繁盛記という以前に、何より女の共同生活は楽しそうだった。あれって女性のユートピア願望だったのかな。

拡大する母親問題とは？

ただし、そういうやや牧歌的な女たちの共同体が長く続いていくと、母子関係のほうに問題が出てきそう。核家族制がダントツの現代だって、密室化した家族内部で、母親と娘が熾烈な闘いに陥るという例は数多い。

特に火種になりそうなのは、母親問題。前述した生殖技術だけど、女性の子宮に直接タネを注入するやり方であれ、試験管の中で受精させて受精卵を女性の子宮に挿入するやり方であれ、人工的な生殖は、母親の種類を増やす。

どういうことかというと、簡単に見積もっても、遺伝子上のおかあさん。代理母（つまり実際孕んで生むおかあさん）、子供を育てるおかあさんと、理論上三人の母が誕生する可能性がある。新たに生まれるのは子供だけじゃない、母親もだ。

しかも、人工授精のむずかしさは、とにかく受精卵が着床するかにかかっているわけで、稀少な成功例は、まさに特権的存在ということになる。

一九八〇年代中葉、アメリカで、人工授精でうまれた女の赤ちゃんを、代理母と育ての母が奪い合うという、(通称)ベビーM事件が発生した。これにならえば、子供がほしくて仕方のない女性と、限られた成功例である代理母と、卵子提供者である母親が、稀少な子供をめぐって取り合って大騒動に発展する、という大岡越前もビックリの事態が予測される。

母親たちが、子どものからだをつかんで引っ張りっこし、泣いている子をみかねて一番に手を離した人物が本当の母——というあの有名な大岡越前の裁定は、はたして未来世界では有効になるのだろうか？　てな具合で、子供が少ない世界での親子関係からは、母子密着にしろ、あるいは反対に母子関係希薄化にしろ、けっこうな難問がでてきそうだ。未来の作家だったら、グッとくることうけあいの文学テーマの登場だ。

たとえば、「母をたずねて三千里」は、遺伝子上の母親をさがす物語へ変わり、不仲な三人の母の間で子供が悩み苦しむフィクションが登場したり、あるいは母と娘と姉妹関係がどろどろに炎上する未来版「女坂」の世界が展開してしまうかもしれない。だれが本当の母親かをめぐって殺人事件が起きたり、女同士の愛と葛藤が、新しい女性文学の潮流として多くの文学賞を受賞し、女性読者の興奮をさそう——なーんて、ちょっと内容をのぞいてみたいものだけど、考えただけで、トラウマになりそうな気がしてきた。ウチのオソロシイ母親のことを考えるだけでも、心が痛すぎる。

男抜きのセックスは

だがもうすこし、男によせて考えてみた場合、たとえばセックスについてはどうなのか。男性との性生活がまったくなくなってしまった場合、理論的には性愛における男性中心的価値観が、ぐぐっと女性中心主義に偏向をせまられる。

現代のセックスに関する情報は、まず「男性がどう思うか」、あるいは「どう感じるか」という方面をくぐりぬけたところからしか記述されないから、男のいない性世界の話題は、かなり大幅な変更が予測される。

で、どうなるかって？　女性たちが大好きな純愛で対等なパートナーシップが主流に躍り出てくるいっぽう、ヴァギナ中心主義的価値観がクリトリス中心主義になったり、ナチュラルなセックスとディルドーなど性器具のテクノロジーを駆使したやり方が論争になったり。どちらにせよ、女ばかりの世界なんだから、男の目を気にしてはばかられていた話題が一気に解消し、白昼堂々とオープンに話題にされることうけあいだ。実技も華々しくなるだろう。ひょっとすると、男抜きの方が女の悦びを気軽に堂々と追究できるかも。これはこれで痛快だ。

ハーレクィンロマンスの世界は、ボーイズラブの世界以上に懐古趣味の対象になり、時代を下ると文化財にも指定される。なにせ男性が存在しないから。

あ、でも、ボーイズラブの世界は、もともと現実にいるとは思えない男性が登場人物なのだから問題はないとして、現在のかっこいい男性アイドルたちがこの世から消えてなくなる、というのは盛大に寂しい。あれに匹敵するセクシュアルな代替物、ないだろうなー。

オスたちのたったひとつの冴えた生き方

このほかにも、国会へ行っても親父議員は存在せず、あの下品で耳障りな野次も飛ばず、男性トイレも消滅。夜遅く歩いていても、へんな男に声をかけられたり、変質者に追いかけられることもないし、女性専用列車も消滅。夫による家庭内暴力もなく、父親や祖父や叔父による幼女虐待も消滅。レイプ殺人もなく、幼女誘拐、拉致監禁などの性犯罪も激減(同性同士でありえるか? わからん)。生理休暇・出産休暇・子育て休暇・更年期休暇が大手をふって与えられ、女の理由で休みをとったからといって、社内でいやがらせを受けることもなくなるetc... などなど男によって見舞われていた数々の災いのタネは消滅する。

しかし、しつこく振り返ってみると、ないないづくしの女オンリーワールドは案外馴染み深い。フェミニストたちの集会。同性愛者のダンスクラブ。昼時間帯の観劇。女性病棟。女子校。女ばかりの老人ホーム。つまりは、ああいう世界の延長になるというわけね。

そんなふうに、現在の遺産で食いつなぐ、男性絶滅後の未来社会といった発想は、男たちに尽くしすぎたり、男を甘やかしてしまったり、男に騙されたりした過去の苦い教訓をいかせるぶん、生暖かい優しさに満ちていて、しっぺ返し的にはなかなか愉快な気晴らしになる。

さて、ここらでさら想像力の翼をのばし、そもそも男という存在自体が最初からなかったら、どうなっていたかと、ちょっと考えてみる。うーん。難問だ。隣の芝生はどうなっているだろう?

自然界には社会を築く蟻や蜂がいる。どういうわけかオス率が極度に低い連中だ。女王蜂が君臨し、あとはさまざまな機能の働き蟻・働き蜂が暮らしている。フランスの作家ベルナール・ウェルベルがそういった『蟻』の世界を舞台にしたSFを書いていて驚愕したことがある。

何に驚いたって、女王蟻の一党独裁国家だとばかり思っていたのが、蟻が必要に応じてローヤルゼリーでだれでも女王に変身できるという展開。あの世界では、蟻は基本は平等。役割によって後天的にいろいろ変えられる。あれって、理想の完全メス型社会なのかもしれない。そんなふうに考えた。でも、そのメス型社会ですら、実は極小化されたかたちで雄は存在する――せざるを得ない。遺伝子のヴァリエーションを豊かにするためにというただそれだけのためにか。愛玩されメスに愛されるべくオスが存在する。

とすると、雄たちが消えてなくならないたったひとつの冴えたやりかたって、ひたすら魅力的になってメスに愛される存在になることだけか。あのオソロシイ真実に、人類のオスどもが、もっとちゃんと気がついてくれれば、このわたしだって、こんなおバカな妄想に耽る必要もないんだがなー。


フィリス・チェスラー『ベビーM事件の教訓』佐藤雅彦訳、平凡社、一九九三年。

『コールドマウンテン』(二〇〇三年)アンソニー・ミンゲラ監督・脚本、チャールズ・フレイジャー原作、ジュード・ロウ、ニコール・キッドマン、レネー・ゼルウィガー出演、DVD.ブエナ・ビスタ・ホーム・エンターテインメント、二〇〇四年。

『母をたずねて三千里』高畑勲監督、深澤一夫脚本、エドモンド・デ・アミーチス原作、全52話、フジテレビ&日本アニメーション、フジテレビ、(一九七六年)。

ベルナール・ウェルベル『蟻』(原著一九九一年)小中陽太郎&森山隆訳、角川文庫、二〇〇三年。

あとがき

本書を作るにあたって、先人の貴重な業績群に、多くを教えられた。御礼方々、電子書籍というライバルが登場する少し前の紙の書籍帝国を彷徨ったエピソードを、ほんの少し記しておこう。

■

八〇年代の終わりに起きたアグネス論争に啓発されて、遅ればせながら図書館や書店に入るとフェミニズム関係の本をかなり本気で手に取るようになった。セクハラやモラハラという言葉が存在しない時代に、男中心の職場でどう振舞ってよいか皆目見当もつかなかったり、母娘問題に困惑し続けていたわたしにとって、そのとき出会った、ルイーズ・アイムンバウムとスージー・オーバック『フェミニスト・セラピー』やシュラミス・ファイヤストーン『性の弁証法』は、天からの授かりものに見えた。

特に母娘問題を、心理療法の立場から分析した前者に巡り合った時、自分の問題と重ね合わせて読んでいたタニス・リーの長編ロボットSF『銀色の恋人』がするすると読み解かれていくような気がした。自分の体験と、読んでいたSFと、フェミニズム理論書がみごとに合致した世界観で自分の元にやってくる。そんなことは初めてだった。世界が、私にもわかる言葉で書かれている、と悟った瞬間に、世界観が変わった。

高校時代から同人誌活動をしていたわたしは、その発見を得難いものと思い、それについて考察し、一つの論考を書き上げた。この時の成果は、のちに拙著『女性状無意識』に収録されている。

脳内世界を現実世界の言葉にするためキーボードを叩き、文章のあちこちを行きつ戻りつしながら、ふと、きっとまだまだ知らない魅力的な知識があるに違いないと、モーレツ好奇心が湧き上がってきた。世界は発見したんだけど、そこへ至る情報量が圧倒的に足りない。宝のありかを示した地図を得たけど、船とか羅針盤とか航海技術を全く持たない冒険家未満の気分だった。

そんなふうに知識に飢えていた一方、同人誌に書いていた論評がきっかけで、出版社からポツポツ注文が入り始めた。しかも、あこがれのSF専門誌、日本SF界の王道〈SFマガジン〉から依頼されるなんて、それまでの人生では想像を絶する出来事が起きていた。

そのころ昭和末期の日本のSF界は、ウィリアム・ギブスン『ニューロマンサー』(原著一九八四年)を皮切りとするサイバーパンクSFのムーブメントに湧き上がっていた。コンピュータネットワークという当時としては未知の世界への展望が開けたばかりだった。SF界全体が新しい未来像に興奮し、バブル時代の経済的な活況と相まって大変な活況を呈していた。

ハイテクノロジー革新に対するSFへの期待は、たいてい女性SFの新しい波と連動する。前時代のSF的手法が手詰まりをみせ、新しい時代の展望が開け、ムーブメントになると、すぐそれを追いかけるように女性SFの波が来る——というか、来るように見える。これはなぜか。女が後から追っかけているのか——？　いいや、とんでもない！

新しい展望というのは社会の構造変化と関係があるから、性差観も根底から揺すぶられるのだ。サイバーパンクSFの場合は、のちにサイボーグ・フェミニズムと呼ばれることになる「人間＋機械共生系」に関するフェミニズム思想の勃興と連動していた。でも、それが具体的になんであるのか、当時は、よくわからなかった。

SFのことならなんでも知りたいと貪欲に好奇心を募らせていたわたしは、昭和のシステムで動く（理系の）職場に適応するのに疲弊していたこともあって、SFもフェミニズムも勉強し直したい、と連れ合いに相談した。科学技術は扱えても人間とのコミュニケーションを上手にはかれない（あえていうが）極めて理系的な環境とどう付き合ったらよいのか、アイディアがまるでなかった。

すると同じSFファンであった連れ合いは「いいんじゃないの」とあっさり賛成してくれた。おっと。これは、典型的サラリーマンの実家では考えられない発想だ。当時は永久就職ということばが大手を振って歩いていたから、一定の職場に勤めてなんとなく行けそうだったら定年まで一直線、という人生が当然と考えられていた。

かくして勇気づけられた私は——調子に乗っただけかもしれないが——平成に入った一九八九年に円満退職し、新しい知識は海外から導入するのがSFの常道だよねという（SFファンとしての）伝統的なやり方に従い、連れ合いと二人で、アメリカへ出かけた。一夏かけて、アメリカ東海岸の本屋と図書館をくまなく回った。大型のチェーン店から、風変わりな店主がいる鄙びた不気味な古本屋まで。観光客向けの土産物屋の一角にある本棚も目にしたり、とにかく調べまくった。たぶん、(脳内では)我々は宝探しの探検隊で、トレジャーハンティングを本屋と図書館でやったわけである。

当時の本屋では仰天しまくりだった。平成元年のアメリカの本屋はウィメンズ・スタディーズ、ジェンダー・スタディーズのコーナーが幅広くとられ、質量ともに凄まじい書籍群がひしめきあっていた時期だった。片端から調べ上げてめぼしいものはすべて日本へ送ろう、と決意。まだインターネットがない時代のことである。体を使うしかなかった。今なら、自室の椅子に座って検索ワードを駆使して釣り上げるところを、当時はとにかく本屋へ出向き、関係コーナーの書棚の著者名AからZまで本を一冊ずつしらみつぶしに見ていく作業になる。で、買ったものを、ダンボールに詰めて郵便局へ持っていき船便で送る。毎日そんなことをやっていたら、多少重たいものでも担いで数キロさっさと歩けるようになっていた。

帰国してそれらを紐解き、カテゴリー別に分類し、整理整頓しながらじっくり吟味していった。運が良かった、と思うのは、フェミニズム第二波以降の情熱的な知的遺産が、理論書として結実し、次々刊行される時期に入っていたということ。トコトコ歩いていった犬が棒に当たったのだ。法学、哲学、言語学、文化研究、文学批評、サイエンス、現代思想などあらゆる分野にわたってフェミニズム理論が構築・浸透されていくその様子を、驚きをもって眺めることができた。

SFファンダムで知り合った私の連れ合いが、かつて一九八六年のアメリカ留学中に送ってくれたダナ・ハラウェイ「サイボーグ宣言」とチップ・ディレイニーがそれについてSF側から反応した「サイボーグ・フェミニズム」のコピーの束も、SF以外のフェミニズム関連の記述はチンプンカンプンだったものの、謎解きするための基礎知識がようやく手に入った、という手応えがあった。

アメリカの女性学の書籍の洪水は、九〇年代に入るとコーナーがぐっと縮小される。ジェンダースタディーズやゲイスタディーズ、レズビアンスタディーズなどに核分裂した後、クィア批評の棚がいっとき華々しくなる。しかし、それらも年々少しずつ縮小していって、未来の古典たる書籍がちんまりと並ぶ一角を形成することになった。もし、あれらの書籍が延々と続く様子を見たかったら、今では大学構内のブックストアか、ウィメンズブックストアや、ゲイやレズビアンたちの住む地域にある本屋を訪れるべきだろう。

あれらの理論的蓄積が世界にどのくらい影響を与えたかは、今日のフェミニズム理論の浸透具合に現れている。フェミニズムSF界についていうなら、大きな変革が起きていた。サイバーパンクムーブメントはどちらかというと、七〇年代のフェミニズムSFを過去の遺物としたいIT大好き少年たちの巣窟、と受け取られていた。それに対して、女性SFファンからの反撃のムーブメントが、九〇年代初頭に起きている。

ジャンルSF界というところは、とにかくファン活動が盛んで、アマチュアのファンたちが年中SF大会なるファン大会のイベントを開催している。女性版本の虫が集うその中の一つ、ウィスコンシン州年次フェミニズムSF大会ウィスコンがその舞台だ。二人の女性作家カレン・ジョイ・ファウラーとパット・マーフィーが自分たちで女性むきの文学賞を設立しようと提案し、ウィスコンの実行委員会が全面的にこれをサポート。一九九一年より性差論を深めた作品に贈られるジェイムズ・ティプトリー・ジュニア文学賞（現アザーワイズ賞）が始まったのだ。最初は圧倒的に女性作家たちが受賞することが多かったその文学賞は、リベラルな議論を経て、五年目くらいから性差SFを極める男性SF作家にも開かれるようになった。そこにはやがて有色人女性も参入するようになる。ここで交わされた論争は貴重で、おそらくそのうち詳細を報告する日も来ることだろう。

嬉しいことに、その十年後の二〇〇一年、日米の女性SFファンの交流から、ティプトリー賞の日本版として、センス・オブ・ジェンダー賞が、日本の女性SFファンの力で立ち上げられた。二十年以上も続いているそのファン活動から選出された作品群は、日本の性差SFのレベルの高さを世界に伝える指標になっている。

本書は、そのように先人たち同僚たちの恩恵や思索を受け継ぎ、SFとフェミニズムとポップカルチュアに伴走しながら書かれた。この間、主だった主題は別著作にまとめているが、わたしの人生の速度に合わせてまとめられたものはおそらく本書のみである。これはわたしの十冊目の著作になる。

■

本書作成には、本当にたくさんの方々のご協力をいただいた。一番の功績は、青土社における担当編集者の西館一郎さんである。かなり昔のものまでさかのぼって原稿をまとめ「勝手に本を作りました」と言ってその束をもって現れたときには、本当にビックリした。平成の後半は、親の介護期にあたっていて、執筆速度はスローペースを通り越してエネルギー切れで滞り、共作企画に乗っかるのがせいいっぱいという体たらくだった。そんなわたしに「小谷真理の全てがわかるような感じの本にしたい」といってくださった西館さんの基本ベースを生かしつつ、わたしなりの主張とすり合わせて、本書が出来上がった。

また初出誌の編集者の皆さん、〈現代思想〉〈ユリイカ〉歴代編集者の西田裕一、喜入冬子、宮田仁、岡本由希子、須川善行、山本充、鈴木英果、押川淳、足立桃子の各氏、岩波書店の〈文学〉編集部の岡本潤さん、原稿を丁寧に読み抜き助言を惜しまなかった日本アメリカ文学会東京支部の編集委員の故・三浦玲一さん、〈文藝〉の西口徹氏、〈現代詩手帖〉井口かおりさん、〈SFマガジン〉清水直樹さん、〈婦人公論〉の渡辺千尋さん、そして、日本近代文学会の日本文学者・藤木直実さんに、心より御礼申し上げます。

SF界の力強い女性SFファンの方々、とりわけ、友情に厚いジェンダーSF研究会のみなさん、マッドサイエンティストと理系オタクとねじまきメイドロボットの関係性に目を開かせてくださったカフェ・サイファイティーク（旧マッドサイエンティストカフェ）の洒脱なメンバー、アイドルとゲームの真髄なるものを身を以て畳み掛けてくださった明治大学情報コミュニケーション学部小谷ゼミの諸君に、同じ時空間をともにできた光栄をお伝えしつつ、感謝を申し上げます。

様々なネットワークの中で作り上げた本書だが、最終的な責任は著者にある。読者諸兄姉の厳しくも温かいご指導ご鞭撻を頂ければ幸いです。

最後に、サイバーパンクムーブメントの牽引者として、またアメリカ文学者の雄として、様々な助言を惜しまなかったプロフェッサー巽孝之に、本書を捧げます。

二〇二一年十月三十一日　万聖節の前夜に

著者識

第4章
「シャンブロウ、ヘア解禁」〈現代詩手帖〉1997年3月号。
「HALとミク」〈ユリイカ〉2008年12月増刊号。
「ダンスする仮想」〈ユリイカ〉2006年3月号。
「女になったマイケル、男になった森村泰昌」〈ユリイカ〉2010年2月号。
「マルチプレックス・ポエトリー」〈現代思想〉2016年8月号。

第5章
「もうひとつのNo Man's Land」〈ユリイカ〉2011年3月号。
「脳内彼女の実況中継」〈現代思想〉2007年3月号。
「日本のフェミニストディストピアSF」日本近代文学会　講演原稿 2021年5月号。

エピローグ　「もしも、この世に男がいなかったら」〈婦人公論〉2008年3月号。

初出一覧

プロローグ　　書き下ろし

第1章
「キャロル狩り」〈ユリイカ〉2015年2月増刊号。

「魔法使いはだれだ？」〈ユリイカ〉2004年12月号。

「架空少女の離魂」〈ユリイカ〉2002年8月増刊号。

「少女を放つ」〈ユリイカ〉2013年3月号。

“Super Girl VS. Fighting Beauty”. AAS Presentation paper. 2006年12月。

「狭間の視線」〈アメリカ学会〉1999年3月号。

第2章
「腐女子同士の絆」〈ユリイカ〉2007年12月号。

「詩人の魂を秘めた幻視者」〈ユリイカ〉2018年5月号。

「アーシュラ・K・ル＝グウィン年表」〈日本イギリス児童文学会〉講演レジュメ2019年5月11日。

「名誉男性の魔法」〈ユリイカ〉２006年8月号。

「すみれのジェンダー」〈文藝〉1998年10月号。

「すみれのセクシュアリティ」〈文藝〉2001年1月号。

「無垢という戦術」〈ユリイカ〉2000年1月号。

第3章
「彼女のロボット」〈現代思想〉2015年11月号。
「出産と発明」〈文学〉2012年5月号。
「わが時の娘たちよ」〈現代思想〉1993年8月号。
「異界と守り人」〈ユリイカ〉2007年5月号。
「家畜文明論」〈現代思想〉2002年1月号。
「大量破壊兵器に潜む性差戦略」〈SFマガジン〉2011年12月号。

性差（ジェンダー）事変
平成のポップカルチャーとフェミニズム

2021 年 12 月 10 日　第 1 刷印刷
2021 年 12 月 15 日　第 1 刷発行

著者——小谷真理

発行人——清水一人
発行所——青土社
東京都千代田区神田神保町 1 − 29　市瀬ビル　〒 101-0051
電話　03-3291-9831（編集）、03-3294-7829（営業）
振替　00190-7-192955

組版——フレックスアート
印刷・製本——シナノ印刷

装幀——松田行正

ISBN978-4-7917-7421-0　　Printed in Japan